Elogios para

CUJO

"Justo cuando tu presión arterial vuelve a la norma-
lidad, Stephen King ataca de nuevo".
—*The Kansas City Star*

"Te apunta directo a la yugular".
—*The New York Times*

"King acumula el suspenso, aguanta la dinamita
hasta que la pides a gritos, y luego te la entrega".
—*Star Tribune*

"Te atrapa, te retiene y no te suelta [...]. Un suspenso insoportable [...]. Una lectura que te en-
gancha".
—*Chattanooga Times*

También de Stephen King

Stephen King

CUJO

Stephen King es el maestro indiscutible de la narrativa de terror contemporánea, con más de treinta libros publicados. En 2003 fue galardonado con la Medalla de la National Book Foundation por su contribución a las letras estadounidenses, y en 2007 recibió el Grand Master Award, que otorga la asociación Mystery Writers of America. Entre sus títulos más célebres cabe destacar *El misterio de Salem's Lot, El resplandor, Carrie, La zona muerta, Ojos de fuego, It (Eso), Maleficio, La milla verde* y las siete novelas que componen la serie *La Torre Oscura*. Vive en Maine, con su esposa Tabitha King, también novelista.

CUJO

STEPHEN KING

Traducción de María Antonia Menini

VINTAGE ESPAÑOL
Una división de Penguin Random House LLC
Nueva York

PRIMERA EDICIÓN VINTAGE ESPAÑOL, FEBRERO 2020

Copyright de la traducción © 1982 por María Antonia Menini

Todos los derechos reservados. Publicado en los Estados Unidos de América por Vintage Español, una división de Penguin Random House LLC, Nueva York, y distribuido en Canadá por Penguin Random House Canada Limited, Toronto. Esta edición fue publicada originalmente por Penguin Random House Grupo Editorial, S.A.U., Barcelona, en 1982. Originalmente publicado en inglés bajo el título *Cujo* por Viking, una división de Penguin Random House LLC, Nueva York, en 1981. Copyright © 1981 por Stephen King.

Vintage es una marca registrada y Vintage Español y su colofón son marcas de Penguin Random House LLC.

Información de catalogación de publicaciones disponible en la Biblioteca del Congreso de los Estados Unidos.

Vintage Español ISBN en tapa blanda: 978-1-9848-9878-4
eBook ISBN: 978-1-9848-9879-1

Para venta exclusiva en EE.UU., Canadá, Puerto Rico y Filipinas.

www.vintageespanol.com

Impreso en los Estados Unidos de América
10 9 8 7 6 5 4 3 2 1

Este libro es para mi hermano David, que me tomaba de la mano para cruzar West Broad Street y que me enseñó a hacer palos saltarines con viejos ganchos. El método era tan estupendo que ya nunca lo abandoné.

Te quiero, David.

Respecto al sufrimiento nunca se equivocaron
los viejos clásicos: qué bien comprendieron
su posición humana; cómo tiene lugar
mientras alguien está comiendo o abriendo una ventana, o simplemente paseando al azar...

«Musée des Beaux Arts», W. H. AUDEN

Old Blue murió, y murió tan del todo
que se estremeció la tierra de mi patio de atrás.
Cavé su tumba con pala de plata
y lo bajé con cadena de oro.
En todos los eslabones le llamé por su nombre;
le dije: «Ya estás, *Blue,* buen perro, ya estás».

CANCIÓN POPULAR

No, no hay nada de malo aquí.

EL PROFESOR CEREALES SHARP

Había una vez, no hace mucho tiempo, un monstruo que llegó a la pequeña ciudad de Castle Rock, estado de Maine. Mató a una mesera llamada Alma Frechette en 1970, a una mujer llamada Pauline Toothaker y a una estudiante de la escuela secundaria llamada Cheryl Moody en 1971; a una preciosa muchacha llamada Carol Dunbarger en 1974, a una profesora llamada Etta Ringgold en el otoño de 1975 y, finalmente, a una maestra de escuela primaria llamada Mary Kate Hendrasen a principios del invierno de aquel mismo año.

No era un hombre lobo, un vampiro, un espíritu demoníaco ni una criatura innombrable del bosque encantado o de los yermos nevados; era simplemente un agente de policía llamado Frank Dodd con problemas mentales y sexuales. Un buen hombre llamado John Smith descubrió cómo se llamaba, merced a una especie de magia pero, antes de que pudieran capturarlo —tal vez fuera mejor así—, Frank Dodd se quitó la vida.

Hubo un poco de conmoción, claro, pero en aquella pequeña ciudad hubo sobre todo regocijo, porque el monstruo que había turbado tantos sueños había muerto, había muerto por fin. Las pesadillas de una ciudad quedaron enterradas en la tumba de Frank Dodd.

Y, sin embargo, en una época tan ilustrada como ésta, en la que tantos padres son conscientes del daño psicológico que pueden causar a sus hijos, debió haber sin duda en algún lugar de Castle Rock un progenitor —o tal vez una abuela— que tranquilizara a los niños diciéndoles que, si no se andaban con cuidado, si no se portaban bien, Frank

Dodd se los llevaría. Y sin duda debió producirse el silencio mientras los niños miraban por las oscuras ventanas y pensaban en Frank Dodd con su lustroso impermeable negro de vinilo, en Frank Dodd, que había estrangulado... y estrangulado... y estrangulado.

Está ahí afuera, puedo oír susurrar a la abuela mientras el viento silba por el conducto de la chimenea y resopla alrededor de la tapa de la vieja olla encajada en la estufa de la cocina. *Está ahí afuera y, si no se portan bien, puede que vean su cara, mirando por la ventana de su dormitorio, cuando todo el mundo en la casa esté durmiendo menos ustedes; puede que vean su rostro sonriente, mirándolos desde el armario en mitad de la noche, con la señal de ALTO que levantaba cuando ayudaba a los niños a cruzar la calle, en una mano, y la navaja que utilizó para matarse, en la otra... Por consiguiente, shhhh, niños... shhhh... shhhh...*

No obstante, para la mayoría de la gente, el final fue el final. Hubo pesadillas, desde luego, y niños que permanecían en vela, desde luego, y la casa vacía de Dodd (ya que su madre sufrió poco después un ataque y murió) adquirió rápidamente la fama de ser una casa habitada por fantasmas y la gente la evitaba; pero todo ello fueron fenómenos pasajeros... los efectos secundarios tal vez inevitables de una cadena de asesinatos absurdos.

Sin embargo, pasó el tiempo. Cinco años.

El monstruo se había ido, el monstruo había muerto. Frank Dodd se estaba convirtiendo en polvo en el interior de su ataúd.

Sólo que el monstruo nunca muere. Hombre lobo, vampiro, espíritu demoníaco, criatura innombrable de los yermos. El monstruo nunca muere.

Regresó de nuevo a Castle Rock en el verano de 1980.

Tad Trenton, de cuatro años, se despertó una madrugada no mucho después de medianoche en mayo de aquel año, con necesidad de ir al baño. Se levantó de la cama y se encaminó medio dormido hacia la blanca luz que penetraba como una cuña por la puerta entornada, bajándose ya los pantalones de la piyama. Orinó durante una eternidad, jaló la cadena del escusado y volvió a la cama, subió la colcha y fue entonces cuando vio a la criatura en su armario.

Agazapada en el suelo estaba, con sus enormes hombros sobresaliendo por encima de su cabeza ladeada y sus ojos parecidos a pozos de ámbar incandescente... una cosa que hubiera podido ser medio hombre y medio lobo. Y sus ojos lo siguieron cuando se incorporó con un hormigueo en el escroto, el cabello de punta y el aliento como un tenue silbido invernal en la garganta; unos ojos enloquecidos que se reían, unos ojos que prometían una horrible muerte y la música de los gritos que no se oían; algo en el armario.

Oyó el ronroneo de su gruñido; percibió el olor de su dulzón aliento de carroña.

Tad Trenton se cubrió los ojos con las manos, respiró entrecortadamente y gritó.

Una exclamación en voz baja en otra habitación: su padre.

Un grito asustado de «¿Qué es eso?» desde la misma habitación: su madre.

Sus pasos, corriendo. Cuando entraron, miró por entre los dedos y lo vio allí en el armario, gruñendo, haciéndole la espantosa promesa de que tal vez vinieran, pero de que se irían sin duda y, cuando se fueran...

Se encendió la luz. Vic y Donna Trenton se acercaron a su cama, intercambiándose una mirada de preocupación por encima de su rostro blanco como yeso y sus ojos desorbitados, y su madre dijo... no, gritó con irritación:

—¡Ya te dije que tres hot dogs eran demasiado, Vic!

Y después su papá se sentó en la cama, el brazo de papá alrededor de sus hombros, preguntándole qué ocurría.

Tad se atrevió a mirar de nuevo la puerta abierta del armario.

El monstruo se había ido. En lugar de la bestia hambrienta que había visto, vio dos montones desiguales de cobijas, ropa de cama de invierno que Donna aún no se había tomado la molestia de subir al tercer piso de la vivienda aislado del resto de la casa. Los montones de ropa se encontraban sobre la silla en la que Tad solía subirse cuando necesitaba algo del estante superior del armario. En lugar de la peluda cabeza triangular, ladeada en una especie de inquisitivo gesto depredador, vio su osito de peluche sobre el más alto de los dos montones de cobijas. En lugar de unos hundidos y funestos ojos de color ámbar, vio los amables globos de cristal café desde los que su osito contemplaba el mundo.

—¿Qué ocurre, Tadder? —volvió a preguntarle su papá.

—¡Hay un monstruo! —gritó Tad—. ¡En mi armario! Y se echó a llorar.

Su mamá se sentó a su lado; ambos lo abrazaron e intentaron tranquilizarlo todo lo que pudieron. A continuación tuvo lugar el ritual de los padres. Le explicaron que no había monstruos, que simplemente había tenido una pesadilla. Su mamá le explicó que las sombras podían parecer a veces aquellas cosas feas que de vez en cuando enseñaban en la televisión o en los cómics, y papá le dijo que todo estaba bien y en orden, que nada en aquella buena casa podía hacerle daño. Tad asintió y se mostró de acuerdo en que sí, aunque sabía que no.

Su padre le explicó que, en la oscuridad, los dos montones desiguales de cobijas se le habían figurado unos hombros encorvados, que el osito le había parecido una cabeza ladeada y que la luz del baño, reflejada en los ojos de vidrio de su osito, había hecho que éstos parecieran los ojos de un animal vivo.

—Ya lo verás —le dijo—. Mírame bien, Tadder.

Tad miró.

Su padre tomó los dos montones de cobijas y los colocó al fondo del armario de Tad. Tad pudo oír el suave sonido metálico de los ganchos, hablando acerca de papá en el lenguaje propio de los ganchos. Resultaba divertido y sonrió un poco. Mamá captó su sonrisa y le sonrió a su vez, más tranquila.

Su papá emergió del interior del armario empotrado, tornó el osito y lo colocó entre los brazos de Tad.

—Y ahora, lo último aunque no lo menos importante —dijo papá, haciendo, un ceremonioso gesto y una reverencia que provocaron la risa tanto de Tad como de mamá—. La *chilla*.

Cerró firmemente la puerta del armario y después colocó la silla contra la puerta. Cuando regresó junto a la cama de Tad, papá estaba todavía sonriendo, pero sus ojos mostraban una expresión seria.

—¿De acuerdo, Tad?

—Sí —dijo Tad, y después se obligó a sí mismo a decirlo—. Pero estaba allí, papá, yo lo he visto. De veras.

—Tu *imaginación* ha visto algo, Tad —dijo papá mientras su mano grande y cálida acariciaba el cabello de Tad—. Pero no has visto un monstruo en el armario, un monstruo de verdad. No hay monstruos, Tad. Los hay tan sólo en los cuentos y en tu imaginación.

Él miró de su padre a su madre y viceversa… sus grandes y queridos rostros.

—¿De verdad?

—De verdad —dijo su mamá—. Ahora quiero que te levantes y vayas a hacer pipí, como niño grande.

—Ya fui. Por eso me desperté.

—Bueno —dijo ella, porque los padres nunca te creen—, pues dame ese gusto, ¿te parece?

Y entonces él fue y ella lo miró mientras hacía cuatro gotas y le dijo sonriendo:

—¿Lo ves? *Tenías* ganas.

Resignado, Tad asintió. Regresó a la cama. Lo arroparon. Aceptó besos.

Y, mientras su madre y su padre se encaminaban de nuevo hacia la puerta, el temor lo envolvió de nuevo como una fría capa llena de bruma. Como un sudario que apestara a muerte irremediable. *Oh, por favor, pensó;* pero no hubo más, simplemente eso: *Oh, por favor oh por favor oh por favor.*

Tal vez su padre captó su pensamiento porque Vic volteó con una mano en el interruptor de la luz y repitió:

—No hay monstruos, Tad.

15

—No, papá —dijo Tad porque, en aquel instante, los ojos de su padre le parecieron nublados y lejanos, como si necesitara que lo convencieran—. No hay monstruos. *Excepto el de mi armario.*

La luz se apagó.

—Buenas noches, Tad.

La voz de su madre le llegó leve y suavemente y, en su imaginación, él le gritó: *¡Ten cuidado, mamá, se comen a las señoras! ¡En todas las películas agarran a las señoras, se las llevan y se las comen! Oh por favor oh por favor oh por favor...*

Pero se habían ido.

Y entonces Tad Trenton, de cuatro años, se quedó tendido en la cama, todo alambres y rígidos tensores del Erector Set. Se quedó tendido con los cobertores subidos hasta la barbilla y apretando con un brazo el osito contra su pecho, y allí estaba Luke Skywalker en una pared; había una ardilla listada de pie sobre una licuadora en otra pared, sonriendo alegremente (SI LA VIDA TE OFRECE LIMONES, ¡HAZ LIMONADA! estaba diciendo el descarado y sonriente roedor); estaba toda la abigarrada tropa de Plaza Sésamo en una tercera: Abelardo, Enrique, Beto, Óscar, Archibaldo. Tótems buenos; magia benévola. Pero, ¡oh, el viento del exterior, chillando sobre el tejado y patinando por los negros canalones! Ya no podría dormir esa noche.

Sin embargo, poco a poco, los alambres se desenredaron y los rígidos músculos del Erector Set se relajaron. Su mente empezó a perderse...

Y entonces un nuevo grito, éste más cercano que el viento nocturno del exterior, lo devolvió a un angustioso estado de vela.

Las bisagras de la puerta del armario.

Criiiiiiii...

Un leve sonido, tan agudo que tal vez sólo los perros y los niños pequeños despiertos por la noche hubieran podido oír. La puerta de su armario se estaba abriendo lenta e inexorablemente, una boca muerta, abriéndose en la oscuridad, centímetro a centímetro.

El monstruo estaba en aquella oscuridad. Estaba agazapado en el mismo sitio de antes. Le sonreía y sus enormes hombros asomaban por encima de su cabeza ladeada y sus ojos tenían el brillo del ámbar, llenos de insensata astucia. *Te dije que se irían, Tad, le susurró. Siempre lo hacen al final, Y entonces yo puedo volver. Me gusta volver. Tú me gustas, Tad. Ahora volveré todas las noches, creo, y todas las noches me acercaré un poco más a tu cama… y un poco más… hasta que una noche, antes de que puedas llamarles a gritos, oirás algo rugiendo, algo rugiendo justo a tu lado, Tad, y seré yo y me abalanzaré sobre ti y entonces te comeré y estarás en mí.*

Tad contempló a la criatura de su armario con drogada y horrorizada fascinación. Había algo que… casi le resultaba familiar. Algo que casi conocía. Y eso era lo peor, el casi conocerlo. Porque…

Porque estoy loco, Tad, Estoy aquí. Siempre he estado aquí. En otros tiempos me llamaba Frank Dodd y mataba a las señoras y a lo mejor hasta me las comía. Siempre he estado aquí, me quedo cerca, mantengo el oído pegado al suelo. Soy el monstruo, Tad, el viejo monstruo, y muy pronto me apoderaré de ti, Tad. Mira cómo me estoy acercando… y acercando…

Tal vez la cosa del armario le estaba hablando con su propio aliento silbante o tal vez su voz fuera la voz del viento. En cualquiera de ambos casos, o en ninguno, daba lo mismo. Él escuchaba sus palabras, drogado de terror, a punto de sufrir un desmayo (pero completamente despierto); contemplaba aquel rostro ceñudo y tenebroso que casi conocía. Ya no dormiría más esta noche; tal vez ya nunca volvería a dormir.

Pero un poco más tarde, allá entre las doce y media y la una, quizá porque era pequeño, Tad volvió a sumirse en el sueño. Un sueño ligero en el que unas enormes criaturas peludas y de blancos dientes lo perseguían se convirtió en un profundo amodorramiento sin sueños.

El viento mantenía largas conversaciones con los canalones del tejado. Una corteza de blanca luna de primavera se elevó en el cielo. Allá a lo lejos, en algún tranquilo prado de la noche o bien a lo largo de algún camino del bosque bordeado de pinos, un perro ladró furiosamente y después enmudeció.

Y, en el armario de Tad Trenton, algo con ojos de ámbar siguió montando guardia.

—¿Volviste a cambiar las cobijas de lugar? —le preguntó Donna a su marido a la mañana siguiente.

Se encontraba de pie junto a la cocina, friendo el tocino ahumado.

Tad estaba en la otra habitación, viendo *The New Zoo Revue* y comiéndose un plato de Twinkles. Los Twinkles eran unos cereales de la marca Sharp y los Trenton recibían gratis todos los cereales Sharp.

—¿Mmmm? —replicó Vic.

Estaba profundamente enfrascado en las páginas deportivas. Era un neoyorquino trasplantado que hasta entonces había resistido con éxito la fiebre de los Medias Rojas. Pero le complacía de forma masoquista comprobar que los Mets se habían lanzado a otro comienzo superlativamente bárbaro.

—Las cobijas. En el armario de Tad. Estaban otra vez allí. La silla también estaba otra vez allí y la puerta volvía a estar abierta —llevó el tocino a la mesa, escurriendo en una servilleta de papel y todavía chirriando—. ¿Las volviste a poner tú en la silla?

—Yo no —dijo Vic, pasando una página—. Aquello huele a convención de bolas de naftalina.

—Es curioso. Debió de ponerlas él otra vez.

Vic apartó el periódico a un lado y la miró.

—¿De qué estás hablando, Donna?

—¿Recuerdas la pesadilla de anoche…?

—No es fácil olvidarla. Pensé que el niño se estaba muriendo. Que tenía una convulsión o algo por el estilo.

Ella asintió, encogiéndose de hombros.

—Le pareció que las cobijas eran una especie de…

—Espantajo —dijo Vic, sonriendo.

—Supongo que sí. Y tú le diste el osito y colocaste las cobijas al fondo del armario. Pero estaban otra vez sobre la silla cuando entré para hacerle la cama —Donna se echó a reír—. Asomé la cabeza para mirar y, por un momento, me pareció…

—*Ahora* ya sé de dónde viene todo —dijo Vic, tomando de nuevo el periódico. Le dirigió a su mujer una mirada afectuosa—. Tres hot dogs, ya parece.

Más tarde, cuando Vic se fue al trabajo, Donna le preguntó a Tad por qué había vuelto a colocar la silla en el armario con las cobijas encima si éstas le habían asustado tanto por la noche.

Tad la miró y su rostro, normalmente animado y vivaracho, pareció pálido y alerta… demasiado viejo. Tenía abierto delante el cuaderno para colorear de *La guerra de las galaxias*. Había estado pintando una escena de la cantina interestelar, utilizando el «Dac» o gis verde para colorear a Greedo.

—Yo no fui —dijo.

—Pero, Tad, si no fuiste tú, y no fue papá y no fui yo…

—Fue el monstruo —dijo Tad—. El monstruo de mi armario.

Y se inclinó para seguir pintando.

Ella se quedó mirándolo, inquieta y un poco asustada. Era un niño listo y quizá con excesiva imaginación, No era precisamente una buena noticia. Tendría que hablar de ello con Vic esa misma noche. Tendría que mantener con él una larga conversación al respecto.

—Tad, recuerda lo que ha dicho tu padre —le dijo ahora—. Los monstruos no existen.

—De día no, por lo menos —dijo él, dirigiéndole una sonrisa tan sincera y tan bonita que ella se vio libre de sus temores.

Le despeinó el cabello y le dio un beso en la mejilla.

Tenía intención de hablar con Vic, pero después apareció Steve Kemp mientras Tad se encontraba en el jardín de niños y se le olvidó, y Tad volvió a gritar aquella noche, a gritar, diciendo que estaba en el armario, ¡el monstruo, el monstruo!

La puerta del armario estaba abierta de par en par, con las cobijas encima de la silla. Esta vez Vic las subió al tercer piso y las guardó en el armario de allí.

—Las guardé arriba, Tadder—dijo Vic, besando a su hijo—. Ahora ya está arreglado. Vuelve a dormir y que tengas buenos sueños.

Pero Tad pasó mucho rato sin dormir y, antes de hacerlo, la puerta del armario se soltó de su pestillo con un suave y furtivo rumor, la boca muerta se abrió en la negra oscuridad... la negra oscuridad en la que algo peludo aguardaba con sus afilados dientes y garras, algo que olía a sangre amarga y a oscura desgracia.

Hola, Tad, le susurró con su putrefacta voz, y la luna atisbó por la ventana de Tad como el blanco ojo rasgado de un muerto.

La persona más vieja de Castle Rock a finales de aquella primavera se llamaba Evelyn Chalmers, conocida como tía Evvie por los más viejos habitantes de la ciudad y como «aquella bruja charlatana» por George Meara, que tenía que entregarle la correspondencia —consistente sobre todo en catálogos y ofertas del *Reader's Digest* y en libritos de oraciones de la Cruzada del Cristo Eterno— y escuchar sus interminables monólogos. «Para lo único que sirve esta vieja bruja charlatana es para predecir el tiempo», se dice que reconocía George cuando tomaba unas copas en compañía de sus amigotes allá en el Tigre Borracho. Era un nombre estúpido para un bar, pero, dado que era el único de que podía presumir Castle Rock, parecía que no tenían más remedio que conformarse.

Todo el mundo estaba generalmente de acuerdo con la opinión de George. En su calidad de residente más antigua de Castle Rock, tía Evvie gozaba del privilegio de utilizar el bastón del *Boston Post* desde hacía dos años, desde que Arnold Heebert, que estaba tan adentrado en la vejez que tenía ciento un años y hablar con él constituía un reto intelectual análogo al que podía representar el hecho de hablar con una lata vacía de comida para gatos, había salido tambaleándose del patio de atrás de la residencia de ancianos de Castle Acres y se había roto el cuello exactamente veinticinco minutos después de haberse orinado en los pantalones por última vez.

Tía Evvie no estaba ni mucho menos tan chocha como Arnie Heebert y no era ni mucho menos tan vieja como él, pero, a los noventa y tres años, era lo suficientemente vieja y, como le decía a gritos a un resignado (y, a menudo, bajo los efectos de la cruda) George Meara cuando éste le entregaba la correspondencia, no había sido tan estúpida para perder su casa como le había ocurrido a Heebert.

Sin embargo, sabía predecir muy bien el tiempo. La opinión generalizada de la ciudad —entre las personas mayores interesadas por estas cosas— era que tía Evvie nunca se equivocaba en tres cosas: la semana en que se iba a segar el heno por vez primera en verano, lo buenos (o lo malos) que iban a ser los arándanos y cómo iba a ser el tiempo.

Un día de primeros de aquel mes de junio se dirigió arrastrando los pies al buzón de la correspondencia situado al final del sendero para coches, apoyándose fuertemente en su bastón del *Boston Post* (que pasaría a Vin Marchant cuando aquella vieja bruja charlatana muriera, pensaba George Meara, y en buena hora te *vayas,* Evvie) y fumando un Herbert Tareyton. Le ladró un saludo a Meara —su sordera la había llevado, al parecer, al convencimiento de que todos los demás se habían vuelto sordos en solidaridad con ella— y después le gritó que iban a tener el verano más caluroso desde hacía treinta años. Caluroso al principio y caluroso al final, ladró Evvie desde sus pulmones coriáceos en la adormilada calma de las once de la mañana, y caluroso en medio.

—¿De veras?

—¿Qué?

—*¡He dicho que si «de veras»!*

Ésa era otra de las cosas que tenía tía Evvie: que te obligaba a gritar con ella. A un hombre podía estallarle un vaso sanguíneo.

—*¡Que sonría y bese a un cerdo si no es verdad!* —gritó tía Evvie.

La ceniza de su cigarro cayó sobre el hombro de la camisa del uniforme de George Meara, recién lavada y recién puesta aquella mañana; él se la sacudió con aire resignado. Tía Evvie se apoyó en la ventana de su coche para mejor ladrarle al oído. Su aliento olía a pepinillos.

—*¡Los ratones del campo han salido todos de sus escondrijos! ¡Tommy Neadeau ha visto venados por la zona del lago Moosuntic, desprendiéndose de la piel velluda de sus astas antes de que haya aparecido el primer petirrojo! ¡Había hierba bajo la nieve cuando ésta se derritió! ¡Hierba verde, Meara!*

—Ah, ¿sí, Evvie?

—*¿Qué?*

—Ah, ¿sí, tía Evvie? —gritó George Meara.

La saliva se escapó de sus labios.

—*¡Ya lo creo!* —aulló tía Evvie muy contenta—. *¡Y anoche muy tarde vi un relámpago de calor! ¡Mala señal, Meara! ¡El calor prematuro es una mala señal! ¡Habrá gente que morirá de calor este verano, ¡Va a ser muy malo!*

—*¡Tengo que irme, tía Evvie!* —gritó George—. *¡Tengo una entrega urgente para Stringer Beaulieu!*

Tía Evvie Ghalmers echó la cabeza hacia atrás y soltó una temblorosa carcajada mientras contemplaba el cielo primaveral. Siguió riendo hasta casi sufrir un ataque, mientras la ceniza del cigarro le caía en el pecho sobre la bata de baño. Escupió el último medio centímetro de cigarro de su boca y la colilla siguió humeando en la entrada junto a uno de sus zapatos de vieja, un zapato tan negro como una estufa y tan ajustado como un corsé; un zapato para muchos siglos.

—*¿Que tienes una entrega urgente para el Franchute Beaulieu? ¡Pero si ni siquiera podría leer su nombre en la lápida de su propia tumba!*

—*¡Tengo que irme, tía Evvie!* —dijo George apresuradamente mientras ponía el vehículo en marcha.

—*¡El Franchute Beaulieu es el mayor idiota de nacimiento que Dios haya creado jamás!* —aulló tía Evvie, pero, en aquellos momentos ya le estaba aullando al polvo levantado por George Meara; éste había logrado escapar.

Ella se quedó de pie un minuto junto al buzón de la correspondencia, viéndolo alejarse. No había correspondencia personal para ella; raras veces la había últimamente. Casi todas las personas que conocía y que podían escribirle ya habían muerto. Sospechaba que ella las seguiría muy pronto. La inminencia del verano le producía una sensación desagradable, una sensación angustiosa. Podía hablar de los ratones que habían abandonado muy pronto sus escondrijos, o de los relámpagos de calor en el cielo primaveral, pero no podía hablar del calor que percibía en algún lugar de más allá del horizonte, agazapado como una bestia flaca pero fuerte, de pelaje sarnoso y rojizos ojos encendidos; no podía hablar de sus sueños, que eran cálidos, sin sombra y sedientos; no podía hablar de la mañana en que las lágrimas habían asomado a sus ojos sin razón, unas lágrimas que no le habían producido alivio sino que se habían quedado pegadas a sus ojos como un loco sudor de agosto. Aspiraba el olor de la locura en un viento que aún no había llegado.

—George Meara, eres un pelmazo —dijo tía Evvie, confiriendo a la palabra una jugosa resonancia de Maine que se convirtió en algo cataclísmico y ridículo a un tiempo: *pelmaaaazo.*

Empezó a regresar trabajosamente hacia la casa, apoyándose en el bastón del *Boston Post* que le habían entregado en el transcurso de una ceremonia en el ayuntamiento simplemente por la estúpida hazaña de haber conseguido envejecer con éxito. No era de extrañar, pensó, que el maldito periódico se hubiera ido al carajo.

Se detuvo en la entrada, contemplando un cielo que todavía era puro como la primavera y de un suave color pastel. Oh, pero ella estaba intuyendo su llegada: algo ardiente. Algo abominable.

Un año antes de aquel verano, cuando en el viejo Jaguar de Vic Trenton se había empezado a percibir un inquietante sonido metálico en algún lugar del interior de la llanta izquierda trasera, George Meara le había recomendado que lo llevara al taller de Joe Camber, en las afueras de Castle Rock.

—Tiene una curiosa manera de hacer las cosas, tratándose de aquí —le dijo George a Vic aquel día, estando Vic de pie junto a su buzón de correos—. Te dice lo que un trabajo te va a costar, hace el trabajo y después te cobra lo que dijo que iba a costar. Curiosa manera de hacer las cosas, ¿verdad?

Y se alejó en su coche mientras Vic se preguntaba si el cartero habría hablado en serio o si él (Vic) habría sido el blanco de alguna oculta broma yanqui.

Pero había llamado a Camber y un día de julio (un julio mucho más frío que el que iba a producirse un año más tarde), él y Donna y Tad se habían dirigido juntos a casa de Camber. Estaba realmente lejos; dos veces tuvo Vic que detenerse para pedir indicaciones y fue entonces cuando empezó a asignarle a aquella lejana zona de las afueras de la ciudad el nombre de Rincón de las Botas Orientales.

Penetró en el patio de Camber con la llanta de atrás produciendo un ruido más intenso que nunca. Tad, que entonces tenía tres años, estaba sentado en el regazo de Donna Trenton y la miraba riendo; un paseo en el «sin techo» de papá siempre le ponía de buen humor y la propia Donna se sentía también muy a gusto.

Un niño de ocho o nueve años estaba en el patio dándole a una vieja pelota de beisbol con un bate todavía más viejo. La pelota surcaba el aire, daba en la pared lateral del establo, que Vic suponía que era también el taller mecánico del señor Camber, y después regresaba rodando buena parte del camino.

—Hola —dijo el niño—. ¿Es usted el señor Trenton?

—Exacto —contestó Vic.

—Voy a llamar a mi papá —dijo el niño, y entró en el establo.

Los tres Trenton descendieron del vehículo y Vic rodeó el Jaguar y se agachó junto a la llanta mala sin demasiada confianza. Tal vez hubiera sido mejor llevar a arreglar el coche a Portland. La situación de aquí no parecía muy prometedora; Camber ni siquiera tenía colgado un letrero.

Sus meditaciones fueron interrumpidas por Donna, que lo llamó nerviosamente por su nombre. Y después:

—Oh, *Dios mío,* Vic…

Él se levantó y vio un perro enorme emergiendo del establo. Por un absurdo momento, se preguntó si sería realmente un perro o tal vez alguna extraña y fea variedad de pony. Pero después, cuando el perro abandonó las sombras de la entrada del establo, vio sus tristes ojos y se dio cuenta de que era un San Bernardo.

Donna había tomado impulsivamente a Tad en sus brazos y se había retirado hacia la parte de la cubierta del motor del Jaguar, pero Tad se estaba agitando con impaciencia en sus brazos, en un esfuerzo por bajar.

—Quiero ver al perrito, mamá... ¡quiero ver al *perrito*!

Donna le dirigió una nerviosa mirada a Vic, el cual se encogió de hombros, presa también de inquietud. Después el niño regresó y acarició la cabeza del perro mientras se acercaba a Vic. El perro meneó una cola absolutamente enorme y Tad redobló sus esfuerzos.

—Puede dejarlo en el suelo, señora —dijo el niño amablemente—. A Cujo le gustan los niños. No le hará daño —y después a Vic—: Mi papá sale enseguida. Se está lavando las manos.

—Muy bien —dijo Vic—. Pero qué perro tan grande, hijo. ¿Estás seguro de que no hay peligro?

—No hay peligro —convino el muchacho, pero Vic se acercó a su mujer, mientras su hijo, increíblemente pequeño, corría con paso inseguro hacia el perro.

Cujo mantenía la cabeza ladeada y estaba meneando lentamente el gran cepillo de su hermosa cola de uno a otro lado.

—No hay cuidado —dijo Vic, pensando en su fuero interno: *espero.*

El perro parecía lo bastante grande como para tragarse a Tadder de un solo bocado.

Tad se detuvo un instante, aparentemente indeciso. Él y el perro se miraron el uno al otro.

—¿Perrito? —dijo Tad.

—Cujo —dijo el niño de Camber, acercándose a Tad—. Se llama Cujo.

—Cujo —dijo Tad, y el perro se le acercó y empezó a lamerle la cara con unos grandes y babosos lengüetazos de simpatía que provocaron su risa y le indujeron a tratar de apartarlo. Volteó a mirar a su madre y a su padre, riéndose como lo hacía cuando uno de ellos le hacía cosquillas. Adelantó un paso hacia ellos y se le enredaron los pies. Cayó y, de repente, el perro se le acercó y se detuvo encima de él, y Vic, que estaba rodeando la cintura de Donna con su brazo, percibió y oyó el jadeo de su mujer. Hizo ademán de adelantarse… pero se detuvo.

Los dientes de Cujo habían apresado la parte posterior de la camiseta del Hombre Araña de Tad. Levantó al niño —por un instante, Tad pareció un gatito en la boca de su madre— y lo puso de pie.

Tad regresó corriendo junto a su madre y su padre.

—¡Me gusta el perrito! ¡Mamá! ¡Papá! ¡Me gusta el perrito!

El hijo de Camber lo estaba contemplando todo con expresión levemente divertida, con las manos metidas en los bolsillos de sus jeans.

—Desde luego, es un perro estupendo —dijo Vic. Le hacía gracia, pero, el corazón seguía latiéndole apresuradamente. Por un instante, en verdad había creído que el perro iba a arrancarle a Tad la cabeza como si fuera una amapola—. Es un San Bernardo, Tad.

—¡San… Bernardo! —gritó Tad, y corrió de nuevo hacia Cujo, que ahora se había sentado a la entrada del granero como una pequeña montaña—. ¡Cujo! *¡Cujooo!*

Donna volvió a adoptar una postura tensa al lado de Vic.

—Oh, Vic, ¿crees que…?

Pero ahora Tad estaba de nuevo con Cujo, abrazándolo primero de forma extravagante y después examinándole detenidamente la cara. Estando Cujo sentado (con la cola golpeando la grava del suelo y la rosada lengua colgándole de la boca), Tad podía casi contemplar los ojos del perro, poniéndose de puntillas.

—Creo que no pasa nada —dijo Vic.

Tad había introducido ahora una de sus pequeñas manos en la boca de Cujo y estaba examinando su interior como si fuera el dentista más pequeño del mundo. Ello le provocó a

26

Vic otro momento de inquietud, pero entonces Tad regresó de nuevo corriendo junto a ellos.

—El perrito tiene dientes —le dijo a Vic.

—Sí —dijo Vic—, muchos dientes.

Volteó a mirar al muchacho con el propósito de preguntarle de dónde había sacado aquel nombre, pero en aquel momento Joe Camber salió del establo, secándose las manos con un trapo para poder estrechar la mano de Vic sin mancharlo de grasa.

Vic se sorprendió agradablemente al comprobar que Joe Camber sabía exactamente lo que estaba haciendo. Éste prestó cuidadosa atención al sonido metálico mientras él y Vic se dirigían en el coche hasta la casa situada al pie de la colina y después volvían a subir hasta la casa de Camber.

—La masa de rodamiento se está soltando —dijo Camber lacónicamente—. Tiene suerte de que aún no se le haya parado.

—¿Lo puede arreglar? —preguntó Vic.

—Desde luego. Se lo puedo arreglar ahora mismo, si no le importa esperar un par de horas.

—Me parece muy bien —dijo Vic. Miró a Tad y al perro. Tad se había apoderado de la pelota de beisbol con la que había estado jugando el hijo de Camber. La arrojaba todo lo lejos que podía (lo cual no era mucho) y el San Bernardo de Camber la recogía obedientemente y se la devolvía a Tad. La pelota estaba decididamente empapada de babas—. Su perro está entreteniendo a mi hijo.

—A Cujo le gustan los niños —dijo Camber, mostrándose de acuerdo—. ¿Sería tan amable de meter el coche en el establo, señor Trenton?

Ahora te visitará el médico, pensó Vic, divirtiéndose con la idea mientras conducía el Jaguar para meterlo al establo.

Resultó que el trabajo sólo requirió una hora y media y el precio de Camber fue tan razonable que parecía sorprendente.

Y Tad se pasó toda aquella fría y nublada tarde repitiendo una y otra vez el nombre del perro:

—Cujo… Cujooo… aquí, Cujo…

Poco antes de que se fueran, el hijo de Camber, que se llamaba Brett, llegó a sentar a Tad sobre el lomo de Cujo y lo sostuvo por la cintura mientras Cujo paseaba obedientemente dos veces por el patio cubierto de grava. Al pasar junto a Vic, los ojos del perro se cruzaron con los suyos… y Vic hubiera podido jurar que estaba riéndose.

Justo tres días después de la conversación a gritos de George Meara con tía Evvie Chalmers, una chiquilla que contaba exactamente la misma edad que Tad Trenton se levantó de su lugar en la mesa del desayuno —una mesa colocada en el rincón del desayunador de una pulcra casita de Iowa City, Iowa—, y anunció:

—Mamá, no me siento muy bien. Creo que me voy a enfermar.

Su madre miró a su alrededor sin sorprenderse demasiado. Dos días antes, el hermano mayor de Marcy había sido enviado desde la escuela con un violento acceso de gastroenteritis. Ahora Brock estaba bien, pero había pasado unas veinticuatro horas terribles, con el cuerpo expulsando vehementemente por ambos extremos el lastre que lo agobiaba.

—¿Estás segura, cariño? —preguntó la madre de Marcy.

—Oh, yo… —gimió Marcy en voz alta, corriendo hacia el pasillo de la planta baja al tiempo que se comprimía el estómago con las manos.

Su madre la siguió, vio a Marcy entrar a toda prisa en el baño y pensó: *Vaya, otra vez lo mismo. Será un milagro que yo no me contagie.*

Oyó los ruidos de las arcadas y entró en el baño, con la mente ya centrada en los detalles: dieta líquida, descanso en la cama, el orinal, algunos libros; Brock podría subir la televisión portátil a su habitación cuando regresara de la escuela y…

Miró y todas esas ideas se alejaron de su mente con la fuerza de un gancho al hígado.

28

La taza del escusado en la que su hija había vomitado estaba llena de sangre; sangre salpicada en el borde de porcelana blanca de la taza; gotas de sangre en los azulejos.

—Oh, mamá, no me siento bien…

Su hija volteó, su hija volteó, volteó y había sangre en toda su boca, bajándole hasta la barbilla, manchándole el vestido marinero azul, sangre, oh, Dios mío, Jesús, José y María, cuánta *sangre*…

—Mamá…

Y su hija volvió a hacerlo, un enorme revoltijo sanguinolento, escapando de su boca y mojándolo todo como una siniestra lluvia, y entonces la madre de Marcy la tomó en brazos y corrió con ella, corrió hacia el teléfono de la cocina para marcar el número del servicio de urgencias.

Cujo sabía que era demasiado viejo para cazar conejos.

No era *viejo;* no, ni siquiera para un perro. Pero, a los cinco años, había rebasado con mucho la edad infantil en la que una simple mariposa bastaba para desencadenar una ardua persecución por los bosques y prados de detrás de la casa y el establo. Tenía cinco años y, si hubiera sido un ser humano, hubiera estado entrando en la fase inicial de la mediana edad.

Pero era 16 de junio, una preciosa mañana en sus primeras horas, con el rocío todavía sobre la hierba. El calor que tía Evvie le había predicho a George Meara ya había llegado —eran los primeros días de junio más calurosos que se registraban desde hacía muchos años— y, a las dos de aquella tarde, Cujo se tendería en el patio de entrada (o en el establo, en caso de que EL HOMBRE lo dejara entrar, cosa que a veces le permitía cuando estaba bebiendo, lo cual ocurría bastante a menudo últimamente), jadeando bajo el ardiente sol. Pero eso sería más tarde.

Y el conejo, que era grande, pardo y rollizo, no tenía ni la menor idea de que Cujo estaba allí, hacia el fondo del campo de cultivo del norte, a un kilómetro y medio de la casa. El viento estaba soplando en dirección adversa para el Hermano Conejo.

Cujo se fue hacia el conejo, más por deporte que por la carne. El conejo estaba mascando alegremente los nuevos tréboles que un mes después iban a estar asados y quemados bajo el implacable sol. Si hubiera cubierto tan sólo la mitad de la distancia inicial entre él y el conejo cuando el conejo lo vio y pegó un brinco, Cujo lo hubiera dejado correr. Pero estaba tan sólo a quince metros cuando la cabeza y las orejas del conejo se levantaron. Por un instante, el conejo no se movió en absoluto; era la congelada escultura de un conejo con sus negros ojos estrábicos cómicamente desorbitados. Después emprendió la huida.

Ladrando furiosamente, Cujo inició la persecución. El conejo era muy chico y Cujo era muy grande, pero la *posibilidad* de la cosa infundía una ración adicional de energía en las patas de Cujo. Éste llegó a acercarse hasta el extremo de rozar al conejo con su pata. El conejo se movió en zigzag. Cujo se lanzó con más fuerza, hundiendo las patas en la oscura tierra del prado, perdiendo un poco de terreno al principio, pero recuperándolo rápidamente. Los pájaros levantaron el vuelo al oír sus poderosos y agitados ladridos; si es posible que un perro sonría, Cujo estaba sonriendo en aquellos momentos. El conejo se desplazó en zigzag y después cruzó en línea recta el campo de cultivo del norte. Cujo lo persiguió enérgicamente, empezando a sospechar que no iba a ganar la carrera.

Pero lo intentó con todas sus fuerzas, y estaba dando nuevamente alcance al conejo cuando éste se introdujo en un pequeño agujero de la ladera de un suave y pequeño monte. El agujero estaba cubierto de altas hierbas y Cujo no vaciló. Agachó su enorme cuerpo lustroso como si fuera una especie de peludo proyectil y se dejó llevar por su propio impulso… quedando inmediatamente encajonado como un tapón de corcho en una botella.

Joe Camber era propietario de la Granja de los Siete Robles del final de Town Road, en el número 3, desde hacía diecisiete años, pero no tenía idea de la existencia de aquel agujero. Lo hubiera descubierto sin duda si las faenas agrícolas hubieran sido su oficio, pero no lo eran. No había cabezas de ganado en el gran establo rojo; éste le servía de estacionamiento y de taller. Su hijo Brett correteaba a menudo por los campos y bosques de la parte trasera de la casa, pero nunca se había percatado del agujero, pese a que, en varias ocasiones, había estado a punto de introducir el pie en él, lo cual tal vez hubiera sido causa de que se rompiera un tobillo. En los días despejados, el agujero podía confundirse con una sombra; en los días nublados, cubierto de hierba como estaba, desaparecía por completo.

John Mousam, el anterior propietario de la granja, conocía la existencia del agujero, pero no se le había ocurrido mencionárselo a Joe Cambar cuando Joe compró la granja en 1963. Tal vez se lo hubiera mencionado como medida de precaución cuando Joe y su esposa Charity tuvieron un hijo en 1970, pero para entonces el cáncer ya se había llevado al viejo John.

Era mejor que Brett nunca lo hubiese encontrado. No hay nada en el mundo más interesante para un muchacho que un agujero en el suelo y éste se abría a una pequeña cueva natural de piedra caliza. Tenía seis metros de profundidad y hubiera sido muy fácil que un chiquillo travieso lograra introducirse en él, se deslizara hasta el fondo y después no consiguiera salir. Eso les había ocurrido a animales de pequeño tamaño en el pasado. La superficie de piedra caliza de la cueva permitía deslizarse hacia abajo con facilidad, pero dificultaba la subida y su fondo estaba tapizado de huesos: una marmota americana, una mofeta, un par de ardillas listadas, un par de ardillas vulgares y un gato doméstico. El gato doméstico se llamaba Mr. Clean. Los Camber lo habían perdido hacía dos años y habían supuesto que había sido atropellado por un coche o que simplemente había huido. Pero allí estaba, junto con los huesos del ratón de campo al que había perseguido hasta el interior de la cueva.

El conejo de Cujo se había revuelto, deslizándose hasta el fondo y ahora estaba allí, temblando, con las orejas levantadas y el hocico vibrando como un diapasón, mientras los furiosos ladridos de Cujo llenaban el lugar. El eco de los ladridos hacía que éstos parecieran pertenecer a toda una jauría de perros.

31

La pequeña cueva había atraído también a veces a los murciélagos... nunca demasiados porque era una cueva pequeña, si bien la aspereza de su techo la convertía en un lugar perfecto para que éstos pudieran colgarse boca abajo y pasar el día durmiendo. Los murciélagos eran otra buena razón para que Brett Camber hubiera tenido suerte, sobre todo este año. Este año, los pardos murciélagos insectívoros que habitaban en la pequeña cueva eran portadores de una variedad de rabia especialmente virulenta.

Cujo había quedado atrapado por los hombros. Agitó furiosamente las patas posteriores sin el menor resultado. Hubiera podido dar marcha atrás y retroceder, pero aún seguía queriendo atrapar al conejo. Intuía que éste se encontraba acorralado y que lo tenía a su disposición. Su vista no era muy aguda y, de todos modos, su enorme cuerpo impedía casi totalmente la penetración de la luz y él no podía percibir la pendiente que había más allá de sus patas delanteras. Podía olfatear la humedad y podía olfatear los excrementos de los murciélagos, antiguos y recientes... pero, sobre todo, podía olfatear al conejo. Cálido y sabroso. La comida está servida.

Sus ladridos despertaron a los murciélagos. Estos se aterrorizaron. Algo había invadido su hogar. Empezaron a volar chillando en masa hacia la salida. Pero su sistema de sonar registró un lamentable y desconcertante hecho: la abertura de la entrada ya no existía. El depredador ocupaba el lugar de la entrada.

Los murciélagos empezaron a revolotear en círculo y a descender en picada, produciendo con sus alas membranosas un rumor análogo al de unas piezas de ropa de pequeño tamaño —pañales tal vez—, tendidas en una cuerda y agitadas por ráfagas de viento. Por abajo de ellos, el conejo se encogió, esperando que todo se resolviera satisfactoriamente.

Cujo notó el revoloteo de varios murciélagos contra el tercio de su cuerpo que había logrado introducirse en el agujero, y se asustó. No le gustaba su olor ni su rumor; no le gustaba el extraño calor que parecía emanar de ellos.

Ladró con más fuerza, tratando de atrapar con la boca las cosas que estaban revoloteando y chillando alrededor de su cabeza.

Sus mandíbulas se cerraron sobre un ala pardonegra. Unos huesos, más frágiles que los de la mano de un niño pequeño, empezaron a crujir. El murciélago se agitó y lo mordió, desgarrando la piel del sensible hocico del perro en una larga herida curva en forma de signo de interrogación. Un momento después resbaló a saltitos y bajó rodando por la pendiente de piedra caliza, ya moribundo. Pero el daño ya estaba hecho; la mordedura de un animal rabioso es más grave en la zona de la cabeza, puesto que la rabia es una enfermedad del sistema nervioso central. Los perros, más vulnerables que sus propietarios humanos, ni siquiera pueden abrigar la esperanza de una protección absoluta con la vacuna de virus inactivo que todos los veterinarios administran, y a Cujo no lo habían vacunado contra la rabia ni una sola vez en su vida.

Sin saberlo, pero sabiendo, en cambio, que la cosa invisible que lo había mordido tenía un sabor horrible y repugnante, Cujo decidió que el juego no merecía la pena. Echando fuertemente los hombros hacia atrás, consiguió retirarse del agujero al tiempo que provocaba una pequeña avalancha de tierra. Se sacudió para eliminar de su pelaje la tierra y los restos de maloliente piedra caliza. La sangre le manaba del hocico. Se sentó, levantó la cabeza hacia el cielo y emitió un único y débil aullido.

Los murciélagos abandonaron el agujero en una pequeña nube parda, se agitaron confusamente bajo el brillante sol de junio por espacio de dos segundos y después volvieron a entrar para seguir durmiendo. Eran cosas sin cerebro y en dos o tres minutos olvidaron todo lo concerniente al intruso ladrador y se durmieron de nuevo, colgados de las patas y con las alas alrededor de sus cuerpecitos de roedores como los pañuelos de las ancianas.

Cujo se alejó, trotando. Volvió a sacudirse. Se tocó inútilmente el hocico con la pata. La sangre ya se estaba secando y formando una costra, pero le dolía. Los perros tienen un sentido del propio yo totalmente desproporcionado en relación con su inteligencia y Cujo estaba molesto consigo mismo. No quería volver a casa. Si volviera, uno de los componentes de su trinidad —EL HOMBRE, LA MUJER O EL NIÑO— vería que se había hecho algo. Era posible que uno de ellos le dijera PERROMALO, y, en aquel preciso momento, él se consideraba sin duda un PERROMALO.

Por consiguiente, en lugar de regresar a casa, Cujo bajó al arroyo que separaba las tierras de Camber de la propiedad de Gary Pervier, el vecino más próximo de los Camber. Atravesó corriente arriba; bebió mucho; se revolcó en el agua, tratando de librarse del desagradable sabor que le había quedado en la boca, tratando de librarse de la tierra y del húmedo color verde de la piedra caliza, tratando de librarse de aquella sensación de PERROMALO.

Poco a poco empezó a sentirse mejor. Salió del riachuelo y se sacudió, mientras la rociada de agua formaba un momentáneo arco iris de estupefacta claridad en el aire.

La sensación de PERROMALO se estaba desvaneciendo, al igual que el dolor del hocico. Empezó a subir hacia la casa para ver si EL NIÑO estaba por allí. Se había acostumbrado al gran autobús escolar de color amarillo que acudía a recoger al NIÑO todas las mañanas y lo devolvía a media tarde, pero esta última semana el autobús escolar no había aparecido con sus ojos encendidos y su vociferante cargamento de niños. EL NIÑO estaba siempre en casa. Por regla general, estaba en el establo, haciendo cosas con HOMBRE. Tal vez el autobús amarillo hubiera vuelto. Tal vez no. Ya vería. Ya había olvidado el agujero y el desagradable sabor del ala del murciélago. El hocico apenas le dolía ahora.

Cujo se abrió fácilmente camino a través del crecido pasto del campo del norte, obligando a levantar el vuelo a algún que otro pájaro, pero sin tomarse la molestia de perseguirlo. Ya había cazado bastante por hoy y su cuerpo lo recordaba aunque su cerebro lo hubiera olvidado. Era un San Bernardo en la flor de la vida, cinco años, casi cien kilos de peso y ahora, la mañana del 16 de junio de 1980, en la fase pre-hidrofóbica.

Siete días más tarde y a cuarenta y cinco kilómetros de la Granja de los Siete Robles de Castle Rock, dos hombres se reunieron en un restaurante del centro de Portland llamado El Submarino Amarillo. En el «Sub» servían una amplia variedad de sándwiches gigantes, pizzas y «sándwiches de Lorenzo» en bolsas libanesas. Había un billar romano automático en la parte de atrás. Había un letrero por encima del mostrador en el que se decía que si podías comerte dos «Pesadillas del Sub Amarillo», comerías gratis; abajo, entre paréntesis, se había añadido la advertencia: SI VOMITAS, PAGAS.

Por regla general, nada solía antojársele más a Vic Trenton que un sándwich gigante de albóndigas del Sub Amarillo, pero hoy sospechaba que no iba a conseguir otra cosa más que un episodio de ardor en toda regla, provocado por un exceso de acidez.

—Parece que vamos a perder la pelota, ¿verdad? —le dijo Vic al otro hombre, que estaba contemplando su jamón danés con una acusada falta de entusiasmo.

El otro hombre se llamaba Roger Breakstone y, cuando contemplaba la comida sin entusiasmo, se podía adivinar la inminencia de alguna especie de cataclismo. Roger pesaba ciento treinta kilos y sus rodillas quedaban ocultas cuando se sentaba. Una vez que Donna y Vic se encontraban en la cama víctimas de un ataque de risa propio de niños en un campamento, ella le había dicho a él que pensaba que a Roger le habían volado las rodillas de un disparo en Vietnam.

—La situación parece bastante asquerosa —reconoció Roger—. Parece tan cochinamente asquerosa que no te lo podrías creer, Victor, viejo amigo.

—¿Crees de veras que, haciendo este viaje, vamos a resolver algo?

—Tal vez no —dijo Roger—, pero perderemos con toda seguridad la cuenta de Sharp si no vamos. Tal vez podamos salvar algo. Quizá consigamos introducirnos de nuevo.

Le dio un mordisco al sándwich.

—El hecho de cerrar durante diez días nos va a perjudicar.

—¿Crees que ahora no nos está perjudicando?

—Claro que nos está perjudicando. Pero tenemos que filmar estos comerciales de los Book Folks en Kennebunk Beach...

—De eso puede encargarse Lisa.

—No estoy demasiado convencido de que Lisa pueda encargarse de su propia vida amorosa y no digamos de los comerciales de la Book Folks —dijo Vic—. Pero, incluso suponiendo que *pueda* hacerlo, la serie de los Yor Choice Blueberrys aún está en pausa... lo de Casco Bank and Trust... y tienes que reunirte con el presidente de la Asociación de Corredores de fincas de Maine...

—Oye, eso te corresponde a ti.

—Claro que no me corresponde a mí —dijo Vic—. Me desintegro cada vez que pienso en aquellos pantalones rojos y aquellos zapatos blancos. Me dan ganas de mirar en el armario para ver si le encuentro a ese tipo un cartelón de anuncios para que se lo cuelgue sobre el pecho y la espalda.

—No importa, y tú lo sabes. Ninguna de esas cuentas vale una décima parte que la de Sharp. ¿Qué más te puedo decir? Sabes que Sharp y el chico van a querer hablar con nosotros dos. ¿Te reservo un boleto o no?

La idea de pasar fuera diez días, cinco en Boston y cinco en Nueva York, provocaba a Vic un leve ataque de sudor frío. Él y Roger habían pasado seis años trabajando en la Agencia Ellison de Nueva York. Vic había establecido ahora su residencia en Castle Rock. Roger y Althea Breakstone vivían en la cercana localidad de Bridgton, a unos veinticuatro kilómetros de distancia.

Vic había adoptado la decisión de no volver nunca más la cabeza. Tenía la sensación de que jamás había vivido plenamente, de que jamás había sabido lo que buscaba, hasta que él y Donna se habían trasladado a vivir a Maine. Y ahora experimentaba la morbosa sensación de que Nueva York había pasado los últimos tres años esperando volver a apresarlo en sus garras. El avión patinaría en la pista y quedaría envuelto en una rugiente nube de fuego de combustible de alto octanaje. O se produciría un choque en el puente de

Triborough y su Checker quedaría aplastado como un sangrante acordeón amarillo. Un asaltante utilizaría el arma en lugar de limitarse simplemente a apuntar con ella. Estallaría una tubería del gas y la tapa de una boca de acceso lo decapitaría como si fuera un disco de cincuenta kilos. Algo. En caso de que regresara, la ciudad lo mataría.

—Rog —dijo, posando en el plato su sándwich de albóndigas tras un pequeño bocado—, ¿has pensado alguna vez que quizá no sería ninguna catástrofe perder la cuenta de Sharp?

—El mundo seguirá adelante—dijo Roger, vertiendo de forma inclinada una Busch en un verso de pilsner—, pero ¿y nosotros? A mí me quedan diecisiete años de una hipoteca de veinte y unas gemelas que tienen el corazón puesto en la Academia Bridgton. Tú también tienes tu hipoteca, tu hijo y tu viejo Jaguar deportivo que te matará a fuerza de costarte sus buenos dólares.

—Sí, pero la economía local…

—¡Que se vaya a la *mierda* la economía local! —exclamó Roger violentamente mientras posaba con fuerza el verso de cerveza.

Un grupo de cuatro individuos sentados en la mesa de al lado, tres de ellos con camisetas de tenis de la UMP y el cuarto luciendo una descolorida playera con la frase DARTH VADER ES MARICA enfrente, empezó a aplaudir.

Roger agitó la mano hacia ellos con gesto de impaciencia y se inclinó hacia Vic.

—No vamos a conseguir nada haciendo campañas publicitarias para Yor Choice Blueberrys y los Corredores de Fincas de Maine, y tú lo sabes. Si perdemos la cuenta de Sharp, vamos a hundirnos sin remedio. Por otra parte, si podemos conservar aunque sólo sea una parte de la Sharp en el transcurso de los próximos dos años, estaremos en posibilidad de participar del presupuesto del Departamento de Turismo e incluso tal vez tengamos alguna oportunidad con la lotería del estado si para entonces no la han echado a perder y se ha hundido en el olvido. Una tajada muy jugosa, Vic. Podremos despedirnos de la Sharp y de sus cereales de mierda y habrá finales felices por todas partes. El gran lobo malo tendrá que irse a buscar la comida a otra parte y estos cerditos estarán a salvo.

—Todo depende de que podamos conservar algo —dijo Vic—, lo cual es una probabilidad tan remota como la de que los Indios de Cleveland ganen la Serie Mundial este otoño.

—Creo que será mejor que lo intentemos, amigo.

Vic permaneció sentado en silencio, contemplando el sándwich que se le estaba endureciendo mientras él pensaba. Era totalmente injusto, pero él podía soportar la injusticia. Lo que realmente le dolía era el carácter insensatamente absurdo de toda la situación. Había aparecido en el cielo despejado como un tornado asesino que deja un reguero zigzagueante de destrucción y después se desvanece. Él y Roger y la propia Ad Worx eran candidatos a formar parte del número de víctimas con independencia de lo que hicieran; podía leerlo en el rostro redondo de Roger, que nunca había estado tan pálidamente serio desde que él y Althea habían perdido a su hijo Timothy a causa del síndrome de la muerte en la cuna cuando el chiquillo apenas contaba nueve días de nacido. Tres semanas después de haber ocurrido el hecho, Roger se había venido abajo y había llorado, comprimiéndose el mofletudo rostro con las manos en una especie de terrible dolor desesperado que a Vic le había partido el corazón. Aquello había sido muy malo. Pero el incipiente pánico que ahora estaba viendo en los ojos de Roger también era malo.

En el sector publicitario los tornados surgían de vez en cuando como de la nada. Una gran empresa como la Agencia Ellison, que facturaba por valor de varios millones, los podía resistir. En cambio, a una empresa pequeña como Ad Worx le era sencillamente imposible. Habían estado llevando una gran canasta con muchos huevecitos y otra canasta con un solo huevo de gran tamaño —la cuenta de Sharp— y ahora estaba por ver si el huevo grande se había perdido por completo o si, por lo menos, se podía hacer revuelto. Ellos no habían tenido en absoluto la culpa, pero las agencias publicitarias suelen convertirse en chivos expiatorios.

Vic y Roger habían formado equipo con la mayor naturalidad desde su primer esfuerzo conjunto en la Agencia Ellison hacía seis años. Vic, alto y delgado y más bien tranquilo, había sido un *yin* perfecto para el gordo, feliz y extrovertido *yang* de Roger Breakstone, Se habían compenetrado muy bien, tanto desde el punto de vista personal como profesional. Su primer encargo había sido modesto: organizar una campaña publicitaria en revistas para la Unión por la Parálisis Cerebral.

Habían creado un anuncio en blanco y negro en el que aparecía un niño con unos enormes y crueles aparatos ortopédicos en las piernas, de pie fuera de la banda, junto a la línea de la primera base de un campo de beisbol de la Liga Infantil. Llevaba en la cabeza un gorro de los Mets de Nueva York y su expresión —Roger siempre había sostenido que la expresión del muchacho había sido la que había conseguido vender el anuncio— no era triste en absoluto; era simplemente soñadora. Más aún, casi feliz. El texto rezaba simplemente: BILLY BELLAMY NUNCA PODRÁ MANEJAR EL BATE. Abajo: BILLY SUFRE PARÁLISIS CEREBRAL. Y abajo, en tipo más pequeño: *¿Quieres echarnos una mano?*

Los donativos destinados a combatir la parálisis cerebral experimentaron un considerable incremento. Bueno para ellos y bueno para Vic y Roger. El equipo de Trenton y Breakstone ya estaba lanzado. Siguieron media docena de afortunadas campañas en las que Vic solía encargarse del proyecto en general y Roger de la puesta en práctica efectiva. Para la Sony Corporation, la imagen de un hombre sentado con las piernas cruzadas en la franja intermedia de separación de una superautopista de dieciséis carriles, enfundado en un traje de calle, con un radio Sony de gran tamaño sobre las rodillas y una sonrisa seráfica en el rostro. El texto decía: THE POLICE, LOS ROLLING STONES, VIVALDI, MIKE WALLACE, THE KINGSTON TRIO, PAUL HARVEY, PATTI SMITH, JERRY FALWELL; y abajo: ¡OH, LALÁ!

Para los de la Voit, fabricantes de equipos de natación, un anuncio en el que aparecía un hombre que era la antítesis absoluta del fanfarrón de playa de Miami. Arrogantemente tendido en la dorada playa de algún paraíso tropical, el modelo era un hombre de cincuenta años con unos tatuajes, un vientre abultado a causa de la cerveza, unos brazos y piernas de músculos atrofiados y una arrugada cicatriz en la parte superior de un muslo. Este quebrantado aventurero acunaba en sus brazos un par de aletas para bucear de la marca Voit. SEÑOR —decía el texto del anuncio—, YO ME GANO LA VIDA BUCEANDO, A MÍ QUE NO ME VENGAN CON HISTORIAS. Había muchas más cosas abajo, aquellas a las que Roger se refería siempre como el bla-bla-bla, pero el texto en negrita era el verdadero gancho. Vic y Roger hubieran querido poner QUE NO ME VENGAN CON MAMADAS, pero no habían logrado convencer a los de la Voit. Lástima, le gustaba comentar a Vic mientras tomaba unas copas. Hubieran podido vender muchas más aletas.

Y después vino la Sharp.

La Sharp Company de Cleveland ocupaba el duodécimo lugar en la lista de la Gran Panadería Americana cuando el viejo Sharp acudió a regañadientes a la Agencia Ellison de Nueva York tras más de veinte años con una agencia de publicidad local. La Sharp superaba a la Nabisco antes de la Segunda Guerra Mundial, le gustaba señalar al viejo. Y a su hijo le gustaba también señalar que la Segunda Guerra Mundial había terminado hacía treinta años.

La cuenta —al principio, con un periodo de prueba de seis meses— se la habían asignado a Vic Trenton y Roger Breakstone. Al término del periodo de prueba, la Sharp había pasado del duodécimo al noveno lugar en el mercado de las galletas, pasteles y cereales. Un año más tarde, cuando Vic y Roger fueron a Maine para establecerse por su cuenta, la Sharp Company había subido al séptimo lugar.

Su campaña había sido arrolladora. Para las Galletas Sharp, Vic y Roger crearon al Francotirador de Galletas, un inepto guardia del Oeste cuyos seis fusiles disparaban galletas en lugar de balas, con la ayuda de los del departamento de efectos especiales… en algunos comerciales Chocka Chippers, en otros Ginger Snappies y en otros Copos de Avena. Los comerciales terminaban siempre con el Francotirador tristemente de pie sobre un montón de galletas y con los fusiles a la vista. «Bueno, el malo se me escapó —les decía más o menos diariamente a millones de norteamericanos—, pero tengo las galletas. Las mejores galletas del Oeste… y de cualquier otro lugar, me imagino.» El Francotirador hinca el diente en una galleta. Su expresión denota que está experimentando el equivalente gastronómico del primer orgasmo de un muchacho. La imagen se disuelve.

Para los pasteles preparados —dieciséis variedades distintas, desde el pastelito sencillo a la empanada y el pastel de queso—, se había creado el comercial que Vic denominaba de George y Gracie. Aparecen George y Gracie abandonando un fabuloso banquete en el que la mesa del bufet muestra toda clase de exquisiteces. Se pasa a un pequeño y modesto departamento, fuertemente iluminado. George se encuentra sentado junto a una sencilla mesa de cocina, cubierta con un mantel a cuadros. Gracie saca un Pastel Sharp (o un Pastel de Queso o una Empanada) del congelador de su viejo refrigerador y lo coloca sobre la mesa. Ambos lucen todavía sus atuendos de etiqueta. Se miran sonrientes a los ojos con afecto, amor y comprensión, dos personas en perfecta sintonía. Se disuelve la escena con estas palabras sobre un fondo negro: A VECES LO ÚNICO QUE HACE FALTA ES UN PASTEL SHARP. No se pronunciaba ni una sola palabra en todo el comercial. Con este comercial habían ganado un Clío.

Al igual que con el Profesor Cereales Sharp, acogido en el sector como «el anuncio más responsable jamás creado con vistas a la programación infantil», Vic y Roger lo habían considerado su éxito más resonante… pero ahora el Profesor Cereales Sharp había regresado y se había convertido para ellos en una pesadilla.

Interpretado por un actor poco conocido de edad madura, el Profesor Cereales Sharp era un anuncio audazmente adulto en un mar de ágiles comerciales infantiles que vendían chicles, juguetes de aventuras, muñecas, cómics y… cereales de la competencia.

El anuncio mostraba un aula vacía de cuarto o quinto grado, una escena con la que los telespectadores de la mañana del sábado de *La hora de Bugs Bunny y el Correcaminos* y *La pandilla de Drac* podían identificarse fácilmente. El Profesor Cereales Sharp vestía traje de calle, un suéter de cuello de pico y una camisa con el cuello desabrochado. Tanto por su aspecto como por su forma de hablar, resultaba ligeramente autoritario; Vic y Roger habían hablado con algo así como cuarenta profesores y media docena de psiquiatras infantiles y habían descubierto que ésta era la clase de modelo paternal con el que más a gusto se sentían los niños y que sólo muy pocos de ellos conocían en sus hogares.

El Profesor Cereales aparecía sentado sobre el escritorio del maestro, sugiriendo una llana cordialidad —el alma de un verdadero amigo se oculta bajo el traje de tweed verde-gris, podía suponer el joven telespectador—, pero hablaba despacio y con voz grave. No mandaba. No apabullaba. No halagaba. No engatusaba ni hacía elogios. Hablaba a los millones de telespectadores del sábado por la mañana que lucían camisetas, tragaban cereales y contemplaban dibujos animados, como si éstos fueran *personas reales*.

«Buenos días, niños —decía serenamente el profesor—. Éste es un anuncio de cereales. Escúchenme con atención, por favor. Yo sé mucho de cereales porque soy el Profesor Cereales Sharp. Los Cereales Sharp —Twinkles, Cocoa Bear, Bran-16 y Sharp All-Grain Blend— son los cereales de mejor sabor de Estados Unidos. Y son muy buenos para ustedes —un momento de silencio y después el Profesor Cereales Sharp sonreía… y, cuando sonreía, *sabías* que en él se encerraba el alma de un auténtico amigo—. Créanme porque lo sé. Su mamá lo sabe; y he pensado que a ustedes también les gustaría saberlo.»

En este momento, aparecía en el anuncio un joven que le entregaba al Profesor Cereales Sharp un plato de Twinkles o de Cocoa Bears u otra especialidad. El Profesor Cereales Sharp empezaba a comer y después miraba directamente a todas las salas de estar del país, diciendo: «No, no hay nada de malo aquí».

Al viejo Sharp no le había hecho demasiada gracia esta última frase ni la idea de que alguna variedad de sus cereales pudiera tener algo de malo. Finalmente, Vic y Roger lo habían convencido, pero no con argumentos racionales. La creación de anuncios no era una tarea racional. Hacías a menudo lo que te parecía adecuado, pero ello no significaba que pudieras comprender *por qué* te parecía adecuado. Tanto Vic como Roger consideraban que la frase final del Profesor poseía una fuerza que era a un tiempo sencilla y enorme. Viniendo del Profesor Cereales, era la certeza final y total, un seguro completo. Daba a entender que nunca te haría daño. En un mundo en el que los padres se divorciaban y en el que los chicos mayores te daban a veces una paliza sin ninguna razón lógica, en el que el equipo rival de la Liga Infantil te arrebataba la pelota cuando la lanzabas, en el que los buenos no siempre ganaban como en la televisión y en el que no siempre te invitaban a una *buena* fiesta de cumpleaños, en un mundo en el que había tantas cosas que tenían algo de malo, siempre había Twinkles y Cocoa Bears y All-Grain Blend y siempre tendrían buen sabor. «No, no hay nada de malo aquí».

Con un poco de ayuda por parte del hijo de Sharp (más adelante, decía Roger, hubieras podido creer que el anuncio lo había forjado y escrito el propio muchacho), la idea del Profesor Cereales fue aprobada y saturó la televisión de la mañana del sábado y otros programas semanales emitidos conjuntamente por varias cadenas tales como *Star Blazers, Archie, Los héroes de Hogan* y *La isla de Gilligan.* Los Cereales Sharp experimentaron un aumento de ventas muy superior al del resto de los productos Sharp, y el Profesor Cereales se convirtió en una institución estadounidense. Su consigna de «No, no hay nada de malo aquí» se convirtió en una de aquellas frases nacionales que significaban más o menos: «No se preocupe» o «Quédese tranquilo».

Cuando Vic y Roger decidieron establecerse por su cuenta, observaron estrictamente las reglas del juego y no se pusieron en contacto con ninguno de sus antiguos clientes hasta haber cortado oficial —y amistosamente— todas sus relaciones con la Agencia Ellison. Los primeros seis meses que pasaron en Portland fueron para todos ellos un terrible y angustioso periodo. Tad, el hijo de Vic y Donna, sólo tenía un año. Donna, que echaba espantosamente de menos Nueva York, se mostraba alternativamente malhumorada, irritable o simplemente asustada. Roger tenía una antigua úlcera —una herida de combate que databa de sus años en las guerras publicitarias de la Gran Manzana— y, cuando él y Althea perdieron a su hijo, la úlcera volvió a enconarse, convirtiéndolo en un asiduo devorador de pastillas antidiarreicas en el escusado. Althea reaccionaba todo lo bien que podía dadas las circunstancias, pensaba Vic; fue Donna quien le comentó que el único trago flojo de Althea antes de cenar se había convertido en dos tragos antes y tres después. Ambos matrimonios habían pasado sus vacaciones en Maine, por separado y juntos, pero ni Vic ni Roger se habían percatado de la cantidad de puertas que se les cierran al principio a las personas que vienen a establecerse «desde fuera del estado», como dicen los naturales de Maine.

Se hubieran hundido sin duda, como Roger señaló, si el viejo Sharp no hubiera decidido seguir con ellos. En la sede central de la empresa en Cleveland, las posiciones habían experimentado un irónico y brusco cambio. Ahora era el viejo el que deseaba seguir con Vic y Roger y era el chico (que ahora tenía cuarenta años) el que deseaba echarlos por la borda, arguyendo con cierta lógica que sería una locura encomendar sus campañas a una agencia de publicidad de poca monta, situada a mil kilómetros al norte del pulso vital de Nueva York. El hecho de que Ad Worx estuviera afiliada a una empresa de análisis de mercados de Nueva York no significaba nada para el chico, de la misma manera que tampoco había significado nada para las otras empresas cuyas campañas habían organizado en años anteriores.

—Si la lealtad fuera papel higiénico —había dicho Roger amargamente—, nos iba a resultar difícil limpiarnos el trasero, amigo.

Pero había venido la Sharp, proporcionándoles los beneficios que tan desesperadamente necesitaban.

—Nos las arreglamos con una agencia publicitaria de la ciudad durante cuarenta años —dijo el viejo Sharp— y, si estos dos muchachos se quieren largar de esta ciudad maldita, con ello demuestran simplemente que tienen sentido común.

Y no hubo más. El viejo había hablado. El chico se calló. Y, en el transcurso de los últimos dos años y medio, el Francotirador de Galletas había seguido disparando, George y Gracie habían seguido comiendo Pasteles Sharp en su modesto departamento y el Profesor Cereales Sharp había seguido diciéndoles a los chicos que no hay nada de malo aquí. De la producción efectiva de los comerciales se encargaban unos pequeños estudios independientes de Boston, la empresa de análisis de mercados de Nueva York había seguido desarrollando su labor con eficacia y tres o cuatro veces al año Vic o Roger volaban a Cleveland para consultar con Sharp y su chico… un chico cuyas sienes eran ahora decididamente grises. Todo el resto de las relaciones cliente-agencia tenía lugar a través del correo de Estados Unidos y de Ma Bell. El sistema tal vez fuera extraño y era ciertamente incómodo, pero parecía funcionar bien.

Pero entonces aparecieron los Red Razberry Zingers.

Vic y Roger conocían, como es lógico, desde hacía algún tiempo, la existencia de los Zingers, pese a que éstos hacía apenas dos meses que se habían introducido en el mercado general, en abril de 1980. Casi todos los cereales Sharp estaban ligeramente endulzados o no lo estaban en absoluto. El All-Grain Blend, el producto con el que la Sharp había entrado en el campo de los cereales «naturales», había alcanzado un éxito considerable. No obstante, los Red Razberry Zingers estaban destinados a un sector del mercado aficionado a lo dulce: a aquellos consumidores de cereales preparados que compraban productos como Count Chocula, Frankenberry, Lucky Charms y otros ya endulzados para el desayuno y que ocupaban un lugar intermedio entre los cereales y los dulces.

A finales de verano y principios de otoño de 1979, los Zingers habían sido sometidos con éxito a pruebas de mercado en Boise (Idaho), Scranton (Pensilvania) y en Bridgton, la ciudad de Maine en la que Roger había fijado su residencia. Roger le había dicho a Vic con un estremecimiento que no permitiría que las gemelas se acercaran a ellos ni con una pértiga de tres metros (si bien se había mostrado complacido cuando Althea le dijo que las chiquillas los habían pedido con entusiasmo al verlos expuestos en los estantes del mercado de Gigeure).

—Tienen más azúcar que cereal y parecen una antorcha encendida.

Vic había asentido y había replicado inocentemente, sin el menor sentido de la profecía:

—La primera vez que vi una de aquellas cajas, me pareció que estaba llena de sangre.

—Bueno, pues, ¿qué piensas? —repitió Roger.

Se había comido la mitad del sándwich mientras Vic revisaba en su mente toda aquella desdichada sucesión de acontecimientos. Cada vez estaba más convencido de que en Cleveland el viejo Sharp y su maduro chico estaban tratando de nuevo de liquidar al mensajero a causa del mensaje.

—Supongo que será mejor que lo intentemos.

Roger le dio unas palmadas en el hombro.

—Menos mal —dijo—. Ahora, termina de comer.

Pero Vic no tenía apetito.

Ambos habían sido invitados a trasladarse a Cleveland para asistir a una «reunión de emergencia» que iba a tener lugar tres semanas después de la fiesta del 4 de Julio; muchos de los jefes y ejecutivos regionales de ventas de la Sharp estaban de vacaciones y haría falta por lo menos ese tiempo para reunirlos. Uno de los temas del programa tenía que ver directamente con Ad Worx: «Una evaluación de nuestras relaciones hasta estos momentos», se decía en la carta, lo cual significaba, según suponía Vic, que el chico estaba aprovechando el desastre de los Zingers para librarse finalmente de ellos.

Aproximadamente tres semanas después de la introducción de los Red Razberry Zingers en el mercado nacional, respaldados con entusiasmo —no exento de seriedad— por el Profesor Cereales Sharp («No, no hay nada de malo aquí»), la primera madre había llevado a su hija al hospital, casi al borde de un ataque de histerismo y en la certeza de que la niña estaba sufriendo hemorragias internas. La chiquilla, víctima de algo tan benigno como un virus de escasa peligrosidad, había vomitado lo que su madre había supuesto en un primer tiempo que era una enorme cantidad de sangre.

No, no hay nada de malo aquí.

Eso había ocurrido en Iowa City (Iowa). Al día siguiente, se habían registrado otros siete casos. Y, al otro, veinticuatro. En todos los casos, los padres de los niños aquejados de vómitos y diarreas habían trasladado a sus hijos a toda prisa al hospital, en la creencia de que estaban sufriendo hemorragias internas. Tras lo cual, los casos se habían multiplicado... primero cientos y después miles. En ninguno de los casos los vómitos o la diarrea se habían debido a los cereales, pero ello fue generalmente pasado por alto en medio del creciente furor.

No, eso no tiene nada de malo en absoluto.

Los casos se habían extendido desde el oeste al este. El problema era el colorante comestible que confería a los Zingers su llamativo color rojo. El colorante era inofensivo en sí mismo, pero eso también había sido pasado en buena parte por alto. Algo había fallado y, en lugar de asimilar el colorante rojo, el cuerpo humano se limitaba simplemente a dejarlo pasar. El colorante defectuoso sólo se había utilizado en un lote de cereales, pero había sido un lote colosal. Un médico le había dicho a Vic que, si un niño hubiera muerto tras ingerir un gran plato de Red Razberry Zingers y le hubieran practicado la autopsia, su tubo digestivo hubiera mostrado un color rojo tan intenso como el de un semáforo en rojo. El efecto era estrictamente transitorio, pero eso también había sido pasado por alto.

Roger quería que cayeran disparando todas sus armas, en caso de que tuvieran que caer. Había propuesto la celebración de maratonianas reuniones con los de la Image-Eye de Boston, que eran los que se encargaban de la realización efectiva de los comerciales. Quería hablar personalmente con el Profesor Cereales Sharp, el cual se había identificado tanto con su papel que estaba mental y emocionalmente destrozado por lo que había ocurrido. Y después deseaba trasladarse a Nueva York para hablar con los especialistas en *marketing*. Y lo más importante iba a ser las casi dos semanas en el Ritz-Carlton de Boston y en el Plaza de Nueva York, dos semanas que Vic y Roger iban a pasar colaborando estrechamente en la asimilación de la información de que disponían y devanándose los sesos en busca de alguna idea genial como en los viejos tiempos. Lo que Roger esperaba que surgiera de ello era una campaña de rebote que dejara boquiabiertos tanto al viejo Sharp como al chico. En lugar de ir a Cleveland con las nucas rapadas con vistas a la caída de la hoja de la guillotina, se presentarían con unos planes de batalla destinados a invertir los efectos de la hecatombe de los Zingers. Ésa era la teoría. En la práctica, ambos se daban cuenta de que sus posibilidades eran tan remotas como las de un lanzador de beisbol que se dispone deliberadamente a efectuar un lanzamiento fallido.

Vic tenía otros problemas. En el transcurso de los últimos ocho meses había advertido que él y su mujer se iban distanciando lentamente. La seguía queriendo y casi idolatraba a Tad, pero las cosas habían pasado de una situación incómoda a una situación mala, y él intuía que le esperaban cosas —y momentos— peores. Justo allá, en el horizonte, tal vez. Este viaje, una gran gira de Boston a Nueva York y Cleveland, precisamente en la que hubiera tenido que ser su temporada en casa, su temporada de hacer cosas juntos, tal vez no fuera una idea demasiado acertada. Últimamente, cuando contemplaba el rostro de su mujer, advertía una extraña expresión furtiva por abajo de sus planos, ángulos y curvas.

Y la pregunta. Acudía sin cesar a su mente en las noches en que no podía conciliar el sueño, noches que eran más frecuentes de un tiempo a esta parte. ¿Tendría ella un amante? Desde luego, ya no solían acostarse juntos como antes. ¿Lo habría hecho? Esperaba que no, pero ¿qué pensaba él?

En serio. Diga la verdad, señor Trenton, si no quiere verse obligado a pagar las consecuencias.

No estaba seguro, no quería estar seguro. Temía que, en caso de estar seguro, su matrimonio se viniera abajo. Estaba todavía completamente enamorado de ella, jamás había considerado siquiera la posibilidad de una aventura extraconyugal, y podía perdonarle muchas cosas, pero no que le pusiera cuernos en su propia casa. A nadie le gusta llevar cuernos; te crecen las orejas y los niños se burlan por la calle del hombre ridículo. El…

—¿Cómo? —dijo Vic, emergiendo de su meditación—. Se me ha escapado lo que estabas diciendo, Rog.

—He dicho: «Estos malditos cereales rojos». Fin de la cita. Palabras textuales.

—Sí —dijo Vic—. Brindaré por eso.

Roger levantó su jarra de cerveza.

—Hazlo—dijo.

Y Vic lo hizo.

Gary Pervier se encontraba sentado en su patio cubierto por la maleza al pie de la colina de los Siete Robles en Town Road número 3, aproximadamente una semana después del deprimente almuerzo de Vic y Roger en el Submarino Amarillo, bebiendo un desarmador, coctel hecho con veinticinco por ciento de jugo de naranja Bird's Eye helado y un setenta y cinco por ciento de vodka Popov. Estaba sentado a la sombra de un olmo en la última fase de la enfermedad holandesa de los olmos, con el trasero descansando sobre las deshilachadas tiras de una silla de jardín comprada por correo a Sears Roebuck en la última fase de servicio útil. Bebía Popov porque el vodka Popov era barato. Gary había adquirido una considerable cantidad en New Hampshire, donde las bebidas alcohólicas eran más baratas, en la última visita que había efectuado a dicha localidad para abastecerse de licores. El Popov era barato en Maine, pero resultaba casi regalado en New Hampshire, un estado que había optado por las mejores cosas de la vida: una próspera lotería estatal, bebidas alcohólicas baratas, tabaco barato y atracciones turísticas como el Santa's Village y la Six-Gun City. New Hampshire era un lugar estupendo. La silla de jardín se había hundido lentamente en el descuidado césped, cavando unos profundos tepes. La casa, situada al fondo de la extensión de césped, también estaba muy descuidada; era una ruina gris con la pintura que se desprendía y el tejado medio hundido. Persianas rotas. Una chimenea torcida hacia el cielo como un borracho que tratara de levantarse tras haber sufrido una aparatosa caída. Algunas tejas arrancadas durante la última gran tormenta del invierno anterior aún colgaban precariamente de algunas de las ramas del olmo agonizante. No es el Taj Mahal, decía Gary a veces, pero ¿a quién le importa una mierda?

En ese sofocante y caluroso día de finales de junio, Gary estaba perdido de borracho. No se trataba de una situación insólita en su caso. No conocía a Roger Breakstone y le importaba un bledo. No conocía a Vic Trenton y le importaba un bledo. No conocía a Donna Trenton y le importaba un bledo y, en caso de que la hubiera conocido, le hubiera importado un bledo que el equipo visitante hubiera efectuado fuertes lanzamientos de pelota hacia el guante de su *catcher*. Conocía a los Camber y a su perro Cujo; la familia vivía en lo alto de la colina, al final de Town Road número 3. Él y Joe Camber solían beber a menudo juntos y, de una forma levemente confusa, Gary se percataba de que Joe Camber ya se había adentrado mucho por el camino del alcoholismo. Era un camino que el propio Gary había recorrido ampliamente.

—¡Un borracho que no sirve para nada y me importa un bledo! —les dijo Gary a los pájaros y a las tejas colgadas de las ramas del olmo enfermo.

Inclinó el vaso. Soltó un pedo. Aplastó un bicho. La luz del sol y la sombra moteaban su rostro. Detrás de la casa, varios coches destripados habían desaparecido prácticamente en medio de la crecida maleza. La hiedra que crecía en el muro occidental de la casa se había desmelenado y lo cubría casi por completo. Una ventana asomaba —apenas— y, en los días soleados, resplandecía como un diamante sucio. Hacía dos años, en pleno frenesí de borracho, Gary había arrancado del suelo un tocador de una de las habitaciones del piso de arriba y lo había arrojado por una ventana... ahora no podía recordar por qué. Él mismo había vuelto a colocar los cristales en la ventana porque a través de ella penetraba una cuña tremenda de aire al llegar el invierno, pero el tocador seguía estando exactamente en el mismo lugar en el que había caído. Un cajón estaba abierto y parecía una lengua que asomara.

En 1944, cuando tenía veinte años, Gary Pervier había tomado en solitario un fortín alemán en Francia y, tras llevar a cabo esta hazaña, había conducido a su patrulla quince kilómetros más allá, antes de caer rendido a causa de las heridas de seis balas que había sufrido en el transcurso de su ataque contra el nido de ametralladoras. Ello le había valido una de las mayores distinciones de su agradecida patria: la Cruz de Servicios Distinguidos (CSD). En 1968 le había pedido a Buddy Torgeson de Castle Falls que fundiera la medalla y la convirtiera en un cenicero. Buddy se había escandalizado, Gary le había dicho a Buddy que le hubiera pedido que la convirtiera en la taza de un escusado para cagar en ella, pero no era lo bastante grande. Buddy se lo contó a todo el mundo, y tal vez hubiera sido ésta la intención de Gary, o tal vez no.

En cualquier caso, los hippies de la zona se habían vuelto locos de admiración. En el verano del 68, casi todos aquellos hippies se encontraban de vacaciones en la Región de los Lagos en compañía de sus acaudalados padres, antes de regresar en septiembre a sus universidades, donde, al parecer, estaban cursando estudios sobre la Protesta, la Droga y el Sexo.

Una vez Gary hubo conseguido que su CSD fuera convertida en un cenicero por parte de Buddy Torgeson, que se dedicaba a hacer soldaduras por encargo en sus ratos libres y que trabajaba el resto del día en la Esso de Castle Falls (hoy en día todas las gasolinerías eran Exxon y a Gary Pervier le importaba un bledo), una versión de la historia se abrió paso hasta el *Call* de Castle Rock. El reportaje lo escribió un provinciano reportero del lugar que interpretó el hecho como un gesto antibelicista. Fue entonces cuando los hippies empezaron a acudir a la casa de Gary en Town Road número 3. Casi todos ellos deseaban decirle a Gary que estaba «muy adelantado». Algunos querían decirle que era «una especie de valiente». Unos pocos deseaban decirle que era «muy increíble».

Gary les enseñó a todos lo mismo, es decir, su rifle Winchester 30-06. Les dijo que se largaran de sus dominios. Por lo que a él respectaba, todos ellos eran un hato de estúpidos e inútiles melenudos izquierdistas. Les dijo que le importaría una mierda hacerles volar las tripas desde Castle Rock a Fryeburg. Al cabo de algún tiempo, dejaron de acudir a su casa y así terminó el asunto de la CSD.

Una de aquellas balas alemanas le había arrancado a Gary Pervier el testículo derecho; un médico encontró buena parte desperdigado por la entrepierna de sus calzones del ejército. Buena parte del otro había sobrevivido y a veces aún podía conseguir una erección bastante respetable. Como le decía a menudo a Joe Camber, le importaba una mierda una u otra cosa. Su agradecido país le había otorgado la Cruz de Servicios Distinguidos. Un agradecido equipo médico de un hospital de París le había dado de alta en febrero de 1945 con una pensión de invalidez de un ochenta por ciento y una preciosa toxicomanía. Una agradecida ciudad natal le ofreció un desfile el 4 de julio de 1945 (para entonces tenía veintiún años en lugar de veinte, podía votar, tenía las sienes plateadas y se sentía muy a gusto, gracias a Dios). Los agradecidos ediles de la ciudad eximieron la propiedad de Pervier de impuestos a perpetuidad. Eso había sido estupendo ya que, de otro modo, la habría perdido hacía veinte años. Había sustituido la morfina, que ya no podía conseguir, por las borracheras de alta tensión, y entonces había dado comienzo a la obra de su vida, consistente en irse matando a sí mismo lo más lenta y agradablemente que pudiera.

Ahora, en 1980, tenía cincuenta y seis años, tenía el cabello totalmente canoso y estaba de peor humor que un toro con un mango de gato hidráulico metido en el trasero. Casi las únicas tres criaturas vivientes a las que podía soportar eran Joe Camber, su hijo Brett y Cujo, el enorme San Bernardo de Brett.

Se inclinó en su desvencijada silla de jardín; estuvo a punto de caerse de espaldas y tomó un poco más de su desarmador. Su bebida estaba en un vaso que había conseguido gratis en un restaurante McDonald's. Había una especie de bicho color púrpura en el vaso. Un personaje llamado Mueca. Gary comía muy a menudo en el McDonald's de Castle Rock, donde aún se podía comer una hamburguesa a buen precio. Las hamburguesas eran buenas. En cuanto a Mueca... y al comandante McCheese... y a Monsieur Ronald Maldito McDonald... a Gary Pervier le importaban un bledo todos ellos.

Una voluminosa forma oscura se estaba moviendo por entre la alta hierba a su izquierda y, un momento más tarde, Cujo, que estaba efectuando uno de sus paseos, apareció en el descuidado patio frontal de Gary. Vio a Gary y emitió un ladrido de cortesía. Después se acercó, meneando la cola.

—Cujo, hijo de la gran puta —dijo Gary.

Posó en el suelo el vaso del desarmador y empezó a revolver metódicamente sus bolsillos, en busca de galletas para perro. Siempre tenía unas cuantas a mano para Cujo, que era un perro auténticamente bueno como los de antes.

Encontró un par de ellas en el bolsillo de la camisa y las mostró.

—Siéntate, muchacho. Siéntate.

Por muy deprimido o malhumorado que se sintiera, la contemplación de aquel perro de cien kilos de peso sentado como un conejo nunca dejaba de alegrarle.

Cujo se sentó, y Gary vio un pequeño arañazo de desagradable aspecto, ya cicatrizando en el hocico del perro. Gary le arrojó las galletas en forma de hueso, y Cujo las atrapó sin esfuerzo en el aire. Dejó una de ellas entre sus patas delanteras y empezó a mascar la otra.

—Buen perro —dijo Gary, extendiendo la mano para darle a Cujo unas palmadas en la cabeza—. Buen...

Cujo empezó a gruñir. Desde lo hondo de su garganta. Un ruido sordo y casi pensativo. Miró a Gary y éste vio en los ojos del perro algo frío y peligroso que le hizo estremecerse. Retiró rápidamente la mano. No se podía bromear con un perro tan grande como Cujo. A menos que quisieras pasarte el resto de la vida limpiándote el trasero con un garfio.

—Pero ¿qué te pasa, muchacho? —preguntó Gary.

Jamás, en el transcurso de todos los años que el perro llevaba con los Camber, había oído gruñir a Cujo. A decir verdad, no hubiera creído posible que el viejo Cujo fuera capaz de gruñir.

Cujo meneó un poco la cola y se acercó a Gary para que lo acariciara, como si se avergonzara de su momentáneo desliz.

—Bueno, eso ya está mejor —dijo Gary, revolviendo el pelaje del enorme perro.

Había sido una semana terriblemente calurosa y aún iba a hacer más calor, según George Meara, quien se lo había oído decir a tía Evvie Chalmers. Suponía que debía de ser por eso. Los perros notaban el calor más que las personas, y él imaginaba que ninguna norma impedía que un can se mostrara irritable de vez en cuando. Pero, desde luego, había resultado gracioso oír gruñir a Cujo de aquella manera. Si Joe Camber se lo hubiera dicho, Gary no se lo hubiera creído.

—Ve por la otra galleta —dijo Gary, señalándola. Cujo volteó, se acercó a la galleta, la recogió, se la metió en la boca —mientras un largo hilo de saliva le colgaba— y después la dejó caer. Miró a Gary con expresión de disculpa.

—¿Rechazas la comida? —dijo Gary con tono de incredulidad—. ¿Tú?

Cujo volvió a recoger la galleta y se la comió.

—Eso está mejor—dijo Gary—. Un poco de calor no te va a matar. Tampoco me va a matar a mí, aunque me esté poniendo las hemorroides a parir. Bueno, me importa una mierda que se me hinchen como unas malditas pelotas de golf. ¿Lo sabes?

Aplastó un mosquito. Cujo se tendió junto a la silla de Gary mientras éste tomaba de nuevo su desarmador. Ya casi era hora de entrar a refrescarse, como decían los cursis del club de campo.

—Me voy a refrescar el trasero —dijo Gary. Hizo un gesto en dirección al tejado de su casa mientras una pegajosa mezcla de jugo de naranja y vodka le bajaba por el huesudo brazo tostado por el sol—. Mira esta chimenea, Cujito, se está cayendo la condenada. ¿Y sabes una cosa? Me importa un bledo. Aunque todo se viniera abajo, soltaría un pedo y sanseacabó. ¿Lo sabes tú?

Cujo meneó un poco la cola. No sabía lo que estaba diciendo este HOMBRE, pero los ritmos le eran conocidos y las pautas le resultaban tranquilizadoras. Estas peroratas se producían una docena de veces a la semana desde que… bueno, por lo que a Cujo respectaba, desde siempre. A Cujo le gustaba este HOMBRE que siempre tenía comida. Últimamente parecía que a Cujo no le apetecía la comida, pero, si el HOMBRE quería que comiera, comería. De ese modo, se podría tender aquí —como estaba haciéndolo ahora— y escuchar el tranquilizador parloteo. En conjunto Cujo no se encontraba muy bien. No le había gruñido al HOMBRE porque tuviera calor, sino simplemente porque no se encontraba bien. Por un momento —sólo por un momento— había experimentado el impulso de morder al HOMBRE.

—Parece que te has lastimado el hocico en unas zarzas —dijo Gary—. ¿Qué estabas persiguiendo? ¿Una marmota? ¿Un conejo?

Cujo meneó un poco la cola. Los grillos cantaban en los frondosos arbustos. Detrás de la casa, las madreselvas crecían sin orden ni concierto, atrayendo a las soñolientas abejas de una tarde de verano. Todo en la vida de Cujo hubiera debido estar bien, pero, en cierto modo, no lo estaba. No se encontraba bien en absoluto.

—Ni siquiera me importa un bledo que se le caigan todos los dientes a este palurdo de Georgia o que se le caigan a Ray-Gun —dijo Gary, levantándose con gestos inestables. La silla de jardín se ladeó y cayó. Si hubiera usted supuesto que a Gary Pervier le importaba una mierda, hubiera acertado—. Discúlpame, chico.

Entró en la casa y se preparó otro desarmador. La cocina era un ruidoso horror cubierto de manchas de mosca, con bolsas verdes de la basura abiertas, latas vacías y botellas vacías de bebidas alcohólicas.

Cuando Gary salió de nuevo con otra bebida en la mano, Cujo ya se había marchado.

El último día de junio, Donna Trenton regresó del centro de Castle Rock (los habitantes de la ciudad lo llamaban la «calle del centro», pero, por lo menos, ella no había adquirido este particular modismo de Maine), donde había dejado a Tad en su campamento diurno y había comprado algunos comestibles en el supermercado Agway. Tenía calor y estaba cansada, y la contemplación de la vieja camioneta Ford Ecoline de Steve Kemp con los chillones murales del desierto pintados en los costados la puso repentinamente furiosa.

La cólera había estado hirviendo a fuego lento todo el día. Vic le había hablado del inminente viaje a la hora del desayuno y, al protestar ella por el hecho de que la dejara sola con Tad durante lo que podían ser diez días o dos semanas o sólo Dios sabía cuánto tiempo, él le había explicado con toda claridad las cuestiones que estaban en juego. Le había metido el miedo en el cuerpo y a ella no le gustaba que la asustaran. Hasta aquella mañana, el asunto de los Red Razberry Zingers le había parecido, una broma… una broma bastante graciosa a expensas de Vic y Roger. Jamás hubiera imaginado que una cosa tan absurda pudiera tener unas consecuencias tan graves.

Después Tad se había puesto pesado a propósito del campamento diurno, quejándose de que el viernes anterior un niño grande lo había empujado. El niño grande se llamaba Stanley Dobson y Tad temía que Stanley Dobson lo volviera a empujar. Había llorado y se había agarrado a ella cuando lo llevó al campo de la Legión Americana en el que se hallaba ubicado el campamento y había tenido que soltarle los dedos de su blusa uno por uno, haciendo que se sintiese más un nazi que una mamá: *Irás al kamp diurno, ¿ja?*

Ja, mein Mamma! A veces Tad parecía muy pequeño para su edad, muy vulnerable. ¿Sólo de los niños se suponía que eran precoces e ingeniosos? Tenía los dedos manchados de chocolate y le había dejado las huellas en la blusa. Le recordaban las huellas de manos manchadas de sangre que a veces se veían en las revistas baratas de detectives.

Para redondear la cosa, su Pinto había empezado a funcionar de una manera muy rara mientras regresaba a casa desde el supermercado, con sacudidas y detenciones, como si se tratara de un caso de hipo automovilístico. Al cabo de un rato, el vehículo se había calmado, pero lo que podía ocurrir una vez podía volver a ocurrir y…

… y, para colmo, aquí estaba Steve Kemp.

—Bueno; pues, nada de idioteces —murmuró por lo bajo, tomando la bolsa de la compra y descendiendo del vehículo, una preciosa morena de veintinueve años, alta y de ojos grises. Conseguía producir la impresión de sentirse aceptablemente pulcra, a pesar del implacable calor, de la blusa con las huellas de Tad y del short de color gris claro que se le pegaba a las caderas y el trasero.

Subió rápidamente los escalones y entró en la casa por la puerta principal. Steve se encontraba sentado en el sillón en el que solía sentarse Vic en la sala. Se estaba bebiendo una de las cervezas de Vic. Estaba fumando un cigarro… posiblemente suyo. La televisión estaba encendida, ofreciendo las angustias de *Hospital general* a todo color.

—Llega la princesa —dijo Steve, esbozando aquella sonrisa simétrica que tan encantadora e interesantemente peligrosa le había parecido a Donna en otros tiempos—. Pensaba que no ibas a llegar nunca…

—Quiero que te largues de aquí, hijo de puta —le dijo ella sin inflexión alguna en la voz, dirigiéndose a la cocina.

Dejó la bolsa de la compra encima de la mesa y empezó a guardar las cosas. No recordaba cuál había sido la última vez en que había estado tan enojada y tan furiosa como ahora, con un angustioso y doloroso nudo en el estómago. Tal vez en el transcurso de una de las interminables discusiones con su madre. Uno de aquellos auténticos espectáculos de horror que se organizaban antes de que ella se fuera a la escuela. Cuando Steve se le acercó por detrás y deslizó sus bronceados brazos alrededor de su cintura desnuda, actuó sin pensar; le golpeó con el codo la parte inferior del tórax. Su furia no se calmó ante el hecho evidente de que él se hubiera anticipado a su acción. Él jugaba mucho tenis y pareció como si su codo hubiera golpeado una pared de piedra revestida con una capa de goma dura.

Volteó y contempló el sonriente rostro barbudo. Ella medía un metro setenta y nueve y superaba a Vic en dos centímetros y medio cuando calzaba zapatos de tacón, pero Steve medía casi un metro noventa y dos.

—¿No me has oído? ¡Quiero que te largues de aquí!

—¿Y por qué? —preguntó él—. El chiquitín está haciendo taparrabos de lentejuelas o disparando contra manzanas sobre las cabezas de las educadoras con su pequeño arco y sus flechas… o lo que hagan allí… y el maridito está trabajando con los pelmazos de la oficina… y ahora es el momento de que la *hausfrau* más bonita de Castle Rock y el poeta y as del tenis residente en Castle Rock hagan sonar con encantadora armonía las campanas de la unión sexual.

—Veo que te estacionaste en la entrada de la casa —dijo Donna—. ¿Por qué no pegas un gran letrero en tu camioneta? ¿ESTOY COGIENDO CON DONNA TRENTON o algo por el estilo?

—Tengo todas las razones para estacionarme en tu entrada —dijo Steve, todavía sonriendo—. Llevo la mesa del tocador en la parte de atrás. Limpia y desnuda. Como querría verte a ti, cariño.

—Puedes dejarla en la entrada. Yo me encargaré de ella. Mientras lo haces, te extenderé un cheque.

La sonrisa de Steve se esfumó levemente. Por primera vez desde que ella había entrado en la casa, el encanto superficial se había desvanecido un poco y ella podía ver a la persona real que había abajo. Era una persona que no le gustaba en absoluto, una persona que la dejaba consternada cuando se la imaginaba en relación consigo misma. Había mentido a Vic, había actuado a espaldas suyas, para poder acostarse con Steve Kemp. Pensaba que ojalá lo que sentía ahora pudiera ser algo tan sencillo como volver a descubrirse a sí misma, como después de haber sufrido un desagradable acceso de fiebre. O volver a descubrirse a sí misma en calidad de compañera de Vic. Pero, una vez eliminada la corteza, el hecho escueto consistía en que Steve Kemp —poeta con obra publicada, restaurador y barnizador ambulante de muebles, restaurador de asientos de rejilla, buen jugador aficionado de tenis y excelente amante vespertino— era una caca.

—Hablo en serio —dijo él.

—Claro, nadie puede rechazar al apuesto y sensible Steve Kemp —dijo ella—. Tiene que ser una broma. Sólo que no lo es. Por consiguiente, lo que vas a hacer ahora, apuesto y sensible Steve Kemp, será dejar la mesa del tocador en la entrada, tomar el cheque y largarte.

—A mí no me hables así, Donna.

Su mano se deslizó hacia el pecho de Donna y lo apretó. Le hizo daño. Ella empezó a sentirse un poco asustada y enfurecida a un tiempo. (Sin embargo, ¿acaso no había estado constantemente asustada? ¿Acaso no había eso formado parte de la pequeña y desagradable emoción furtiva que todo ello le producía?)

Ella le propinó un golpe en la mano.

—No me saques de mis casillas, Donna —Steve ya no sonreía—. Hace demasiado calor.

—¿Yo? ¿Que no te saque de tus casillas? Estabas aquí cuando llegué.

El hecho de que él la asustara contribuía a intensificar su cólera. Tenía una espesa barba negra que le subía hasta los pómulos y se le ocurrió pensar de repente que, aunque le había visto el miembro de cerca —lo había tenido en la boca—, nunca se había percatado realmente de cómo era su cara.

—Lo que quieres decir —dijo él— es que te picaba algo y, ahora que ya te has rascado, a la mierda. ¿Es eso? ¿Qué importa lo que yo sienta?

—Me estás echando el aliento encima —dijo ella, empujándolo para guardar la leche en el refrigerador.

Esta vez, él no lo esperaba. El empujón lo agarró desprevenido y le hizo retroceder un paso. Aparecieron unas repentinas arrugas en su frente y sus pómulos enrojecieron intensamente. Ella lo había visto algunas veces con aquel aspecto en las pistas de tenis situadas detrás de los edificios de la Academia de Bridgton, cuando fallaba una jugada fácil. Lo había visto jugar varias veces —incluidos dos sets en cuyo transcurso había eliminado con gran facilidad a su jadeante y resoplante marido— y, en las pocas ocasiones en que lo había visto perder, su reacción le había provocado una extremada inquietud a propósito del lío en que se había metido con él. Había publicado poemas en más de dos docenas de pequeñas revistas, y un libro suyo titulado *La persecución del ocaso* había sido publicado por una empresa editorial de Baton Rouge llamada La Prensa sobre el Garaje. Se había licenciado en Drew (Nueva Jersey); tenía unas opiniones muy firmes acerca del arte moderno, la cuestión del inminente referéndum nuclear en Maine y las películas de Andy Warhol y encajaba una doble falta de la misma manera que Tad encajaba la noticia de que había llegado la hora de irse a la cama.

Ahora la siguió, la asió por el hombro y le dio la vuelta para que lo mirara a la cara. El envase de cartón de la leche se le escapó a Donna de las manos y se abrió en el suelo.

—Fíjate en eso —dijo Donna—. Bonita faena, qué astuto.

—Oye, a mí no me gusta que me empujen. ¿Quieres…?

—*¡Que te largues de aquí!* —le gritó ella a la cara. Le roció las mejillas y la frente con su saliva—. *¿Qué tengo que hacer para convencerte? ¿Necesitas que te lo explique con dibujos? ¡No eres bien recibido aquí! ¡Vete a interpretar tu papel de regalo de Dios con otra mujer!*

—Sucia bruja indecente—dijo él.

Hablaba en tono sombrío y mostraba una expresión enfurecida. No le soltaba el brazo.

—Y llévate el tocador. Tíralo a la basura.

Donna consiguió liberarse y tomó el trapo de cocina, colgado sobre la llave del fregadero. Le temblaban las manos, tenía el estómago trastornado y estaba empezando a dolerle la cabeza. Pensaba que iba a vomitar de un momento a otro.

Se puso a gatas y empezó a secar la leche derramada.

—Sí, te crees que eres algo —dijo él—. ¿Desde cuándo tienes la entrepierna de oro? Te encantaba. Me pedías a gritos que te diera más.

—Menos mal que utilizas el tiempo gramatical adecuado, amigo —dijo ella sin levantar los ojos.

El cabello le cubría el rostro y a ella le parecía muy bien. No quería que él viera lo pálida y desmejorada que estaba su cara. Tenía la sensación de que alguien la había arrojado a una pesadilla. Tenía la sensación de que, si se hubiera mirado a un espejo en aquellos momentos, habría visto a una fea bruja retozadora.

—Vete, Steve. No voy a repetírtelo.

—¿Y si no me voy? ¿Vas a llamar al alguacil Bannerman? Claro. Le dirás: «Oiga, George, soy la esposa del señor Hombre de Negocios, y el tipo con quien me he estado acostando en secreto no se quiere largar. ¿Quiere hacer el favor de venir a llevárselo?», ¿Es eso lo que vas a decir?

Ahora el miedo se apoderó profundamente de ella. Antes de casarse con Vic, trabajaba como bibliotecaria en el complejo escolar de Westchester y su pesadilla particular siempre había sido la de tener que decirles a los niños por tercera vez —con su tono de voz más fuerte— que se callaran inmediatamente, *por favor*. Siempre que lo hacía, se callaban —por lo menos, lo suficiente como para que ella pudiera superar aquel periodo de tiempo—, pero ¿y si no lo hubieran hecho? Ésa era su pesadilla. ¿Y si no lo hubieran hecho en absoluto? ¿Qué hubiera podido hacer? La pregunta la asustaba. La asustaba el hecho de plantearse dicha pregunta, aunque lo hiciera en su fuero interno, en mitad de la noche. La asustaba el hecho de tener que hablar a gritos y sólo lo había hecho en casos absolutamente necesarios. Porque ahí era donde la civilización llegaba a un brusco y chirriante final. Ahí era donde el pavimento asfaltado se transformaba en tierra. Si no te escuchaban cuando hablabas en tono recio, el único recurso que te quedaba era el grito.

Y ésa era la misma clase de miedo. La única respuesta a la pregunta del hombre era, como es lógico, la de gritar en caso de que se acercara.

—Vete —le dijo, bajando la voz—. Por favor. Hemos terminado.

—¿Y si yo decidiera que no? ¿Y si decidiera violarte aquí en el suelo sobre esta maldita leche derramada?

Ella lo miró por entre su cabello enmarañado. Su rostro aún estaba pálido y sus ojos aún estaban demasiado abiertos, rodeados de carne blanca.

—Entonces habrá pelea. Y, si se me ofrece la oportunidad de arrancarte las pelotas o de sacarte un ojo, no vacilaré.

Por un instante, antes de que él acercara el rostro, le pareció ver que se había quedado perplejo. Él sabía que era rápida y que estaba en forma. Podía derrotarla jugando tenis, pero ella lo hacía sudar para conseguirlo. Probablemente, sus pelotas y sus ojos estaban a salvo, pero era muy posible que ella le marcara un poco la cara. Se trataba de establecer hasta qué extremo quería llegar. Ella percibía el olor de algo denso y desagradable en el aire de su cocina, una vaharada de selva, y comprendía con desaliento que era una mezcla de su propio temor y de la furia de Steve. Era algo que se escapaba de los poros de ambos.

—Me llevaré de nuevo el tocador al taller —dijo él—. ¿Por qué no envías por él a tu precioso maridito, Donna? Él y yo podríamos mantener una bonita conversación. Acerca de la limpieza de muebles.

Después se marchó, cerrando la puerta que comunicaba la sala con la entrada casi con tanta fuerza como para romper los cristales. Momentos después, el motor de su camioneta empezó a rugir, funcionó en vacío como a trompicones y después emitió un rumor más suave y se puso en marcha. Steve se alejó, haciendo rechinar las llantas.

Donna terminó de limpiar lentamente la leche, levantándose de vez en cuando para escurrir el trapo en la cubeta de acero inoxidable. Observó cómo los hilillos de leche bajaban hacia el desagüe. Estaba temblando totalmente, en parte a causa de la reacción y, en parte, de alivio. Apenas había prestado atención a la velada amenaza de Steve de decírselo a Vic. Sólo acertaba a pensar, una y otra vez, en la sucesión de acontecimientos que habían culminado en esta desagradable escena. Creía sinceramente que se había entregado a aquellas relaciones con Steve Kemp casi inadvertidamente. Había sido como una explosión de aguas fecales de una cloaca enterrada. Creía que una cloaca análoga pasaba por abajo de los cuidados céspedes de casi todos los matrimonios de Estados Unidos.

Ella no quería trasladarse a vivir a Maine y se había aterrado cuando Vic le había expuesto la idea. A pesar de las vacaciones que había pasado, allí (tal vez las vacaciones hubieran contribuido a ratificarla en su opinión), el estado le había parecido un páramo selvático, un lugar en el que la nieve alcanzaba seis metros de altura en invierno y la gente se quedaba prácticamente aislada. La idea de llevarse a su niño a semejante ambiente la aterrorizaba. Había imaginado —y se lo había comentado a Vic— la caída de repentinas nevadas, dejándolo a él incomunicado en Portland y a ella en Castle Rock. Imaginó y comentó la posibilidad de que Tad se tragara unas pastillas en semejante situación, o bien se quemara con la estufa, o Dios sabía qué otra cosa. Y tal vez parte de su resistencia se hubiera debido a su obstinada negativa a abandonar la tensión y el ajetreo de Nueva York.

Bueno; pues había que reconocerlo…, lo peor no había sido nada de todo eso. Lo peor había sido el inquietante convencimiento de que Ad Worx iba a fracasar y se verían obligados a regresar a rastras con la cola entre las patas. Semejante cosa no había ocurrido porque Vic y Roger habían trabajado como fieras. Pero eso había tenido por contrapartida el hecho de dejarla a ella con un niño pequeño y con demasiado tiempo libre.

Podía contar sus amigos íntimos con los dedos de una mano. Confiaba en que los que hiciera fueran amigos suyos contra viento y marea, pero nunca le había sido fácil entablar rápidamente amistad con los demás. Había acariciado la idea de conseguir un permiso de trabajo en Maine: Maine y Nueva York tenían establecidos acuerdos de reciprocidad; hubiera sido cuestión más que nada de rellenar algunos formularios. Entonces hubiera podido acudir a ver al inspector escolar e inscribir su nombre en la lista de suplencias de la Preparatoria de Castle Rock. La idea era ridícula y la archivó tras haber hecho algunas cuentas con su calculadora de bolsillo. La gasolina y los honorarios de las personas encargadas de cuidar del niño se comerían buena parte de los veintiocho dólares diarios que hubiera podido ganar.

Me he convertido en la legendaria Gran Ama de Casa Norteamericana, había pensado tristemente un día del último invierno, observando cómo el aguanieve golpeaba las contraventanas de la entrada. Sentada en casa, dándole de comer a Tad sus «franks» y sus frijoles o su sándwich tostado con queso y la sopa Campbell's para el almuerzo, recibiendo mi porción de vida a través de Lisa en *El mundo gira* y de Mike en *Los jóvenes y los inquietos*. De vez en cuando, nos divertimos con una sesión de *La rueda de la fortuna*. Podía ir a ver a Joanie Welsh, que tenía una niña aproximadamente de la misma edad que Tad, pero Joanie siempre la ponía nerviosa. Tenía tres años más que Donna y pesaba cinco kilos más. Los cinco kilos de más no parecían preocuparla. Decía que a su marido le gustaba así, Joanie aceptaba las cosas de Castle Rock tal como eran.

Poco a poco, la porquería había empezado a acumularse en la tubería. Empezó a darle lata a Vic a propósito de las pequeñas cosas, sublimando las grandes porque eran difíciles de definir y todavía más difíciles de expresar con palabras. Cosas tales como la pérdida y el temor y el envejecimiento. Cosas como la soledad y el miedo a estar sola. Cosas como oír en el radio una canción que recordaba de sus tiempos de estudiante de secundaria y echarse a llorar sin motivo. Sintiendo celos de Vic porque su vida era una lucha diaria por construir algo, porque era un caballero andante con el timbre heráldico de la familia grabado en relieve en su escudo, y su vida, en cambio, consistía en quedarse ahí, cuidando a Tad todo el día, procurando alegrarlo cuando se mostraba irritable, escuchando sus parloteos, preparándole las comidas y las meriendas. Era una vida vivida en las trincheras. Una parte excesiva de ella consistía en esperar y escuchar.

Y ella había estado pensando constantemente que las cosas empezarían a arreglarse cuando Tad creciera; el descubrimiento de que semejante cosa no era cierta le había provocado una especie de terror de bajo nivel. El año pasado, el niño había estado fuera de casa tres mañanas por semana, en un jardín de infancia de Jacky Jill; ese verano había pasado cinco tardes por semana en un campamento deportivo. Cuando él no estaba, la casa resultaba aterradoramente vacía. Los claros de las puertas parecían inclinarse y boquear sin que Tad los llenara; la escalera bostezaba cuando Tad no estaba sentado en ella a medio camino de subida, con los pantalones de la piyama puestos antes de irse a echar la siesta, contemplando ensimismado uno de sus cuentos ilustrados.

Las puertas eran bocas, las escaleras eran gargantas, las habitaciones vacías se convertían en trampas.

Y entonces ella empezaba a fregar suelos que no necesitaban ser fregados. Observaba las jabonaduras. Pensaba en Steve Kemp, con quien había coqueteado un poco desde que él había llegado a la ciudad el otoño anterior con su camioneta con placas de Virginia, montando un pequeño negocio de limpieza y restauración de muebles. Se había sorprendido a sí misma sentada frente a la televisión sin tener ni idea de lo que estaba viendo porque estaba pensando en la forma en que su intenso bronceado contrastaba con su blanco atuendo de tenis o en la forma en que se agitaba su trasero cuando se movía con rapidez. Y, al final, había hecho una cosa. Y hoy…

Notó un nudo en el estómago y corrió al baño, cubriéndose la boca con las manos y mirando con ojos fijos y desorbitados. Había llegado justo a tiempo, vomitándolo todo. Contempló el revoltijo que había sacado y, emitiendo un gemido, volvió a sacar más.

Cuando su estómago se sintió mejor (si bien las piernas le estaban volviendo a temblar, algo había perdido y algo había ganado), se miró en el espejo del baño. El tubo fluorescente resultaba duro y muy poco favorecedor para su rostro. Su piel estaba demasiado pálida y sus párpados estaban enrojecidos. El cabello se le había pegado al cráneo, formando un casco muy poco favorecedor. Vio el aspecto que iba a tener cuando fuera vieja y lo más terrible de todo ello era que, en aquellos momentos, si Steve Kemp hubiera estado allí, pensaba que le hubiera permitido hacerle el amor, con tal de que la hubiera abrazado y besado y le hubiera dicho que no tenía que asustarse, que el tiempo era un mito y la muerte era un sueño, que todo iba bien.

Surgió de ella un sonido, un sollozo estridente que no era posible que hubiera nacido en su pecho. Era el grito de una loca.

Inclinó la cabeza y lloró.

Charity Camber se sentó en la cama matrimonial que compartía con su marido Joe y contempló algo que tenía en las manos. Acababa de regresar de la tienda, la misma de la que Donna Trenton era clienta. Ahora tenía las manos y los pies y las mejillas ateridos y fríos, como si hubiera estado fuera demasiado tiempo con Joe en la moto de nieve. Pero mañana era el primero de julio; la moto de nieve estaba perfectamente guardada en el cobertizo de atrás, cubierta con su funda de lona.

No puede ser. Había habido algún error.

Pero no había error. Lo había comprobado una docena de veces y no había error.

Al fin y al cabo, tiene que ocurrirle a alguien, *¿no es cierto?* Sí, claro. *A alguien.* Pero *¿a ella?*

Podía oír a Joe, golpeando algo en su taller, un sonido fuerte como de campana que se estaba abriendo paso a golpes en la calurosa tarde, como un martillo que estuviera dando forma a una fina plancha de metal. Hubo una pausa y después, tenuemente:

—¡Mierda!

El martillo volvió a descargarse una vez más y hubo una pausa más prolongada. Después, su marido llamó gritando:

—¡*Brett*!

Siempre se estremecía un poco cuando él levantaba la voz de aquella manera y llamaba al niño. Brett quería mucho a su padre, pero Charity nunca había estado segura de lo que Joe sentía por su hijo. Era terrible pensar eso, pero era verdad. Una vez, hacía dos años, había tenido una pesadilla horrible que no pensaba que pudiera olvidar jamás. Soñó que su marido le clavaba una horca a Brett directamente en el pecho. Los pinchos le atravesaban y salían por la espalda de la camiseta de Brett, levantándola como los mástiles levantan una tienda de campaña en el aire. *El pequeño sinvergüenza no vino cuando lo llamé,* decía el marido de su sueño, y ella se había despertado con un sobresalto al lado de su marido verdadero que estaba durmiendo el sueño de la cerveza, enfundado en unos boxers. La luz de la luna penetraba por la ventana, iluminando la cama en la que ahora se encontraba sentada, un frío e indiferente chorro de luz de luna, y ella había comprendido lo asustada que podía sentirse una persona y hasta qué punto el miedo era un monstruo de dientes amarillos, dispuesto por un Dios enfurecido para devorar a los incautos y los ineptos. Joe le había puesto las manos encima algunas veces en el transcurso de su matrimonio, y ella había aprendido la lección. Tal vez ella no fuese un genio, pero su madre no había criado a ninguna idiota. Ahora hacía lo que Joe decía y raras veces discutía. Suponía que Brett también era así. Pero a veces temía por el niño.

Se acercó a la ventana justo a tiempo para ver a Brett, que cruzaba el patio a toda prisa y entraba en el establo. Cujo iba siguiéndole los talones a Brett, con aire acalorado y decaído.

Tenuemente:

—Sosténme esto, Brett.

Más tenuemente:

—Sí, papá.

Se inició de nuevo el martilleo, el implacable sonido del picahielo: ¡Uing! ¡Uing! ¡Uing! Se imaginaba a Brett sosteniendo algo contra algo… un cincel contra una masa de rodamiento atascado tal vez, o un clavo largo cuadrado contra el pasador de una cerradura. Su marido, con un Pall Mall moviéndose en la comisura de sus finos labios, las mangas de la camiseta remangadas, blandiendo un pesado martillo de dos kilos. Y, si estaba borracho… si le fallaba un poco la puntería…

Oía mentalmente el grito angustiado de Brett mientras el martillo le dejaba la mano convertida en una roja papilla despachurrada y cruzó los brazos sobre el pecho para librarse de aquella visión.

Contempló de nuevo la cosa que tenía en la mano y se preguntó si habría algún medio de que pudiera utilizarla. Más que nada en el mundo, deseaba ir a Connecticut a ver a su hermana Holly. Hacía seis años, en el verano de 1974... lo recordaba muy bien porque había sido un mal verano para ella, con la excepción de aquel agradable fin de semana. El setenta y cuatro había sido el año en que se habían iniciado los problemas nocturnos de Brett: inquietud, pesadillas y, cada vez con más frecuencia, episodios de sonambulismo. Había sido también el año en que Joe había empezado a beber más de la cuenta. Más tarde, las noches de inquietud y el sonambulismo de Brett habían desaparecido. Pero la afición de Joe a la bebida no había desaparecido.

Brett tenía entonces cuatro años; ahora tenía diez y ni siquiera recordaba a su tía Holly, que llevaba seis años casada. Ésta tenía un niño que llevaba el mismo nombre que su marido, y una niña. Charity no había visto jamás a los niños, su sobrina y su sobrino, más que en las fotografías en Kodachrome que Holly le mandaba de vez en cuando por correo.

Le daba miedo pedírselo a Joe. Él estaba harto de oírle hablar de ello y, en caso de que se lo volviera a pedir, tal vez le pegara. Hacía casi dieciséis meses que le había preguntado si no podrían tomarse tal vez unas pequeñas vacaciones en Connecticut. No era muy dado a los viajes el hijo Joe de la señora Camber. Se encontraba a gusto en Castle Rock. Una vez al año, él y el viejo borrachín de Gary Pervier y algunos de sus amigotes se trasladaban al norte, a Moosehead, para cazar venados. En noviembre último, había querido llevarse a Brett. Pero ella se había opuesto con firmeza y había seguido oponiéndose, a pesar de los malhumorados murmullos de Joe y de los tristes ojos de Brett. No iba a permitir que el niño pasara fuera dos semanas con aquel grupo de hombres, oyendo conversaciones vulgares y chistes subidos de tono y viendo en qué clase de animales podían convertirse los hombres cuando pasaban varios días o semanas bebiendo sin cesar. Armas de fuego cargadas, hombres cargados, alguien sufría siempre algún daño más tarde o más temprano, tanto si llevaban gorros y chalecos anaranjados fluorescentes como si no. Y no iba a ser Brett. Su hijo no iba a ser.

El martillo seguía golpeando el acero con golpes rítmicos y regulares. Se detuvo. Ella se tranquilizó un poco. Pero después empezó de nuevo.

Suponía que, más tarde o más temprano, Brett se iría con ellos y ella lo perdería. Se incorporaría a su club y, a partir de aquel momento, ella sería poco más que una criada que mantenía arreglada la sede social del club. Sí, llegaría ese día y ella lo sabía y le causaba tristeza. Pero, por lo menos, había logrado aplazarlo un año.

¿Y este año? ¿Podría conservarlo en casa con ella este noviembre? Tal vez no. En cualquiera de los casos, sería mejor —no es que estuviera bien, pero, por lo menos, sería mejor— que pudiera llevarse primero a Brett a Connecticut. Llevarlo allí y enseñarle cómo algunas…

… algunas…

Vamos, dilo, aunque sea sólo para ti misma.

(cómo vivían algunas personas respetables)

Si Joe les permitiera ir solos… pero era absurdo pensarlo. Joe podía ir a los sitios solo o con sus amigos, pero ella no, ni siquiera llevando consigo a Brett. Ésta era una de las normas básicas de su matrimonio. Y, sin embargo, no podía evitar pensar lo mucho mejor que sería sin él… sin verlo sentado en la cocina de Holly, bebiendo cerveza y mirando al Jim de Holly de arriba abajo con aquellos insolentes ojos castaños. Sería mejor que él no los acompañara y empezara a mostrarse impaciente por irse hasta que Holly y Jim empezaran a mostrarse impacientes por que se fueran…

Ella y Brett.

Los dos solos.

Podían ir en autobús.

Pensó: En noviembre pasado, él quiso llevarse a Brett a cazar.

Pensó: ¿Y si pudieran hacer un trato?

El frío se apoderó de ella, llenando los huecos de sus cavidades con vidrio cortante. ¿Podría ella *acceder* realmente a semejante trato? ¿Que Joe se llevara a Brett a Moosehead en otoño a cambio de que él accediera a su vez a dejarles ir a Stratford en autobús…?

Había dinero suficiente —ahora sí—, pero el dinero por sí solo no bastaba. Él tomaría el dinero y ella no lo volvería a ver. A menos que supiera jugar las cartas con mucha precisión, Con mucha… precisión.

Su mente empezó a moverse con más rapidez. Los golpes del exterior cesaron. Vio a Brett saliendo al trote del establo y experimentó una leve sensación de gratitud. En una especie como de premonición, estaba convencida de que, en caso de que el muchacho llegara a sufrir algún daño grave, ello iba a ocurrir en aquel lóbrego lugar con el aserrín esparcido sobre la grasa que cubría las tablas de madera del suelo.

Había una manera. *Tenía* que haber una manera.

En caso de que ella estuviera dispuesta a correr el riesgo.

Entre sus dedos tenía un billete de lotería. Lo manoseó una y otra vez mientras reflexionaba, de pie junto a la ventana.

Cuando Steve Kemp regresó a su taller se encontraba en un estado de enfurecido éxtasis. Su taller estaba en las afueras occidentales de Castle Rock, en la Carretera 11. Se lo había alquilado a un agricultor que tenía propiedades tanto en Castle Rock como en la cercana Bridgton. El agricultor no era simplemente un zopenco; era un Súper Zopenco.

El taller estaba dominado por la caldera de limpiar, una carcacha de hierro ondulado que parecía lo suficientemente grande como para hervir a toda una congregación de misioneros a la vez. Colocados a su alrededor como los pequeños satélites de un planeta más grande, podían verse los elementos de su trabajo: tocadores, aparadores para vajillas de porcelana, libreros, mesas. En el aire se aspiraba el aroma del barniz, de la mezcla de limpiar muebles y del aceite de linaza.

Guardaba una muda de ropa en una vieja bolsa de vuelo de la Trans World Airlines; tenía previsto cambiarse tras hacer el amor con aquella puta de lujo. Ahora arrojó la bolsa al otro lado del taller. Ésta rebotó en la pared del fondo y cayó encima de un tocador. Él se acercó y la apartó a un lado, dándole un puntapié mientras caía y lanzándola contra el techo antes de que cayera de lado como una marmota muerta. Después se limitó a permanecer de pie, respirando afanosamente, inhalando los intensos olores y contemplando con aire ausente las tres sillas cuyos asientos de rejilla había prometido arreglar para el final de semana. Mantenía los pulgares introducidos en la parte interior del cinturón y las manos cerradas. Su labio inferior aparecía extendido hacia afuera. Parecía un chiquillo enfurruñado tras haber recibido un regaño.

—¡Cochina *mierda*! —musitó mientras se acercaba a la bolsa de viaje. Hizo ademán de volver a propinarle un puntapié, pero cambió de idea y la recogió del suelo. Cruzó el cobertizo y entró en la casa de tres habitaciones, colindante con el taller. En la casa hacía todavía más calor. Loco calor de julio. Le atacaba a uno la cabeza. La cocina estaba llena de platos sucios. Las moscas revoloteaban zumbando alrededor de una bolsa Hefty de plástico verde llena de latas de Beefaroni y de atún. La sala estaba dominada por una enorme y vieja televisión Zenith en blanco y negro que él había rescatado del vertedero de basura de Naples. Un gato pardo castrado de gran tamaño que se llamaba Bernie Garbo estaba durmiendo encima como una cosa muerta.

El dormitorio era el lugar en que se dedicaba a escribir. La cama era plegable y estaba sin hacer y las sábanas estaban rígidas de esperma. Por mucho que se acostara con las mujeres (en el transcurso de las últimas dos semanas, ello había equivalido a cero), se masturbaba muy a menudo. La masturbación era un signo de capacidad creadora, pensaba él. Al otro lado de la cama estaba su escritorio. Encima podía verse una enorme y anticuada Underwood. Había manuscritos amontonados a ambos lados. Más manuscritos, algunos en cajas, algunos sujetos con ligas, estaban amontonados en un rincón. Escribía mucho y se movía mucho y el principal elemento de su equipaje era su trabajo... integrado en buena parte por poemas, algunos relatos cortos, una pieza teatral surrealista cuyos personajes pronunciaban un soberbio total de nueve palabras y una novela cuya redacción había acometido con muy poco acierto desde seis perspectivas distintas. Hacía cinco años que vivía en un lugar el tiempo suficiente como para desempacar por completo.

Un día del último mes de diciembre, mientras se afeitaba, había descubierto las primeras hebras grises en su barba. El descubrimiento le había producido una terrible depresión que le había durado varias semanas. No había vuelto a tocar una navaja de afeitar desde entonces, como si el hecho de afeitarse hubiera sido en cierto modo la causa de la aparición de las canas. Tenía treinta y ocho años. Se negaba a aceptar la idea de tener tantos años, pero a veces éstas se insinuaban subrepticiamente por su ángulo muerto y lo agarraban desprevenido. El hecho de tener tantos años —de encontrarse a menos de setecientos días de los cuarenta— le aterrorizaba. Había creído realmente que los cuarenta eran para los otros.

Esa perra, pensó una y otra vez. Esa perra.

Había abandonado a docenas de mujeres desde la primera vez que se acostó con una dudosa, bonita y delicadamente desvalida profesora suplente de francés cuando era estudiante de secundaria, pero a él sólo lo habían abandonado dos o tres veces. Era muy hábil en ver venir el abandono y ser el primero en cortar las relaciones. Era un recurso para protegerse, análogo al de soltarle la reina de espadas a alguien en una jugada de copas. Tenías que hacerlo cuando aún podías acostarte con la perra, de lo contrario estabas perdido. Te curabas en salud. Y hacías lo mismo, procurando no pensar en tu edad. Había notado que Donna se estaba enfriando, pero le había parecido una mujer susceptible de ser manipulada sin gran dificultad, por lo menos durante algún tiempo, con una combinación de factores psicológicos y sexuales. Mediante el miedo, hablando con claridad. El hecho de que no le hubiera dado resultado le había dolido y puesto furioso, como si le hubieran arrancado la piel a latigazos.

Se quitó la ropa, dejó la billetera y el cambio encima del escritorio, se dirigió al baño y se dio un regaderazo. Al salir, se sintió un poco mejor. Se vistió de nuevo, sacando de la bolsa de viaje unos jeans y una descolorida camisa de cambray. Tomó el cambio, lo guardó en un bolsillo delantero y se detuvo, contemplando con aire pensativo su billetera Lord Buxton. Algunas de las tarjetas de visita se habían caído. Siempre se caían porque había muchas.

Steve Kemp tenía una billetera que parecía la madriguera de un ratón. Una de las cosas que casi siempre tomaba y guardaba eran las tarjetas de visita. Le eran útiles para señalar los libros, y el espacio de la cara en blanco era muy adecuado para anotar direcciones, simples instrucciones o números telefónicos. A veces tomaba dos o tres de ellas cuando acudía al local de algún plomero o bien cuando pasaba por allí algún agente de seguros. Steve le pedía invariablemente a aquel empleado de nueve a cinco su tarjeta de visita, sonriéndole con cara de imbécil.

Cuando sus relaciones con Donna estaban en su máximo apogeo, había visto casualmente una tarjeta de visita del marido encima de la televisión. Donna se estaba bañando o algo así. Él había tomado la tarjeta. Sin ningún motivo especial. Obedeciendo simplemente a su hábito de ratón.

Abrió la billetera y empezó a examinar las tarjetas, tarjetas de asesores de Virginia, de corredores de fincas de Colorado, algo así como una docena de profesiones distintas. Por un instante, creyó haber perdido la tarjeta del Maridito Guapo, pero ésta se había deslizado simplemente entre dos billetes de dólar. La sacó y la examinó. Tarjeta blanca, letras azules en minúsculas según la moda del momento, el señor Hombre de Negocios Triunfante. Sencillo, pero de efecto. Nada llamativo.

roger breakstone ad worx victor trenton
1633 congress street
telex: ADWORX portland, maine 04001 tel (207) 799-8600

Steve tomó una hoja de una resma de barato papel de copia y despejó una zona de la superficie del escritorio. Echó un breve vistazo a su máquina de escribir. No. Cada texto escrito a máquina era tan personal como una huella dactilar. Era la «a» minúscula torcida la que lo estropeaba todo, inspector. El jurado se había retirado simplemente para tomar el té.

Aquello no iba a ser en modo alguno una cuestión policial, ni hablar, pero las precauciones se tomaban automáticamente. Papel barato del que se compra en cualquier tienda de material de oficina y nada de máquina de escribir.

Tomó un marcador de punto fino Pilot de la lata de café que utilizaba como portalápices, colocada en una esquina del escritorio, y escribió en grandes letras de imprenta:

HOLA, VIC.
ESTUPENDA MUJER LA SUYA.
ME LO HE PASADO FABULOSO
COGIÉNDOMELA COMO UN LOCO.

Se detuvo, golpeándose los dientes con el marcador. Estaba empezando a sentirse nuevamente a gusto. Por si fuera poco. Desde luego, era una mujer agraciada y suponía que siempre cabía la posibilidad de que Trenton atribuyera poca importancia a lo que acababa de escribir. Hablar era muy fácil y podías enviarle a alguien una carta por menos de lo que valía un café. Pero había algo… siempre había algo. ¿Qué podría ser?

Sonrió de repente; cuando sonreía de aquella manera, todo su rostro se iluminaba y era fácil comprender la razón de que nunca hubiera tenido demasiadas dificultades con las mujeres, desde aquella noche en que se había acostado con la dudosa y bonita profesora suplente de francés.

Escribió:

¿A USTED QUÉ LE RECUERDA
EL LUNAR QUE TIENE POR ENCIMA DEL VELLO
DEL PUBIS?
A MÍ ME RECUERDA UN SIGNO
DE INTERROGACIÓN.
¿TIENE USTED ALGUNA PREGUNTA
QUE HACER?

Eso era suficiente; una comida vale lo que un banquete, decía siempre su madre. Buscó un sobre e introdujo el mensaje. Tras una pausa, incluyó también la tarjeta de visita y escribió en el sobre la dirección del despacho de Vic, también en letras de imprenta. Tras pensarlo un momento, decidió tenerle un poco de compasión al pobre desgraciado y añadió «PERSONAL» abajo de la dirección.

Apoyó la carta en el antepecho de la ventana y se reclinó en su asiento, sintiéndose de nuevo totalmente a gusto.

Afuera, un camión con placas de otro estado se acercó a su entrada. Era una camioneta con un gran armario Hoosier en la parte de atrás. Alguien había encontrado una ganga en alguna venta de oportunidades. Qué suerte.

Steve salió. Le encantaría aceptar el dinero y el armario Hoosier, pero, en realidad, dudaba que tuviera tiempo de hacer el trabajo. Una vez echada la carta al correo, tal vez fuera conveniente un cambio de aires. Pero no un cambio muy grande, por lo menos de momento. Consideraba que se merecía permanecer en la zona el tiempo suficiente como para hacerle otra visita a la Pequeña Señorita Remilgada... una vez se hubiera cerciorado de que el Maridito Guapo no estaba por allí, claro. Steve había jugado tenis con aquel tipo y sabía que no era un iracundo —delgado, anteojos gruesos, revés de delgaducho—, pero nunca sabías cuándo un Maridito Guapo podía perder los estribos y cometer alguna locura. Había muchos Mariditos Guapos que tenían armas de fuego en sus casas. Por consiguiente, le convendría echar un cuidadoso vistazo a la situación antes de presentarse. Se permitiría el lujo de efectuar una sola visita y después daría enteramente por finalizado el espectáculo. Tal vez se fuera a Ohio durante algún tiempo. O a Pensilvania. O a Taos, en Nuevo México. Pero, como un bromista pesado que hubiera introducido una sustancia detonante en el cigarro de alguien, quería quedarse allí (a una distancia prudencial, claro) y verlo estallar.

El conductor de la camioneta y su mujer estaban mirando el interior del taller para ver si él estaba allí. Steve salió con las manos metidas en los bolsillos de los jeans, esbozando una sonrisa. La mujer le devolvió inmediatamente la sonrisa.

—Hola, amigos, ¿en qué puedo servirles? —preguntó, pensando que iba a echar la carta al correo en cuanto se librara de ellos.

Aquel atardecer, mientras el sol se ponía, rojo, redondo y cálido por el oeste, Vic Trenton, con la camisa atada por las mangas alrededor de la cintura, estaba examinando el motor del Pinto de su mujer. Donna estaba de pie a su lado, mostrando un pulcro aire juvenil, vestida con un short blanco y una blusa a cuadros rojos sin mangas. Iba descalza. Tad, vestido sólo con el traje de baño, estaba pedaleando furiosamente con el triciclo arriba y abajo, en una especie de juego mental en el que, al parecer, Ponch y Jon de *Patrulla motorizada* se estaban enfrentando a Darth Vader.

—Bébete el té helado antes de que se derrita —le dijo Donna a Vic.

—Mmm.

El vaso estaba posado en la parte lateral del compartimiento del motor. Vic tomó un par de sorbos, lo soltó sin mirar y el vaso se cayó… en la mano de su mujer.

—Oye —le dijo él—, buena atrapada.

Ella sonrió.

—Es que sé cuándo tienes la cabeza en otra parte, nada más. Fíjate. No se ha derramado ni una gota.

Se miraron un momento a los ojos, sonriendo… un *buen* momento, pensó Vic. Tal vez fueran figuraciones suyas o simples ilusiones, pero últimamente parecía que había un mayor número de pequeños buenos momentos. Y menos palabras duras. Menos silencios fríos o —tal vez eso fuera peor— simplemente indiferentes. Desconocía la causa, pero estaba contento.

—Lo que hubiera hecho simplemente el jugador de un club de segunda de beisbol —dijo él—. Te queda mucho camino por recorrer antes de llegar a primera, hija mía.

—Bueno, ¿qué le ocurre a mi coche, entrenador?

Él había retirado el filtro de aire y lo había dejado en la entrada.

—Nunca había visto un cachivache como éste —había dicho Tad con tono resuelto unos momentos antes, mientras lo rodeaba con su triciclo.

Vic se inclinó de nuevo hacia delante y hurgó sin objeto en el carburador con la punta del desarmador.

—Es el carburador. Creo que la válvula de aguja está atascada.

—¿Y eso es malo?

—No mucho —contestó él—, pero se te puede parar el coche si le da por quedarse cerrada. La válvula de aguja controla el paso de la gasolina al carburador, y sin gasolina no puedes correr. Es como una ley nacional, nena.

—Papá, ¿vas a empujarme en el columpio?

—Sí, enseguida.

—¡Genial! ¡Me voy al patio de atrás!

Tad empezó a rodear la casa para dirigirse a las instalaciones de gimnasio y columpios que Vic había montado el verano anterior mientras se lubricaba bien con ginebra y agua tónica, trabajando según las indicaciones de un juego de planos, haciéndolo por la noche después de cenar en los días laborales o bien los fines de semana, mientras las voces de los locutores de los Medias Rojas de Boston gritaban a pleno pulmón desde el radio que tenía al lado. Tad, que entonces tenía tres años, había permanecido solemnemente sentado en el altillo del sótano o bien en los escalones de la puerta de atrás, sosteniéndose la barbilla con las manos, recogiendo cosas algunas veces, pero, sobre todo, mirando en silencio. El verano anterior. Un buen verano, no tan bestialmente caluroso como éste. Le había parecido entonces que Donna había conseguido adaptarse por fin y estaba comprendiendo que Maine, Castle Rock, Ad Worx… y estas cosas podían ser buenas para todos ellos.

Y después se había producido aquel desconcertante y desdichado periodo en el que lo peor había sido aquella molesta sensación de carácter casi paranormal que le había inducido a pensar que las cosas estaban mucho peor de lo que él hubiera deseado creer. Las cosas de su casa empezaron a parecerle sutilmente fuera de lugar, como si unas manos desconocidas las hubieran estado cambiando de sitio. Se le había metido en la cabeza la absurda idea —pero ¿era absurda?— de que Donna estaba cambiando las sábanas con excesiva frecuencia. Estaban siempre limpias y una noche había surgido en su mente la antigua pregunta de cuento infantil, con sus desagradables resonancias: *¿Quién ha estado durmiendo en mi cama?*

Ahora parecía que las cosas se habían calmado. De no haber sido por el desdichado asunto de los Razberry Zingers y el maldito viaje que tenía pendiente, hubiera pensado que aquél también podría ser un verano bastante bueno. Cabía la posibilidad de que llegara a serlo. A veces, uno ganaba. No todas las esperanzas eran vanas. Lo creía, aunque su creencia nunca hubiera sido puesta a prueba seriamente.

—¡Tad! —gritó Donna—. Mete el triciclo en el estacionamiento.

—¡Ma-*má*!

—Por favor, *monsieur*.

—*Monsiú* —dijo Tad, y se rio, cubriéndose la boca con las manos—. Tú no has guardado tu coche, mamá.

—Papá está trabajando en mi coche.

—Sí, pero…

—Obedece a mamá, Tadder —dijo Vic, recogiendo el filtro de aire—. Yo voy enseguida.

Tad montó en el triciclo y lo introdujo en el estacionamiento, emitiendo un sonoro grito de sirena de ambulancia.

—¿Por qué vuelves a colocarlo? —preguntó Donna—. ¿No vas a arreglarlo?

—Es un trabajo de precisión —dijo Vic—. Me faltan las herramientas. Aunque lo hiciera, es probable que lo descomponga más en lugar de arreglarlo.

—Maldita sea —exclamó ella en tono malhumorado, propinando una patada a una llanta—. Estas cosas nunca ocurren hasta que se acaba la garantía, ¿verdad?

El Pinto había recorrido apenas unos treinta mil kilómetros y faltaban seis meses para que fuera enteramente suyo.

—Eso es también como una ley nacional —dijo Vic.

Volvió a colocar el filtro de aire en su sitio y ajustó la tuerca.

—Supongo que podré llevarlo a South Paris cuando Tad esté en el campamento diurno, aunque, de todos modos, contigo fuera, necesitaré dinero. ¿Podrá llegar hasta South Paris, Vic?

—Desde luego. Pero no tienes por qué hacer eso. Llévaselo a Joe Camber. Está sólo a unos diez kilómetros y trabaja bien. ¿Recuerdas la masa de rodamiento de la rueda del Jag que se estaba soltando? Lo sacó utilizando una cadena hecha con restos viejos de poste de teléfonos y sólo me cobró diez dólares. Si hubiera ido a aquel sitio de Portland, me hubieran dejado hecha polvo la chequera.

—Aquel tipo me puso nerviosa —dijo Donna—. Eso sin contar el hecho de que estaba borracho.

—¿De qué manera te puso nerviosa?

—Con sus ojos inquietos.

—Mi vida —dijo Vic, echándose a reír—, tienes muchas cosas que te producen inquietud.

—Muchas gracias —dijo ella—. A una mujer no le importa necesariamente que la *miren*. Lo que te pone nerviosa es que te desnuden mentalmente —hizo una extraña pausa, pensó él, contemplando la sombría luz rojiza del ocaso. Después volvió a mirarla—. Algunos hombres te producen la sensación de que en sus cabezas se está proyectando constantemente una peliculita titulada *El rapto de las sabinas* y que tú eres nada menos que la protagonista principal.

Vic tuvo la curiosa y desagradable impresión de que ella estaba hablando —una vez más— de varias cosas simultáneamente. Pero esa noche no quería meterse en honduras, ahora que había conseguido salir finalmente de un mes que había sido un montón de mierda.

—Nena, lo más probable es que sea completamente inofensivo. Está casado, tiene un hijo…

—Sí, eso es lo más probable.

Pero Donna cruzó los brazos sobre el pecho y se comprimió los codos con las manos en un típico gesto de nerviosismo.

—Mira —le dijo él—, yo llevaré el Pinto allí este sábado y lo dejaré en caso necesario; ¿de acuerdo? Lo más probable es que pueda arreglarlo enseguida. Me tomaré un par de cervezas con él y le haré unas caricias a su perro. ¿Recuerdas el San Bernardo?

—Hasta recuerdo su nombre —contestó Donna, sonriendo—. Estuvo a punto de derribar a Tad al suelo con sus lengüetazos, ¿recuerdas?

Vic asintió.

—Tad pasó el resto de la tarde persiguiéndolo y llamándolo: «*Cujooo*… aquí, Cujooo».

Ambos se echaron a reír.

—A veces me siento muy estúpida —dijo Donna—. Si tuviera un cambio de velocidades normal, podría utilizar el Jag mientras tú estuvieras fuera.

—Puedes hacerlo. El Jag es un poco excéntrico. Tienes que hablarle.

Vic cerró con fuerza la cubierta del motor del Pinto.

—¡*Oh, qué* TONTO *eres!* —exclamó ella en voz baja—. ¡El vaso de té helado estaba dentro!

Y él puso una cara tan cómica de asombro que Donna empezó a reírse a carcajadas. Al cabo de un minuto, él se unió a sus risas. Al final, la situación creció de punto hasta tal extremo que tuvieron que apoyarse el uno en el otro como un par de borrachos. Tad rodeó la casa para ver qué estaba ocurriendo, abriendo unos ojos como platos. Convencido por fin de que estaban más o menos bien a pesar de la chiflada conducta que estaba observando, se unió a ellos. Fue aproximadamente en el mismo momento en que Steve Kemp echó la carta al correo, a menos de tres kilómetros de distancia.

Más tarde, mientras se posaban sobre la tierra las sombras del anochecer y el calor aflojaba un poco y las luciérnagas empezaban a trazar costuras en el aire, cruzando el patio de atrás, Vic se dedicó a empujar el columpio de su hijo.

—¡Más alto, papá! ¡Más alto!

—Como subas más alto, vas a dar una vuelta de campana, hijo.

—¡Pues entonces pásame por abajo, papá! ¡Pásame por abajo!

Vic dio a Tad un fuerte empujón, lanzando el columpio hacia un cielo en el que estaban empezando a aparecer las primeras estrellas y corrió por abajo del columpio; Tad lanzó un grito de alegría, echando la cabeza hacia atrás con el cabello alborotado.

—¡Qué bien, papá! ¡Vuelve a pasarme por abajo!

Vic volvió a pasar por abajo de su hijo, esta vez tras haberle empujado por delante, y Tad se elevó en el aire de la silenciosa y cálida noche. Tía Evvie Chalmers vivía cerca de allí y los gritos de aterrada alegría de Tad fueron los últimos sonidos que escuchó al morir; su corazón se detuvo, al romperse de repente (y casi en forma indolora) una de sus paredes delgadas como el papel mientras ella se encontraba sentada en su silla de la cocina con una taza de café en una mano y un cigarro Herbert Tareyton extra largo en la otra; se inclinó hacia atrás y se le nubló la vista y, en algún lugar, oyó gritar a un niño y, por un momento, le pareció que los gritos eran gozosos, pero, mientras se moría, como súbitamente impelida por detrás por un fuerte empujón exento, sin embargo, de crueldad, le pareció que el niño gritaba de miedo y angustia; después se murió y su sobrina Abby la encontraría al día siguiente con el café tan frío como ella, el cigarro convertido en un perfecto y delicado tubo de ceniza y la dentadura postiza inferior asomando por su arrugada boca como una ranura llena de dientes.

Poco antes de que Tad se fuera a la cama, él y Vic se sentaron un rato en la entrada de atrás. Vic estaba tomando una cerveza y Tad tenía un vaso de leche.

—¿Papá?

—¿Qué?

—Me gustaría que no tuvieras que irte la semana que viene.

—Volveré.

—Sí, pero...

Tad mantenía la mirada baja y estaba tratando de reprimir unas lágrimas. Vic apoyó una mano en su nuca.

—Pero ¿qué te pasa, muchachito?

—¿Quién va a decir las palabras que alejan al monstruo del armario? ¡Mamá no las sabe! ¡Sólo tú las sabes!

Ahora las lágrimas asomaron y rodaron por las mejillas de Tad.

—¿Sólo es eso? —preguntó Vic.

Las Palabras del Monstruo (Vic las había llamado inicialmente el Catecismo del Monstruo, pero a Tad le resultaba difícil pronunciar esta palabra y había sido necesario simplificar la denominación) habían surgido a finales de primavera, cuando Tad empezó a sufrir pesadillas y terrores nocturnos. Había algo en su armario, decía; a veces, por la noche, la puerta de su armario se abría y él lo veía allí dentro, algo que tenía unos ojos amarillos y que se lo quería comer. Donna había imaginado que tal vez ello fuera una derivación del libro de Maurice Sendak titulado *Donde viven los monstruos*. Vic le había comentado a Roger (pero no a Donna) la posibilidad de que Tad hubiera llegado a conocer un relato falseado de la serie de asesinatos que habían tenido lugar en Castle Rock y hubiera llegado a la conclusión de que el asesino —convertido en una especie de coco de la ciudad— estaba vivito y coleando en su armario. Roger dijo que suponía que ello era posible; tratándose de niños, *cualquier cosa* era posible.

Y hasta la propia Donna había empezado a asustarse un poco al cabo de dos semanas: una mañana le había dicho a Vic, riendo con cierto nerviosismo, que a veces las cosas del armario de Tad parecían haber sido revueltas. Bueno, lo había hecho Tad, le había contestado Vic. No lo entiendes, le había dicho Donna. Ya no se acerca por allí, Vic... nunca. Le da miedo. Y a veces le parecía que el armario olía efectivamente mal, tras haberse producido una de las pesadillas de Tad, seguida de un despertar atemorizado. Como si un animal hubiera estado encerrado allí. Preocupado, Vic se había dirigido al armario y había olfateado. En su mente se había medio formado la idea de que tal vez Tad padeciera de sonambulismo, y de que tal vez fuese al armario y orinara allí como parte de algún extraño ciclo de ensueños. No había percibido otra cosa más que el olor de las bolas de naftalina. El armario, formado por la pared pintada y por unas tablas de madera natural, medía unos dos metros y medio de longitud. Era tan estrecho como un vagón de pasajeros. Allí dentro no había coco alguno y Vic no había descubierto, desde luego, ningún lugar encantado. Se le habían enredado simplemente unas cuantas telarañas en el pelo. Nada más.

Donna había sugerido primero lo que ella llamaba los «pensamientos de sueños buenos» para combatir los terrores nocturnos de Tad, y después las oraciones. Tad había contestado a lo primero diciendo que la cosa de su armario le robaba los pensamientos de sueños buenos, y, a lo segundo, arguyendo que, puesto que Dios no creía en los monstruos, las oraciones eran inútiles. Ella había perdido los estribos… en parte tal vez porque el armario de Tad también le causaba miedo. Una vez, mientras estaba colgando allí dentro unas camisas de Tad, la puerta se había cerrado suavemente a su espalda y ella había pasado unos cuarenta segundos terribles, buscando a tientas la puerta para salir. Aquella vez había percibido el olor de algo allí dentro… de algo cálido, cercano y violento. Un olor apagado. Le recordaba un poco el del sudor de Steve Kemp tras haber terminado ambos de hacer el amor. La conclusión había sido la lacónica sugerencia de que, puesto que los monstruos no existían, Tad tenía que apartar todo aquel asunto de su mente, abrazar a su osito y dormirse.

Vic, o bien vio las cosas con más profundidad, o bien recordó con más claridad la puerta del armario que se convertía en una estúpida boca desgoznada en la oscuridad de la noche, un lugar en el que a veces se escuchaba el crujido de cosas raras, un lugar en el que las prendas de vestir colgadas se convertían a veces en hombres colgados. Recordó vagamente las sombras que la iluminación de la calle podía producir en la pared en el transcurso de las interminables cuatro horas que seguían al nacimiento del día y los chirriantes sonidos que tal vez se debieran al asiento de la casa o que tal vez —era una simple *posibilidad*— se debieran a algo que estuviera trepando furtivamente.

Su solución había sido el Catecismo del Monstruo o simplemente las Palabras del Monstruo, si tenías cuatro años y no eras muy versado en semántica. En cualquier caso, no era más (ni menos) que un primitivo exorcismo para mantener el mal a raya. Vic lo había inventado un día a la hora del almuerzo y, para alivio y pesar de Donna, había dado resultado cuando los propios esfuerzos de ésta por utilizar la psicología, el Adiestramiento en Eficiencia Paterna y, finalmente, la mera disciplina habían fracasado. Vic las pronunciaba todas las noches sobre la cama de Tad como una bendición mientras Tad permanecía tendido allí desnudo y cubierto tan sólo por una sábana en la sofocante oscuridad.

—¿Crees que eso va a resultar beneficioso a la larga? —le había preguntado Donna. Su voz denotaba a un tiempo diversión e irritación. Eso había sido a mediados de mayo, cuando las tensiones entre ambos se encontraban en su máximo apogeo.

—A los publicistas no les importan las consecuencias a largo plazo —había contestado Vic—. Les importa el alivio rápido, rápido, rápido; y yo hago bien mi trabajo.

—Sí, y no va a haber nadie que diga las Palabras del Monstruo, eso es lo que pasa, eso es todo lo que pasa —contestó ahora Tad, secándose las lágrimas de las mejillas con hastío y turbación.

—Bueno, mira—dijo Vic—. Están anotadas. Así es como las puedo decir igual todas las noches. Las escribiré en un papel y las pondré en la pared de tu cuarto. Y mamá te las podrá leer todas las noches mientras yo esté fuera.

—¿Sí? ¿Lo harás?

—Pues claro. Ya te he dicho que lo haría.

—¿No se te va a olvidar?

—No, hombre. Lo haré esta noche.

Tad se echó en los brazos de su padre y Vic lo estrechó con fuerza.

Aquella noche, cuando Tad se hubo dormido, Vic entró silenciosamente en la habitación del chiquillo y fijó una hoja de papel en la pared con una tachuela. La puso al lado del calendario de superhéroes de Marvel de Tad, donde el niño no pudiera perderla. En la hoja de papel aparecían escritas en claras letras de gran tamaño:

LAS PALABRAS DEL MONSTRUO

Para Tad

¡Monstruos, no se acerquen a esta habitación!
Nada tienen que hacer aquí.
¡Nada de monstruos abajo de la cama de Tad!
Ahí abajo ustedes no caben.
¡Que no se oculte ningún monstruo en el armario de
[Tad!
Allí adentro es demasiado estrecho.
¡Que no haya monstruos en el exterior de la ventana
[de Tad!
Allí afuera no se pueden sostener.
Que no haya vampiros, ni hombres lobo, ni cosas
[que muerdan.
Nada tocará a Tad ni le causará daño a Tad durante
[toda esta noche.
Nada tienen que hacer aquí.

Vic contempló la hoja largo rato y tomó mentalmente nota de que debería decirle a Donna por lo menos otras dos veces antes de marcharse que se la leyera al niño todas las noches, para subrayarle la importancia que revestían para Tad las Palabras del Monstruo.

Al salir, vio que la puerta del armario estaba abierta. Una simple rendija. Cerró firmemente la puerta y abandonó la habitación de su hijo.

En determinado momento, ya bien entrada la noche, la puerta se volvió a abrir. Se encendieron esporádicamente unos relámpagos de calor, dibujando allí dentro unas extrañas sombras.

Pero Tad no se despertó.

Al día siguiente, a las siete y cuarto de la mañana, la camioneta de Steve Kemp dio marcha atrás para salir a la Carretera 11. Steve recorrió varios kilómetros en dirección a la Carretera 302. Allí giraría a la izquierda y tomaría en dirección sureste, cruzando el estado para trasladarse a Portland. Tenía intención de quedarse algún tiempo en la Asociación de Jóvenes Cristianos de Portland.

En el tablero de la camioneta había un montón de cartas… esta vez no con las direcciones escritas con letras de imprenta sino a máquina. La máquina de escribir se encontraba ahora en la parte de atrás de la camioneta, junto con el resto de sus cosas. Sólo había tardado una hora y media en dar por terminadas sus actividades en Castle Rock, incluyendo a Bernie Garbo, que ahora estaba dormitando en su cajón junto a la puerta trasera. Él y Bernie viajaban muy ligeros de equipaje.

La tarea de escribir las direcciones en las cartas había sido de auténtico profesional. Sus dieciséis años de labor creadora lo habían convertido cuando menos en un excelente mecanógrafo. Se acercó al mismo buzón en el que la noche anterior había echado al correo la nota anónima a Vic Trenton, y echó las cartas. No le hubiera preocupado lo más mínimo largarse sin pagar la renta de la tienda y de la casa en caso de que hubiera tenido intención de abandonar el estado, pero, puesto que sólo se iba a Portland, le pareció prudente hacerlo todo legalmente. Esta vez podía permitirse el lujo de no restringir gastos: había más de doscientos dólares en efectivo en el pequeño compartimiento de detrás de la guantera.

Aparte un cheque para pagar la renta, devolvía los anticipos que varias personas le habían entregado a cuenta con vistas a la realización de trabajos de mayor importancia. Cada cheque iba acompañado de una cortés nota en la que decía que lamentaba causar molestias, pero su madre se había puesto repentina y gravemente enferma (todos los valerosos norteamericanos solían tragarse fácilmente cualquier historia que tuviera como protagonista a una mamá). Quienes le hubieran encomendado algún trabajo, podrían recoger sus muebles en el taller… la llave estaba en la repisa de encima de la puerta, a la derecha, y les rogaba que fueran tan amables de dejar la llave en el mismo sitio tras haber efectuado la recogida. Gracias, gracias, bla-bla-bla, tonterías y más tonterías. Habría algunas dificultades, pero ningún problema serio.

Steve echó las cartas al buzón. Experimentó la satisfacción de tenerlo todo bien resuelto. Se alejó en dirección a Portland, cantando con los Grateful Dead, que estaban interpretando la melodía «Sugaree». Aumentó la velocidad de la camioneta a noventa, con la esperanza de que no hubiera mucho tráfico y pudiera llegar a Portland lo suficientemente temprano como para encontrar una pista libre en el la cancha de tenis de Maine. En conjunto, parecía que iba a ser un buen día. Si el Sr. Hombre de Negocios aún no había recibido su pequeña carta explosiva, la recibiría hoy con toda seguridad. Muy bueno, pensó Steve, y soltó una carcajada.

A las siete y media, mientras Steve Kemp estaba pensando en el tenis y Vic Trenton estaba recordando que tenía que llamar a Joe Camber a propósito del achacoso Pinto de su mujer, Charity Gamber estaba preparando el desayuno a su hijo. Joe se había marchado a Lewiston hacía media hora, en la esperanza de encontrar un parabrisas de Camaro del 72 en alguno de los deshuesaderos de la ciudad o en alguna tienda de piezas de segunda mano. Ello encajaba estupendamente bien con los planes de Charity, lenta y cuidadosamente elaborados.

Puso delante de Brett el plato de huevos revueltos con jamón y después se sentó al lado del niño. Brett levantó los ojos del libro que estaba leyendo, con expresión de leve sorpresa. Tras prepararle el desayuno, su madre solía dar comienzo a sus tareas matutinas. Como le hablaras demasiado antes de que se hubiera tomado una segunda taza de café, lo más probable era que te contestara de mal modo.

—¿Puedo hablar contigo un minuto, Brett?

La leve sorpresa se convirtió en algo parecido al asombro. Mirando a su madre, el niño vio algo absolutamente ajeno a su taciturna naturaleza. Estaba nerviosa. El niño cerró el libro y dijo:

—Pues claro, mamá.

—¿Te gustaría…? —Charity carraspeó y empezó de nuevo—. ¿Te gustaría ír a Stratford (Connecticut) y ver a tu tía Holly y a tu tío Jim? ¿Y a tus primos?

Brett sonrió. Sólo había salido de Maine dos veces en su vida, la última vez en compañía de su padre, en un viaje a Portsmouth (New Hampshire). Habían ido a una subasta de coches usados en la que Joe había comprado un Ford del 58 con medio motor.

—¡Pues claro! —contestó él—. ¿Cuándo?

—Había pensado que el lunes —dijo ella—. Una vez pasado el fin de semana del 4 de Julio. Estaríamos fuera una semana. ¿Podrías?

—¡Supongo que sí! Carajo, yo creía que papá tenía mucho trabajo acumulado para la semana que viene. Debe tener…

—Aún no se lo he dicho a tu padre.

La sonrisa de Brett se esfumó. El niño tomó un trozo de jamón y empezó a masticar.

—Bueno, yo sé que le prometió a Richie Simms arreglarle el motor de su International Harvester. Y el señor Miller de la escuela le iba a traer su Ford porque la transmisión está rota. Y…

—Yo había pensado que iríamos tú y yo solos —dijo Charity—. Tomando un autobús Greyhound en Portland.

Brett adoptó una expresión dubitativa. Al otro lado de la puerta de malla del porche de atrás, Cujo subió lentamente los peldaños y se dejó caer sobre las tablas del suelo con un gruñido. Miró al NIÑO y a la MUJER que estaban dentro, con ojos cansados y enrojecidos. Ahora se estaba sintiendo mal, pero muy mal.

—Carajo, mamá, no sé…

—No digas «carajo». Es una mala palabra.

—Perdón.

—¿Te gustaría ir? ¿Si tu padre estuviera de acuerdo?

—¡Pues claro que sí! ¿Crees de veras que podríamos?

—Tal vez.

Ella estaba mirando ahora con aire pensativo a través de la ventana de encima del fregadero.

—¿Qué tan lejos está Stratford, mamá?

—A unos seiscientos kilómetros, supongo.

—Carajo... Ay, perdón, eso es muy lejos. ¿Está...?

—Brett.

Él la miró con atención, Aquella curiosa e intensa característica se estaba observando de nuevo en su voz y en su rostro. Aquel nerviosismo.

—¿Qué, mamá?

—¿Se te ocurre algo que le haga falta a tu padre en el taller? ¿Algo que esté deseando tener?

Los ojos de Brett se iluminaron un poco.

—Bueno, siempre necesita llaves de tuerca adaptables... y quiere un nuevo juego de articulaciones esféricas... y no le vendría mal un nuevo casco de soldador porque el viejo tiene una grieta en la placa de recubrimiento...

—No, quiero decir algo importante. Caro.

Brett reflexionó brevemente y después esbozó una sonrisa.

—Bueno, lo que de verdad le gustaría tener sería una nueva cadena Jörgen, creo. Podría sacar el viejo motor del International de Richie Simms con más suavidad que la mier... bueno, que la seda —se ruborizó y añadió—: pero tú no le podrías comprar una cosa así, mamá. Es muy costosa.

Costoso. El adjetivo que Joe solía utilizar para decir «caro», Charity lo odiaba.

—¿Cuánto?

—Bueno, el del catálogo dice mil setecientos dólares, pero papá se lo podría comprar probablemente al señor Belasco de la Portland Machine a precio de mayorista. Papá dice que el señor Belasco le tiene miedo.

—¿Y tú crees que eso tiene gracia? —preguntó ella con dureza.

Brett se echó atrás en su asiento, un poco asustado por su severidad. No podía recordar que su madre se hubiera comportado jamás de aquella manera. Incluso Cujo, en el porche, levantó un poco las orejas.

—Bueno, ¿lo crees?

—No, mamá —contestó él, pero Charity comprendió con cierta desesperación que estaba mintiendo.

Había notado admiración en la voz de Brett, aunque el muchacho no se hubiera dado cuenta. *Quiere comportarse igual que él. Piensa que su papá hace un buen papel cuando asusta a alguien. Oh, Dios mío.*

—No nace falta ser muy listo para asustar a la gente —dijo Charity—. Basta levantar la voz y tener un talante despreciable. No hace falta ser listo —bajó la voz e hizo un gesto con la mano—. Termina de comerte los huevos. No voy a gritarte. Supongo que debe de ser el calor.

Él comió, pero en silencio y con cuidado, mirándola de vez en cuando. Esta mañana había minas ocultas en el terreno.

—No sé cuál podría ser el precio de mayorista. ¿Mil trescientos dólares? ¿Mil?

—No sé, mamá.

—¿Haría la entrega el mismo Belasco? ¿Tratándose de un pedido tan importante?

—Sí, supongo que sí. Si tuviéramos todo ese dinero. Ella introdujo la mano en el bolsillo de su bata. El billete de la lotería estaba allí. El número verde del billete, el 76, y el número rojo, el 434, coincidían con los números extraídos por la Comisión de Loterías del Estado hacía dos semanas. Lo había comprobado docenas de veces, sin poder creerlo. Aquella semana se había gastado cincuenta centavos, tal como había venido haciendo desde que se había implantado la lotería en 1975, y esta vez había ganado cinco mil dólares. Aún no había cobrado el premio, pero no había apartado el billete de su vista ni del alcance de su mano desde que se había enterado.

—Tenemos todo ese dinero —dijo.

Brett la miró con los ojos muy abiertos.

A las diez y cuarto, Vic salió subrepticiamente de su despacho de Ad Worx y se fue a Bentley's a tomarse su café de todas las mañanas, incapaz de afrontar la enojosa tarea que tenía por delante en la oficina. Se había pasado la mañana redactando anuncios para las Decoster Egg Farms. Le había sido difícil. Odiaba los huevos desde su infancia, en que su madre solía obligarlo inflexiblemente a tragarse un huevo cuatro días a la semana. Lo mejor que se le había podido ocurrir hasta aquel momento era LOS HUEVOS DICEN AMOR... SIN COSTURAS. No era muy bueno. Lo de sin costuras le había dado la idea de una composición fotográfica en la que apareciera un huevo con un cierre bajando por en medio. Era una buena imagen, pero ¿adónde conducía? No había logrado averiguarlo. Tendría que preguntárselo a Tadder, pensó, mientras la mesera le servía café y un pan de arándanos. A Tad le gustaban los huevos.

No era el huevo, en realidad, el causante de su malhumor, claro. Era el hecho de tener que ausentarse doce días. Bueno, tenía que hacerlo. Roger lo había convencido. Tendrían que ir allí y batirse como fieras.

El bueno y parlanchín de Roger, a quien Vic quería casi como a un hermano. Roger hubiera estado más que contento de irse con él al Bentley's para tomar café y aporrearle los oídos con su incesante cháchara. Pero esta vez Vic necesitaba estar solo. Para pensar. Ambos pasarían juntos buena parte de dos semanas a partir del lunes, bregando como negros, y eso sería suficiente, aun tratándose de amigos del alma.

Su mente volvió a centrarse en la falla de los Red Razberry Zingers y él no hizo ningún esfuerzo en contra, sabiendo que a veces un repaso sin presiones y casi indolente de una mala situación podía—en su caso, por lo menos— traducirse en una visión más perspicaz, en una perspectiva distinta.

Lo que había sucedido había sido bastante grave y los Zingers habían sido retirados del mercado. Bastante grave, pero no terrible. No había sido como lo de las setas en conserva; nadie se había puesto enfermo ni había muerto, e incluso los consumidores comprendían que una empresa podía regarla de vez en cuando. Bastaba pensar en los vasos distribuidos por McDonald's hacía dos o tres años. Se descubrió que la pintura de los vasos contenía un porcentaje inadmisiblemente elevado de plomo. Los vasos habían sido retirados inmediatamente y enviados a aquel estimulante limbo habitado por criaturas tales como el Alka-Seltzer Ultrarrápido y el preferido personal de Vic, el Chicle Big Dick.

Los vasos habían sido perjudiciales para la McDonald's Corporation, pero nadie había acusado a Ronald McDonald de tratar de envenenar a su clientela preadolescente. Y, de hecho, nadie había acusado tampoco al Profesor Cereales Sharp, si bien algunos cómicos, desde Bob Hope a Steve Martin, le habían dirigido algunas críticas y Johnny Carson había dedicado todo un monólogo —cuidadosamente expresado mediante palabras de doble sentido— acerca del asunto de los Red Razberry Zingers una noche en el transcurso de su presentación de *El programa de esta noche*. Cabe decir que los anuncios del Profesor Cereales Sharp habían sido retirados de las pantallas. Y huelga también decir que el actor que interpretaba el papel del Profesor se había puesto furioso por la forma en que los acontecimientos se habían vuelto contra él.

Podría imaginar una situación peor, había dicho Roger tras haber cedido un poco el revuelo del primer sobresalto y haber cesado las tres llamadas diarias entre Portland y Cleveland.

¿Cuál?, había preguntado Vic.

Bueno, había contestado Roger con la cara muy seria, *podríamos estar trabajando con la cuenta de la Vichyssoise Bon Vivant.*

—¿Más café, señor?

Vic miró a la mesera. Iba a decir que no, pero asintió.

—Media taza, por favor —dijo.

Ella se la sirvió y se retiró. Vic removió el café con aire distraído, sin beberlo.

Se había producido un pánico sanitario piadosamente breve antes de que varios médicos se pronunciaran en la televisión y los periódicos, afirmando que el colorante era inofensivo. Se había producido algo semejante en otra ocasión; las azafatas de unas líneas aéreas habían empezado a registrar unas extrañas manchas cutáneas de color anaranjado que, al final, habían resultado ser algo tan sencillo como un roce del tinte anaranjado de los chalecos salvavidas cuya forma de utilización les mostraban a los pasajeros antes del despegue. Años antes, el colorante comestible de cierta marca de salchichas de Francfort había producido un efecto interno similar al de los Red Razberry Zíngers.

Los abogados del viejo Sharp habían entablado un pleito por daños y perjuicios, exigiendo una indemnización por valor de muchos millones de dólares al fabricante del colorante, y era probable que el juicio se prolongara tres años y después se resolviera fuera de los tribunales. No importaba; el juicio ofrecería una tribuna desde la cual se podría demostrar al público que la culpa —la culpa *totalmente transitoria,* la culpa *completamente inofensiva*— no la había tenido la Sharp Company.

Pese a ello, las acciones de la Sharp habían bajado mucho en la Gran Lista. Desde entonces, sólo habían podido recuperar la mitad del terreno perdido. Los cereales habían registrado una repentina caída de las ventas, pero ya habían conseguido recuperar buena parte del terreno perdido tras haber los Zingers mostrado su traicionero rostro rojo. De hecho, el All-Grain Blend de la Sharp se estaba vendiendo mejor que nunca.

Por consiguiente, no había nada de malo aquí, ¿de acuerdo?

Pero algo estaba mal. Muy mal.

El que tenía algo de malo era el Profesor Cereales Sharp. El pobre desgraciado jamás podría hacer una reaparición. Después del pánico, vinieron las risas, y el profesor, con su cara tan seria y el ambiente escolar que lo rodeaba, había sido literalmente muerto a carcajadas.

George Carlin, en su número de sala de fiestas: «Sí, estamos en un mundo loco, completamente loco —Carlin inclina la cabeza sobre el micrófono unos momentos, en actitud pensativa, y después vuelve a levantarla—. Los tipos de Reagan están haciendo la mierda de su campaña por televisión. Que si los rusos se nos están adelantando en la carrera armamentística. Que si los rusos están fabricando misiles por millares. Y entonces va Jimmy y hace uno de sus números habituales en televisión y dice: "Estimados compatriotas, el día en que los rusos se nos adelanten en la carrera armamentística va a ser el día en que la juventud de Estados Unidos empiece a cagar rojo"».

Grandes carcajadas del público.

«Entonces Ronnie llama por teléfono a Jimmy y le pregunta: "Señor presidente, ¿qué ha tomado Amy para desayunar?"».

Gigantescas carcajadas del público. Carlin hace una pausa. Y entonces suelta la *verdadera* culminación de la historia, hablando en voz baja y sugerente:

«Nooo… aquí no hay nada de malo.»

El público aprueba ruidosamente y aplaude a rabiar. Carlin menea tristemente la cabeza.

«Mierda roja, amigos. Ésto es un asco. Removámosla un poco.»

Éste era el problema. George Carlin era el problema. Bob Hope era el problema. Johnny Carson era el problema. Steve Martin era el problema. Todos los chistosos de las barberías de Estados Unidos eran el problema.

Y, además, había que tener en cuenta lo siguiente: las acciones de Sharp habían bajado nueve y sólo habían recuperado cuatro y cuarto. Los accionistas iban a pedir la cabeza de alguien. Vamos a ver… ¿a quién les damos? ¿A quién demonios se le había ocurrido la brillante idea del Profesor Cereales Sharp? ¿Qué tal si se elegía a aquellos tipos? Qué importaba que el Profesor hubiera durado cuatro años antes de producirse el desastre de los Zingers; qué importaba el hecho de que, al aparecer en escena el Profesor Cereales Sharp (y sus camaradas el Francotirador de Galletas y George y Gracie), las acciones de Sharp hubieran estado tres puntos y cuarto por abajo de lo que estaban ahora.

Todo eso no importaba. Lo que importaba, en cambio, era eso: el simple *hecho,* el simple *anuncio público* en el sector de que Ad Worx había perdido la cuenta de Sharp… este solo hecho bastaría probablemente para que las acciones subieran de un punto y medio a dos puntos más. Y, cuando se iniciara una nueva campaña publicitaria, los inversores lo considerarían una señal de que las antiguas calamidades que afligían a la compañía habían quedado atrás y *tal vez* las acciones subieran otro punto.

Claro, pensó Vic mientras removía un terrón de Sweet'n Low en su café, que eso no era más que una teoría. Y, aunque la teoría resultara ser cierta, tanto él como Roger creían que una ganancia a breve plazo para la Sharp constituiría una compensación suficiente en caso de que no lograra su objetivo una nueva campaña publicitaria, apresuradamente organizada por personas que no conocieran la Sharp Company tan bien como él y Roger la conocían, o que no conocieran el competitivo mercado cerealístico en general.

Y, súbitamente, aquel nuevo sesgo, aquella nueva perspectiva, acudió a su mente. En forma espontánea e inesperada. La taza de café se detuvo a medio camino de su boca y sus ojos se abrieron. Vio mentalmente a dos hombres —tal vez él y Roger, tal vez el viejo Sharp y su grandulón chico—, llenando de tierra una tumba. Sus palas se movían con fuerza. Una linterna parpadeaba vigorosamente en la borrascosa noche. Estaba cayendo una suave lluvia. Aquellos enterradores anónimos echaban de vez en cuando una furtiva mirada hacia atrás. Era un entierro nocturno, un acto secreto realizado en medio de la oscuridad. Estaban enterrando en secreto al Profesor Cereales Sharp, *y eso estaba mal.*

—Mal —musitó en voz alta.

Pues claro que sí. Porque, si lo enterraban en plena noche, él nunca podría decir lo que tenía que decir: que lo sentía mucho.

Sacó la pluma Pentel del bolsillo interior del saco, tomó una servilleta del soporte y escribió rápidamente:

El Profesor Cereales Sharp necesita disculparse.

Miró lo que había escrito. Las letras estaban aumentando de tamaño y borrándose a medida que la tinta se iba empapando en la servilleta. Abajo de esta primera frase, añadió:

Entierro como es debido.

Y abajo:

Entierro A LA LUZ DEL DÍA.

Aún no estaba muy seguro de lo que significaba; era más una metáfora que un hecho concreto, pero así era como solían ocurrírsele sus mejores ideas. Allí había algo. Estaba seguro.

Cujo estaba tendido en el suelo del estacionamiento, en la semipenumbra. Hacía calor, pero fuera era peor todavía… y la luz natural de fuera era demasiado intensa. Jamás lo había sido anteriormente; en realidad, jamás se había dado cuenta de las características de la luz. Pero ahora se estaba dando cuenta. Le dolía la cabeza. Le dolían los músculos. La intensidad de la luz le hacía daño en los ojos. Tenía calor. Y seguía doliéndole el hocico en el lugar en que había sufrido el arañazo.

Le dolía y se le había infectado.

El HOMBRE se había ido a alguna parte. Poco después de que él se hubiera ido, el NIÑO y la MUJER se habían ido a alguna parte, dejándolo solo. El NIÑO había sacado un gran plato de comida para Cujo y Cujo había comido un poquito. La comida le había hecho sentirse peor en lugar de mejor, y el resto lo había dejado.

Ahora se oía el rugido de un camión, enfilando la entrada de coches. Cujo se levantó y se acercó a la puerta del establo, sabiendo ya que se trataba de un desconocido. Conocía tanto el rumor del camión del hombre como el del coche de la familia. Se detuvo en la entrada, asomando la cabeza al intenso resplandor que le dolía en los ojos. El camión dio marcha atrás en la entrada y después se detuvo. Dos hombres bajaron de la cabina y se dirigieron a la parte posterior del vehículo. Uno de ellos levantó la puerta deslizante trasera del camión. El chirriante estruendo le causó a Cujo molestias en los oídos. Éste gimió y se retiró de nuevo a la sosegada oscuridad del interior.

El camión era de la Portland Machine. Hacía tres horas, Charity Camber y su todavía deslumbrado hijo se habían dirigido a la sede principal de la Portland Machine en

Brighton Avenue y ella había extendido un cheque nominativo para la compra de una cadena Jörgen, cuyo precio de mayorista había ascendido exactamente a 1,241 dólares 71 centavos, impuestos incluidos. Antes de ir a la Portland Machine, ella se había dirigido a la State Liquor Store de Congress Street con el fin de rellenar un impreso de reclamación de premio de la lotería. Brett, quien tenía absolutamente prohibido entrar con ella, se había quedado esperando en la banqueta con las manos en los bolsillos.

El empleado le había dicho a Charity que recibiría por correo un cheque de la Comisión de Loterías. ¿Dentro de cuánto tiempo? Dos semanas a lo mucho. Recibiría el dinero menos una deducción por valor de aproximadamente ochocientos dólares en concepto de impuestos. La suma estaba basada en su declaración sobre las ganancias anuales de Joe.

La deducción en concepto de impuestos no enojó a Charity en absoluto. Hasta el momento en que el empleado cotejó su número con el de la hoja que obraba en su poder, ella estuvo conteniendo la respiración, sin poder creer que eso le hubiera ocurrido a ella realmente. Después el empleado había asentido con la cabeza, la había felicitado e incluso había hecho salir de su despacho al director con el fin de que la saludara. Nada de eso tenía importancia. Lo importante era que ahora ella podía respirar de nuevo y el billete ya había dejado de estar bajo su responsabilidad. Había regresado a las entrañas de la Comisión de Loterías. Su cheque lo recibiría por correo… extraordinaria, mística, talismánica frase.

Siguió experimentando una pequeña punzada al ver que el billete de esquinas dobladas, reblandecido a causa de su propio sudor nervioso, estaba sujetado al formulario que ella había rellenado y guardado a continuación. La diosa Fortuna la había elegido a ella. Por primera vez en su vida, quizá por única vez, aquella pesada cortina de muselina de lo cotidiano se había agitado levemente, mostrándole el esplendoroso y brillante mundo que había al otro lado. Era una mujer con sentido práctico y sabía que odiaba a su marido más que un poco y que le temía más que un poco, pero que ambos envejecerían juntos y él moriría, dejándole sus deudas y —eso no quería reconocerlo con toda seguridad ni en lo más hondo de su corazón, ¡pero ahora lo temía!— tal vez un hijo echado a perder.

Si su nombre hubiera salido del gran bombo del Sorteo Extraordinario que se celebraba dos veces al año y hubiera obtenido un premio diez veces superior a los cinco mil dólares que ahora había ganado, cabía la posibilidad de que hubiera acariciado la idea de apartar a un lado aquella pesada cortina de muselina, tomando a su hijo de la mano y yéndose con él a lo que hubiera más allá de la calle Town Road número 3 y el Taller de Camber, Especialidad en Coches Extranjeros, y Castle Rock. Tal vez se hubiera ido a Connecticut acompañada de Brett con el propósito concreto de preguntarle a su hermana cuánto costaría un pequeño departamento en Stratford.

Pero la cortina se había agitado simplemente un poco. Nada más. Había visto a la diosa Fortuna durante un desnudo momento fugaz, tan maravillosa, desconcertante e inexplicable como un hada deslumbradora, danzando bajo las setas cubiertas de rocío a la luz del amanecer… La había visto una vez para no volver a verla jamás. Por eso experimentó una punzada al ver desaparecer el billete de su vista, pese a que éste le hubiera hecho perder el sueño. Comprendió que seguiría comprando un billete de la lotería cada semana durante el resto de su vida y que nunca ganaría más de un par de dólares.

No importaba. A caballo regalado no se le ve colmillo. Siempre y cuando una fuera lista.

Fueron a la Portland Machine y ella extendió un cheque, recordando que, en el camino de vuelta a casa, tendría que pasar por el banco para transferir dinero de la cuenta de ahorros a la corriente de manera que hubiese fondos para el pago del cheque. Ella y Joe habían reunido algo más de cinco mil dólares en su cuenta de ahorros a lo largo de quince años. Justo lo suficiente para cubrir tres cuartas partes de sus actuales deudas, si se excluía la hipoteca de la granja. Ella no tenía derecho a excluirla, claro, pero siempre lo hacía. No lograba pensar en la hipoteca más que en términos de pagos aislados. Pero ahora podían dar a los ahorros todos los mordiscos que quisieran y depositar el cheque de la Comisión de Loterías en la cuenta cuando se recibiera. Perderían simplemente los intereses de dos semanas.

Lewis Belasco, el hombre de la Portland Machine, dijo que ordenaría la entrega de la cadena aquella misma tarde, y siempre cumplía lo prometido.

Joe Magruder y Ronnie DuBay colocaron la cadena en la plataforma neumática de descarga del camión y ésta se deslizó suavemente en un abrir y cerrar de ojos hasta el piso de tierra de la entrada.

—Vaya que es un pedido grande para el viejo Joe Camber —exclamó Ronnie.

—Que la dejemos en el establo, ha dicho su mujer —dijo Magruder, asintiendo—. Es el taller. Procura sostenerla bien, Ronnie. Pesa como una bestia.

Joe Magruder tomó la cadena, Ronnie hizo lo propio y, entre jadeos y gruñidos, ambos la medio sostuvieron y la medio arrastraron hasta introducirla en el establo.

—Dejémosla un momento en el suelo —consiguió decir Ronnie—. No veo dónde demonios voy. Acostumbrémonos a la oscuridad antes de que nos caigamos de culo.

Dejaron la cadena en el suelo y ésta produjo un ruido sordo. Tras la intensa luz del exterior, Joe estaba medio deslumbrado. Sólo podía distinguir los vagos perfiles de las cosas: un coche levantado sobre un gato hidráulico, un banco de taller, unos tablones apenas perceptibles que llegaban hasta un desván.

—Esto tendría que… —empezó a decir Ronnie, deteniéndose en seco.

De la oscuridad, de más allá del coche levantado sobre el gato, estaba surgiendo un bajo gruñido gutural. Ronnie advirtió que el sudor que había expulsado adquiría de repente una consistencia pegajosa. Los cabellos de la nuca se le erizaron.

—La puta madre, ¿oíste eso? —murmuró Magruder.

Ahora Ronnie podía ver a Joe. Los ojos de Joe estaban muy abiertos y asustados.

—Lo oigo.

Era un rumor tan sordo como el del potente motor de una lancha girando en vacío. Ronnie sabía que hacía falta un perro de gran tamaño para emitir un ruido como aquél. Y cuando un perro de gran tamaño emitía ese ruido, ello significaba a menudo que no estaba para bromas. No había visto ninguna advertencia de CUIDADO CON EL PERRO al acercarse, pero a veces algunos brutos no se molestaban en poner ningún letrero. Sabía una cosa. Esperaba con toda el alma que el perro que estaba emitiendo aquel ruido estuviera sujeto con una cadena.

—¿Joe? ¿Tú nunca habías estado aquí?

—Una vez. Es un San Bernardo. Grande como una casa. Pero no hacía eso —Joe tragó saliva. Ronnie oyó algo así como un clic en su garganta—. Oh, Dios mío. Mira, Ronnie.

Los ojos de Ronnie se habían medio adaptado a la oscuridad y su borrosa visión confería a lo que estaba viendo un aire fantasmagórico y casi sobrenatural. Sabía que nunca se le tenía que demostrar a un perro con aviesas intenciones que estabas asustado —ellos podían olfatear el miedo de las personas—, pero, aun así, empezó a temblar sin poder evitarlo. No tuvo más remedio. El perro era un monstruo. Estaba de pie al fondo del establo, más allá del coche levantado sobre el gato hidraúlico. Era un San Bernardo con toda seguridad. El abundante pelaje cuyo pardo color era visible incluso en la penumbra y la anchura de sus hombros resultaban inconfundibles. Mantenía la cabeza agachada. Sus ojos los estaban mirando enfurecidos, con una constante y profunda animadversión.

No lo sujetaba cadena ninguna.

—Retrocede poco a poco —dijo Joe—. No corras, por lo que más quieras.

Empezaron a retroceder y, mientras lo hacían, el perro empezó a avanzar despacio en dirección a ellos. Caminaba con paso rígido; en realidad, no caminaba, pensó Ronnie. Se movía como al *acecho*. Aquel perro no se andaba con tonterías. Tenía el motor en marcha y estaba a punto de lanzarse. Seguía manteniendo la cabeza agachada. El tono del gruñido no había sufrido la menor alteración. El perro avanzaba un paso por cada paso que ellos retrocedían.

El peor momento para Joe Magruder se produjo cuando salieron de nuevo a la brillante luz del exterior. La luz lo deslumbró y lo cegó. No podía ver al perro. Si ahora se abalanzara sobre él…

Extendiendo la mano hacia atrás, tocó el costado del camión. Eso fue suficiente para quebrar su valor. Corrió hacia la cabina.

Por el otro lado, Ronnie DuBay hizo lo mismo. Llegó a la puerta del copiloto y toqueteó la manija durante un interminable momento. La jaló. Aún podía oír aquel gruñido amortiguado, tan parecido al de un motor Evinrude de ochenta caballos funcionando en vacío. La puerta no se abría. Pensó que el perro le iba a arrancar un trozo de trasero de un momento a otro. Por fin, su pulgar dio con el botón, la puerta se abrió y él subió apresuradamente a la cabina, respirando afanosamente.

Miró por el espejo retrovisor fijado a la parte exterior de su ventana y vio al perro inmóvil, a la entrada del establo. Miró a Joe, que estaba sentado al volante, sonriéndole con timidez. Ronnie le devolvió a su vez una temblorosa sonrisa.

—Un simple perro —dijo Ronnie.

—Sí. Perro que ladra no muerde.

—Exacto. Volvamos allí y arrastremos un poco más aquella cadena.

—¡No cuentes conmigo! —dijo Joe.

Ambos se echaron a reír juntos. Ronnie le ofreció un cigarro a su compañero.

—¿Qué te parece si nos largamos?

—Una idea muy acertada —dijo Joe, poniendo en marcha el camión.

A medio camino de Portland, Ronnie dijo casi para sus adentros:

—Aquel perro acabará mal.

Joe estaba conduciendo con un codo asomando por la ventana. Miró a Ronnie.

—Me he asustado y no me importa decirlo. Si un perrito como ése me fastidiara en una situación así, sin que hubiera nadie en casa, le daría una patada en las pelotas, ¿sabes? No sé, si las personas no amarran con cadena a un perro que muerde, se merecen cualquier cosa, ¿entiendes? *Aquello*… ¿lo viste? Apuesto a que el muy hijo de perra pesa cien kilos.

—Tal vez convendría que llamara a Joe Camber —dijo Ronnie—. Para contarle lo que ha ocurrido. A lo mejor evito que le arranquen un brazo a mordiscos. ¿Tú qué piensas?

—¿Qué ha hecho Joe Camber por ti últimamente? —preguntó Joe Magruder con una sonrisa.

—No la chupa como tú, eso es verdad —dijo Ronnie, asintiendo con aire pensativo.

—La última chupada que tuve fue de tu mujer. Tampoco estuvo nada mal.

—Vas bien, puñal.

Ambos se echaron a reír juntos. Nadie llamó a Joe Camber. Cuando regresaron a la Portland Machine ya era casi la hora de largarse. Hora de pasar el rato. Dedicaron quince minutos a redactar el informe de la entrega. Belasco salió de la trastienda y les preguntó si Camber se había hecho cargo del pedido. Ronnie DuBay dijo que sí. Belasco, que era un tonto de remate, se retiró. Joe Magruder le deseó a Ronnie un buen fin de semana y un feliz Cuatro de Julio. Ronnie dijo que tenía el propósito de pasarse durmiendo todo el fin de semana hasta el domingo por la noche. Y marcaron su salida en el reloj de registro.

Ninguno de los dos volvió a pensar en Cujo hasta que leyeron la noticia en el periódico.

Vic pasó buena parte de aquella tarde de víspera del largo fin de semana repasando los detalles del viaje con Roger. Roger era tan meticuloso con los detalles que casi parecía un paranoico. Había hecho las reservas de avión y hotel a través de una agencia. Su avión con destino a Boston despegaría del aeropuerto de Portland a las 7:10 de la mañana del lunes. Vic dijo que recogería a Roger con el Jag a las 5:30. Le parecía innecesariamente temprano, pero conocía a Roger y sus pequeñas manías. Hablaron del viaje en general, evitando deliberadamente los detalles concretos. Vic se reservó para sí las ideas que se le habían ocurrido durante la pausa del café, con la servilleta bien guardada en el bolsillo de su chamarra deportiva. Roger iba a mostrarse más receptivo cuando estuvieran fuera.

Vic pensó marcharse temprano y decidió regresar y echar primero un vistazo al correo de la tarde. Lisa, su secretaria, ya se había marchado, adelantando las vacaciones del fin de semana. Qué demonios, ya no podías conseguir que una secretaria se quedara hasta las cinco, tanto si era un fin de semana festivo como si no. Por lo que a Vic respectaba, ello no era más que una nueva muestra de la constante decadencia de la civilización occidental. Era probable que en aquel preciso instante, Lisa, que era guapa, tenía apenas veintiún años y un busto casi totalmente plano, se estuviera adentrando en el tráfico de la Interestatal, dirigiéndose al sur, hacia Old Orchard o los Hampton, vestida simplemente con unos ajustados jeans y un ligero corpiño. *Otra vez a la disco*, pensó Vic, sonriendo levemente.

No había más que una carta en sobre cerrado encima de su escritorio.

La tomó con curiosidad, observando en primer lugar la palabra *personal*, escrita bajo la dirección, y, en segundo, el hecho de que habían escrito la dirección con grandes letras de imprenta.

La sostuvo entre las manos y le dio la vuelta, advirtiendo que una inquietud se introducía subrepticiamente en su estado general de agotado bienestar. En el fondo de su mente, sin que apenas se diera cuenta, experimentó el repentino impulso de romper la carta en dos mitades, en cuatro trozos y en ocho y arrojarlos a la papelera.

Pero, en lugar de eso, la abrió y sacó una sola hoja de papel.

Más letras de imprenta.

El sencillo mensaje —seis frases— lo azotó como un látigo justo por abajo del corazón. Más que sentarse, se derrumbó en el sillón. Dejó escapar un leve gemido, como un hombre que hubiera perdido súbitamente todo el aliento. Su mente estuvo emitiendo un ruido blanco durante un tiempo que él no supo —no pudo— comprender ni concebir. Si Roger hubiera entrado en aquellos momentos, hubiera pensado probablemente que Vic sufría un ataque cardíaco. Tenía el rostro blanco como el papel. Su boca estaba abierta. Unas medias lunas azuladas habían aparecido por abajo de sus ojos.

Volvió a leer el mensaje.

Y lo leyó otra vez.

Al principio, sus ojos se sintieron atraídos por la primera interrogación:

¿A USTED QUÉ LE RECUERDA
EL LUNAR QUE TIENE POR ENCIMA DEL VELLO
DEL PUBIS?

Es un error, pensó confusamente. *Nadie lo sabe más que yo… bueno, su madre. Y su padre.* Después, dolido, empezó a experimentar las primeras angustias de los celos: *Incluso su bikini lo cubre… su pequeño bikini.*

Se pasó una mano por el cabello. Dejó la carta en el escritorio y se pasó ambas manos por el cabello. Seguía experimentando aquella sensación de punzada y jadeo. La sensación de que su corazón estaba bombeando aire en lugar de sangre. Experimentaba miedo, dolor y confusión. Pero, de entre aquellos tres sentimientos, la emoción que más le dominaba y abrumaba era la de un miedo terrible.

La carta lo miró con furia y le gritó:

ME LO HE PASADO FABULOSO
COGIÉNDOMELA COMO UN LOCO.

Ahora sus ojos se clavaron en esta frase, sin querer apartarse. Pudo oír el rugido de un avión en el cielo, abandonando el aeropuerto, elevándose, alejándose, dirigiéndose a lugares desconocidos, y pensó: ME LO HE PASADO FABULOSO, COGIÉNDOMELA COMO UN LOCO. *Ofensivo, esto es una ofensa.* Sí, señor, y sí, señora, en efecto. Era el corte de un cuchillo sin afilar. COGIÉNDOMELA COMO UN LOCO, vaya imagen. No era muy fina que dijéramos. Era como recibir una rociada en los ojos de una pistola de agua cargada con ácido de batería.

Trató de pensar con coherencia y
(ME LO HE PASADO FABULOSO)
simplemente no pudo
(COGIÉNDOMELA COMO UN LOCO)
hacerlo.

Ahora sus ojos pasaron a la última frase y fue ésta la que leyó una y otra vez, como si tratara en cierto modo de grabar en el cerebro su significado. Aquella terrible sensación de miedo seguía interponiéndose en el camino.

¿TIENE USTED ALGUNA PREGUNTA QUE HACER?

Sí. De repente tenía toda clase de preguntas. Lo malo era que no parecía querer respuesta a ninguna de ellas.

Un nuevo pensamiento cruzó por su mente. ¿Y si Roger no hubiera regresado a casa? A menudo asomaba la cabeza al despacho de Vic antes de marcharse, en caso de que la luz estuviera encendida. Era mucho más probable que lo hiciera esta noche, con el viaje pendiente. La idea llenó de pánico a Vic y un absurdo recuerdo afloró a la superficie: el de todas aquellas veces que se había estado masturbando en el baño en sus años de adolescente, incapaz de contenerse, pero con un miedo terrible de que todo el mundo supiera exactamente lo que estaba haciendo allí dentro. En caso de que Roger entrara, se daría cuenta de que estaba ocurriendo algo. Y él no quería. Se levantó y se acercó a la ventana que daba al estacionamiento del edificio, situado seis pisos más abajo. El Honda Civic amarillo brillante de Roger no estaba en su espacio correspondiente: Roger ya se había ido a casa.

Saliendo de su ensimismamiento, Vic prestó atención. Las oficinas de Ad Worx estaban totalmente en silencio. Se percibía aquel resonante silencio que parece ser característica exclusiva de los lugares de trabajo una vez finalizada la jornada laboral. No se oía siquiera al viejo vigilante señor Steigmeyer yendo de un lado para otro. Tendría que registrar su salida en el vestíbulo. Tendría que...

Ahora *había* un rumor. Al principio no supo lo que era. Lo comprendió al cabo de un momento. Eran unos gemidos. El rumor de un animal con una pata destrozada. Mirando todavía a través de la ventana, vio que los coches estaban abandonando el estacionamiento en grupos de dos y de tres, a través de una cortina de lágrimas.

¿Por qué no podía enfadarse? ¿Por qué tenía que estar tan cochinamente *asustado*?

Una absurda palabra antigua acudió a su mente. *Burlado,* pensó. *He sido burlado.*

Los gemidos seguían produciéndose. Trató de bloquear su garganta, pero no le sirvió de nada. Inclinó la cabeza y asió la rejilla del calefactor que había abajo de la ventana, al nivel de la cintura. La asió hasta que le dolieron los dedos, hasta que el metal crujió y protestó.

¿Cuánto tiempo hacía que no lloraba? Había llorado la noche en que nació Tad, pero había sido de alivio. Había llorado cuando murió su padre, tras haber pasado tres años luchando denodadamente por su vida después de haber sufrido un grave ataque cardíaco, y aquellas lágrimas, derramadas a los diecisiete años, habían sido como éstas, ardientes, sin querer brotar; había sangrado, más que llorado. Pero, a los diecisiete años, es más fácil llorar, más fácil sangrar. Cuando se tiene diecisiete años, uno espera todavía tener ocasión de hacer ambas cosas.

Dejó de gemir. Pensó que ya había terminado. Y entonces surgió de su interior un grito amortiguado, una especie de áspero y tembloroso ruido, y pensó: *¿He sido yo? Dios mío, ¿he sido yo el que ha hecho ese ruido?*

Las lágrimas empezaron a rodar por sus mejillas. Hubo otro ruido áspero, y otro. Agarró la rejilla del calefactor y lloró.

106

Cuarenta minutos más tarde, se encontraba sentado en el Deering Oaks Park. Había llamado a casa y le había dicho a Donna que regresaría tarde. Ella empezó a preguntarle por qué y por qué hablaba de aquella manera tan extraña. Él le dijo que estaría en casa antes de que anocheciera. Le dijo que le diera la cena a Tad. Después colgó antes de que ella pudiera decir nada más.

Y ahora estaba sentado en el parque.

Las lágrimas habían consumido buena parte de su miedo. Lo que le quedaba era una desagradable escoria de enfado. Ése era el siguiente nivel en su columna geológica de conocimientos. Pero enfado no era la palabra adecuada. Estaba encolerizado. Estaba furioso. Era como si lo hubieran herido con algo. Una parte de sí mismo había reconocido que sería peligroso regresar a casa ahora… peligroso para los tres.

Hubiera sido tan agradable disimular el desastre, provocando otro mayor; hubiera sido (reconozcámoslo) tan insensatamente agradable propinar un buen puñetazo a su traicionero rostro.

Estaba sentado junto al estanque de los patos. Al otro lado se desarrollaba un animado juego de frisbee. Observó que las cuatro muchachas que jugaban —y dos de los muchachos— se desplazaban sobre patines. Los patines estaban muy de moda ese verano. Vio a una muchacha empujando un carrito de galletas saladas, cacahuates y bebidas sin alcohol. Tenía un rostro suave, lozano e inocente. Uno de los chicos que estaban jugando con el frisbee le lanzó el disco; ella lo recogió hábilmente y lo devolvió. En los años sesenta, pensó Vic, hubiera estado en una comuna, quitándoles diligentemente los bichos a las matas de tomates. Ahora era probablemente un miembro en toda regla de la Administración de Pequeños Negocios.

Él y Roger solían acudir allí a almorzar algunas veces. Lo habían hecho el primer año. Después Roger había observado que, a pesar de que el estanque ofrecía un aspecto encantador, se percibía un leve pero indudable olor a podredumbre a su alrededor… y que la casita que se levantaba en la roca que había en el centro del estanque estaba blanqueada no con pintura sino con excrementos de gaviota. Algunas semanas más tarde, Vic había observado la presencia de una rata medio descompuesta, flotando entre preservativos y envolturas de chicle justo al borde del estanque. No creía haber regresado después de eso.

El frisbee, platillo de un rojo brillante, flotó a través del cielo.

La imagen que había provocado su enojo seguía acudiendo a su mente. No podía apartarla. Era tan vulgar como las palabras elegidas por su anónimo comunicante, pero no podía evitarla. Los veía cogiendo en la alcoba suya y de Donna. Cogiendo en su cama. Lo que estaba viendo en esta película mental era tan explícito como una de aquellas crudas películas clasificación X que se podían ver en el State Theater de Congress Street. Ella estaba gimiendo, cubierta por un ligero sudor, hermosa. Todos los músculos en tensión. Sus ojos mostraban aquella expresión hambrienta que adquirían cuando las relaciones sexuales eran satisfactorias, con un tono de color más oscuro. Conocía aquella expresión, conocía la postura, conocía los rumores. Él había creído —*creído*— que era el único en conocerlos. Ni siquiera la madre y el padre de Donna los conocían.

Después pensaba en el miembro del hombre —su verga—, introduciéndose en ella. *En la silla de montar.* La frase acudió a su mente y se quedó estúpidamente en ella, sin querer marcharse. Los vio cogiendo sobre el trasfondo de una banda sonora de Gene Autry: *Estoy de nuevo en la silla de montar, allí donde un amigo es un amigo...*

Le hizo sentirse inquieto. Le hizo sentirse indignado. Le hizo sentirse *furioso*.

El disco de frisbee se elevó y descendió. Vic siguió su trayectoria.

Había sospechado algo, sí. Pero sospechar no era lo mismo que saber; ahora sabía eso por lo menos. Hubiese podido escribir un ensayo acerca de la diferencia entre la sospecha y el conocimiento. Lo que hacía que ello resultara doblemente cruel era el hecho de que él hubiera empezado a creer realmente que sus sospechas eran infundadas.

Y, aunque no lo fueran, ojos que no ven, corazón que no siente. ¿Acaso no era cierto? Si un hombre está cruzando una habitación a oscuras en cuyo centro hay un profundo agujero abierto y pasa a pocos centímetros, no necesita saber que ha estado a punto de caer en él. No necesita tener miedo. Siempre y cuando la luz esté apagada.

Bueno, él no había caído. A él lo habían *empujado*. La cuestión era saber qué iba a hacer al respecto. La parte enojada de su persona, dolida, lastimada y rugiente, no se mostraba en modo alguno inclinada a ser «adulta», a reconocer que había deslices en una o en ambas partes de muchos matrimonios. Que se fueran a la mierda el «Forum» o las «Variaciones» de *Penthouse*, o como las llamen hoy en día; estamos hablando de mi mujer que se acostaba con otro

(allí donde un amigo es un amigo)

cuando yo daba media vuelta, cuando Tad no estaba en casa…

Las imágenes empezaron de nuevo a sucederse: sábanas arrugadas, cuerpos en tensión, suaves rumores. Unas frases desagradables, unos vocablos terribles seguían congregándose como un grupo de morbosos mirones que estuvieran contemplando un accidente: *escondrijo, empanada de pelo, coger, soltar el paquete, no-cojo-por-dinero-ni-cojo-por-fama-pero-mi-manera-de-cogerte-mamá-es-de-auténtica-vergüenza, mi tortuga en tu barro, violación colectiva, entregarse a la tropa…*

¡Dentro de mi mujer!, pensó angustiado al tiempo que apretaba los puños. *¡Dentro de mi mujer!*

Pero la parte enojada y dolida reconocía —a regañadientes— que no podía ir a casa y ponerle una soberana paliza a Donna. Podía, eso sí, tomar consigo a Tad e irse. Sin dar explicaciones. Que ella intentara impedírselo, si tenía el descaro de hacerlo. No creía que lo hiciera. Llevarse a Tad consigo, irse a un motel, buscar un abogado. Cortar limpiamente la cuerda y no volver la mirada hacia atrás.

No obstante, si se limitaba a llevarse consigo a Tad a un motel, ¿acaso no iba el niño a asustarse? ¿No querría una explicación? Tenía apenas cuatro años, pero era una edad suficiente para darse cuenta de si ocurría algo terriblemente malo. Estaba después la cuestión del viaje… Boston, Nueva York, Cleveland. A Vic le importaba un bledo el viaje, sobre todo ahora; el viejo Sharp y su chico podían irse al carajo por lo que a él respectaba. Pero no estaba solo en el asunto. Tenía un socio. El socio tenía mujer y dos hijas. Incluso ahora, a pesar de lo dolido que estaba, Vic reconocía que tenía por lo menos que asumir la responsabilidad de intentar salvar la cuenta… lo cual equivalía a tratar de salvar a la propia Ad Worx.

Y, aunque no quería planteársela, había otra pregunta: ¿por qué razón concreta quería tomar a Tad e irse, sin escuchar siquiera la versión de Donna? ¿Porque el hecho de que ella estuviera acostándose por ahí estaba destrozando el sentido ético de Tad? No lo creía. Era porque su mente había comprendido inmediatamente que el medio de causarle un daño más cierto y más profundo (tan profundo como el que estaba experimentando él en estos momentos) pasaba a través de Tad. Pero ¿quería convertir a su hijo en el equivalente emocional de una palanca o un martillo? No creía.

Otras preguntas.

La nota. Piensa un minuto en la nota. No simplemente en lo que decía, no simplemente en aquellas seis frases de suciedad de ácido de batería; piensa en el *hecho* de la nota. Alguien acababa de matar a la gallina que había estado poniendo —perdón por la broma— los huevos de oro. ¿Por qué había el amante de Donna enviado aquella nota?

Porque la gallina había dejado de poner huevos, claro. Y el individuo anónimo que había enviado la nota estaba hecho una furia.

¿Lo habría Donna abandonado?

Trató de imaginar cualquier otra posibilidad y no pudo. Despojada de su repentina y escandalizadora fuerza, ¿no era la frase ME LO HE PASADO FABULOSO COGIÉNDOMELA COMO UN LOCO algo así como el clásico truco del perro del hortelano? Ya que tú no podías comer, que otro no comiera tampoco. Ilógico, pero muy satisfactorio. La nueva y más relajada atmósfera que se respiraba en casa encajaba también con esta interpretación. La sensación casi palpable de alivio que irradiaba de Donna. Había expulsado al hombre anónimo y el hombre anónimo se había revuelto contra el marido con una nota anónima.

Última pregunta: ¿Qué más daba?

Sacó una vez más la nota del bolsillo del saco y la manoseó una y otra vez, sin desdoblarla. Observó el frisbee rojo flotando en el cielo y se preguntó qué demonios iba a hacer.

—Pero ¿qué diablos es eso? —preguntó Joe Camber. Cada palabra surgió espaciada, casi sin inflexión. Se encontraba de pie junto a la puerta, mirando a su mujer. Charity estaba poniendo los cubiertos. Ella y Brett ya habían comido. Joe había llegado con un camión lleno de objetos diversos, había empezado a introducir el vehículo en el estacionamiento y había visto lo que le estaba aguardando.

—Es una cadena—dijo ella. Había enviado a Brett a jugar con su amigo Dave Bergeron. No quería que estuviera presente en caso de que la situación se pusiera fea—. Brett dijo que necesitabas una. Una cadena Jörgen, dijo.

Joe cruzó la estancia. Era un hombre delgado, con un físico huesudo y fuerte, una gran nariz afilada y una forma de andar ágil y reposada a un tiempo. Su sombrero de fieltro verde estaba echado hacia atrás sobre su cabeza, dejando al descubierto el nacimiento del cabello en fase de retroceso. Tenía un tizne de grasa en la frente. El aliento le olía a cerveza. Sus ojos azules eran pequeños y duros. No era un hombre que gustara de las sorpresas.

—Me vas a contar eso, Charity —dijo.

—Siéntate. Se te va a enfriar la cena.

El brazo de Joe se extendió como un pistón. Unos duros dedos se clavaron en el brazo de Charity.

—¿Qué carajo te propones, Charity? Me lo vas a contar, te he dicho.

—A mí no me hables con palabrotas, Joe Camber.

Le estaba haciendo daño, pero ella no quería darle la satisfacción de demostrárselo a través de su cara o de sus ojos. Era una bestia en muchos sentidos y, aunque eso solía excitarla cuando era más joven, ahora ya no la excitaba. Había observado en el transcurso de sus años de convivencia que a veces podía ganar la partida, aparentando ser valiente. No siempre, pero sí algunas veces.

—¡Me vas a decir qué carajo te has propuesto, Charity!

—Siéntate y come —contestó ella tranquilamente—, y te lo diré.

Él se sentó y ella le puso el plato. Le había preparado un bistec de solomillo.

—¿Desde cuándo podemos permitirnos el lujo de comer como los Rockefeller? —preguntó él—. Me parece que vas a tener que explicarme muchas cosas.

Ella le sirvió el café y una papa asada partida por la mitad.

—¿No te es útil la cadena?

—Nunca dije que no me fuera útil. Pero no puedo permitirme el maldito lujo de comprarla.

Empezó a comer, sin apartar los ojos de su mujer. Ella sabía que ahora no iba a pegarle. Era su oportunidad, mientras aún estuviera relativamente sereno. En caso de que fuera a pegarle, ello ocurriría cuando regresara de casa de Gary Pervier, empapado de vodka y lleno de orgullo viril herido.

Charity se sentó frente a él y dijo:

—Gané en la lotería.

Las mandíbulas de su marido se detuvieron y después volvieron a moverse. Él se introdujo un trozo de bistec en la boca con el tenedor.

—Seguramente —dijo—. Y mañana el viejo Cujo va a empezar a cagar un revoltijo de botones de oro.

Señaló con el tenedor al perro que estaba paseando muy inquieto arriba y abajo en la entrada. A Brett no le gustaba llevárselo a casa de los Bergeron porque tenían conejos en una jaula y Cujo se volvía loco.

Charity se metió la mano en el bolsillo del delantal, sacó la copia del impreso de reclamación del premio que el empleado había rellenado y se la entregó a Joe, extendiendo el brazo sobre la mesa.

Camber alisó la hoja de papel con una mano de dedos chatos y la examinó de arriba abajo. Sus ojos se centraron en la cifra.

—Cinco... —empezó a decir, y después cerró la boca con un chasquido.

Charity lo observó sin decir nada. No sonrió. No rodeó la mesa para darle un beso. Para un hombre con aquella mentalidad, pensó ella amargamente, la buena suerte sólo significaba que algo estaba aguardando al acecho.

—¿Ganaste cinco mil dólares? —preguntó él, levantando finalmente los ojos.

—Menos los impuestos, sí.

—¿Cuánto tiempo hace que juegas a la lotería?

—Compro un billete de cincuenta centavos todas las semanas... y no te atrevas a regañarme por ello, Joe Camber, con la cantidad de cerveza que te compras tú.

—Mide las palabras, Charity —dijo él, mirándola sin parpadear con sus brillantes ojos azules—. Mide tus palabras si no quieres que te sacuda inmediatamente —Joe empezó de nuevo a comer el bistec y, tras la máscara impasible de su rostro, ella empezó a tranquilizarse un poco. Había arrojado por primera vez la silla contra el rostro del tigre, y éste no la había mordido. Por lo menos, de momento—. Este dinero, ¿cuándo vamos a recibirlo?

—El cheque se recibirá dentro de dos semanas o un poco menos. Compré la cadena con el dinero que tenemos en la cuenta de ahorro. El impreso de reclamación vale tanto como el oro. Eso me ha dicho el empleado.

—¿Has ido y me has comprado eso?

—Le pregunté a Brett qué era lo que él pensaba que te sería más útil. Es un regalo.

—Gracias —dijo él, sin dejar de comer.

—Yo te he hecho un regalo —dijo ella—. Ahora hazme tú uno a mí, Joe. ¿De acuerdo?

Él siguió comiendo, sin dejar de mirarla. No dijo nada. Sus ojos eran totalmente inexpresivos. Estaba comiendo con el sombrero puesto, echado todavía hacia atrás sobre su cabeza.

Ella le habló despacio y con deliberación, sabiendo que sería un error precipitarse.

—Quiero irme una semana. Con Brett. A ver a Holly y a Jim en Connecticut.

—No —dijo él, y siguió comiendo.

—Podríamos ir en el autobús. Nos alojaríamos en su casa. Saldría barato. Quedaría mucho dinero. Ese dinero caído del cielo. Costaría una tercera parte de lo que costó la cadena. He llamado a la central de autobuses y pregunté cuánto costaba el boleto de ida y vuelta.

—No. Necesito a Brett aquí para que me ayude.

Ella juntó las manos y las retorció fuertemente con furia bajo la mesa, pero logró que su rostro se mantuviera tranquilo y sereno.

—Te las arreglas sin él cuando va a la escuela.

—Dije que no, Charity —dijo él, y ella vio con exasperante y amarga certeza que él estaba disfrutando de la situación. Veía lo mucho que ella lo deseaba. Comprendía los planes que ella había estado haciendo. Y disfrutaba con su dolor.

Ella se levantó y se dirigió al fregadero, no porque tuviera algo que hacer allí sino porque necesitaba tiempo para controlarse. El lucero de la tarde la estaba mirando, alto y remoto. Abrió la llave del agua. La porcelana del fregadero había adquirido un desvaído tono amarillento. Como Joe, el agua también era dura.

Decepcionado tal vez, pensando que ella se había dado por vencida con excesiva facilidad, Camber decidió dar mayores explicaciones.

—El chico tiene que aprender el sentido de la responsabilidad. No le sentará mal ayudarme este verano, en lugar de correr a casa de Davy Bergeron todos los días y noches.

—Yo lo mandé allí —dijo ella, cerrando la llave.

—¿*Tú?* ¿Por qué?

—Porque he pensado que podría ocurrir esto —contestó ella, volviéndose para mirarlo—. Pero le he dicho que dirías que sí, después del dinero que hemos ganado y la cadena que te he comprado.

—Si hubieras tenido más sentido común, no hubieras pecado contra el chico. La próxima vez, supongo que lo pensarás dos veces antes de abrir la boca.

Le sonrió por entre un bocado de comida y extendió la mano hacia el pan.

—Podrías venir con nosotros, si quisieras.

—Claro. Le diré a Richie Simms que se olvide de la primera siega de este verano. Además, ¿para qué quiero yo ir allí abajo a ver a aquellos dos? Por lo que he visto y por lo que tú me cuentas, he llegado a pensar que son un par de tontos de primera. El único motivo de que te gusten es que a ti te gustaría ser una tonta como ellos —su voz se estaba elevando poco a poco y la comida se le estaba escapando de la boca. Cuando lo veía de aquella manera, ella se asustaba y se daba por vencida. Casi siempre. Pero esta noche, no—. Te gustaría sobre todo que el chico fuera un tonto como ellos. Eso es lo que pienso. Te gustaría ponerlo contra mí, supongo. ¿Me equivoco?

—¿Por qué no lo llamas nunca por su nombre?

—Haz el favor de cerrar la boca, Charity —dijo él, mirándola con dureza. Sus mejillas y su frente habían enrojecido—. Hablo en serio.

—No —dijo ella—. No hemos terminado.

—¿*Cómo*? —exclamó él, soltando el tenedor a causa del asombro—. ¿Qué dijiste?

Ella se le acercó, permitiéndose el lujo de mostrarse totalmente encolerizada por primera vez en su matrimonio. Pero todo estaba dentro, ardiendo y arremolinándose como el ácido. Podía advertir cómo la devoraba. Pero no iba a gritar. Si gritara, sería con toda certeza el final. Siguió hablando en voz baja.

—Sí, eso es lo que piensas de mi hermana y su marido. Desde luego. Mírate, sentado aquí, comiendo con las manos sucias y con el sombrero todavía puesto. No quieres que vaya allí y vea cómo viven otras personas. De la misma manera que yo no quiero que vea cómo viven tú y tus amigos cuando se van por ahí. Por eso no permití que se fuera a cazar contigo en noviembre pasado.

115

Ella se detuvo y él siguió sentado, con una rebanada de pan Wonder a medio comer en una mano y el jugo del bistec ensuciándole la barbilla. Pensó que el único motivo de que no se abalanzara sobre ella era el asombro absoluto que estaba experimentando ante el hecho de que ella estuviera diciendo todas aquellas cosas.

—Por consiguiente, haré un trato contigo —dijo ella—. Yo te regalé la cadena y estoy dispuesta a entregarte el resto del dinero —muchas no lo harían—, pero, si vas a ser tan ingrato, te ofreceré otra cosa. Tú lo dejas ir conmigo a Connecticut y yo lo dejaré ir contigo a Moosehead cuando empiece la temporada de caza de venados.

Se sentía fría y como llena de escoceduras, como si acabara de ofrecerle un pacto al diablo.

—Debería darte unos azotes —dijo él en tono sorprendido. Le hablaba como si fuera una niña que no hubiera entendido una explicación muy sencilla de causa y efecto—. Yo me lo llevaré a cazar conmigo si quiero y cuando quiera. ¿Acaso no lo sabes? Es mi *hijo*. Por el amor de Dios. *Si* quiero y *cuando* quiera —esbozó una leve sonrisa, deleitándose con el sonido de sus palabras—. Bueno… ¿entendiste?

Ella lo miró a los ojos.

—No —dijo—. No harás eso.

Él se levantó de golpe y derribó la silla.

—Yo lo impediré —dijo ella.

Quería retroceder para apartarse de él, pero aquello sería el final. Un falso movimiento, una señal de debilidad, y lo tendría encima.

Él se estaba desabrochando el cinturón.

—Voy a tener que darte unos azotes, Charity —dijo como si lo lamentara.

—Lo impediré por todos los medios que pueda. Iré a la escuela y afirmaré que se ha escapado. Acudiré al *alguacil* Bannerman y pondré una denuncia por secuestro. Pero, sobre todo… me encargaré de que Brett no quiera ir.

Él sacó el cinturón de las presillas de sus pantalones y lo sostuvo en la mano con el extremo de la hebilla oscilando en péndulo casi a ras del suelo.

—La única manera de que consigas que vaya allí arriba con el resto de aquellos borrachos y animales antes de que cumpla quince años será que yo lo permita —dijo ella—. Puedes arrearme con el cinturón sí quieres, Joe Camber. Nada va a cambiar.

—Conque no, ¿eh?

—Estoy aquí de pie y te digo que no.

Pero, de repente, él ya no pareció encontrarse en la estancia con ella. Sus ojos se habían alejado con expresión abstraída. Ella lo había visto hacer lo mismo en otras ocasiones. Algo había cruzado por su imaginación, un nuevo hecho que había que añadir laboriosamente a la ecuación. Rezó para que cualquier cosa que fuera estuviese en el lado del signo de igualdad que le correspondía a ella. Jamás se había enfrentado a él hasta semejante extremo, y estaba asustada.

—Eres una pequeña fiera, ¿eh? —dijo Camber, sonriendo súbitamente.

Ella no contestó.

Camber empezó a introducir de nuevo el cinturón en las presillas de sus pantalones. Aún estaba sonriendo, con los ojos todavía perdidos.

—¿Te imaginas que puedes salirte con la tuya como una de esas fieras? ¿Como una de estas pequeñas fieras mexicanas?

Ella siguió sin decir nada, todavía cautelosa.

—Si digo que tú y él pueden irse, ¿qué te parece? ¿Piensas que podríamos salir disparados hacia la luna?

—¿Qué quieres decir?

—Quiero decir que de acuerdo —contestó él—. Tú y él.

Cruzó la estancia con su rapidez y agilidad habituales y ella se quedó fría al pensar en la rapidez con que hubiera podido cruzarla un minuto antes, en la rapidez con que hubiera podido azotarla con el cinturón. ¿Y quién se lo hubiera podido impedir? Lo que un hombre hiciera con —o a— su mujer era asunto de ambos. Ella no hubiera podido hacer nada ni decir nada. Por Brett. Por orgullo.

Él apoyó la mano en su hombro. La deslizó hacia uno de sus pechos y se lo comprimió.

—Vamos —dijo—, me siento alborotado.

—Brett...

—No volverá hasta las nueve. Ven. Ya te he dicho que pueden ir. Puedes dar las gracias por lo menos, ¿no?

Una especie de disparate cósmico le subió a los labios y los atravesó antes de que ella pudiera impedirlo:

—Quítate el sombrero.

Él lo lanzó sin el menor cuidado al otro extremo de la cocina. Estaba sonriendo. Sus dientes eran muy amarillos. Los dos centrales de arriba eran postizos.

—Si tuviéramos el dinero ahora, podríamos coger en una cama cubierta de billetes verdes —dijo él—. Lo vi una vez en una película.

La llevó arriba y ella temió que la tratara con perversidad, pero no ocurrió tal cosa. No la lastimó deliberadamente y esa noche, quizá por décima o por undécima vez desde que se habían casado, ella experimentó un orgasmo. Se entregó a él con los ojos cerrados, percibiendo la parte inferior de su barbilla comprimida contra su cabeza. Ahogó el grito que se elevó hasta sus labios. En caso de que hubiera gritado, él se hubiera sentido receloso. No estaba muy segura de que él supiera realmente que lo que siempre les ocurría al final a los hombres les ocurría también algunas veces a las mujeres.

No mucho después (una hora antes de que Brett regresara de casa de los Bergeron), la dejó sola, sin decirle adónde iba. Ella imaginó que a casa de Gary Pervier, donde empezaría a beber. Permaneció tendida en la cama y se preguntó si lo que había hecho y lo que había prometido merecería alguna vez la pena. Las lágrimas trataron de asomar a sus ojos, pero ella las reprimió. Permaneció rígidamente tendida en la cama con los ojos ardientes, y poco antes de que entrara Brett, anunciando su llegada por medio de los ladridos de Cujo y del cierre de golpe de la malla de la puerta de atrás, la luna se elevó en el cielo en todo su plateado y lejano esplendor. A la luna *no le importa,* pensó Charity, pero el pensamiento no le sirvió de consuelo.

—¿Qué pasa? —preguntó Donna.

Su voz era sorda, casi derrotada. Ambos se encontraban sentados en la sala. Vic no había regresado a casa hasta casi el momento en que Tad se había ido a la cama y desde entonces, había pasado media hora. El niño estaba durmiendo en su habitación del piso de arriba, con las Palabras del Monstruo fijadas en la pared junto a su cama y la puerta del armario firmemente cerrada.

Vic se levantó y se dirigió hacia la ventana que ahora sólo daba a la oscuridad. Lo sabe, pensó él tristemente. No con toda exactitud tal vez, pero está empezando a tener una idea bastante clara. Mientras regresaba a casa, había tratado de decidir acerca de la conveniencia de plantearle a ella la cuestión, abrir el forúnculo, intentar vivir con el saludable pus… o simplemente reventarlo. Al salir del Deering Oaks, había roto la carta y, mientras regresaba a casa por la 302, había lanzado los trozos al viento. Trenton, el Ensuciador de Calles, pensó. Y ahora le habían arrebatado de las manos la posibilidad de elegir. Podía ver la imagen de su mujer pálidamente reflejada en el cristal oscuro, un rostro que era un círculo blanco iluminado por la luz amarilla de la lámpara.

Volteó a mirarla, sin tener ni la más remota idea de lo que iba a decir.

Lo sabe, estaba pensando Donna.

No era una idea nueva a estas alturas porque las tres últimas horas habían sido las tres horas más largas de toda su vida. Había advertido el conocimiento en el tono de su voz cuando la había llamado para decirle que regresaría tarde. Al principio, había experimentado pánico… el crudo y agitado pánico de un pájaro atrapado en un estacionamiento. La idea se le había ocurrido en caracteres cursivos, seguidos de signos de exclamación como los de los cómics: *¡Lo sabe! ¡Lo sabe!* ¡¡LO SABE!! Le había dado la cena a Tad, envuelta en una bruma de miedo, tratando de imaginar lo que era más lógico que ocurriera a continuación, pero no pudo. Primero lavaré los platos, pensó. Después los secaré. Después los colocaré en su sitio. Después le leeré unos cuentos a Tad. Y después me lanzaré desde el confín del mundo con las velas desplegadas.

El pánico había sido sustituido por un sentimiento de culpa. El terror había sucedido al sentimiento de culpa. Y después se había instaurado una especie de apatía fatalista al tiempo que se iban cerrando suavemente ciertos circuitos emocionales. La apatía estaba teñida incluso de cierta sensación de alivio El secreto había sido desvelado. Se preguntó si lo habría hecho Steve o si Vic lo habría adivinado por su cuenta. Se inclinaba a pensar más bien que había sido Steve, pero en realidad daba lo mismo. La aliviaba también el hecho de que Tad estuviera en la cama, durmiendo tranquilamente. Pero se preguntaba a qué clase de mañana se iba a despertar. Y esta idea le hizo recorrer de nuevo todo el círculo hasta llegar de nuevo al pánico inicial. Se sentía angustiada, perdida.

Él apartó los ojos de la ventana y volteó, diciéndole:

—Hoy he recibido una carta. Una carta anónima.

No pudo terminar. Cruzó de nuevo la estancia, presa de inquietud, y ella se sorprendió a sí misma pensando que era un hombre muy guapo y que era una lástima que le estuvieran empezando a salir canas tan pronto. Las canas les sentaban bien a algunos jóvenes, pero a Vic le iban a dar simplemente un aire prematuramente viejo y…

… pero ¿por qué estaba pensando en su pelo? No era su pelo el que tenía que preocuparla, ¿verdad?

Muy suavemente, oyendo todavía el temblor de su propia voz, ella reveló todo lo que era significativo, escupiéndolo como si fuera una horrible medicina demasiado amarga como para poder tragarla.

—Steve Kemp. El hombre que te barnizó el escritorio del estudio. Cinco veces. Nunca en nuestra cama, Vic. Nunca.

Vic tendió la mano para tomar la cajetilla de Winston que había encima de la mesa auxiliar junto al sofá, y la cajetilla se le cayó al suelo. La recogió, sacó un cigarro y lo encendió. Las manos le temblaban espantosamente. No se estaban mirando el uno al otro. *Eso está mal,* pensó Donna.

Deberíamos mirarnos el uno al otro. Pero ella no podía ser la que empezara. Estaba asustada y avergonzada. Él sólo estaba asustado.

—¿Por qué?

—¿Acaso importa?

—Me importa a mí. Significa mucho. A menos que quieras irte. En este caso, supongo que no importa. Estoy furioso, Donna. Estoy tratando de no permitir que esta... esta faceta aflore a la superficie porque, aunque nunca volvamos a hablar con sinceridad, tenemos que hacerlo ahora. ¿Quieres irte?

—Mírame, Vic.

Haciendo un gran esfuerzo, él la miró. Tal vez estuviera furioso como decía, pero ella sólo pudo ver una especie de miserable miedo. De repente, como si fuera el impacto de un guante de boxeo en su boca, comprendió lo cerca que estaba él del final de todo. La agencia se estaba tambaleando y eso ya era malo, y ahora, por si fuera poco, como un postre horrible después de un putrefacto plato principal, su matrimonio también se estaba tambaleando. Experimentó una oleada de afecto por él, por aquel hombre al que había odiado algunas veces y al que, en el transcurso por lo menos de las tres últimas horas, había temido. Se sintió invadida como por una especie de epifanía. Esperaba sobre todo que él pensara siempre que había estado furioso y no ya... lo que su rostro decía que sentía.

—No quiero irme —dijo ella—. Te quiero. Creo que durante estas últimas semanas lo he descubierto de nuevo.

Él pareció experimentar alivio por un momento. Se acercó nuevamente a la ventana y después regresó al sofá. Se dejó caer en él y la miró.

—¿Por qué entonces?

La epifanía se perdió en una exasperada cólera de baja intensidad. *Por qué,* era la pregunta de un hombre. Su origen se perdía en el concepto de la virilidad que pudiera tener un hombre inteligente de la segunda mitad del siglo veinte. *Tengo que saber por qué lo has hecho.* Como si ella fuera un coche con una válvula atascada que hiciese que el vehículo empezara a moverse a sacudidas y jalones, o un robot cuyos circuitos se hubieran enredado y sirviera carne picada y sazonada por la mañana y huevos revueltos para la comida. Lo que enfurecía a las mujeres, pensó de repente, no era tal vez el machismo. Era esa insensata búsqueda masculina de la eficiencia.

—No sé si pueda explicarlo. Me temo que te parecerá estúpido, mezquino y trivial.

—Inténtalo. ¿Fue acaso…? —él carraspeó, pareció escupir mentalmente en sus manos (otra vez la maldita *eficiencia*) y después consiguió sacarlo con gran esfuerzo—. ¿Acaso yo no te satisfacía? ¿Ha sido eso?

—No —contestó ella.

—Entonces, ¿qué? —preguntó él en tono desamparado—. Por el amor de Dios, *¿qué?*

Muy bien… tú lo has querido.

—Miedo —dijo ella—. Más que nada, creo que ha sido miedo. Cuando Tad se iba a la escuela, no había nada que me impidiera sentir miedo. Tad era como… ¿cómo se llama eso…? Un ruido blanco. El sonido que hace una televisión cuando no está sintonizada con una emisora que está transmitiendo.

—El no iba a una auténtica escuela —dijo Vic rápidamente, y ella comprendió que estaba a punto de enfadarse, a punto de acusarla de tratar de justificarse con Tad y, una vez que se enfadara, surgirían cosas entre ambos que era mejor no decir, por lo menos de momento. Siendo la mujer que ella era, había cosas que tendría que plantear. La situación sufriría una escalada. Algo que ahora era muy frágil estaba siendo lanzado desde las manos de Vic a las suyas y viceversa. Podía caer con mucha facilidad.

—En parte era por eso —dijo Donna—. Aún no iba a una auténtica escuela. Aún lo tenía conmigo casi todo el día y las veces que no estaba… se advertía un contraste… —miró a Vic—. El silencio se me antojaba muy ruidoso en comparación. Fue entonces cuando empecé a asustarme. El jardín de niños el año que viene, pensaba. Medio día todos los días, en lugar de medio día tres veces a la semana. Y, al otro año, todo el día cinco días a la semana. Y tendría que llenar todas aquellas horas. Y me asusté.

—¿Y entonces pensaste ocupar parte de este tiempo acostándote con alguien? —preguntó él amargamente.

Eso fue doloroso, pero ella siguió hablando en tono sombrío, procurando explicarlo de la mejor manera, sin levantar la voz. Puesto que él se lo había preguntado, se lo diría.

—Yo no quería formar parte del Comité de la Biblioteca y no quería formar parte del Comité del Hospital y supervisar las ventas de pan o ser la encargada de que se cambiara el juez de salida o cuidar de que no todo el mundo preparara el mismo plato de carne picada al horno para la cena del sábado por la noche. No quería ver aquellas caras deprimentes una y otra vez y escuchar los mismos chismorreos acerca de quién está haciendo qué en esta ciudad. No quería clavar mis afiladas garras en la reputación de nadie.

Las palabras estaban surgiendo ahora de ella a chorro. No hubiera podido impedir que brotaran aunque hubiese querido.

—No quería vender tupperwares y no quería vender por catálogo y no quería organizar ventas de productos de limpieza y no necesito incorporarme a Weight Watchers para controlar mi peso. Tú… —hizo una breve pausa de un segundo escaso, percibiendo el peso de la idea—. Tú no conoces el vacío, Vic. No creo que lo conozcas. Eres un hombre, y los hombres *luchan*. Los hombres luchan, y las mujeres quitan el polvo. Quitas el polvo de habitaciones vacías y a veces oyes soplar el viento fuera. Sólo que, en algunas ocasiones, parece como si el viento estuviera dentro, ¿sabes? Y entonces pones un disco de Bob Seger, J. J. Cale o alguien así, pero *sigues* oyendo el viento y se te ocurren pensamientos, ideas, nada bueno, pero se te ocurren. Y entonces limpias los dos baños y lavas los platos y un día te encuentras en una de estas tiendas de antigüedades, examinando chucherías de cerámica y piensas que tu madre tenía un estante de chucherías como éstas y todas tus *tías* tenían estantes y también tu abuela.

Él la estaba mirando detenidamente con una expresión tan sinceramente perpleja que ella experimentó como una oleada de su propia desesperación.

—¡Estoy hablando de *sentimientos,* no de hechos!

—Sí, pero ¿por qué…?

—¡Te estoy *diciendo* por qué! Te estoy diciendo que llegué al extremo de pasarme mucho rato ante el espejo, viendo cómo estaba cambiando mi cara y pensando que nadie me iba a volver a tomar por una adolescente ni a solicitar mi licencia de conducir cuando pidiera un trago en un bar. Empecé a asustarme porque, por fin, estaba creciendo. Tad está yendo a clase de preescolar y eso significa que irá a la *escuela* y después a la *secundaria*…

—¿Me estás diciendo que te conseguiste un amante porque te sentías *vieja*?

Él la estaba mirando con auténtica expresión de asombro y ella se lo agradeció porque suponía que eso formaba parte del asunto; Steve Kemp la consideraba atractiva y eso la había halagado, claro, ésta había sido la causa de que el coqueteo le resultara divertido al principio. Pero no era en modo alguno lo más importante.

Tomó las manos de Vic y habló muy en serio, mirándola a la cara, pensando —*sabiendo*— que tal vez jamás volvería a hablarle tan en serio (o con tanta sinceridad) a ningún hombre.

—Hay más. Es el hecho de saber que ya no puedes esperar a ser una persona adulta, que ya no puedes esperar el momento de reconciliarte con lo que tengas. Es saber que las opciones que se te ofrecen disminuyen casi día a día. Para una mujer (mejor dicho, para mí) es brutal tener que enfrentarse con eso. Ser esposa, eso está muy bien. Pero tú te vas al trabajo e incluso cuando estás en casa te vas también al trabajo. Ser madre, eso también está bien. Pero cada año lo eres menos porque cada año el mundo te arrebata otro pedazo de él.

»Los hombres… saben lo que son. Tienen una imagen de lo que son. Nunca la hacen realidad y eso los destroza y tal vez por eso muchos hombres mueren prematuramente y sintiéndose desgraciados, pero, ellos *saben* lo que significa ser una persona adulta. Saben más o menos dónde agarrarse a los treinta, los cuarenta, los cincuenta. No oyen este viento o, en caso de que lo oigan, se buscan una lanza y arremeten contra él, pensando que será un molino de viento o alguna otra maldita cosa que haga falta derribar.

»Y lo que hace una mujer —lo que yo hice— es huir del porvenir. Me asusté de cómo sonaba la casa cuando Tad estaba ausente. Mira, una vez —es una locura— estaba en su habitación, cambiando las sábanas, y empecé a pensar en las amigas que tenía en la preparatoria. Preguntándome qué habría sido de ellas, adónde habrían ido. Estaba casi aturdida. Y entonces la puerta del armario de Tad se abrió de par en par y… lancé un grito y salí corriendo de la habitación. No sé por qué… aunque me lo imagino. Pensé por un segundo que Joan Brady salía del armario de Tad y que estaría decapitada, con sangre por toda la ropa, y que me diría: "Hallé la muerte en un accidente de coche cuando tenía diecinueve años y mientras regresaba del Sammy's Pizza, y me importa un bledo".

—Por Dios, Donna —dijo Vic.

—Me asustaba, eso es todo. Me asustaba cuando empezaba a contemplar las chucherías o pensaba en la posibilidad de tomar un curso de cerámica o de yoga o de algo así. Y el único medio de huir del futuro consiste en refugiarse en el pasado. Y entonces empecé a coquetear con él.

Bajó la mirada y se cubrió súbitamente el rostro con las manos. Sus palabras sonaban amortiguadas, pero seguían resultando comprensibles.

—Era divertido. Era como volver a estar de nuevo en la universidad. Era como un sueño. Un sueño estúpido. Era como si él fuera un ruido blanco. Apagaba el rumor del viento. Lo del coqueteo fue divertido. El sexo… no era bueno. Experimentaba orgasmos, pero no era bueno. No puedo explicar por qué, sólo puedo decir que te seguía queriendo en medio de todo ello y me daba cuenta de que me estaba alejando… —volvió a mirarlo, esta vez llorando—. Él también está huyendo. Lo ha convertido en su profesión. Es poeta… por lo menos eso cree él. No entendía nada de las cosas que me enseñaba. Es un trotamundos, soñando que está todavía en el colegio y protestando contra la guerra de Vietnam. Por eso fue él, supongo. Y ahora creo que ya sabes todo lo que puedo contarte. Una pequeña historia desagradable, pero mía.

—Me gustaría darle una paliza —dijo Vic—. Si pudiera hacerlo sangrar por la nariz, creo que eso haría que me sintiera mejor.

—Ya se fue —dijo ella, sonriendo levemente—. Tad y yo nos fuimos a tomar un Dairy Queen después de cenar cuando aún no habías vuelto a casa. Hay un letrero de SE ALQUILA en la ventana de su taller. Ya te dije que era un trotamundos.

—No había poesía en aquella nota —dijo Vic.

Miró fugazmente a Donna y volvió a bajar los ojos. Ella le tocó el rostro y él dio un leve brinco. Eso dolió más que cualquier otra cosa, dolió mucho más de lo que ella hubiera podido creer. El sentimiento de culpa y el miedo volvieron de nuevo en una especie de transparente y abrumadora ola. Pero ya no lloraba. Pensó que tardaría mucho tiempo en volver a llorar. La herida y el consiguiente choque traumático habían sido demasiado grandes.

—Vic —dijo ella—. Lo siento. Te hice daño y lo siento.

—¿Cuándo acabaste con esto?

Ella le habló del día en que había vuelto y lo había encontrado allí, omitiendo el temor que había experimentado en el sentido de que Steve fuera a violarla realmente.

—Entonces la nota fue su manera de vengarse de ti.

Ella se apartó el cabello de la frente y asintió. Su rostro estaba pálido y macilento. Se observaban unas zonas de piel de color purpura bajo sus ojos.

—Supongo.

—Vamos arriba —dijo él—. Es tarde. Los dos estamos cansados.

—¿Me vas a hacer el amor?

—Esta noche no —contestó él, sacudiendo lentamente la cabeza.

—Muy bien.

Se dirigieron juntos hacia la escalera. Al llegar al pie, Donna preguntó:

—¿Qué va a ocurrir ahora, Vic?

—La verdad es que no lo sé —dijo él, sacudiendo la cabeza.

—¿Quieres que escriba quinientas veces en el pizarrón «Prometo no volver a hacerlo nunca más» y me quede sin recreo? ¿Quieres que nos divorciemos? ¿Quieres que no volvamos a mencionarlo jamás? ¿Qué quieres?

No se sentía histérica sino simplemente cansada, pero su voz se estaba levantando de una manera que a ella no le gustaba y que no había pretendido. La vergüenza era lo peor, la vergüenza de haber sido descubierta y de ver de qué forma ello había sido como un puñetazo en el rostro para él. Y lo odiaba a él tanto como se odiaba a sí misma por el hecho de hacerla sentirse tan terriblemente avergonzada dado que no creía ser responsable de los factores que habían conducido a la decisión final... si es que había habido realmente una decisión.

—Debemos ser capaces de resolver esto juntos —dijo él, pero ella no se engañó; no estaba hablando con ella—. Este asunto... —la miró con expresión suplicante—. Él fue el único, ¿verdad?

Era la única pregunta imperdonable, la que no tenía derecho a hacerle. Ella se apartó y subió casi corriendo la escalera antes de soltarlo todo, los estúpidos reproches y acusaciones que no resolverían nada sino que simplemente enturbiarían la poca sinceridad de que hubieran podido hacer acopio.

Aquella noche ninguno de los dos durmió demasiado. Y el hecho de que a él se le había olvidado llamar a Joe Camber para preguntarle si podría arreglar esa dañada carcacha que era el Pinto de su mujer era lo que estaba más lejos de la imaginación de Vic.

Joe Camber, por su parte, estaba sentado con Gary Pervier en una de las desvencijadas sillas de jardín que se hallaban diseminadas por el descuidado patio lateral de Gary. Estaban bebiendo martinis con vodka en unos vasos de McDonald's bajo las estrellas. Las luciérnagas parpadeaban en la oscuridad y las marañas de madreselvas que cubrían la valla de Gary llenaban la cálida noche con su empalagoso y denso perfume.

Cujo se hubiera dedicado generalmente a perseguir a las luciérnagas, ladrando algunas veces y distrayendo a ambos hombres sin cesar. Pero esta noche se limitaba a permanecer tendido entre ambos, con el hocico sobre las patas. Ellos creían que estaba durmiendo, pero no dormía. Simplemente permanecería tendido, percibiendo los dolores que le llenaban los huesos y se agitaban de un lado para otro en su cabeza. Se le había hecho difícil pensar en lo que iba a ocurrir a continuación en su simple vida de perro; algo había ocupado el lugar del instinto ordinario. Cuando dormía, tenía unos sueños insólita y desagradablemente gráficos. En uno de esos sueños había destrozado al NIÑO, le había desgarrado la garganta y después le había arrancado las entrañas del cuerpo en unos humeantes revoltijos. Había despertado de aquel sueño agitándose y gimiendo.

Tenía constantemente sed, pero ya había empezado a apartarse algunas veces del cuenco del agua y, cuando bebía, el agua le sabía a virutas de acero. El agua le provocaba dolor en los dientes. El agua le enviaba saetas de dolor a los ojos. Y ahora él yacía sobre la hierba, sin que le importaran las luciérnagas ni ninguna otra cosa. Las voces de los HOMBRES eran murmullos sin importancia que procedían de algún lugar de arriba. Significaban muy poco para él en comparación con su creciente desdicha.

—¡Boston! —dijo Gary Pervier, soltando una temblorosa carcajada—. ¡*Boston!* ¿Qué vas a hacer en Boston y qué demonios te hace pensar que yo podría permitirme el lujo de acompañarte? No creo que tenga suficiente para ir a ningún lado hasta que ingrese el cheque.

—Pero si nadas en la abundancia, hombre —replicó Joe. Estaba empezando a emborracharse—. Tal vez te baste con rebuscar un poco en tu colchón y nada más.

—Allí no hay más que chinches —dijo Gary, soltando otra carcajada—. Las hay en cantidad y me importa una mierda. ¿Estás preparado para otro trago?

Joe extendió su vaso. Gary tenía los ingredientes justo al lado de su silla. Mezcló en la oscuridad con la experta, firme y lenta mano del bebedor empedernido.

—¡Boston! —volvió a decir, entregándole a Joe su bebida. Después añadió astutamente—: Para echar un poco una cana al aire, Joey, supongo —Gary era el único hombre de Castle Rock, y tal vez de todo el mundo, que había conseguido llamarlo Joey—. Para irte un poco de parranda, supongo. Que yo sepa, nunca has estado más allá de Portsmouth.

—He estado en Boston una o dos veces —dijo Joe—. Será mejor que te andes con cuidado, pervertido, si no quieres que te eche encima a mi perro.

—No podrías echarle encima este perro ni siquiera a un negro vociferante con un cuchillo en cada mano —dijo Gary, inclinándose hacia abajo para acariciar brevemente el pelaje de Cujo—. ¿Y qué dice tu mujer al respecto?

—Aún no sabe que vamos a ir. No tiene por qué saberlo.

—Ah, ¿no?

—Se va a llevar al chico a Connecticut para ver a su hermana y al tipejo con quien está casada. Van a estar fuera una semana. Ha ganado un poco de dinero en la lotería. Será mejor que te lo diga ahora mismo. De todos modos, dicen todos los nombres por el radio. Todos los datos figuran en el impreso del premio que ha tenido que firmar.

—Conque ha ganado un poco de dinero en la lotería, ¿eh?

—Cinco mil dólares.

Gary lanzó un silbido. Cujo meneó las orejas, molesto por el sonido.

Joe le contó a Gary lo que Charity le había dicho a la hora de cenar, omitiendo la discusión y dando a entender que la idea del trato se le había ocurrido a él: el chico podría ir a pasar una semana con ella a Connecticut y después se iría con él a pasar una semana al Moosehead en otoño.

—Y tú te vas a ir a Boston a gastarte unos cuantos dividendos, ¿verdad, bribón? —dijo Gary, dándole a Joe una palmada en el hombro y echándose a reír—. Tú siempre tan sacrificado.

—¿Y por qué no? ¿Recuerdas acaso la última vez que tuve un día libre? Yo no, no puedo acordarme. No tengo muchas cosas que hacer esta semana. Tenía previsto dedicar un día y medio a arreglar el motor del International de Richie, una cosa de la válvula y demás, pero con esta cadena no me llevará ni cuatro horas. Le diré que me lo traiga mañana y podré hacerlo por la tarde. Un juego de niños. Puedo aplazarlo. Y lo mismo haré con algunas otras cositas. Les llamaré y les diré que me voy a tomar unas pequeñas vacaciones.

—¿Y qué vas a hacer en la Ciudad de los frijoles?

—Bueno, a lo mejor iré a ver jugar un poco a los Medias Rotas en Fenway. Después bajaré a Washington Street…

—¡La zona de combate! ¡Qué bien la conocía yo! —Gary soltó una carcajada y se dio unas palmadas en la pierna—. ¡A ver unos cuantos espectáculos sucios y tratar de contagiarte de gonorrea!

—No sería muy divertido ir solo.

—Bueno, supongo que podría acompañarte si quisieras prestarme un poco de este dinero hasta que ingrese el cheque.

—Lo haré —dijo Joe.

Gary era un borracho, pero se tomaba las deudas en serio.

—No he estado con una mujer desde hace unos cuatro años, creo —dijo Gary en tono evocador—. Perdí buena parte de la fábrica de esperma allí en Francia. Lo que queda, a veces funciona y a veces no. Sería divertido averiguar si me queda un poco de carga en el fusil.

—Sí —dijo Joe. Ahora estaba hablando con voz pastosa y le zumbaban los oídos—. Y no olvides el beisbol. ¿Sabes cuándo fue la última vez que estuve en Fenway?

—No.

—Desde el se-sen-ta-y-o-cho —dijo Joe, inclinándose hacia delante y subrayando cada sílaba con una palmada en el brazo de Gary al tiempo que derramaba buena parte de su nuevo trago—. Antes de que naciera mi chico. Jugaban con los Tigers y perdieron seis a cuatro, los muy idiotas. Norm Cash lanzó un *home run* al final de la octava entrada.

—¿Cuándo piensas irte?

—He pensado el lunes por la tarde hacia las tres. La mujer y el chico se irán por la mañana, supongo. Los acompañaré a la terminal de la compañía Greyhound en Portland. Eso me permitirá disponer del resto de la mañana y de parte de la tarde para terminar lo que tenga que terminar.

—¿Llevarás el coche o la camioneta?

—El coche.

Los ojos de Gary adquirieron una expresión suave y soñadora en la oscuridad.

—Bebida, beisbol y mujeres —dijo, incorporándose en la silla—. Puras cosas que ni me interesan.

—¿Quieres ir?

—Sí.

Joe emitió un pequeño grito y ambos se echaron a reír. Ninguno de ellos se percató de que la cabeza de Cujo se había levantado de encima de las patas al oír el sonido y de que el perro estaba gruñendo muy suavemente.

La mañana del lunes amaneció envuelta en sombras de perla y gris oscuro; la niebla era tan espesa que Brett Camber no podía ver el roble del patio lateral desde su ventana, y eso que el roble se encontraba apenas a treinta metros de distancia.

La casa aún estaba durmiendo a su alrededor, pero él ya no tenía sueño. Se iba de viaje y todo su ser vibraba con la noticia. Su madre y él solos. Sería un buen viaje, lo presentía y, en lo más hondo de su ser, se alegraba de que su padre no los acompañara. Tendría la libertad de ser él mismo; ni siquiera tendría que intentar vivir en consonancia con aquel misterioso ideal de virilidad que, le constaba, había alcanzado su padre, pero que él ni siquiera había logrado empezar a comprender. Se sentía bien... increíblemente bien e increíblemente vivo. Le daba lástima cualquier persona del mundo que no fuera a emprender un viaje en aquella bonita y brumosa mañana que se convertiría en otro día de bochorno en cuanto se disipara la niebla. Tenía previsto acomodarse en un asiento de ventanilla del autobús y contemplar todos los kilómetros del viaje desde la terminal de los Greyhound en Spring Street hasta llegar a Stratford. Había tardado mucho en poder conciliar el sueño la noche anterior y ahora aquí estaba, cuando aún no habían dado las cinco… pero, si se quedara más tiempo en la cama, estallaría o algo por el estilo.

Moviéndose con todo el sigilo que le fue posible, se puso los jeans, su camiseta de los Cougars de Castle Rock, un par de calcetines blancos deportivos y los Keds. Descendió a la planta baja y se preparó un plato de Cocoa Bears. Trató de comer en silencio, pero estaba seguro de que el crujido de los cereales que escuchaba en su cabeza debía oírse en toda la casa. Oyó que, en el piso de arriba, su papá roncaba y se revolvía en la cama matrimonial que compartía con su mamá. Los resortes rechinaron. Las mandíbulas de Brett se quedaron inmóviles. Tras pensarlo un momento, se llevó el segundo plato de Cocoa Bears al pórtico de atrás, procurando que la puerta de malla no se cerrara de golpe.

Los aromas estivales de todas las cosas estaban muy difuminados en la densa bruma, y el aire ya estaba tibio. Hacia el este, justo por encima de la leve sombra correspondiente al cinturón de pinos situado al final de los pastizales del este, pudo ver el sol. Era tan pequeño y plateado como la luna llena cuando está muy alta en el cielo. Incluso ahora la humedad era una cosa densa, pesada y silenciosa. La niebla desaparecería hacia las ocho o las nueve, pero la humedad persistiría.

Pero, de momento, lo que Brett veía era un mundo blanco y recóndito de cuyas secretas alegrías se sentía lleno: el intenso olor del heno que estaría listo para la primera siega dentro de una semana, el del estiércol y el perfume de las rosas de su madre. Podía percibir incluso débilmente el aroma de las triunfantes madreselvas de Gary Pervier que estaban sepultando lentamente la valla que señalaba el término de su propiedad… sepultándola en una maraña de empalagosas y voraces enredaderas.

Apartó a un lado el plato de los cereales y se encaminó en dirección al lugar en el que sabía que se hallaba el establo. Al llegar al centro del patio, miró por encima del hombro y vio que la casa se había convertido en poco más que una brumosa silueta. Unos pasos más y la niebla se la tragó. Estaba solo en medio de aquella blancura y únicamente el diminuto sol plateado lo estaba mirando. Aspiraba el olor del polvo, la humedad, las madreselvas y las rosas.

Y entonces empezaron los gruñidos.

El corazón le subió a la garganta y él retrocedió un paso al tiempo que sus músculos se tensaban como rollos de alambre. Su primer pensamiento de terror, como si fuera un niño que de repente hubiera caído en un cuento de hadas, fue el del *lobo,* induciéndole a mirar con angustia a su alrededor. No podía ver otra cosa más que blancura.

Cujo emergió de entre la niebla.

La garganta de Brett empezó a emitir un gemido. El perro con el que había crecido, el perro que había jalado pacientemente a un chillón y jubiloso Brett de cinco años una y otra vez por el patio en su trineo Flexible Flyer, enganchado a unas guarniciones que Joe había construido en su taller; el perro que había estado esperando tranquilamente junto al buzón de la correspondencia todas las tardes del ciclo escolar la llegada del autobús, tanto si llovía como si brillaba el sol… aquel perro sólo mostraba una semejanza muy vaga con la opaca y apagada aparición que estaba surgiendo por entre la niebla matutina. Los grandes y tristes ojos del San Bernardo estaban ahora enrojecidos, estúpidos y ceñudos: eran más los ojos de un cerdo que los de un perro. Su pelaje estaba manchado de lodo pardo-verdoso, como si se hubiera estado revolcando en la ciénaga que había al final del prado. Tenía el hocico arrugado hacia atrás en una terrible y falsa sonrisa que dejó a Brett congelado de horror. Brett notó que el corazón se le deslizaba garganta abajo.

Una espesa espuma blanca escapaba poco a poco entre los dientes de Cujo.

—¿Cujo? —murmuró Brett—, ¿*Cujito?*

Cujo miró al NIÑO ya sin reconocerlo, ni por su aspecto, ni los tonos de sus prendas de vestir (no podía ver exactamente los colores, por lo menos tal y como los seres humanos los perciben), ni su olor. Lo que estaba viendo era un monstruo de dos patas. Cujo estaba enfermo y ahora todas las cosas le parecían monstruosas. En su cabeza resonaban torpemente los instintos asesinos. Quería morder, rasgar y desgarrar. Una parte de su ser vio una brumosa imagen de sí mismo abalanzándose sobre el NIÑO, derribándolo, arrancando la carne de los huesos, bebiendo una sangre que todavía pulsaba, bombeada por un corazón moribundo.

Entonces la figura monstruosa habló y Cujo reconoció su voz. Era el NIÑO, el NIÑO, y el NIÑO jamás le había causado ningún daño. En otros tiempos había querido al NIÑO y hubiera muerto por él en caso necesario. Le quedaba todavía la suficiente cantidad de este sentimiento como para mantener a raya los instintos asesinos hasta dejarlos convertidos en algo tan confuso como la niebla que les rodeaba. Los instintos se dispersaron y se perdieron en el estruendoso murmullo del río de su enfermedad.

—¿Cujo? ¿Qué te pasa, chico?

Lo último que quedaba del perro que había sido antes de que el murciélago le mordiera el hocico se alejó, y el perro enfermo y peligroso, transformado una última vez, se vio obligado a alejarse con él. Cujo se retiró a trompicones y se adentró en la niebla. La espuma cayó desde su hocico a la tierra. Echó a correr trabajosamente, con la esperanza de dejar atrás la enfermedad, pero ésta lo acompañó en su carrera, rugiendo y gimiendo, llenándolo de dolorosos impulsos de odio y muerte. Empezó a revolcarse por entre la alta hierba, arrojándose con los ojos en blanco.

El mundo era un absurdo mar de olores. Localizaría el origen de cada uno de ellos y lo destrozaría.

Cujo empezó a gruñir de nuevo. Reencontró sus patas. Fue adentrándose cada vez más en la niebla que estaba ahora empezando a disiparse, un perro enorme que pesaba algo menos de cien kilos.

Brett se quedó en el patio durante más de quince minutos, tras haberse perdido Cujo de nuevo en la niebla, sin saber qué hacer. Cujo estaba enfermo. Tal vez se había tragado un cebo envenenado o algo así. Brett sabía lo que era la rabia y, si hubiera visto alguna vez una marmota o un zorro o un puerco espín con los mismos síntomas, hubiera supuesto que estaban aquejados de rabia. Pero no le cruzó ni por un momento por la imaginación la posibilidad de que su perro pudiera sufrir aquella horrible enfermedad del cerebro y el sistema nervioso. Un cebo envenenado le parecía lo más probable.

Tendría que decírselo a su padre. Su padre podría avisar al veterinario. O tal vez su papá pudiera hacer algo, como aquella vez de hacía dos años en que había arrancado las espinas del puerco espín del hocico de Cujo con sus pinzas, moviendo cada púa primero hacia arriba y después hacia abajo y tirando a continuación de ella con mucho cuidado para no romperla, ya que de otro modo se hubiera infectado allí. Sí, tendría que decírselo a papá. Papá haría algo, como aquella vez que Cujito se encontró con el señor Puerco Espín.

Pero ¿y el viaje?

No era necesario que le dijeran que su madre había conseguido el permiso para aquel viaje por medio de alguna desesperada estratagema o de la suerte o de una combinación de ambas cosas. Como casi todos los niños, estaba en condiciones de percibir las vibraciones entre sus padres y conocía de qué manera fluían las corrientes emocionales de un día al otro al modo en que un veterano guía conoce las vueltas y meandros de un río de tierra adentro. El permiso se había obtenido por un pelo y, aunque su papá había dado el consentimiento, Brett intuía que el consentimiento lo había otorgado a regañadientes y con enfado. El viaje no estaría seguro hasta que él los hubiera acompañado y se hubiera marchado. En caso de que le dijera a papá que Cujo estaba enfermo, ¿no lo aprovecharía como pretexto para obligarlos a quedarse en casa?

Permaneció inmóvil en el patio. Se encontraba, por primera vez en su vida, sumido en un absoluto dilema mental y emocional, Al cabo de un rato, empezó a buscar a Cujo por detrás del establo. Le llamó en voz baja. Sus padres estaban todavía durmiendo y sabía que la niebla matinal contribuía a propagar los sonidos. No encontró a Cujo por ninguna parte… lo cual fue tanto mejor para él.

La alarma del reloj despertó a Vic con su zumbido al cuarto para las cinco. Él se levantó, lo desconectó y se dirigió a tropezones al baño, maldiciendo a Roger Breakstone, que nunca podía llegar al aeropuerto de Portland veinte minutos antes del registro como cualquier pasajero normal. Pero no Roger. Roger era un hombre de contingencias. Siempre podía haber una rueda ponchada o un bloqueo de carretera o un diluvio o un terremoto. Los alienígenas del espacio exterior podían decidir aterrizar en la pista 22.

Se duchó, se afeitó, tragó unas vitaminas y regresó al dormitorio para vestirse. La enorme cama matrimonial estaba vacía y él lanzó un leve suspiro. El fin de semana que él y Donna acababan de pasar no había sido muy agradable… de hecho, podía afirmar con toda sinceridad que jamás en la vida querría volver a pasar otro fin de semana parecido. Habían conservado sus habituales semblantes risueños —por Tad—, pero Vic había tenido la impresión de estar participando en un baile de disfraces. No le gustaba ser consciente del funcionamiento de los músculos de su rostro cuando sonreía.

Habían dormido juntos en la misma cama, pero, por primera vez, la enorme cama matrimonial se le había antojado a Vic demasiado pequeña. Durmieron cada uno a un lado con una tierra de nadie intermedia, cubierta por una crujiente sábana. Había permanecido despierto buena parte de las noches del viernes y el sábado, morbosamente consciente de cada desplazamiento del peso de Donna al moverse, del rumor del camisón contra su cuerpo. Se empezó a preguntar si ella también estaría despierta en su lado del vacío que se interponía entre ambos.

La noche anterior, noche del domingo, habían intentado hacer algo para eliminar aquel espacio vacío en medio de la cama. La faceta sexual había alcanzado un moderado éxito, aunque hubiera sido un poco vacilante (por lo menos, ninguno de los dos había llorado al terminar; por alguna extraña razón, él había tenido la morbosa certeza de que uno de ellos iba a llorar). Pero Vic no estaba muy seguro de que lo que habían hecho se pudiera llamar hacer el amor.

Se puso su traje gris de verano —tan gris como la primera luz del exterior— y tomó las dos maletas. Una de ellas pesaba mucho más que la otra. Era la que contenía una buena parte de las fichas correspondientes a los Cereales Sharp. Roger tenía en su poder todos los diseños gráficos…

Donna estaba preparando waffles en la cocina. La tetera estaba en el fuego y ya estaba empezando a silbar y resoplar. Iba envuelta en su vieja bata azul de franela. Tenía el rostro abotargado como si, en lugar de proporcionarle descanso, el sueño le hubiera propinado un puñetazo y la hubiera dejado inconsciente.

—¿Despegarán los aviones con este tiempo?

—Va a hacer un calor tremendo. Ya se ve el sol —Vic lo señaló y después besó suavemente a Donna en la nuca—. No hubieras tenido que levantarte.

—No te preocupes —dijo ella, levantando la tapa de hierro de la waflera y depositando hábilmente un waffle en un plato que entregó a su marido—. Ojalá no te fueras —dijo en voz baja—. Ahora no. Después de lo de anoche.

—No estuvo tan mal, ¿verdad?

—No fue como antes —dijo Donna. Una amarga y casi secreta sonrisa afloró en sus labios y se esfumó. Batió la mezcla para waffles con una batidora de alambre y después vertió el contenido de un cucharón en la plancha, bajando la pesada tapa. *Ssss.* Vertió agua hirviendo sobre un par de bolsas de té negro Red Rose y llevó las tazas (una decía VIC y otra DONNA) a la mesa—. Cómete el waffle. Hay mermelada de fresa, si quieres.

Él fue por el frasco de mermelada y se sentó. Extendió un poco de margarina sobre el waffle y observó cómo se derretía en el interior de los cuadraditos, como solía hacer cuando era pequeño. La mermelada era de la marca Smucker's.

Le gustaban las mermeladas Smucker's. Extendió una generosa cantidad sobre el waffle. Ofrecía un aspecto estupendo. Pero él no tenía apetito.

—¿Te vas a buscar una mujer en Boston o en Nueva York? —preguntó ella, volviéndose de espaldas—. Para compensar la cosa. ¿Golpe por golpe?

El se sobresaltó un poco… y tal vez incluso se ruborizó. Se alegraba de que ella estuviera de espaldas porque le parecía que en aquel preciso instante su rostro revelaba mucho más de lo que él deseaba que ella viera. Y no es que estuviera enojado; la idea de darle al botones un billete de diez dólares en lugar del dólar habitual y de hacerle después al tipo unas cuantas preguntas había cruzado sin duda por su imaginación. Sabía que Roger lo había hecho en algunas ocasiones.

—Voy a estar demasiado ocupado para eso.

—¿Cómo dice el anuncio? Siempre hay un lugar para Jell-O.

—¿Estás tratando de que me enfade, Donna, o qué?

—No. Sigue comiendo. Tienes que alimentar la máquina.

Ella se sentó con un waffle. Nada de margarina para ella. Un poquito de jarabe Vermont Maid y nada más. Qué bien nos conocemos el uno al otro, pensó él.

—¿A qué hora vas a recoger a Roger? —preguntó ella.

—Después de algunas negociaciones, hemos decidido que a las seis.

Ella volvió a sonreír, pero esta vez la sonrisa fue cordial y afectuosa.

—Se ve que se tomó en serio alguna vez eso de que «A quien madruga…», ¿verdad?

—Sí. Me extraña que aún no haya llamado para cerciorarse de que ya me he levanté.

Sonó el teléfono.

Se miraron el uno al otro a través de la mesa y, al cabo de una silenciosa y reflexiva pausa, ambos se echaron a reír. Fue un momento excepcional, más excepcional sin duda que las prudentes relaciones sexuales a oscuras de la noche anterior. Él vio lo bellos que eran sus ojos y lo mucho que brillaban. Eran tan grises como la niebla matinal del exterior.

—Apúrate: contesta antes de que despierte a Tadder—
dijo ella.

Vic lo hizo. Era Roger. Le aseguró a Roger que se había
levantado y estaba vestido y que su estado de ánimo era
combativo. Lo recogería a las seis en punto. Colgó el teléfono, preguntándose si acabaría por contarle a Roger lo de
Donna y Steve Kemp. Probablemente no. No porque el
consejo de Roger tuviera que ser malo; no lo sería. Pero,
aunque Roger le prometiera no decírselo a Althea, se lo diría
con toda seguridad. Y él sospechaba que a Althea le iba a
resultar muy difícil resistir la tentación de revelar a otras
personas aquel sabroso chisme de mesa de bridge. Esta cuidadosa consideración del asunto le hizo volver a sentirse
deprimido. Era como si, en su intento de resolver el problema que había surgido entre ambos, él y Donna estuvieran
enterrando su propio cuerpo a la luz de la luna.

—El bueno de Roger —dijo Vic, sentándose de nuevo.

Intentó sonreír, pero no le salió. El momento de espon-
taneidad había desaparecido.

—¿Podrás meter todas tus cosas y las de Roger en el Jag?

—Claro —dijo él—. No habrá más remedio. Althea
necesita el coche y tú tienes… *mierda,* se me olvidó por
completo llamar a Joe Camber a propósito de tu Pinto.

—Tenías otras cosas en la cabeza —dijo ella con un leve
toque de ironía en la voz—. No importa. A lo mejor hoy
no envío a Tad al campo de juegos. Le da por llorar. Tal vez
lo tenga en casa el resto del verano, si no te importa. Me
meto en dificultades cuando él no está.

Las lágrimas estaban ahogando su voz, estrujándola y
confundiéndola, y él no sabía qué decir ni cómo reaccio-
nar. La observó con expresión de impotencia mientras ella
sacaba un Kleenex, se sonaba la nariz y se enjugaba las lágrimas de los ojos.

—Como quieras —dijo él, conmovido—. Como te
parezca mejor —y después añadió a toda prisa—: Pero llama a Joe Camber, siempre está en casa y no creo que tar-
dara ni veinte minutos en arreglártelo. Aunque tenga que
poner otro carbu…

—¿Pensarás en eso mientras estés fuera? —preguntó ella—. ¿En lo que vamos a hacer? ¿Nosotros dos?

—Sí —dijo él.

—Bien. Yo también lo haré. ¿Otro waffle?

—No, gracias.

Toda la conversación estaba adquiriendo unos tintes surrealistas. De repente, él experimentó el deseo de salir y largarse de una vez. De repente, el viaje se le antojó muy necesario y muy atractivo. La idea de alejarse de todo aquel desastre. De poner kilómetros de por medio. Experimentó una repentina punzada de expectativa. Pudo ver mentalmente el jet Delta surcando la niebla que se estaba disipando y adentrándose en el azul del cielo.

—¿Puedo comer un waffle?

Ambos se volvieron, sobresaltados. Era Tad, de pie en el corredor con su piyama amarilla con pies, su coyote de peluche agarrado por una oreja y su cobija roja echada sobre los hombros. Parecía un pequeño indio soñoliento.

—Creo que podría prepararte uno —dijo Donna, sorprendida.

Tad no era aficionado a levantarse temprano.

—¿Te despertó el teléfono, Tad? —preguntó Vic.

Tad sacudió la cabeza.

—Quise levantarme temprano para poder decirte adiós, papá. ¿De verdad te tienes que ir?

—Sólo por poco tiempo.

—Es demasiado —dijo Tad con expresión sombría—. Pondré un círculo en mi calendario alrededor del día en que vas a volver. Mamá me ha enseñado cuál es. Marcaré todos los días y ella me ha dicho que me dirá las Palabras del Monstruo todas las noches.

—Bueno, eso está muy bien, ¿no?

—¿Llamarás?

—Una noche sí y otra no —contestó Vic.

—Todas las noches —insistió Tad. Se encaramó a las rodillas de Vic y dejó el coyote al lado del plato de éste. Tad empezó a masticar un pan tostado—. Todas las *noches,* papi.

—Todas las noches no puedo —dijo Vic, pensando en el apretado programa que Roger había elaborado el viernes, antes de que él recibiera la carta.

—¿Por qué no?

—Porque…

—Porque tu tío Roger es un capataz muy exigente —dijo Donna, colocando el waffle de Tad sobre la mesa—. Ven aquí a comer. Tráete el coyote. Papá nos llamará mañana por la noche desde Boston y nos contará todo lo que le haya ocurrido.

Tad ocupó su sitio al fondo de la mesa; tenía un mantelito individual que decía TAD.

—¿Me traerás un juguete?

—Tal vez. Si te portas bien. Y tal vez te llame esta noche para que sepas que he llegado entero a Boston.

—Tengo una pregunta —Vic observó fascinado cómo Tad se vertía un pequeño océano de jarabe sobre el waffle—: ¿qué clase de juguete?

—Ya veremos —dijo Vic mientras contemplaba a Tad comiéndose su waffle. Recordó de repente que a Tad le gustaban los huevos. Revueltos, fritos, pasados por agua o duros, Tad se los comía con avidez—. ¿Tad?

—¿Qué, papá?

—Si quisieras que la gente comprara huevos, ¿qué le dirías? Tad reflexionó.

—Le diría que los huevos saben muy bien —dijo.

Los ojos de Vic volvieron a encontrarse con los de su mujer y ambos vivieron un segundo momento como el que se había producido al sonar el teléfono. Esta vez se rieron telepáticamente.

Sus adioses fueron superficiales. Sólo Tad, con su imperfecta comprensión de lo breve que era realmente el futuro, se echó a llorar.

—¿Pensarás en eso? —le volvió a preguntar Donna mientras él subía al Jag.

—Sí.

Sin embargo, mientras se dirigía a Bridgton para recoger a Roger, en lo que pensó fue en aquellos dos momentos de

141

comunicación casi perfecta. Dos en una mañana, no estaba mal. Lo único que hacía falta eran ocho o nueve años juntos, aproximadamente una cuarta parte de todos los años pasados hasta ahora sobre la faz de la tierra. Empezó a pensar en lo ridículo que era todo el concepto de la comunicación humana… y en el monstruoso y absurdo exceso que era necesario para alcanzar siquiera una pequeña cantidad. Cuando se había invertido tiempo y el resultado había sido bueno, había que tener cuidado. Sí, lo pensaría. La relación entre ambos había sido buena y, aunque algunos de los canales estaban ahora cerrados y llenos sabía Dios de cuánta basura (y parte de esa basura tal vez estuviera todavía filtrándose), parecía que muchos de los demás estaban todavía abiertos y funcionaban razonablemente bien.

Habría que pensarlo con cierto detenimiento… pero tal vez no demasiado de una vez. Las cosas mostraban tendencia a aumentar de tamaño.

Encendió el radio y empezó a pensar en el pobre Profesor Cereales Sharp.

Joe Camber se detuvo frente a la terminal de la compañía Greyhound de Portland al diez para las ocho. La niebla se había disipado y el reloj digital de lo alto del Casco Bank and Trust ya señalaba 26 grados de temperatura.

Manejaba con el sombrero bien ajustado en la cabeza, dispuesto a enojarse con cualquiera que se le adelantara o se le cruzara. Aborrecía conducir en ciudad. Cuando él y Gary llegaran a Boston, tenía intención de estacionar el coche y dejarlo hasta el momento de regresar a casa. Podrían tomar el metro en caso de que supieran descifrar las indicaciones o ir a pie en caso de que no supieran.

Charity iba vestida con su mejor traje pantalón —de un discreto color verde— y una blusa de algodón blanco con un volante fruncido en el cuello. Llevaba aretes, lo cual le había producido a Brett una leve sensación de asombro. No recordaba que su madre tuviera costumbre de ponerse aretes, como no fuera para ir a la iglesia.

Brett la había sorprendido a solas cuando estaba subiendo para vestirse tras haberle servido a papá su avena para el desayuno. Joe había permanecido casi todo el rato en silencio mascullando monosílabos en respuesta a las preguntas y después dando totalmente por terminada la conversación al sintonizar con la emisora WCSH para escuchar los resultados de los partidos de beisbol. Ambos temieron que el silencio pudiera presagiar una desastrosa explosión de cólera y un repentino cambio de idea a propósito del viaje.

Charity llevaba puestos los pantalones y se estaba poniendo la blusa. Brett observó que llevaba un brasier color durazno y eso también lo sorprendió. No sabía que su madre tuviera prendas interiores de otro color que no fuera el blanco.

—Mamá —le dijo en tono apremiante.

Ella volteó… y pareció casi que se revolvía *contra él*.

—¿Te dijo algo?

—No… no. Es Cujo.

—¿Cujo? ¿Qué le pasa a Cujo?

—Está enfermo.

—¿Qué quieres decir con eso de que está enfermo?

Brett le contó que se había tomado un segundo plato de Cocoa Bears en los escalones de atrás, que se había adentrado en la niebla y que Cujo había aparecido de repente con los ojos enrojecidos y frenéticos y con el hocico chorreando espuma.

—Y no caminaba bien —terminó diciendo Brett—. Era como si se tambaleara, ¿sabes? He pensado que debería decírselo a papá.

—*No* —exclamó su madre con vehemencia, sujetándolo por los hombros con tanta fuerza que le hizo daño—. ¡No vas a hacer eso!

Él la miró, sorprendido y asustado. Ella aflojó un poco la presa y le habló con más serenidad.

—Te asustó porque salió de esa manera de la niebla. Lo más probable es que no le ocurra nada en absoluto. ¿De acuerdo?

Brett trató de buscar las palabras más idóneas para hacerle comprender hasta qué punto era terrible el aspecto de Cujo y de qué forma él había pensado por un momento que se le iba a echar encima. No pudo encontrar las palabras. Tal vez no quiso encontrarlas.

—Si le ocurre algo —añadió Charity—, será probablemente alguna cosita sin importancia. Puede que un zorrillo lo haya rociado…

—No olía a zorr…

—… o, a lo mejor, ha estado persiguiendo a una marmota o a un conejo. Puede que haya atrapado una rata en la ciénaga de allí abajo, o a lo mejor se ha comido unas ortigas.

—Supongo que sí —dijo Brett en tono dubitativo.

—Tu padre lo aprovecharía como pretexto —dijo ella—. Hasta parece que lo estoy oyendo: «Conque enfermo, ¿eh? Bueno, el perro es tuyo, Brett. Encárgate tú de él. Yo tengo demasiado trabajo como para andar ocupándome de tu animal.»

Brett asintió con expresión desdichada. Era exactamente lo que él había pensado, ampliado por la expresión ceñuda con que su padre había estado desayunando mientras sonaban en la cocina las noticias deportivas.

—Si lo dejas, él se irá con papá y papá cuidará de él —dijo Charity—. Quiere a Cujo casi tanto como tú aunque nunca lo diga. Si ve que le ocurre algo, lo llevará al veterinario de South Paris.

—Sí, supongo que sí.

Las palabras de su madre le parecieron acertadas, pero él seguía estando triste.

Ella se inclinó y lo besó en la mejilla.

—¡Verás! Podremos llamar a tu padre esta noche, si quieres. ¿Qué te parece? Y, cuando hables con él, tú le dices como quien no quiere: «¿Le has dado de comer a mi perro, papá?». Y entonces lo sabrás.

—Sí —dijo Brett, dirigiéndole a su madre una sonrisa de gratitud mientras ella le sonreía a su vez, aliviada por el hecho de haber evitado un problema.

Perversamente, sin embargo, ello constituyó otro motivo de preocupación durante el periodo aparentemente interminable que precedió al momento en que Joe acercó el vehículo a los escalones de la entrada y empezó a colocar en silencio las cuatro maletas en el portaequipajes (en una de ellas, Charity había introducido subrepticiamente sus cuatro álbumes de fotos). Su nueva preocupación era la posibilidad de que Cujo apareciera en el patio antes de que ellos se hubieran ido y Joe Camber se encontrara con el problema.

Pero Cujo no apareció.

Joe bajó la portezuela posterior del Country Squire, entregó a Brett las dos maletas pequeñas y tomó las dos más grandes.

—Mujer, llevas tanto equipaje que me pregunto si no estarás emprendiendo una de esas excursiones de divorcio a Reno en lugar de irte a Connecticut.

Charity y Brett sonrieron con inquietud. Parecía un amago de comentario humorístico, pero con Joe Camber nunca podía uno estar seguro.

—No estaría mal —dijo ella.

—Me parece que tendría que perseguirte hasta allí y arrastrarte otra vez a casa con mi nueva cadena —dijo él sin sonreír. Llevaba el sombrero verde ajustado en la parte posterior de la cabeza—. Chico, ¿vas a cuidar de tu madre?

Brett asintió con la cabeza.

—Será mejor que lo hagas —Joe estudió al niño—. Estás creciendo mucho. Probablemente no querrás darle un beso a tu viejo.

—Creo que sí, papá —dijo Brett, abrazando a su padre con fuerza y besándole la cerdosa mejilla mientras aspiraba el olor del sudor rancio y una leve vaharada del vodka de la noche anterior.

Se sorprendió y se sintió abrumado por el amor que le inspiraba su padre, un sentimiento que a veces todavía experimentaba, siempre cuando menos lo esperaba (pero cada vez con menos frecuencia en el transcurso de los últimos dos o tres años, algo que su madre no sabía y no hubiese creído si él se lo hubiera dicho). Era un amor que nada tenía que ver con el comportamiento cotidiano de Joe Camber, con él o con su madre; era algo de carácter primario y biológico, un fenómeno con muchos de aquellos puntos de referencia ilusorios que suelen perdurar toda la vida: el olor del humo del cigarro, el aspecto de una navaja de doble hoja reflejada en un espejo, unos pantalones colgados en el respaldo de una silla, ciertas palabras malsonantes.

Su padre le devolvió el abrazo y después miró a Charity. Apoyó un dedo bajo su barbilla y le levantó un poco el rostro. A través de las aberturas de carga del achaparrado edificio de ladrillo oyeron el rumor del calentamiento del motor de un autobús. Era el bajo y gutural rugido de un motor diesel.

—Que se diviertan —dijo él.

Los ojos de Charity se llenaron de lágrimas que ella se apresuró a enjugar. El gesto fue casi de cólera.

—De acuerdo —dijo ella.

La tensa y cerrada expresión de reserva volvió a descender sobre el rostro de Joe. Bajó como la visera del yelmo de un guerrero. Volvía a ser el perfecto campesino.

—¡Toma estas maletas, chico! En ésta parece que llevas plomo… ¡Santo Dios!

Estuvo con ellos hasta que registraron las cuatro maletas, examinando detenidamente cada etiqueta, sin prestar atención a la condescendiente expresión divertida del empleado. Observó cómo el mozo se llevaba las maletas en una carretilla y las introducía en las entrañas del autobús. Después se dirigió de nuevo a Brett.

—Ven conmigo a la banqueta —dijo.

Charity los vio alejarse. Se sentó en un duro banco, abrió la bolsa, sacó un pañuelo y empezó a retorcerlo. Sería muy propio de él desearle que se divirtiera y después tratar de convencer al niño de que regresara a casa con él.

En la banqueta, Joe dijo:

—Déjame darte un par de consejos, chico. Es probable que no hagas caso porque los chicos raras veces hacen caso, pero supongo que eso nunca ha impedido que un padre los diera. El primer consejo es éste: el tipo a quien vas a ver, ese Jim, no es más que un pedazo de mierda. Una de las razones por las que te he permitido hacer esta excursión es el hecho de que tengas diez años, y diez años son suficientes para comprender la diferencia que existe entre un pedazo de caca y una rosa de té. Obsérvalo y te darás cuenta. No hace otra cosa más que estar sentado en un despacho y revolver papeles. Las personas como él son las que provocan la mitad de los problemas de este mundo porque sus cerebros están desconectados de sus manos —un leve rubor de exaltación había aparecido en las mejillas de Joe—. Es un pedazo de mierda. Obsérvalo y verás cómo estás de acuerdo.

—Muy bien —dijo Brett en voz baja y comedida.

Joe Camber esbozó una ligera sonrisa.

—El segundo consejo es que vigiles la cartera.

—No tengo din…

Camber sacó un arrugado billete de cinco dólares.

—Sí, tienes esto. No te lo gastes todo en el mismo sitio. El tonto y su dinero se despiden enseguida.

—Muy bien. ¡Gracias!

—Hasta pronto —dijo Camber sin pedir otro beso.

—Adiós, papá.

Brett se quedó de pie en la banqueta, contemplando cómo su padre subía al vehículo y se alejaba. Jamás volvió a ver a su padre con vida.

A las ocho y cuarto de aquella mañana, Gary Pervier salió tambaleándose de su casa, enfundado en sus calzones manchados de orina, y meó sobre las madreselvas. Con cierta perversidad, había abrigado la esperanza de que algún día su orina estuviera tan impregnada de alcohol que secara las madreselvas. Ese día aún no había llegado.

—*¡Ay, mi cabeza!* —gritó, sosteniéndosela con la mano libre mientras regaba las madreselvas que habían sepultado su valla. Sus ojos estaban atravesados por unos intensos destellos escarlata. Su corazón se sacudía y rugía como una vieja bomba de agua que últimamente estuviera bombeando más aire que agua. Un terrible calambre estomacal se apoderó de él mientras terminaba de orinar (en los últimos tiempos, éstos se habían hecho más frecuentes) y, mientras se doblegaba, una enorme y maloliente flatulencia se escapó zumbando por entre sus huesudas piernas.

Volteó para entrar de nuevo en la casa y fue entonces cuando empezó a oír los gruñidos. Era un bajo y poderoso ruido que procedía justo de más allá del punto en que su patio lateral cubierto de maleza se confundía con el pastizal de más allá.

Se giró rápidamente hacia el rumor, olvidándose del dolor de cabeza, olvidándose de la sacudida y el rugido de su corazón, olvidándose del calambre. Hacía mucho tiempo que no experimentaba una visión retrospectiva de la guerra en Francia, pero ahora la experimentó. De repente, su cerebro gritó: *¡Alemanes! ¡Alemanes! ¡Pelotón al suelo!*

Pero no eran los alemanes. Cuando se separó la hierba, fue Cujo el que apareció.

—Hola, chico, ¿por qué estás gru...? —empezó a decir Gary, deteniéndose como si fuera tartamudo.

Hacía veinte años que no veía un perro rabioso, pero el espectáculo no se olvida fácilmente. Se encontraba en una gasolinera Amoco al este de Machias, regresando de un campamento en Eastport. Montaba la vieja moto Indian que tuvo durante algún tiempo a mediados de los cincuenta. Un jadeante perro amarillo de hundidos costados había pasado frente a la gasolinera Amoco como una aparición espectral. Sus costados se movían hacia dentro y hacia fuera en unos rápidos y superficiales actos respiratorios. Le chorreaba espuma de la boca en una ininterrumpida corriente líquida. Sus ojos se movían frenéticamente. Sus cuartos traseros estaban incrustados de mierda. Más que caminar, avanzaba haciendo eses, como si algún desalmado le hubiera abierto las mandíbulas una hora antes y se las hubiera llenado a rebosar de whisky barato.

—Maldita sea, aquí está —había dicho el empleado de la gasolinera.

Había soltado la llave de tuerca que sostenía en la mano y se había dirigido corriendo al mísero y desordenado despacho contiguo al estacionamiento de la gasolinera. Había salido llevando en sus grasientas manos de grandes nudillos un 30-30. Tras salir a la zona asfaltada, había doblado una rodilla y había empezado a disparar. El primer disparo fue bajo y arrancó una de las patas traseras del perro en medio de una nube de sangre. Aquel perro amarillo ni siquiera se movió, pensó ahora Gary mientras miraba a Cujo. Miró inexpresivamente a su alrededor como si no tuviera la menor idea de lo que estaba ocurriendo. El segundo intento del empleado de la gasolinera partió al perro casi por la mitad. Las entrañas salieron volando contra la bomba de la gasolinera, rodándola de salpicaduras rojas y negras. Momentos más tarde, aparecieron otros tres tipos, tres de los mejores ejemplares del condado de Washington, sentados hombro con hombro en la cabina de una camioneta de reparto Dodge, modelo 1940. Iban todos armados. Se agruparon y efectuaron otras ocho o nueve descargas contra el perro muerto. Una hora después, mientras el empleado de la gasolinera terminaba de instalar un nuevo faro delantero en la moto Indian de Gary, llegó la agente del Servicio Canino del Condado en un Studebaker sin portezuela en el lado del pasajero. Se puso unos largos guantes de goma y cortó lo que quedaba de la cabeza del perro amarillo para enviarlo al Departamento de Sanidad y Bienestar del Estado.

Cujo lucía mucho más ágil que aquel perro amarillo de hacía tanto tiempo, pero los demás síntomas eran exactamente los mismos. *No la tiene tan avanzada,* pensó. *Más peligroso. Dios bendito, tengo que ir por la escopeta...*

Empezó a retroceder.

—Hola, Cujo... buen perro, buen perro, buen perrito...

Cujo estaba junto al borde de la extensión de césped, con la cabeza agachada, los ojos inyectados en sangre y opacos, gruñendo.

—Buen chico...

Para Cujo, las palabras que brotaban del HOMBRE no significaban nada. Eran sonidos sin sentido, igual que el viento. Lo que importaba era el *olor* que despedía el HOMBRE. Era cálido, fétido y acre. Era el olor del miedo. Era exasperante e insoportable. Comprendió de repente que el hombre lo había enfermado. Se echó hacia delante mientras el gruñido de su tórax se transformaba en un recio rugido de cólera.

Gary vio que el perro iba por él. Volteó y se echó a correr. Una mordedura, un arañazo, podía significar la muerte. Corrió hacia la entrada y la seguridad de la casa, más allá del pórtico. Pero había habido demasiados tragos, demasiados largos días de invierno junto a la estufa y demasiadas largas noches de verano en la silla del jardín. Oyó que Cujo se le acercaba por detrás y después hubo una terrible décima de segundo en la que no pudo oír nada y comprendió que Cujo había pegado un salto.

Al llegar al astilloso primer escalón de su pórtico, cien kilos de San Bernardo le cayeron encima como una locomotora, derribándolo, dejándolo en el suelo sin aliento. El perro fue por su nuca. Gary trató de levantarse, gateando. El perro se encontraba encima de él, el espeso pelaje de su vientre casi lo ahogaba y el animal lo derribó de nuevo con facilidad. Gary gritó.

Cujo le mordió el hombro y sus poderosas mandíbulas se cerraron y atravesaron la piel desnuda, tirando de los tendones como si fueran alambres. El perro seguía rugiendo. La sangre empezó a brotar. Gary la sintió deslizarse cálidamente por la huesuda parte superior de su brazo. Se revolvió y golpeó al perro con sus puños. El perro retrocedió un poco y Gary pudo subir a gatas otros tres escalones. Pero Cujo volvió a embestirlo.

Gary le propinó un puntapié. Cujo se inclinó hacia el otro lado y volvió a atacar, rugiendo y dándole dentelladas. La espuma se escapaba de entre sus mandíbulas y Gary podía percibir el olor de su aliento. Era un olor de putrefacción… fétido y amarillento. Gary extendió el puño derecho y lanzó un gancho largo, conectando con la huesuda mandíbula inferior de Cujo. Fue una suerte. La sacudida del impacto le subió hasta el hombro que le estaba ardiendo a causa de la profunda mordedura.

Cujo retrocedió de nuevo.

Gary miró al perro mientras su escuálido tórax sin vello subía y bajaba rápidamente. Tenía el rostro ceniciento. La sangre de la laceración del hombro estaba salpicando los escalones del porche cuya pintura se estaba desprendiendo.

—Ven por mí, hijo de puta —dijo—. Ven, ven aquí, me importa una mierda —gritó—. *¿Me oyes? ¡Me importa, una mierda!*

Pero Cujo retrocedió otro paso.

Las palabras seguían sin tener significado, pero el olor del miedo había desaparecido del HOMBRE. Cujo ya no estaba seguro de si quería atacar o no. El le había hecho daño, le había hecho mucho daño, y el mundo era un terrible embrollo de sensaciones e impresiones…

Gary se levantó temblorosamente. Subió de espaldas los últimos dos escalones de la entrada. Avanzó de espaldas por el pórtico y buscó la manija de la puerta de malla. Experimentaba en el hombro la sensación de tener gasolina pura bajo la piel. Su mente le gritó como desvariando: *¡Rabia! ¡Tengo rabia!*

No importa. Cada cosa a su tiempo. Tenía la escopeta en el armario del pasillo. Menos mal que Charity y Brett Camber no estaban en su casa de lo alto de la colina. La misericordia de Dios había actuado en su favor.

Dio con la manija de la malla y abrió la puerta. Mantuvo los ojos clavados en Cujo hasta haber retrocedido lo suficiente y haber cerrado la puerta a su espalda. Entonces se sintió invadido por una gran sensación de alivio. Sentía las piernas como de goma. Por un instante, perdió la visión del mundo y la recuperó sacando la lengua y mordiéndosela. No era momento de desmayarse como una muchacha. Podría hacerlo, si quería, cuando el perro hubiera muerto. Santo Dios, apenas había alcanzado a escapar allí fuera; había llegado a pensar que iba a morir.

Volteó y avanzó por el pasillo a oscuras en dirección al armario y fue entonces cuando Cujo se lanzó contra la mitad inferior de la puerta de malla y la atravesó, con el hocico arrugado hacia atrás y dejando al descubierto los dientes en una especie de sonrisa despectiva mientras de su pecho se escapaba una seca descarga de ladridos.

Gary lanzó otro grito y volteó justo a tiempo para agarrar a Cujo con ambos brazos mientras el perro volvía a abalanzarse sobre él, empujándolo por el pasillo y obligándolo a brincar de un lado para otro para no perder el equilibrio. Por un instante, casi pareció que ambos estaban bailando un vals. Pero después Gary, que pesaba veinticinco kilos menos, cayó al suelo. Fue vagamente consciente de que el hocico de Cujo se hundía por abajo de su barbilla, fue vagamente consciente de que el extremo de su hocico estaba casi repugnantemente cálido y seco. Trató de extender las manos y estaba pensando que tendría que ir por los ojos de Cujo con los pulgares cuando Cujo le mordió la garganta y se la desgarró. Gary notó que cálida sangre le cubría el rostro y pensó: *¡Santo Dios, es mía!* Sus manos empezaron a golpear débil e ineficazmente la parte superior del cuerpo de Cujo sin hacerle daño. Por fin, las manos se apartaron.

Gary percibió levemente el enfermizo y empalagoso aroma de las madreselvas.

—¿Qué ves ahí afuera?

Brett volteó un poco hacia el sonido de la voz de su madre. No del todo… no quería perderse ni por un momento el espectáculo del panorama que pasaba constantemente ante sus ojos. El autobús llevaba en la carretera casi una hora. Habían atravesado el puente del Millón de Dólares para dirigirse a South Portland (Brett había contemplado con ojos fascinados y arrobados los dos cargueros del puerto cubiertos de suciedad y óxido), habían alcanzado la autopista que conducía al sur y ahora se estaban acercando a la frontera de New Hampshire.

—Todo. ¿Tú qué ves, mamá?

Ella pensó: *Tu imagen reflejada en el cristal... muy leve-mente. Eso es lo que veo.* Pero, en vez de eso, contestó:

—Pues veo el mundo, supongo. Veo el mundo pasando frente a nosotros.

—Mamá, me gustaría que pudiéramos ir con este autobús hasta California. Y ver todo lo que hay en los libros de geografía de la escuela.

—Te cansarías mucho del paisaje, Brett —dijo ella riendo mientras le alborotaba el cabello.

—No. No me cansaría.

Es probable que no, pensó ella. De repente, se sintió triste y vieja. Cuando había llamado a Holly el sábado por la mañana para preguntarle si podían ir, Holly se había alegrado mucho y su alegría había hecho que Charity se sintiera joven. Era curioso que la alegría de su hijo, su euforia casi tangible, la hiciera sentirse vieja. Pese a ello...

¿Qué va a ser exactamente de él?, se preguntó a sí misma mientras contemplaba su fantasmagórico rostro superpuesto al paisaje en movimiento como un truco de cámara. Era listo, más listo que ella y mucho más listo que Joe. Debería ir a la universidad, pero ella sabía que, cuando llegara a la preparatoria, Joe insistiría en que se inscribiera en los cursos de mecánica y mantenimiento de coches para que, de este modo, pudiera serle más útil en su trabajo. Diez años antes no habría podido salirse con la suya porque los asesores de orientación no habrían permitido que un chico tan listo como Brett optara por la formación técnica, pero, en esta época de fases selectivas en que se invitaba a la gente a seguir sus inclinaciones, tenía un miedo terrible de que aquello pudiera ocurrir.

Eso la asustaba. En otros tiempos, había podido decirse a sí misma que la escuela estaba lejos, muy lejos... la pre-paratoria, la *verdadera* escuela. La escuela elemental no era más que un juego para un niño que seguía las clases con tanta facilidad como Brett. Pero en la preparatoria comenzaba el asunto de las opciones irrevocables. Las puertas se cerraban con un débil clic que sólo se percibía claramente en los sueños de los años sucesivos.

Se apretó los codos y se estremeció, sin engañarse a sí misma, pensando que el aire acondicionado del autobús estaba demasiado fuerte.

Para Brett, la preparatoria estaba tan sólo a cuatro años de distancia.

Volvió a estremecerse y, de repente, empezó a pensar perversamente que ojalá no hubiera ganado aquel dinero o hubiera perdido el billete. Llevaban lejos de Joe apenas una hora, pero era la primera vez que se separaban realmente desde que se habían casado a finales de 1966. No había imaginado que la perspectiva pudiera resultar tan repentina, tan vertiginosa y tan amarga. La imagen era la siguiente: la mujer y el niño se ven libres de su encierro en la triste prisión del castillo... pero hay un impedimento. Llevan fijados a la espalda unos grandes ganchos y, en los extremos de los ganchos, hay unas resistentes ligas de hule invisibles. Y, antes de que puedan alejarse demasiado, ¡zas! ¡Te ves lanzada de nuevo al interior para pasar allí otros catorce años!

Emitió un leve sonido gutural.

—¿Decías algo, mamá?

—No. Sólo estaba carraspeando.

Se estremeció por tercera vez y, en esta ocasión, se le puso la carne de gallina en los brazos. Había recordado el verso de un poema de una de sus clases de literatura en la preparatoria (ella había expresado el deseo de cursar estudios universitarios, pero su padre se había puesto furioso ante la idea —¿acaso se creía ella que eran ricos?— y su madre se había reído, dando un suave y compasivo golpe de gracia a la idea). Pertenecía a un poema de Dylan Thomas y no podía recordarlo bien, pero era algo acerca del moverse a través de las fatalidades del amor.

Aquel verso le había parecido entonces muy curioso y desconcertante, pero ahora creía comprenderlo. ¿Qué otra cosa podía ser aquella resistente liga de hule invisible sino amor? ¿Iba acaso a engañarse a sí misma y decir que no amaba, ni ahora tan siquiera, de alguna forma al hombre con quien se había casado? ¿Que, si se quedaba a su lado, era sólo para cumplir con su deber o por el niño (eso tenía gracia: en caso de que alguna vez lo dejara, sería precisamente por el niño)? ¿Que él nunca la complacía en la cama? ¿Y que no podía, a veces en los momentos más inesperados (como el que se había producido en la terminal de los autobuses), mostrarse cariñoso?

Y sin embargo… y sin embargo…

Brett estaba mirando a través de la ventana con expresión de arrobo. Sin apartar los ojos del paisaje, dijo:

—¿Tú crees que Cujo está bien, mamá?

—Estoy segura de que está perfectamente —contestó ella con aire distraído.

Por primera vez, empezó a pensar en el divorcio de una forma concreta; qué podría hacer para mantenerse junto a su hijo, cómo se las iban a arreglar en una situación tan inimaginable (*casi* inimaginable). En caso de que ella y Brett no regresaran de aquel viaje, ¿iría él en su busca, como vagamente había amenazado con hacer allá, en Portland? ¿Decidiría dejar que Charity se fuera, pero trataría de recuperar a Brett por las buenas o por las malas?

Empezó a pensar en las distintas posibilidades, sopesándolas y comprendiendo de repente que, en el fondo, un poco de perspectiva no venía nada mal. Dolorosa tal vez. Tal vez útil también.

El autobús Greyhound cruzó la frontera del estado y se adentró en New Hampshire para dirigirse al sur.

El Delta 727 se elevó bruscamente, sobrevoló en círculo Castle Rock —Vic buscaba siempre su casa en las proximidades de Castle Lake y 117, siempre infructuosamente— y después tomó de nuevo la dirección de la costa. La duración del vuelo hasta el aeropuerto de Logan era de veinte minutos.

Donna estaba allí abajo, a unos seis mil metros. Y Tadder también. Experimentó una repentina depresión mezclada con el negro presentimiento de que no iba a dar resultado, de que era una locura siquiera pensarlo. Cuando tu casa se venía abajo, había que construir otra nueva.

No se podía volver a levantar la anterior, juntando las piezas con pegamento.

Se acercó la azafata. Él y Roger viajaban en primera clase («Será mejor que disfrutemos mientras podamos, amigo —había dicho Roger el miércoles pasado al hacer las reservaciones—; no todo el mundo puede irse al asilo de los pobres con tanta elegancia») y sólo había cuatro o cinco pasajeros más, casi todos ellos leyendo el periódico de la mañana… como lo estaba haciendo Roger.

—¿Puedo servirle algo? —le preguntó a Roger con aquella sonrisa rutilante que parecía decir que le había encantado levantarse a las cinco y media de la mañana para efectuar todos aquellos despegues y aterrizajes de Bangor a Portland, Boston, Nueva York y Atlanta.

Roger meneó la cabeza con aire ausente y entonces ella le dirigió su sonrisa sobrenatural a Vic.

—¿Algo para usted, señor? ¿Unas galletas? ¿Jugo de naranja?

—¿Podría prepararme un desarmador? —preguntó Vic, y la cabeza de Roger se levantó de golpe del periódico.

La sonrisa de la azafata no se alteró; la petición de una bebida alcohólica antes de las nueve de la mañana no constituía para ella ninguna novedad.

—Puedo preparárselo —contestó—, pero tendrá que darse prisa en terminarlo. Estamos ya muy cerca de Boston.

—Me daré prisa —prometió Vic solemnemente, y ella se dirigió hacia la cocina, resplandeciente con su uniforme de traje pantalón verde azulado y su sonrisa.

—¿Qué te pasa? —preguntó Roger.

—¿Qué quieres decir con qué me pasa?

—Ya sabes lo que quiero decir. Jamás te había visto beber ni siquiera una cerveza antes del mediodía. Por regla general, no antes de las cinco de la tarde.

—Estoy botando el barco —dijo Vic.

—¿Qué barco?

—El *Titanic* —contestó Vic.

—Eso es algo de mal gusto, ¿no te parece? —dijo Roger, frunciendo el ceño.

A Vic le parecía eso, en efecto. Roger merecía otra cosa, pero esa mañana, con la depresión encima, cubriéndole como una maloliente cobija, simplemente no se le ocurría nada mejor. Consiguió esbozar tan sólo una triste sonrisa. Pero Roger siguió mirándolo con el ceño fruncido.

—Verás —dijo Vic—, es que se me ha ocurrido una idea a propósito de este asunto de los Zingers. Nos va a costar muchísimo trabajo convencer al viejo Sharp y al chico, pero tal vez nos dé resultado.

Roger mostró una expresión de alivio. Era la forma en que siempre habían trabajado: Vic era el hombre de la idea en bruto y Roger era el que le daba forma y la llevaba a la práctica. Siempre habían trabajado en equipo cuando trasladaban las ideas a los medios de difusión y también en todo lo relacionado con la presentación.

—¿En qué consiste?

—Dame un poco de tiempo —contestó Vic—. Hasta esta noche quizá. Entonces podremos izarla en el mástil…

—… y ver quién se baja los pantalones —terminó Roger con una sonrisa. Abrió de nuevo el periódico por las páginas de economía—. Muy bien. Siempre y cuando me la proporciones esta noche. Las acciones de la Sharp subieron otra octava parte la semana pasada, ¿sabías?

—Estupendo —murmuró Vic, mirando a través de la ventanilla.

Ahora la niebla se había disipado; el día estaba totalmente despejado. Las playas de Kennebunk y Ogunquit y York formaban un panorama de tarjeta postal: mar azul cobalto, arena caqui y después el paisaje típico de Maine, de suaves colinas, campos abiertos y espesas franjas de abetos, extendiéndose hacia el oeste hasta perderse de vista. Precioso. Pero contribuía a agravar su depresión.

Si tengo que llorar, será mejor que me vaya a hacerlo al baño, pensó tristemente. Seis frases en un trozo de papel barato lo habían llevado a esa situación. Era un mundo cochinamente frágil, tan frágil como uno de aquellos huevos de Pascua que tenían bonitos colores por fuera, pero vacíos en su interior. Justo la semana anterior había estado pensando en tomar a Tad y largarse. Ahora se preguntaba si Tad y Donna estarían todavía allí cuando él y Roger regresaran. ¿Sería posible que Donna tomara al niño y levantara el campamento, yéndose tal vez a casa de su madre en los Poconos?

Desde luego que sería posible. Tal vez llegara a la conclusión de que una separación de diez días no era suficiente para él ni para ella. Tal vez fuese mejor una separación de seis meses y ahora ella tenía a Tad. La posesión otorga casi un derecho, ¿no?

Y tal vez, empezó a insinuar subrepticiamente una voz en su interior, *tal vez ella sabe dónde está Kemp. Tal vez decida irse junto a él. Probar a vivir con él una temporada. De este modo, podrán buscar juntos sus pasados felices.* Qué pensamientos tan absurdos para un lunes por la mañana, se dijo con inquietud.

Pero el pensamiento no quería irse. Casi, pero no del todo.

Consiguió beber hasta la última gota del desarmador antes de que el aparato aterrizara en Logan. Le produjo una indigestión ácida que él sabía que le iba a durar toda la mañana… como la idea de Donna y Steve Kemp juntos, volvería una y otra vez aunque se tomara un tubo entero de Tums; pero la depresión se había suavizado un poco, razón por la cual tal vez mereciera la pena.

Tal vez.

Joe Camber contempló con cierto asombro la parte del suelo del estacionamiento situada más allá de su enorme tornillo de ajuste. Se ajustó mejor el sombrero de fieltro verde sobre la frente, se quedó mirando un rato lo que había allí y después introdujo los dedos entre los dientes y lanzó un estridente silbido.

—¡Cujo! ¡Oye, muchacho! ¡Ven aquí, Cujo!

Volvió a silbar y después se inclinó hacia delante, con las manos sobre las rodillas. El perro vendría, de eso no tenía la menor duda. Cujo nunca se alejaba. Pero ¿cómo iba él a manejar aquello?

El perro había ensuciado el suelo del estacionamiento. Nunca había visto a Cujo hacer semejante cosa, ni siquiera cuando era un cachorro. Se había orinado algunas veces, tal como suelen hacerlo los cachorrillos, y había destripado algún que otro cojín del sillón, pero nunca había llegado tan lejos. Se preguntó fugazmente si lo habría hecho tal vez otro perro, pero rechazó aquella posibilidad. Cujo era el perro más grande de Castle Rock, que él supiera. Los perros grandes comían mucho y los perros grandes cagaban mucho. Ningún poodle o beagle o mestizo hubiera podido hacer aquel revoltijo. Joe se preguntó si el perro habría presentido que Charity y Brett se iban a ausentar durante algún tiempo. En tal caso, tal vez fuera ésta su manera de mostrar cómo le había caído la idea. Joe había oído hablar de cosas parecidas.

Le habían regalado el perro a modo de pago a cambio de un trabajo que había realizado en 1975. Su cliente fue un tipo tuerto llamado Ray Crowell, de Fryeburg. El tal Crowell se pasaba casi todo el tiempo trabajando en los bosques, si bien se sabía que tenía muy buena mano con los perros: sabía criarlos y adiestrarlos. Hubiera podido ganarse bastante bien la vida haciendo lo que los campesinos de Nueva Inglaterra llamaban a veces «cultivo de perros», pero tenía muy mal carácter y ahuyentaba a los clientes con su mal humor.

—Necesito un nuevo motor para mi camión —le había dicho Crowell a Joe aquella primavera.

—Muy bien —había contestado Joe.

—Tengo el motor, pero no puedo pagarte nada. No tengo un quinto.

Se encontraban en el interior del taller de Joe, mascando tallos de hierba. Brett, que entonces tenía cinco años, estaba correteando junto a la entrada mientras Charity tendía la ropa.

—Pues lo siento mucho, Ray —dijo Joe—, pero yo no trabajo de gratis. Esto no es una asociación de beneficencia.

—La señora Beasley acaba de alumbrar una camada —dijo Ray. La señora Beasley era una perra San Bernardo preciosa—. Pura raza. Si me haces el trabajo, te regalaré el mejor ejemplar de la camada. ¿Qué dices a eso? Saldrías ganando, pero no puedo cortar troncos si no tengo un camión para transportarlos.

—No necesito ningún perro —dijo Joe—. Y tanto menos uno de ese tamaño. Los malditos San Bernardos no son más que máquinas de comer.

—Tú no necesitas un perro —dijo Ray mirando a Brett, que se había sentado sobre la hierba y estaba mirando a su madre—, pero a tu chico tal vez le guste.

Joe abrió la boca y la volvió a cerrar. Él y Charity no practicaban ningún control de natalidad, pero no habían tenido más hijos después de Brett y el propio Brett había tardado en llegar. A veces, cuando lo miraba, Joe se preguntaba mentalmente si el niño no se sentiría solo. Tal vez sí. Y tal vez Ray Crowell tuviera razón. Se acercaba el cumpleaños de Brett. Podría regalarle el cachorro entonces.

—Lo pensaré —dijo.

—Bueno, pero no lo pienses demasiado —dijo Ray, en tono comedido—. Puedo ir a ver a Vin Callahan allá en North Conway. Es tan distro como tú, Camber. Más diestro quizás.

—Quizá —dijo Joe sin inmutarse.

El carácter de Ray Crowell no le asustaba lo más mínimo.

Aquella misma semana, el encargado del establecimiento Compre y Ahorre acudió a Joe con su Thunderbird para que le echara un vistazo a la transmisión. Era un problema sin importancia, pero el encargado, que se apellidaba Donovan, estuvo dando vueltas alrededor del coche como una madre preocupada mientras Joe vaciaba el líquido de la transmisión, lo volvía a introducir y después ajustaba las bandas. El coche era una pieza estupenda, un Thunderbird de 1960 en perfectas condiciones. Mientras terminaba su labor y escuchaba a Donovan decirle que su mujer quería que vendiera el coche, a Joe se le ocurrió una idea.

—Estoy pensando regalarle un perro a mi chico —le dijo a Donovan mientras bajaba el Thunderbird del gato hidráulico.

—Ah, ¿sí? —dijo Donovan cortésmente.

—Sí. Un San Bernardo. Ahora no es más que un cachorro, pero va a comer mucho cuando crezca. Estaba pensando

160

que usted y yo podríamos hacer un pequeño trato. Si usted me garantiza un descuento sobre estas croquetas para perros, Gaines Meal, Ralston-Purina o lo que sea, yo le revisaría de vez en cuando el Thunderbird, sin cobrarle nada.

Donovan se mostró encantado y ambos cerraron el trato. Joe llamó a Ray Crowell y le dijo que había decidido quedarse con el cachorro, en caso de que Crowell estuviera todavía de acuerdo. Crowell lo estaba y, cuando llegó el cumpleaños de su hijo aquel año, Joe sorprendió tanto a Brett como a Charity, poniendo un inquieto y agitado cachorrillo en los brazos del muchacho.

—¡Gracias, papá, gracias, gracias! —había gritado Brett, abrazando a su padre y cubriéndole las mejillas de besos.

—Bueno —dijo Joe—, pero te vas a encargar tú de él, Brett. Es tu perro, no el mío. Me parece que, si empieza a orinarse y a cagar por ahí, lo llevaré a la parte de atrás del establo y le pegaré un tiro como si no lo conociera.

—Lo haré, papá… ¡te lo prometo!

Había mantenido bastante bien su promesa y, en las pocas ocasiones en que lo había olvidado, Charity o el propio Joe habían limpiado lo que hubiera hecho el perro, sin hacer ningún comentario, y Joe había descubierto que era imposible mantenerse apartado de Cujo; al crecer (y creció muy de prisa, convirtiéndose exactamente en la máquina de comer que Joe había previsto) ocupó simplemente su lugar en la familia Camber. Era un buen perro de los de verdad.

Se había acostumbrado a la casa rápida y completamente… y ahora esto. Joe volteó con las manos metidas en los bolsillos, frunciendo el ceño. No había señales de Cujito en ninguna parte.

Salió al exterior y volvió a silbar. El maldito perro estaría tal vez en el arroyo, refrescándose. Joe no se lo hubiera reprochado. Parecía que ya estuvieran a treinta y cuatro grados a la sombra. Pero el perro iba a regresar muy pronto y, cuando lo hiciera, Joe le restregaría el hocico en aquel desastre. Lamentaría hacerlo en caso de que Cujo lo hubiera hecho porque extrañaba a su familia, pero no se podía permitir que un perro anduviese…

Se le ocurrió otra cosa. Joe se golpeó la frente con la palma de la mano. ¿Quién iba a dar de comer a Cujo mientras él y Gary estuvieran fuera?

Suponía que podía llenar aquel viejo comedero de cerdos de la parte trasera del establo con Gaines Meal —debían de tener como una tonelada de esa cosa almacenada en el sótano de abajo—, pero se iba a mojar en caso de que lloviera. Y si lo dejaba en la casa o en el establo, cabía la posibilidad de que Cujo decidiera volver a cagar en el suelo. Además, tratándose de comida, Cujo era un glotón terrible. Se comería la mitad el primer día, la otra mitad al segundo y después andaría hambriento por ahí hasta que Joe regresara.

—Mierda —masculló.

El perro no acudía. Probablemente sabía que Joe había descubierto aquel desastre y estaba avergonzado. Cujo era un perro inteligente, dentro de lo que cabía esperar de los perros, y el hecho de saber (o adivinar) semejante cosa no estaba en modo alguno fuera del alcance de su mente.

Joe tomó una pala y limpió la porquería. Vertió sobre el lugar una medida del líquido limpiador industrial que tenía a mano, lo secó con una jerga y lo enjuagó con una cubeta de agua de la llave de la parte de atrás del taller.

Una vez hecho esto, tomó el pequeño cuaderno de notas en el que figuraba su programa de trabajo y le echó un vistazo. El International Harvester de Richie ya estaba listo… desde luego, aquella cadena permitía ahorrar mucho esfuerzo cuando había que sacar un motor; el profesor se había mostrado tan comprensivo como Joe había esperado. Tenía otra media docena de trabajos en espera, todos ellos de escasa importancia.

Entró en la casa (jamás se había tomado la molestia de instalar un teléfono en el estacionamiento; la otra línea resultaba muy costosa, le había dicho él a Charity) y empezó a llamar a la gente y a decirle que se iba a ausentar unos días de la ciudad por motivos de trabajo. Conseguiría recuperar a casi todos sus clientes antes de que se fueran con sus problemas a otra parte. Y si uno o dos de ellos no podían esperar a que les pusieran una nueva correa del ventilador o una manguera de radiador, que se fueran al carajo.

Tras hacer las llamadas, se dirigió de nuevo al establo. Lo único que le quedaba por hacer antes de estar libre era un cambio de aceite y una revisión. El propietario había prometido pasar a recoger su coche al mediodía. Joe empezó a trabajar, pensando en lo tranquila que parecía la casa sin Charity y Brett… y sin Cujo. Por regla general, el enorme San Bernardo se hubiera tendido en la zona de sombra que había junto a la puerta corrediza del estacionamiento, jadeando mientras observaba trabajar a Joe. A veces, Joe hablaba con él y siempre parecía que Cujo lo escuchaba con atención.

Me han abandonado, pensó con cierto resentimiento. Me han abandonado los tres. Contempló de nuevo el lugar en el que Cujo se había ensuciado y sacudió nuevamente la cabeza con una especie de desconcertado enojo. Volvió a pensar en lo que iba a hacer con la comida del perro y no logró resolverlo. Bueno, más tarde llamaría al viejo Pervert. Tal vez a él se le ocurriera alguien —algún chiquillo— dispuesto a venir a darle a Cujo la comida durante dos o tres días.

Asintió con la cabeza y puso el radio, sintonizando a todo volumen la woxo de Norway. En realidad, no prestaba atención a menos que dieran noticias sobre los resultados de los partidos de beisbol, pero le servía de compañía. Sobre todo ahora que los demás se habían ido. Empezó a trabajar. Y, cuando el teléfono de la casa sonó como una docena de veces, no lo oyó.

Tad Trenton se encontraba en su habitación a media mañana, jugando con sus camiones. Había reunido más de treinta en el transcurso de sus cuatro años de permanencia en la tierra, una colección muy amplia en la que había desde los camiones de plástico de setenta y nueve centavos que su papá le compraba a veces en la Farmacia de Bridgton, donde siempre adquiría la revista *Time* los miércoles por la noche (había que jugar con mucho cuidado con los camiones de setenta y nueve centavos porque eran MADE IN TAIWAN y siempre mostraban tendencia a romperse) hasta el buque insignia de su flota, una gran aplanadora Tonka de color amarillo que le llegaba a las rodillas cuando estaba de pie.

Tenía varios «hombres» para colocarlos en las cabinas de sus camiones. Algunos eran unos tipos de cabeza redonda sacados de sus juguetes Playskool. Otros eran soldados. Un número considerable estaba integrado por los que él llamaba los tipos de la «Guerras de las Galaxias», Entre ellos se contaban Luke, Han Solo, el Sangrón Imperial (a saber, Darth Vader), un Guerrero de Bespin y Greedo, el favorito absoluto de Tad. A Greedo le correspondía conducir siempre la aplanadora Tonka.

A veces, jugaba con sus camiones a *Los Duques de Hazzard,* a veces a *B. J. y el Oso,* a veces a «Policías y Contrabandistas de Licores» (su papá y su mamá lo habían llevado a ver *El relámpago blanco* y *La fiebre de la línea blanca* en un programa doble del cine al aire libre de Norway, y Tad había quedado muy impresionado, mucho) y, a veces, a un juego que él mismo había inventado. Se llamaba «La aniquilación de los diez camiones».

Pero el juego con el que se entretenía con más frecuencia —y al que estaba jugando ahora precisamente— no tenía nombre. Consistía en sacar los camiones y los «hombres» de sus dos cajas de juegos y colocar los camiones uno a uno en paralelo con los hombres dentro como si todos estuvieran estacionados en batería en una calle que sólo Tad podía ver. Entonces los trasladaba uno por uno muy despacio al otro extremo de la habitación y los alineaba con las defensas en contacto entre sí. A veces repetía este ciclo diez, o quince veces durante una hora o más, sin cansarse.

Tanto a Vic como a Donna les había llamado la atención este juego. Resultaba un poco inquietante ver a Tad entregado a esta actividad constantemente repetitiva y casi ritual. Ambos le habían preguntado en alguna ocasión qué significaba el juego, pero Tad carecía de vocabulario para explicarlo. *Los Duques de Hazzard,* «Policías y Contrabandistas de Licores» y «La aniquilación de los diez camiones» eran simples juegos de estrépito y barullo. El juego sin nombre era reposado, tranquilo, pacífico y ordenado. Si su vocabulario *hubiera* sido lo suficientemente amplio, el niño hubiera podido decirles a sus padres que era su manera de decir «Om», abriendo con ello las puertas a la contemplación y la reflexión.

Ahora, mientras jugaba, estaba pensando que ocurría algo.

Sus ojos se desplazaron automática —inconscientemente— a la puerta de su armario, pero el problema no estaba allí, la puerta estaba firmemente cerrada y, desde que tenía las Palabras del Monstruo, no se abría jamás. No, el fallo estaba en otra parte.

No sabía exactamente qué era y no estaba muy seguro de que quisiera saberlo. Pero, al igual que Brett Camber, ya era muy hábil en la interpretación de las corrientes del río de sus padres sobre las que él flotaba. Últimamente había tenido la sensación de que había negros remolinos, bancos de arena y tal vez trampas ocultas bajo la superficie. Podía haber corrientes impetuosas. Un salto de agua. Cualquier cosa.

Las cosas no andaban bien entre su madre y su padre.

Lo notaba en la forma en que se miraban el uno al otro. En la forma en que se hablaban el uno al otro. En sus rostros y detrás de sus rostros. En sus pensamientos.

Terminó de cambiar la hilera de camiones estacionados en batería a un lado de la habitación, colocándolos al otro lado con las defensas en contacto, y se levantó para acercarse a la ventana. Le dolían un poco las rodillas porque había pasado bastante rato jugando al juego sin nombre. Allá abajo, en el patio de atrás, su madre estaba tendiendo ropa. Media hora antes, ella había tratado de llamar al hombre que podía arreglarle el Pinto, pero el hombre no estaba en casa. Esperó mucho rato a que alguien contestara «¿bueno?» y después volvió a colgar el teléfono muy enfadada. Y su mamá raras veces se enfadaba por cosas sin importancia como aquélla.

Vio que terminaba de colgar las dos últimas sábanas que le quedaban. Las contempló… y pareció como si sus hombros se hundieran. Se acercó al manzano que había más allá de la doble cuerda de tender la ropa y Tad comprendió por su posición —piernas separadas, cabeza inclinada, hombros en leve movimiento— que estaba llorando. La estuvo observando un rato y después regresó junto a sus camiones. Notaba como una especie de hueco en la boca del estómago. Ya estaba extrañando a su padre, lo extrañaba mucho, pero eso era peor.

Empujó lentamente los camiones por la habitación, uno por uno, volviendo a colocarlos en hilera sesgada. Se detuvo un momento, al oír cerrarse de golpe la puerta de malla. Pensó que ella iba a llamarlo, pero no lo hizo. Oyó sus pisadas cruzando la cocina, y después el chirrido de su sillón especial al sentarse ella en él. Pero la televisión no estaba encendida. La imaginó sentada allí abajo, simplemente… *sentada…* y apartó rápidamente aquella imagen de sus pensamientos.

Terminó de ordenar la hilera de camiones. Greedo, el favorito, estaba sentado en la cabina de la aplanadora, contemplando inexpresivamente con sus redondos ojos negros la puerta del armario de Tad. Tenía los ojos muy abiertos, como si hubiera visto algo allí, algo tan espantoso que le hubiera aterrado y le hubiera hecho abrir los ojos, algo auténticamente horroroso, algo *horrible,* algo que se estuviera acercando…

Tad dirigió una nerviosa mirada a la puerta del armario. Estaba firmemente cerrada.

De todos modos, se había cansado de jugar. Volvió a guardar los camiones en la caja de los juguetes, haciendo ruido deliberadamente para que ella supiera que se disponía a bajar para ver *Gunsmoke* en el Canal 8. Se encaminó hacia la puerta y se detuvo, contemplando fascinado las Palabras del Monstruo.

¡Monstruos, no se acerquen a esta habitación!
Nada tienen que hacer aquí.

Las sabía de memoria. Le gustaba mirarlas, leerlas de memoria, contemplar la escritura de papá.

Nada tocará a Tad, ni le causará daño a Tad durante
            [toda esta noche.
Nada tienen que hacer aquí.

166

Obedeciendo a un repentino y poderoso impulso, arrancó la tachuela que mantenía el papel fijo a la pared. Tomó con cuidado —y casi con reverencia— las Palabras del Monstruo. Dobló la hoja de papel y la guardó cuidadosamente en el bolsillo de atrás de sus jeans. Entonces, sintiéndose mucho mejor de lo que se había sentido en todo el día, bajó la escalera para ver a Marshall Dillon y a Festus.

El último individuo había acudido a recoger su vehículo al diez para las doce. Había pagado en efectivo y Joe se había guardado el dinero en su vieja y grasienta billetera, recordando que tendría que bajar a la Caja de Ahorros de Norway a sacar otros quinientos antes de marcharse con Gary.

Al pensar en su marcha, recordó a Cujo y el problema de quién iba a darle de comer. Subió a su camioneta Ford y se dirigió a casa de Gary Pervier, al pie de la colina. Se estacionó en la entrada. Empezó a subir los escalones del pórtico y el saludo que estaba a punto de pronunciar se le quedó atascado en la garganta. Bajó de nuevo y se inclinó sobre los escalones.

Había sangre.

Joe la tocó con los dedos. Estaba pegajosa, pero no del todo seca. Se irguió de nuevo, un poco preocupado, pero no en exceso. Cabía la posibilidad de que Gary hubiera estado borracho y hubiera tropezado con un vaso en la mano. No se preocupó en serio hasta que vio la forma en que aparecía destrozada la oxidada mitad inferior de la puerta de malla.

—¿Gary?

No hubo respuesta. Empezó a preguntarse si alguien que tuviera alguna rencilla pendiente habría venido por el viejo Gary. O tal vez algún turista hubiera acudido para preguntar algo y Gary hubiera escogido un mal día para decirle a alguien que se fuera al cochino carajo.

Subió los escalones. Había más salpicaduras de sangre en las tablas de madera del pórtico.

—¿Gary? —volvió a llamar, y de repente pensó que ojalá llevara colgada en el hombro derecho su escopeta de caza.

No obstante, si alguien había dejado a Gary sin sentido, le había ensangrentado la nariz o había hecho saltar algunos de los pocos dientes que le quedaban al viejo pervertido, aquella persona ya se había ido porque el único otro vehículo que había en el patio, aparte de la oxidada camioneta Ford LTD de Joe, era el Chrysler blanco de capota rígida del 66 de Gary. Y uno no podía acercarse a pie a Town Road número 3. La casa de Gary Pervier se encontraba a once kilómetros de la ciudad y a más de tres kilómetros de la Maple Sugar Road, que conducía de nuevo a la carretera 117.

Lo más probable era que se hubiera cortado, pensó Joe. Pero, por el amor de Dios, espero que se haya cortado simplemente la mano y no la garganta.

Joe abrió la puerta de malla. Ésta chirrió, girando sobre sus bisagras.

—¿Gary?

Ninguna respuesta todavía. Se percibía un desagradable olor dulzón que no le gustaba, pero al principio pensó que debían de ser las madreselvas. La escalera que conducía al piso de arriba estaba situada a la izquierda. Directamente enfrente estaba el pasillo que conducía a la cocina, a la mitad del cual, a la derecha, se abría la puerta de la sala de estar. Había algo en el suelo del pasillo, pero estaba demasiado oscuro como para que Joe pudiera distinguir lo que era. Parecía una mesita auxiliar que hubiera sido derribada, o algo por el estilo... Pero, que Joe supiera, no había ahora ni jamás había habido ningún mueble en el pasillo frontal de Gary. Éste alineaba allí las sillas del jardín cuando llovía, pero hacía dos semanas que no llovía. Además, las sillas estaban en su lugar de costumbre, al lado del Chrysler de Gary. Junto a las madreselvas.

Sólo que el olor no era el de las madreselvas. Era de sangre. Una cantidad enorme de sangre. Y aquello no era ninguna mesita auxiliar derribada.

Joe corrió hacia la figura, con el corazón martilleándole en los oídos. Se arrodilló y de su garganta se escapó algo así como un grito. De repente, la atmósfera del pasillo le resultó demasiado sofocante y cerrada. Le pareció que lo asfixiaba. Apartó el rostro de Gary, cubriéndose la boca con una mano. Alguien había asesinado a Gary. Alguien había…

Se obligó a sí mismo a mirar de nuevo. Gary se hallaba tendido en medio de un charco de su propia sangre. Sus ojos estaban mirando sin ver el techo del pasillo. Su garganta estaba abierta. Pero no simplemente abierta, Dios bendito, parecía que se la hubieran desgarrado a *mordiscos*.

Esta vez no luchó contra su garganta. Esta vez dejó simplemente que todo se le escapara en una serie de inevitables ruidos de ahogo. De una forma absurda, pensó en Charity con infantil resentimiento. Charity había logrado hacer su viaje, pero él no iba a poder a hacer el suyo. No iba a poder hacerlo porque algún insensato hijo de puta había practicado un número de Jack el Destripador con el pobre Gary Pervier y…

… y tenía que llamar a la policía. Lo demás no importaba. No importaba la forma en que los ojos del viejo pervertido estaban mirando enfurecidos al techo en medio de la oscuridad, la forma en que el olor de chapa de cobre recortada de su sangre se mezclaba con el empalagoso y dulzón perfume de las madreselvas.

Se levantó y se encaminó a tropezones hacia la cocina. Estaba gimiendo en lo más hondo de su garganta, pero no se daba cuenta. El teléfono estaba en la pared de la cocina. Tenía que llamar a la policía del estado, al alguacil Bannerman, a alguien…

Se detuvo en la puerta. Abrió mucho los ojos hasta el punto en que pareció que se le escapaban de las órbitas. Había un montón de excrementos de perro en la puerta de la cocina…y sabía, por el tamaño del montón, qué perro había estado allí.

—Cujo —dijo en voz baja—. ¡Oh, Dios mío, Cujo está rabioso!

Le pareció oír un rumor a su espalda y volteó rápidamente con los pelos de la nuca erizados. El pasillo estaba vacío con la excepción de Gary, Gary que había dicho la otra noche que Joe no podría echarle a Cujo encima ni siquiera a un negro vociferante, Gary con la garganta desgarrada hasta la punta de la columna vertebral.

169

Era absurdo exponerse a un peligro. Regresó al pasillo, resbalando momentáneamente en la sangre de Gary y dejando a su espalda una huella alargada. Volvió a gemir, pero, una vez hubo cerrado la pesada puerta interior, se sintió un poco mejor.

Regresó a la cocina, rodeando el cuerpo de Gary, y miró al interior, dispuesto a cerrar rápidamente la puerta de acceso a la cocina desde el pasillo en caso de que Cujo estuviera allí. Una vez más, pensó distraídamente que ojalá pudiera sentir el consolador peso de la escopeta en el hombro.

La cocina estaba vacía. Nada se movía con excepción de las cortinas, agitadas por una suave brisa que penetraba por las ventanas abiertas. Olía a botellas de vodka vacías. Era un olor agrio, pero mejor que… que el otro olor. La luz del sol formaba unos dibujos regulares sobre el descolorido y sinuoso linóleo. Él teléfono, con su caja de plástico en otros tiempos blanca y ahora deslucida por la grasa de muchas comidas de soltero y rota a causa de algún tropezón de borracho de hacía mucho tiempo, estaba en la pared, como siempre.

Joe entró y cerró firmemente la puerta a su espalda. Se acercó a las dos ventanas abiertas, y no vio nada en el patio de atrás como no fueran los oxidados cadáveres de los dos coche que habían atacado el Chrysler de Gary. De todos modos, cerró las ventanas.

Se dirigió al teléfono, sudando a mares en medio del explosivo calor de la cocina. El directorio estaba colgado al lado del teléfono sujeto por un rollo de cuerda. Gary le había hecho un agujero al directorio con el taladro de Joe hacía un año para poder pasar la cuerda por él, perdido de borracho y proclamando que le importaba un carajo.

Joe tomó el directorio y lo soltó. El grueso libro golpeó sordamente la pared. Tenía las manos demasiado pesadas. Notaba en la boca el viscoso sabor del vómito. Volvió a tomar el directorio y lo abrió con un jalón que estuvo a punto de arrancar la cubierta. Hubiera podido marcar el 0 o el 555-1212, pero, en su aturdimiento, ni se le ocurrió.

El rumor de su rápida respiración superficial, los fuertes latidos de su corazón y el susurro de las finas páginas de la guía ocultaron un leve rumor a su espalda: el débil crujido de la puerta del sótano al abrirla Cujo con el hocico.

El perro había bajado al sótano tras matar a Gary Pervier. La luz de la cocina era demasiado intensa, demasiado deslumbrante. Producía unas ardientes punzadas de angustia en su cerebro en descomposición. La puerta del sótano estaba abierta de par en par y él bajó a trompicones la escalera que conducía al bendito frescor de la oscuridad. Se había dormido junto al viejo baúl del ejército de Gary y la brisa de las ventanas abiertas había cerrado parcialmente la puerta del sótano. Pero la fuerza de la brisa no había sido suficiente para cerrar la aldaba de la puerta.

Los gemidos, el ruido de Joe al vomitar, los golpes y el estruendo de Joe corriendo por el pasillo para cerrar la puerta principal… todas estas cosas le habían despertado de nuevo a su dolor. A su dolor y a su apagada e incesante furia. Ahora se encontraba detrás de Joe en el oscuro umbral. Mantenía la cabeza agachada. Tenía los ojos casi escarlata. Su espeso pelaje oscuro estaba sucio de sangre coagulada y de lodo reseco. Se le escapaba de la boca una densa espuma y mostraba constantemente los dientes porque se le estaba empezando a hinchar la lengua.

Joe había encontrado la sección del directorio correspondiente a Castle Rock. Llegó a la C y deslizó un tembloroso dedo por la página hasta llegar a un recuadro situado a media columna en el que podía leerse SERVICIOS MUNICIPALES DE CASTLE ROCK. Allí estaba el número del despacho del alguacil. Levantó un dedo para marcar y fue entonces cuando Cujo empezó a rugir desde lo hondo de su pecho.

Todos los nervios parecieron huir del cuerpo de Joe Camber. El directorio telefónico se le escapó de los dedos y golpeó de nuevo contra la pared. Joe volteó despacio hacia los rugidos. Vio a Cujo en la puerta del sótano.

—Perrito bonito —murmuró con voz ronca mientras la saliva le bajaba por la barbilla.

Se orinó encima sin poder evitarlo y el áspero olor a amoniaco de la orina azotó el olfato de Cujo como una violenta bofetada. El perro dio un brinco. Joe saltó hacia un lado con piernas que parecían zancos y el perro golpeó la pared con la fuerza suficiente como para rasgar el papel y arrancar una blanca nube de áspero polvo de yeso. Ahora el perro no estaba gruñendo: estaba dejando escapar toda una serie de chirriantes y profundos rumores, más escalofriantes que cualquier ladrido.

Joe retrocedió hacia la puerta posterior. Sus pies se enredaron con una de las sillas de la cocina. Agitó fuertemente los brazos para no perder el equilibrio y hubiera podido recuperarlo, pero, antes de que ello ocurriera, Cujo arremetió contra él como una sangrienta máquina de matar mientras unos hilos de espuma escapaban entre sus mandíbulas, volando hacia atrás.

—*¡Oh, Dios mío, no te me eches encima!* —gritó Joe.

Recordó a Gary. Se cubrió la garganta con una mano mientras con la otra intentaba repeler el ataque de Cujo. Cujo retrocedió momentáneamente, tratando de morder, con el hocico arrugado hacia atrás en una enorme sonrisa carente de humor que dejaba al descubierto unos dientes parecidos a una hilera de estacas de valla ligeramente amarillentas. Y entonces se abalanzó de nuevo.

Y esta vez fue por los testículos de Joe Camber.

—Oye, hijo, ¿quieres venir conmigo a comprar a la tienda? ¿Y después a almorzar al Mario's?

Tad se levantó.

—¡Sí! ¡Yupi!

—Vamos entonces.

Donna llevaba el bolso colgado del hombro y vestía jeans y una descolorida blusa azul. A Tad le pareció que estaba muy guapa. Se alegró de ver que no había rastro de lágrimas, porque, cuando ella lloraba, él también se echaba a llorar. Sabía que eso lo hacían sólo los niños pequeños, pero no podía remediarlo.

Se encontraba a medio camino del coche y ella se estaba sentando al volante cuando él recordó que el Pinto estaba estropeado.

—¿Mamá?

—¿Qué pasa? Sube.

Pero él vaciló un poco, como si tuviera miedo.

—¿Y si el coche se descompone?

—¿Se descom…?

Ella lo estaba mirando desconcertada y entonces él comprendió, a través de su expresión irritada, que había olvidado por completo que el coche estuviera estropeado. Él se lo había recordado y ahora ella se había vuelto a poner triste. ¿Tenía la culpa el Pinto o la tenía él? No lo sabía, pero el sentimiento de culpabilidad interior le decía que la tenía él. Después el rostro de su madre se suavizó y ella le dirigió una leve sonrisa torcida que él supo comprender muy bien que era su sonrisa especial, la que le tenía reservada sólo a él. Y se sintió mejor.

—Vamos a ir simplemente a la ciudad, Tadder. Si el viejo Pinto azul de mamá se descompone, tendremos simplemente que gastar un par de dólares en el único taxi que hay en Castle Rock para regresar a casa. ¿De acuerdo?

—Sí, muy bien.

Tad subió al vehículo y consiguió cerrar la puerta. Ella lo observó detenidamente, dispuesta a intervenir inmediatamente, y Tad supuso que estaba pensando en las últimas Navidades en que él se había machucado el pie con la puerta y había tenido que llevar un vendaje Ace durante casi un mes. Pero entonces era un niño pequeño y ahora tenía cuatro años. Ahora era un niño grande. Sabía que era cierto porque su papá se lo había dicho. Le dirigió una sonrisa a su madre para darle a entender que la puerta no le había planteado ningún problema, y ella le devolvió la sonrisa.

—¿La has cerrado fuerte?

—Fuerte —convino Tad, pero ella la volvió a abrir y cerrar porque las mamás no te creen a menos que les digas alguna cosa mala como que derramaste el contenido de la bolsa de azúcar cuando querías alcanzar la crema de cacahuate o que rompiste el cristal de una ventana cuando tratabas de arrojar una piedra hasta el tejado del estacionamiento.

173

—Ponte el cinturón —dijo ella, volviendo a ser la de siempre—. Cuando esta válvula de aguja o lo que sea empieza a tontear, el coche brinca mucho.

Con cierta aprensión, Tad se puso el cinturón de seguridad. Esperaba que no fuera a tener un accidente como los que se producían en su juego de «La aniquilación de los diez camiones». Y, más aún, que mamá no se echara a llorar.

—¿Alerones abajo? —preguntó ella, ajustándose unos anteojos invisibles.

—Alerones abajo —convino él, esbozando una sonrisa. Era un simple juego al que solían jugar.

—¿Pista libre?

—Allá vamos.

Donna hizo girar la llave de encendido y se echó en reversa por la rampa para coches. Momentos después, ya habían tomado el camino de la ciudad.

Al cabo de aproximadamente dos kilómetros ambos se relajaron. Hasta aquel momento, Donna había permanecido sentada muy erguida al volante y Tad había hecho lo mismo en el asiento del pasajero. Pero el Pinto funcionaba con tanta suavidad que parecía que acabara de salir de la cadena de montaje.

Acudieron al supermercado Agway y Donna compró comestibles por valor de cuarenta dólares, suficientes para su manutención durante los diez días en que Vic iba a estar fuera. Tad insistió en comprar otra caja de Twinkles y hubiera añadido Cocoa Bears si Donna le hubiera dejado. Recibían con regularidad suministros de Cereales Sharp, pero ahora se les habían terminado. Fue un recorrido muy ajetreado, pero, mientras esperaba en la cola de la caja (con Tad sentado en el asiento infantil del carrito, meciendo las piernas con aire distraído), Donna tuvo tiempo de hacer unos amargos comentarios acerca de lo mucho que costaban actualmente tres malditas bolsas de comestibles. No era simplemente deprimente; era alarmante. Esta idea la llevó a pensar en la aterradora posibilidad —*probabilidad,* le susurró su mente—de que Vic y Roger llegaran a perder realmente la cuenta de Sharp y, como consecuencia de ello, la misma agencia. ¿Cuánto valdrían entonces los comestibles?

Vio a una mujer gorda con un voluminoso trasero embutido en unos pantalones de color aguacate sacar del bolso un cuadernillo de cupones de alimentación de la beneficencia. Vio que la muchacha de la caja miraba de soslayo a la muchacha de la caja de al lado y tuvo la sensación de que un pánico de afilados dientes de rata le estaba mordiendo el estómago. No se podía llegar a eso, ¿verdad? ¿Se podía? No, claro que no. Pues claro que no. Antes regresarían a Nueva York, antes…

No le gustaba la forma en que sus pensamientos se estaban arremolinando y apartó debidamente todas aquellas ideas de su cerebro antes de que adquirieran el volumen de una avalancha y la sepultaran abajo de otra profunda depresión. La próxima vez no tendría que comprar café y eso le permitiría ahorrar tres dólares.

Empujó el carrito con Tad y los comestibles hasta el Pinto y colocó las bolsas en el compartimiento de atrás y a Tad en el asiento del pasajero, permaneciendo de pie y prestando atención para asegurarse de que la portezuela se cerraba, deseando cerrarla ella misma, pero comprendiendo que era algo que él consideraba que tenía que hacer. Era cosa de niño grande. Casi le había dado un ataque al corazón el pasado diciembre cuando Tad se había machucado el pie en la portezuela. ¡Cómo había *gritado*! A punto había estado ella de desmayarse… y entonces había acudido Vic, saliendo a toda prisa en bata de la casa, levantando una nube de polvo de la entrada del coche con los pies descalzos. Y ella le había permitido que se hiciera cargo de la situación y se mostrara competente, cosa que ella nunca podía hacer en casos de emergencia; por regla general, se quedaba simplemente hecha polvo. Él comprobó que no se hubiera producido una fractura del pie, se había vestido rápidamente y los había llevado en su coche a la sala de urgencias del hospital de Bridgton.

Una vez colocados los comestibles y hecho lo propio con Tad, se sentó al volante y puso en marcha el Pinto. Ahora se estropeará, pensó, pero el Pinto les condujo suavemente calle arriba hasta el Mario's, que servía unas pizzas deliciosas con las suficientes calorías como para colocarle una llanta de refacción a un tráiler. Consiguió estacionarse aceptablemente bien, terminando a sólo unos cincuenta centímetros del bordillo de la banqueta, y entró con Tad, sintiéndose mejor de lo que se había sentido en todo el día. Quizá Vic se hubiera equivocado; quizás hubiera sido simplemente cosa de la gasolina de mala calidad o suciedad en el conducto del combustible y ahora el coche hubiera conseguido eliminarla espontáneamente. No le daban ganas de ir al taller de Joe Camber. Estaba lejísimos (en lo que Vic calificaba siempre, en un alarde de refinado humor, como el Rincón de las Botas Orientales... pero, claro, él podía permitirse el lujo de utilizar un humor refinado, él era un *hombre*), y a ella le había asustado un poco Camber la única vez que lo había visto. Era la quintaesencia del yanqui de campo que gruñía en lugar de hablar y mostraba un rostro malhumorado. Y el perro... ¿cómo se llamaba? Algo que sonaba a español. Cujo, eso era. El mismo nombre que había tomado William Wolfe, el del ESL, aunque a Donna le parecía imposible creer que Joe Camber hubiera bautizado a su San Bernardo con el nombre de un radical atracador de bancos y secuestrador de ricas herederas. Dudaba que Joe Camber hubiera oído hablar alguna vez del Ejército Simbiótico de Liberación. El perro le había parecido bastante simpático aunque se hubiera puesto nerviosa al ver a Tad dándole palmadas a aquel monstruo... tan nerviosa como se ponía cuando se quedaba de pie, observándolo mientras cerraba él solo la puerta del coche. Cujo era lo bastante grande como para devorar a alguien como Tad de dos bocados.

Pidió para Tad un sándwich caliente de ternera ahumada porque la pizza no le gustaba demasiado —en eso no salió a mi familia, pensó ella—y pidió para sí misma una pizza de pimientos con cebolla y doble ración de queso. Se sentaron a una de las mesas que daban a la calle. El aliento me olerá lo bastante como para tumbar a un caballo, pensó, y después se dio cuenta de que no importaba. Había logrado, en el transcurso de las últimas seis semanas, alejar de su lado tanto a su marido como al tipo que acudía a visitarla.

Eso le hizo experimentar de nuevo una sensación de depresión que ella repelió una vez más... pero los brazos se le estaban empezando a cansar.

Ya estaban llegando a casa y Bruce Springsteen cantaba en el radio cuando el Pinto empezó de nuevo a hacer lo mismo.

Al principio hubo una leve sacudida, seguida de otra mayor. Ella empezó a pisar el acelerador; a veces daba resultado.

—¿Mamá? —preguntó Tad, alarmado.

—No pasa nada, Tad —dijo ella, pero no era cierto.

El Pinto empezó a sufrir fuertes sacudidas, lanzándolos contra los cinturones de seguridad con la suficiente fuerza como para trabar la hebilla. El motor empezó a fallar y a rugir. Cayó una de las bolsas en el compartimiento de atrás, soltando latas de conservas y botellas. Oyó el ruido de algo que se rompía.

—¡*Maldita carcacha de mierda!* —gritó con exasperada furia.

Podía ver su casa justo bajo la cresta de la colina, burlonamente cercana, pero no creía que el Pinto pudiera llegar hasta allí.

Asustado tanto por su grito como por los espasmos del vehículo, Tad empezó a llorar, contribuyendo con ello a aumentar la confusión, el enojo y la cólera de su madre.

—¡*Cállate!* —le gritó ella—. ¡*Calla, Tad, por lo que más quieras!*

Él arreció en su llanto y su mano se deslizó hacia el bulto del bolsillo de atrás en el que guardaba las Palabras del Monstruo, con la hoja doblada en forma de paquete. El hecho de tocarla hizo que se sintiese un poquito mejor. No mucho, pero sí un poquito.

Donna llegó a la conclusión de que tendría que acercarse a la banqueta y detenerse; no podía hacer nada más. Empezó a dirigirse hacia el borde de la carretera, echando mano de las últimas reservas de tracción que le quedaban al vehículo. Podrían utilizar el carrito de Tad para trasladar los comestibles hasta casa y decidir después lo que iban a hacer con el Pinto. Tal vez...

Justo en el momento en que las ruedas exteriores del Pinto aplastaban la arenosa grava del borde de la carretera, el motor se disparó dos veces y después las sacudidas desaparecieron, como había sucedido en anteriores ocasiones. Momentos después, Donna empezó a subir rápidamente hacia la rampa de la casa y se adentró en ella. Siguió subiendo, se dispuso a estacionarse, accionó el freno de emergencia, apagó el motor, se inclinó sobre el volante y se echó a llorar.

—¿Mamá? —dijo Tad, angustiado.

No llores más, trató de añadir, pero no le salió la voz y sólo pudo articular las palabras en silencio, como si se hubiera quedado mudo a causa de una laringitis. Se limitó a mirarla, con ganas de consolarla, pero sin saber cómo hacerlo. Eso de consolarla era tarea de su papá, no suya, y, de repente, odió a su padre por estar en otro sitio. La intensidad de este sentimiento lo sorprendió y lo asustó y, sin ninguna razón especial, se imaginó de repente que la puerta de su armario se abría y derramaba al exterior una oscuridad que apestaba a algo despreciable y amargo.

Por fin, ella se irguió, con el rostro abotagado. Buscó un pañuelo en la bolsa y se secó las lágrimas.

—Lo siento, mi amor. No estaba gritándote a ti. Le estaba gritando a esta... esta *cosa* —golpeó fuertemente el volante con la mano—. ¡Uy!

Se introdujo el canto de la mano en la boca y rio un poco. No era una risa alegre.

—Me parece que todavía está descompuesto —dijo Tad tristemente.

—Me parece que sí —convino ella, casi insoportablemente sola a causa de Vic—. Bueno, vamos a llevar todas estas cosas dentro. De todos modos, hemos conseguido víveres, Francisco.

—Desde luego, Pancho —dijo él—. Voy por mi carrito.

Tad bajó con su trineo y Donna lo cargó con las tres bolsas, tras haber vuelto a introducir en una de ellas las cosas que se habían caído. Lo que se había roto era una botella de cátsup. Era de suponer, ¿no? Media botella de Heinz había formado un charco en la alfombra de terciopelo verde azulado del compartimiento de atrás. Parecía que alguien se hubiera hecho el harakiri. Suponía que podría eliminar lo peor con una esponja, pero la mancha se veía. Aunque utilizara un limpiador de alfombras, temía que se viera.

Jaló el carrito hasta la puerta de la cocina, en la pared lateral de la casa, mientras Tad empujaba por detrás. Introdujo las bolsas en la cocina y estaba dudando entre guardar las cosas o bien limpiar la cátsup antes de que se empapara la alfombra cuando sonó el teléfono. Tad se echó a correr como un atleta al oír el disparo de salida. Había adquirido mucha práctica en contestar al teléfono.

—¿Bueno? ¿Quién habla?

Tad escuchó, sonrió y después le tendió el teléfono a su madre.

Imagínate, pensó ella. *Alguien que querrá hablar dos horas acerca de nada.* Dirigiéndose a Tad, preguntó:

—¿Sabes quién es, mi amor?

—Claro —contestó él—. Es papá.

El corazón de Donna empezó a latir más de prisa. Tomó el teléfono que sostenía Tad y dijo:

—¿Sí? ¿Vic?

—Hola, Donna.

Era su voz, desde luego, pero tan contenida... tan *mesurada.* Le produjo la angustiosa sensación de que era precisamente lo que faltaba para rematar la cosa.

—¿Estás bien? —le preguntó.

—Claro.

—Pensaba que ibas a llamar más tarde. Si es que llamabas.

—Bueno, hemos ido directamente a Image-Eye. Son los que se encargaron de hacer todos los comerciales del Profesor Cereales Sharp y, ¿a que no sabes lo que ha ocurrido? No consiguen encontrar los jodidos carretes con los anuncios. Roger está tirándose de los pelos.

—Sí —dijo ella, asintiendo—. A él le molesta que haya modificaciones en el programa, ¿verdad?

—Eso es decir poco —Vic lanzó un profundo suspiro—. Por consiguiente, he pensado que, mientras los buscan...

179

La voz de Vic se perdió vagamente y la sensación de depresión de Donna —la sensación de estar *hundiéndose*—, una sensación muy desagradable y, sin embargo, con un carácter tan infantilmente pasivo, se convirtió en una sensación de temor mucho más activa. La voz de Vic *nunca* se perdía de aquella manera, ni siquiera cuando él estaba preocupado por las cosas que estaban ocurriendo en su extremo de la línea telefónica. Pensó en su aspecto del jueves por la noche, tan enfurecido y tan cerca del borde del abismo.

—Vic, ¿estás bien?

Pudo advertir el tono de alarma de su voz y comprendió que Vic también lo habría notado; incluso Tad levantó la mirada del cuaderno de colorear que había abierto sobre el suelo del pasillo, con los ojos brillantes y el ceño levemente fruncido en su pequeña frente.

—Sí —dijo él—. Había empezado a decirte que he pensado llamar ahora, mientras andan buscando por ahí. Me parece que esta noche no podría hacerlo. ¿Cómo está Tad?

—Tad está bien.

Donna le dirigió una sonrisa a Tad y le hizo un guiño. Tad le devolvió la sonrisa, las leves arrugas de su frente desaparecieron y él siguió aplicando colores a los dibujos. *Parece cansado y no voy a darle lata con toda esta mierda del coche,* pensó ella, pero entonces empezó a contárselo a pesar de todo.

Advirtió que se insinuaba en su voz aquel habitual tono quejumbroso de compasión de sí misma y se esforzó por eliminarlo. Pero ¿por qué demonios le estaba contando todo aquello, santo cielo? Parecía que él estuviera a punto de venirse abajo y ella estaba parloteando acerca del carburador del Pinto y de la botella de cátsup que se había derramado.

—Sí, parece que es la válvula de aguja —dijo Vic. Ahora daba la sensación de que estaba un poco mejor. Un poco menos abatido. Tal vez por tratarse de un problema de tan escasa importancia dentro del contexto de las cosas que ahora se habían visto obligados a afrontar—. ¿No ha podido atenderte Joe Camber?

—He intentado llamarle, pero no estaba en casa.

—Es probable que sí estuviera —dijo Vic—. No tiene teléfono en el estacionamiento. Por regla general le pasan los recados su mujer o su hijo. Es probable que hayan salido.

—Bueno, pero puede ser que él no estuviera…

—Desde luego —dijo Vic—. Pero lo dudo, nena. Si algún ser humano pudiera echar raíces, Joe Camber sería quien lo hiciera.

—¿Y si me arriesgo a ir con el coche hasta allí? —preguntó Donna en tono dubitativo.

Estaba pensando en los desiertos kilómetros que había entre la 117 y Maple Sugar Road… y en todo lo que había *antes* de llegar a la calle de Camber, tan apartada que ni siquiera tenía nombre. En caso de que aquella válvula de aguja decidiera dejar de funcionar del todo en algún tramo de aquella desolación, vaya problema.

—No, creo que será mejor que no lo hagas —dijo Vic—. Probablemente está en casa… a menos que alguien haya requerido sus servicios. En ese caso se habrá ido. Mala suerte.

Parecía deprimido.

—¿Qué debo hacer entonces?

—Llama a la agencia Ford y diles que necesitas que te remolquen.

—Pero…

—No, conviene que lo hagas. Si intentas recorrer los treinta y cinco kilómetros hasta South Paris, se te va a estropear con toda seguridad. Si les explicas la situación de antemano, tal vez puedan prestarte un vehículo. Si no es posible, te alquilarán un coche.

—Alquilar… Vic, ¿eso no es muy caro?

—Sí —dijo él.

Volvió a pensar que no estaba bien agobiarlo con todo aquello. Probablemente estaba pensando que ella era una buena para nada… como no fuera tal vez para acostarse con el restaurador de muebles de la localidad. Eso lo hacía muy bien. Unas ardientes lágrimas saladas, en parte de cólera y en parte de compasión de sí misma, volvieron a escocerle en los ojos.

—Me encargaré de ello —dijo, tratando desesperadamente de conservar un tono de voz normal y tranquilo.

Mantenía un codo apoyado en la pared y se cubría los ojos con la mano—. No te preocupes.

—Bueno, yo… mierda, aquí está Roger. Les ha armado un escándalo, pero han encontrado los carretes. Pásame a Tad un momento, ¿quieres?

Unas frenéticas preguntas se agolparon en la garganta de Donna. ¿Iba todo bien? ¿Pensaba él que todo podría ir bien? ¿Podrían regresar al principio y empezar otra vez? Demasiado tarde. No quedaba tiempo. Había desperdiciado el tiempo hablando del coche. Tonta y estúpida ella.

—Claro —dijo—. Él se despedirá por los dos. Oye… ¿Vic?

—¿Qué? —dijo él en tono impaciente, como si tuviera prisa.

—Te quiero —le dijo ella y, antes de que él pudiera contestar, añadió—: Aquí tienes a Tad.

Le entregó el teléfono rápidamente a Tad, casi golpeándole la cabeza con él, y cruzó la casa para salir al pórtico frontal, tropezando con un cojín que envió lejos rodando y viéndolo todo a través de un prisma de lágrimas.

Se quedó de pie en la entrada, contemplando la 117, tomándose de los codos, esforzándose por controlarse —control, maldita sea, *control*— y pensó en lo asombroso que era, ¿verdad?, lo mal que se podía encontrar una aunque físicamente no le ocurriera nada.

Podía oír a su espalda el suave murmullo de la voz de Tad, contándole a Vic que habían comido en el Mario's, que mamá había pedido su pizza favorita y que el Pinto había funcionado bien hasta casi llegar a casa. Después le dijo a Vic que lo quería. Y después se oyó el suave rumor de un teléfono al ser colgado. Comunicación cortada.

Control.

Al fin, le pareció que lo había recuperado un poco. Regresó a la cocina y empezó a colocar cada cosa en su sitio.

Charity Camber se bajó del autobús Greyhound a las tres y cuarto de aquella tarde. Brett la seguía de cerca. Sujetaba espasmódicamente la correa del bolso. Experimentó el repentino y absurdo temor de que no iba a reconocer a Holly. El rostro de su hermana, conservado en su mente como una fotografía a lo largo de todos aquellos años (la-hermana-pequeña-que-se-había-casado-bien), había desaparecido súbita y misteriosamente de su mente, dejando un brumoso espacio en blanco en el lugar que hubiera tenido que ocupar la imagen.

—¿La ves? —le preguntó Brett mientras bajaban.

Él estaba contemplando la terminal de autobuses de Stratford con alegre interés y nada más. En su rostro no había ningún temor.

—¡Déjame ver! —contestó Charity bruscamente—. Es probable que esté en la cafetería o…

—¿Charity?

Volteó y allí estaba Holly. La imagen que había conservado en su memoria volvió a su mente, pero ahora se había convertido en una diapositiva superpuesta al verdadero rostro de la mujer que estaba de pie junto al juego de los «Invasores del espacio». El primer pensamiento que se le ocurrió a Charity fue el de que Holly llevaba anteojos… ¡qué gracioso! El segundo pensamiento, que la llenó de espanto, fue el de que Holly tenía arrugas… no muchas, pero no cabía la menor duda de que las tenía. Su tercer pensamiento no fue exactamente un pensamiento. Fue una imagen tan clara, verdadera, y desgarradora como una fotografía en tonos sepia: Holly saltando al estanque de las vacas del viejo Seltzer con los calzones puestos, con las trenzas elevándose hacia el cielo y comprimiéndose las venas de la nariz con el pulgar y el índice de la mano izquierda para hacerse la graciosa. *Entonces no llevaba anteojos,* pensó Charity, y el dolor se apoderó de ella y le estrujó el corazón.

De pie a ambos lados de Holly, mirándolos tímidamente a ella y a Brett, se encontraban un niño de aproximadamente cinco años y una niña que debía tener tal vez dos y medio. El abultamiento de los calzones de la chiquilla indicaba la presencia de unos pañales. Su cochecito estaba allí cerca.

—Hola, Holly —dijo Charity, con una voz tan tenue que apenas pudo oírla.

Las arrugas eran pequeñas. Y estaban dirigidas hacia arriba, como siempre había dicho su madre que tenían que estar las buenas arrugas. Su vestido era de color azul oscuro, moderadamente caro. El colgante que lucía era una pieza de bisutería muy fina o una esmeralda muy pequeña.

Después hubo un momento, un espacio de tiempo. En él, Charity advirtió que su corazón se llenaba de una alegría tan profunda y tan completa que supo que jamás podría haber ninguna discusión acerca de lo que aquel viaje le había costado o le había dejado de costar. Porque ahora ella era *libre*, su hijo era libre. Ésta era su hermana y estos niños eran de su familia, no imágenes, sino seres de carne y hueso.

Riendo y llorando un poco, ambas mujeres avanzaron la una hacia la otra, primero con cierta vacilación y después rápidamente. Se abrazaron. Brett se quedó donde estaba. La niña, tal vez asustada, se acercó a su madre y agarró firmemente el dobladillo de su vestido, quizá para evitar que su madre y aquella señora desconocida se fueran juntas.

El chiquillo miró a Brett y después se adelantó. Llevaba unos jeans Tuffskin y una camiseta en la que figuraban impresas las palabras SOY TERRIBLE.

—Tú eres mi primo Brett —dijo el niño.

—Sí.

—Yo me llamo Jim. Como mi papá.

—Sí.

—Tú eres de Maine —dijo Jim.

A su espalda, Charity y Holly estaban hablando rápidamente, interrumpiéndose la una a la otra y riéndose por su prisa en contarlo todo en esa mugrienta terminal de autobuses situada al sur de Milford y al norte de Bridgeport.

—Sí, soy de Maine —dijo Brett.

—Tienes diez años.

—Sí.

—Yo tengo cinco, pero te puedo ganar. *¡Ka-jud!*

Le propinó a Brett un puñetazo en el vientre, obligándolo a doblarse.

Brett emitió un enorme «¡Uf!» de asombro y ambas mujeres se quedaron boquiabiertas.

—¡Jimmy! —gritó Holly en una especie de resignado horror.

Brett se irguió lentamente y vio que su madre lo estaba observando con cierta expresión de desconcierto en el rostro.

—Sí, puedes ganarme en cualquier momento —dijo Brett, esbozando una sonrisa.

Y todo estuvo bien. Vio en el rostro de su madre que todo estaba bien, y se alegró.

A las tres y media, Donna decidió dejar a Tad al cuidado de alguien e intentar llevar el Pinto al taller de Camber. Había intentado llamar de nuevo y no había habido respuesta, pero ella había imaginado que, si Camber no estaba en su taller, regresaría muy pronto, tal vez ya estuviera de vuelta cuando ella llegara… eso suponiendo *que pudiera* llegar. Vic le había dicho la semana anterior que Camber tendría probablemente alguna vieja carcacha que prestarle en caso de que el Pinto tuviera que llevarle un día de trabajo. Éste había sido el factor que la había inducido a tomar la decisión. Pensaba, no obstante, que sería un error llevarse a Tad. En caso de que el Pinto se detuviera en aquel camino vecinal y ella tuviera que ir andando, pues muy bien, pero Tad no debía tener que hacerlo.

Sin embargo, Tad tenía otras ideas.

Poco después de haber hablado con su papá, había subido a su habitación y se había tendido en la cama con un montón de Libritos Dorados. A los quince minutos, se había quedado dormido y había tenido un sueño, un sueño que parecía completamente vulgar, pero que ejerció en él un extraño y casi terrorífico poder. En su sueño, vio a un niño más grande que él lanzando una pelota de beisbol revestida de cinta aislante y tratando de golpearla. Falló dos veces, tres veces, cuatro. Al quinto intento, alcanzó la pelota… y el bate, que también estaba revestido de cinta aislante, se rompió por el mango. El niño sostuvo el mango un momento (con la cinta negra colgando) y después se agachó y recogió la parte más gruesa del bate. La contempló unos instantes,

185

meneó la cabeza con enojo y la arrojó por encima de la alta hierba que crecía al borde del vado. Después volteó y Tad vio con un repentino sobresalto, mitad de miedo y mitad de alegría, qué el niño era él mismo a la edad de diez u once años. Sí, era él. Estaba seguro.

Después el niño desapareció y quedó un espacio grisáceo. En él pudo oír dos rumores: el chirriar de unas cadenas… y el leve graznido de unos patos. En medio de aquellos rumores y de aquel espacio grisáceo, experimentó la repentina y aterradora sensación de no poder respirar, de estar ahogándose. *Y un hombre estaba surgiendo de entre la bruma…un hombre con un lustroso impermeable negro que tenía en una mano una señal de ALTO fijada a una vara. Sonreía y sus ojos eran relucientes monedas de plata. Levantó una mano para señalar a Tad y éste vio con horror que no era una mano en absoluto, eran unos huesos, y el rostro que se podía ver en el interior de la lustrosa capucha de vinilo del impermeable no era un rostro en absoluto. Era una calavera. Era…*

Despertó sobresaltado, con el cuerpo empapado en un sudor que sólo en parte se debía al calor casi explosivo que reinaba en la habitación. Se incorporó, apoyándose en los codos, y respirando en ásperos jadeos.

Snic.

La puerta del armario estaba abriéndose. Y, mientras se abría, él vio algo en su interior, sólo durante un segundo, ya que después echó a correr hacia la puerta que daba al pasillo con la mayor rapidez posible. Lo vio sólo un segundo, lo suficiente como para poder decir que no era el hombre del lustroso impermeable negro, Frank Dodd, el hombre que mataba a las señoras. No era él. Otra cosa. Algo con unos ojos enrojecidos como los ocasos ensangrentados.

Pero no podía hablarle de esas cosas a su madre, motivo por el cual se concentró en Debbie, la chica que lo cuidaba.

No quería que lo dejaran con Debbie, Debbie se portaba mal con él, siempre ponía el tocadiscos muy fuerte, etc., etc. Al ver que nada de todo eso ejercía demasiado efecto en su madre, Tad sugirió la siniestra posibilidad de que Debbie le disparara un tiro. Al cometer Donna el error de reírse sin poder remediarlo ante la idea de que la miope Debbie Gehringer, de quince años, pudiera dispararle a alguien, Tad rompió a llorar con desconsuelo y corrió a la sala. Necesitaba decirle a su madre que Debbie Gehringer tal vez no tuviera la suficiente fuerza como para mantener al monstruo encerrado en su armario... que, en caso de que oscureciera y su madre no hubiera regresado, tal vez el monstruo saliera. Podía ser el hombre del impermeable negro, o podía ser la bestia.

Donna lo siguió, lamentando haberse reído y preguntándose cómo había podido mostrarse tan insensible. El padre del niño estaba ausente y eso ya era un trastorno de por sí. No quería perder de vista a su madre ni siquiera por el espacio de una hora. Y...

¿Y no será que ha intuido parte de lo que ha estado ocurriendo entre Vic y yo? Tal vez haya oído incluso...

No, no lo creía, No podía creerlo. Todo se debía a la perturbación que se había producido en su vida habitual.

La puerta de la sala estaba cerrada. Tendió la mano hacia la manija, vaciló y decidió tocar suavemente con los nudillos. No hubo respuesta. Volvió a tocar y, al no obtener respuesta, entró en silencio. Tad se encontraba tendido en el sofá con uno de los cojines del respaldo apretado con fuerza en su cabeza. Era el comportamiento reservado a los mayores disgustos.

—¿Tad?

Sin respuesta.

—Perdona que me haya reído.

El rostro de Tad la miró desde abajo de una punta del mullido cojín color gris paloma del sofá. Había lágrimas recientes en sus mejillas.

—Por favor, ¿puedo ir contigo? —preguntó—. No hagas que me quede aquí con Debbie, mamá.

Puro teatro, pensó ella. Puro teatro y manipulación descarada. Lo reconocía (o eso creía) y, al mismo tiempo, le resultaba imposible mostrarse dura... en parte porque sus propias lágrimas estaban volviendo a amenazarla. Últimamente parecía que siempre hubiera amenaza de aguaceros en el horizonte.

—Mi amor, ya sabes cómo estaba el Pinto cuando volvimos de la ciudad. Se nos podría estropear en mitad del Rincón de las Botas Orientales y tendríamos que ir andando hasta una casa para utilizar el teléfono; tal vez estuviera muy lejos…

—¿Y qué? ¡Tengo buenas piernas!

—Lo sé, pero podrías asustarte.

Pensando en la cosa del armario, Tad gritó de repente con todas sus fuerzas:

—*¡No me asustaré!*

Su mano se había desplazado automáticamente al bulto del bolsillo posterior de los jeans en el que guardaba las Palabras del Monstruo.

—No levantes la voz de esa manera, por favor. Es horrible.

—No me asustaré—dijo él, bajando la voz—. Pero quiero ir contigo.

Ella lo miró con impotencia, sabiendo que debería llamar a Debbie Gehringer, comprendiendo que estaba siendo vergonzosamente manipulada por su hijo de cuatro años. En caso de que cediera, lo haría por razones inadecuadas. Pensó con desamparo: *Es como una reacción en cadena que no se detiene en ninguna parte y que está estropeando unos mecanismos de cuya existencia no tenía siquiera conocimiento. Oh, Dios mío, ojalá estuviera en Tahití.*

Abrió la boca para decirle enérgicamente y de una vez por todas que iba a llamar a Debbie y que podrían hacer palomitas de maíz juntos si se portaba bien, y que tendría que irse a la cama inmediatamente después de cenar si se portaba mal y que ya *basta*. En su lugar, lo que le salió fue:

—Muy bien, puedes venir. Pero puede que nuestro Pinto no consiga llegar y, si no llega, tendremos que ir andando hasta una casa y pedir que el taxi de la ciudad vaya a recogernos. Y, si tenemos que andar, no quiero tener que soportar que me des lata, Tad Trenton.

—No, yo no…

—Déjame terminar. No quiero que me des lata ni que me pidas que te lleve en brazos porque no lo haré. ¿Me has entendido?

188

—¡Sí! ¡Pues claro! —Tad saltó del sofá, olvidando todos sus pesares—. ¿Nos vamos ahora?

—Sí, supongo que sí. O... verás. ¿Por qué no preparo primero unos sándwiches? Unos sándwiches, y pondremos también un poco de leche en los termos.

—¿Por si tenemos que acampar toda la noche? —preguntó Tad en tono nuevamente dubitativo.

—No, mi amor —contestó ella, sonriendo al tiempo que lo abrazaba ligeramente—. Pero es que todavía no he conseguido hablar con el señor Camber por teléfono. Tu papá dice que eso se debe probablemente a que no tiene teléfono en el taller y no sabe que le estoy llamando. Y, a lo mejor, su esposa y su hijo han ido a algún sitio y...

—Tendría que tener teléfono en el taller —dijo Tad—. Eso es tonto.

—No vayas a decirle eso —dijo Donna rápidamente, y Tad sacudió la cabeza para decir que no—. En cualquier caso, si no hay nadie, he pensado que tú y yo podríamos comer unos sándwiches en el coche o quizás en los escalones de su casa mientras lo esperamos.

Tad batió palmas.

—¡Yupi! ¡Yupi! ¿Puedo llevarme mi lonchera de Snoopy?

—Pues claro —contestó Donna, dándose completamente por vencida.

Encontró una caja de pastelitos de higo Keebler y un par de Slim Jims (Donna pensaba que eran algo horrible, pero era el tentempié que más le gustaba a Tad hasta aquel momento). Envolvió unas cuantas aceitunas verdes y unas rodajas de pepino en papel de aluminio. Llenó de leche el termo de Tad y llenó hasta la mitad el termo más grande de Vic, el que éste se llevaba cuando iba de campamento.

Por alguna razón, la contemplación de la comida le produjo inquietud.

Miró el teléfono y pensó en la posibilidad de llamar de nuevo a Joe Camber. Después llegó a la conclusión de que era absurdo puesto que iban a ir de todos modos. Después pensó en la posibilidad de preguntarle de nuevo a Tad si no prefería que llamara a Debbie Gehringer y entonces se preguntó qué le estaba ocurriendo… Tad ya se había pronunciado con toda claridad a este respecto.

Sucedía simplemente que, de repente, no se encontraba bien. No se encontraba bien en absoluto. No era nada que pudiese identificar. Miró a su alrededor como si esperara descubrir allí la fuente de su inquietud. No la descubrió.

—¿Nos vamos, mamá?

—Sí —contestó ella con aire ausente.

Había un pizarrón para notas en la pared, junto al refrigerador, y en ella garabateó lo siguiente: *Tad y yo fuimos ido al taller de J. Camber con el Pinto. Volvemos enseguida.*

—¿Listo, Tad?

—Claro —contestó él, sonriendo—. ¿Para quién es la nota, mamá?

—Ah, podría venir Joanie con las frambuesas —dijo ella vagamente—. O tal vez Alison MacKenzie iba a enseñarme algunos productos Amway y Avon.

—Ah.

Donna le alborotó el cabello y ambos salieron juntos. El calor les azotó como un martillo envuelto en almohadas. Es probable que el muy asqueroso ni siquiera se encienda, pensó ella.

Pero se encendió.

Eran las 3:45 de la tarde.

Fueron hacia el sudeste por la carretera 117, hacia Maple Sugar Road, que se encontraba a unos ocho kilómetros de la ciudad. El Pinto se portó de manera ejemplar y, de no haber sido por los brincos y sacudidas que había dado mientras regresaban a casa tras hacer la compra, Donna se hubiera preguntado por qué había armado tanto alboroto al respecto. Pero se había producido un acceso de sacudidas, por lo que ella volvía a conducir sentada muy rígida al volante, sin superar los sesenta y cinco kilómetros por hora, desplazándose todo lo que podía hacia la derecha cada vez que se le acercaba otro coche por detrás. Y había mucho tráfico por la carretera. Se había iniciado la afluencia estival de turistas y veraneantes. El Pinto no tenía aire acondicionado, motivo por el cual viajaban con las ventanas abajo.

Un Continental con placas de Nueva York, que remolcaba una caravana gigantesca con dos monopatines en la parte de atrás, los rebasó en una curva cerrada mientras el conductor hacía sonar el claxon. La esposa del conductor, una mujer gorda con lentes oscuros tipo espejo, miró a Donna y a Tad con autoritario desprecio.

—¡Vete a la mierda! —gritó Donna, y levantó el dedo de en medio en dirección a la gorda.

La gorda apartó la mirada rápidamente. Tad estaba mirando a su madre con un poco de nerviosismo y Donna le dirigió una sonrisa.

—No te preocupes, mi amor. Vamos bien. Unos simples imbéciles de otro estado.

—Ah —dijo Tad cautelosamente.

Fíjate en mí, pensó. *La gran yanqui. Vic estaría orgulloso.* Tuvo que sonreír para sí misma porque todo el mundo sabía en Maine que, en caso de que te trasladaras a vivir aquí procedente de otro sitio, serías alguien de otro estado hasta que te colocaran en la tumba. Y en tu lápida sepulcral escribirían algo así como HARRY JONES, CASTLE CORNERS, MAINE *(originariamente de Omaha, Nebraska).*

Casi todos los turistas se estaban dirigiendo a la 302, en donde girarían al este en dirección a Naples o bien al oeste en dirección a Bridgton, Fryeburg y North Conway (New Hampshire), con sus pistas alpinas, sus parques de atracciones baratos y sus restaurantes libres de impuestos. Donna y Tad no se dirigían al cruce de la 302.

Aunque su casa daba al centro de Castle Rock con su impresionante parque municipal, los bosques cerraban ambos lados de la carretera antes de haber recorrido ocho kilómetros desde su entrada. Los bosques retrocedían ocasionalmente —un poquito—, dejando al descubierto una parcela con una casa o una caravana y, a medida que uno iba avanzando, las casas iban siendo cada vez más del tipo que su padre había llamado «barraca irlandesa». El sol brillaba todavía con fuerza y aún quedaban unas buenas cuatro horas de luz diurna, pero el vacío le estaba produciendo nuevamente una sensación de inquietud. Aquí aún no estaba tan mal, en la 117, pero, en cuanto abandonaran la carretera principal…

El punto en el que debían desviarse estaba indicado por un letrero que decía MAPLE SUGAR ROAD con letras descoloridas y casi ilegibles. Lo habían astillado considerablemente los chiquillos con sus pistolas calibre 22 y sus municiones. Era una carretera asfaltada de dos carriles, llena de baches y con el suelo levantado a causa de las heladas. Serpenteaba frente a dos o tres casas bonitas, otras dos o tres casas no tan bonitas y una vieja y destartalada caravana Road King que estaba sobre una base de hormigón medio desintegrada. Había como un metro de maleza frente a la caravana. Donna pudo ver entre las malas hierbas unos juguetes de plástico de apariencia barata. Un letrero clavado oblicuamente en un árbol al principio del camino particular decía SE REGALAN GATITOS. Un niño de abultado vientre que debía tener unos dos años estaba de pie en el camino con unos empapados pañales colgando por abajo de su diminuto miembro. Mantenía la boca abierta y se estaba hurgando la nariz con un dedo y el ombligo con otro. Mirándolo, Donna experimentó un irreprimible estremecimiento que le puso la carne de gallina.

¡Ya basta! Por Dios bendito, ¿qué te ocurre?

Los bosques volvieron a rodearlos. Un viejo Ford Fairlane del 68 con mucha pintura rojo óxido en la cubierta del motor y alrededor de los faros delanteros pasó por su lado en dirección contraria. Un muchacho con mucho pelo aparecía repantigado con indiferencia tras el volante. No llevaba camisa. El Fairlane debía circular tal vez a ciento treinta. Donna hizo una mueca. Fue el único vehículo que vieron.

La Maple Sugar Road iba subiendo con regularidad y, cuando pasaban frente a algún campo o jardín espacioso, podían contemplar un sorprendente panorama de la zona occidental de Maine en dirección a Bridgton y Fryeburg. El lago Long brillaba en lontananza como un colgante de zafiro de una mujer fabulosamente rica.

Estaban ascendiendo por la ladera de otra de aquellas colinas gastadas por la erosión (tal como se anunciaba, en los bordes de la carretera se alineaban ahora unos polvorientos alerces extenuados por el calor) cuando el Pinto empezó a brincar y a traquetear. A Donna se le atascó la respiración en la garganta mientras pensaba: *¡Vamos, vamos, cochecito asqueroso, vamos!*

Tad se removió inquieto en el asiento de al lado y sujetó con un poco más de fuerza su lonchera de Snoopy.

Ella empezó a pisar un poco más el acelerador, repitiendo mentalmente las mismas palabras una y otra vez como una plegaria inconexa: *vamos, vamos, vamos.*

—¿Mamá? ¿Es…

—Calla, Tad.

Las sacudidas se agravaron. Ella pisó el acelerador, dominada por una sensación de frustración, y el Pinto brincó hacia delante mientras el motor recuperaba una vez más su normal funcionamiento.

—¡Ya! —exclamó Tad de forma tan repentina que Donna se sobresaltó.

—Aún no hemos llegado, Tadder.

Unos dos kilómetros más allá llegaron a un cruce indicado con otro letrero de madera que decía TOWN ROAD N.° 3. Donna enfiló el camino con aire triunfal. Que ella recordara, la casa de Camber se encontraba ahora a algo más de dos kilómetros de aquí. Si el Pinto se quedaba parado, ella y Tad podrían ir a pie.

Pasaron frente a una destartalada casa con una camioneta y un viejo y oxidado coche blanco de gran tamaño y modelo antiguo en la rampa. A través del espejo retrovisor, Donna observó que las madreselvas habían crecido como locas en el lado de la casa que daba al sol. Cuando quedó atrás la casa, vieron un campo a la izquierda y el Pinto empezó a subir por una larga y empinada ladera.

A medio camino, el pequeño vehículo empezó a acusar el esfuerzo. Esta vez, las sacudidas fueron más intensas que nunca.

—¿Podrá subir, mamá?

—Sí—contestó ella, sombría.

La aguja del velocímetro bajó de sesenta a cuarenta y cinco. Donna soltó la palanca del selector de transmisión al nivel más bajo, pensando vagamente que tal vez ello sería útil para la compresión o algo por el estilo. Pero, en su lugar, el Pinto empezó a brincar más que nunca. Una descarga de rugidos emergió a través del tubo de escape, induciendo a Tad a lanzar un grito. Ahora habían bajado casi a velocidad de mantenimiento, pero podía ver la casa de Camber y el establo que le servía de taller.

Antes había dado resultado pisar a fondo el acelerador. Lo volvió a intentar y, de momento, el motor se normalizó. La aguja del velocímetro fue subiendo de veintitrés a treinta. Después, el vehículo empezó a brincar y estremecerse una vez más. Donna intentó de nuevo pisar el acelerador, pero esta vez, en lugar de recuperar su normal funcionamiento, el motor empezó a fallar. La lucecita testigo del tablero empezó a parpadear débilmente, indicando que el Pinto estaba ahora a punto de quedarse parado.

Pero no importaba porque el Pinto ya estaba avanzando trabajosamente por delante del buzón de Camber. Ya habían llegado. Había un paquete colgado de la tapa del buzón y ella pudo leer con toda claridad la dirección del remitente al pasar: J. C. Whitney & Co.

La información pasó directamente a la parte posterior de su mente sin detenerse. Su inmediata atención estaba centrada en el hecho de conseguir llegar al final del sendero. *Que se pare entonces, pensó. Tendrá que arreglarlo antes de poder entrar o salir.*

El sendero estaba un poco alejado de la casa. De haber sido todo él cuesta arriba, como el de los Trenton, el Pinto no hubiera logrado subir. Pero, tras una pequeña cuesta inicial, el camino particular de los Camber discurría llano o en ligera pendiente en dirección al espacioso establo transformado en taller.

Donna puso el vehículo en punto muerto y dejó que la tracción que le quedaba al Pinto los llevara hasta la gran puerta del establo, que aparecía entornada frente a ellos. En cuanto su pie se levantó del pedal del acelerador para pisar el freno, el motor empezó a estremecerse de nuevo… pero esta vez muy débilmente. La lucecita pulsó como un lento latido de corazón y después brilló con más intensidad. El Pinto se paró bruscamente.

Tad miró a Donna.

—Tad, compañero —le dijo ella, sonriendo—, hemos llegado.

—Sí—dijo él—, pero, ¿habrá alguien en casa?

Había una camioneta de reparto color verde oscuro estacionada al lado del establo. Era sin duda la camioneta de Camber, no la de otra persona que la hubiera llevado para que se la arreglaran. La recordaba de la última vez. Pero la luz del interior estaba apagada. Estiró el cuello hacia la izquierda y vio que las luces de la casa también estaban apagadas. Y, además, había visto un paquete colgando de la tapa del buzón.

La dirección del remitente del paquete era la de J. C. Whitney & Co. Sabía lo que era; su hermano solía recibir catálogos por correspondencia cuando era un muchacho. Vendían refacciones y accesorios de coches, así como equipo fabricado por encargo. Un paquete de J. C. Whitney para Joe Camber era lo más natural del mundo. Sin embargo, si Camber hubiera estado en casa, lo más lógico era que ya hubiera recogido su correspondencia.

No hay nadie en casa, pensó con desaliento al tiempo que experimentaba una especie de fatigada cólera contra Vic. *Siempre está en casa, seguro, el tipo echaría raíces en su taller si pudiera, ya lo creo, menos cuando yo lo necesito.*

—Bueno, vamos a verlo —dijo, abriendo su puerta.

—No puedo desabrocharme el cinturón —dijo Tad, manoseando inútilmente la hebilla.

—Bueno, no te preocupes, Tad. Yo iré por el otro lado y te soltaré.

Bajó, cerró la puerta de golpe y avanzó dos pasos en dirección a la parte anterior del vehículo con el propósito de rodear el cofre para pasar al otro lado y liberar a Tad del cinturón de seguridad. Ello ofrecería a Camber la posibilidad de salir a ver quién era la visita, si es que estaba en casa. En cierto modo, no le agradaba la idea de asomar la cabeza al interior sin anunciar previamente su presencia. Probablemente era una estupidez, pero, desde que se había producido aquella desagradable y aterradora escena con Steve Kemp en la cocina, había adquirido conciencia de lo que significaba ser una mujer sin una protección mucho mayor que la que había tenido desde que había cumplido los dieciséis años y su madre y su padre le habían permitido empezar a salir con muchachos.

El silencio le llamó inmediatamente la atención. Hacía calor y estaba todo tan tranquilo que, en cierto modo, resultaba inquietante. Había rumores, claro, pero, incluso tras llevar viviendo varios años en Castle Rock, lo máximo que podía decir a propósito de su oído era que éste había pasado de ser un «oído de gran ciudad» a ser un «oído de pequeña localidad». Sin embargo, no era en modo alguno, un «oído de campo»… y esto era auténtico campo.

Oyó el trinar de los pájaros y la música más áspera de un cuervo en algún lugar del alargado campo que se extendía por el costado de la colina por la que acababan de ascender. Soplaba una leve brisa y los robles que bordeaban el sendero formaban unos cambiantes dibujos de sombras alrededor de sus pies. Pero no podía oír ni un solo motor de coche, ni siquiera el lejano eructo de un tractor o una segadora. El oído de gran ciudad y el oído de pequeña localidad están acostumbrados sobre todo a los ruidos producidos por el hombre; los que produce la naturaleza tienden a caer fuera de la tupida red de la percepción selectiva. Una ausencia absoluta de tales sonidos produce inquietud.

Lo oiría si estuviese trabajando en el establo, pensó Donna. Sin embargo, los únicos ruidos que percibía eran los de sus propias pisadas sobre la aplastada grava de la entrada y un bajo zumbido apenas audible… Sin formularlo de una forma consciente, su mente lo catalogó como el zumbido de un transformador eléctrico de uno de los postes de la carretera.

Llegó a la altura de la cubierta del motor y estaba a punto de pasar por delante del coche cuando oyó un nuevo rumor. Un bajo y espeso gruñido.

Se detuvo e irguió inmediatamente la cabeza, tratando de identificar la procedencia del sonido, Por un instante no le fue posible y se aterrorizó de repente, no por el sonido en sí mismo sino por su aparente falta de procedencia. No estaba en ninguna parte: estaba en todas partes. Y entonces una especie de radar interno —facultad de supervivencia quizás— entró en funcionamiento y ella comprendió que el gruñido procedía del interior del taller.

—¿Mamá? —dijo Tad, asomando la cabeza por la ventana abierta hasta donde se lo permitía el cinturón de seguridad—. No puedo quitarme esta maldita...

—¡Shhh!

(gruñidos)

Donna dio un vacilante pasó atrás, con la mano derecha apoyada suavemente en la baja capota del Pinto, con los nervios sujetos por unos resortes tan delgados como filamentos, no dominada precisamente por el pánico, pero sí en un estado de vigilancia intensificada, pensando: *Antes no gruñía.*

Cujo salió del taller de Camber. Donna lo miró, notando que su respiración alcanzaba una fase de indolora pero total paralización en su garganta. Era el mismo perro, era Cujo. Pero...

Pero, oh

(oh, Dios mío)

Los ojos del perro se clavaron en los suyos. Estaban enrojecidos y húmedos. Estaban rezumando una especie de sustancia viscosa. Parecía que el perro estuviera derramando lágrimas pegajosas. Su pelaje oscuro estaba endurecido y cubierto de lodo y...

Sangre, es

(es sangre, Jesús, Jesús)

Parecía no poder moverse. No respiraba. Marea baja absoluta en sus pulmones. Había oído hablar de la paralización a causa del miedo, pero nunca había imaginado que pudiera ocurrir tan completamente. No había el menor contacto entre su cerebro y sus piernas. El retorcido filamento gris que discurría por el interior de su columna vertebral había dejado de emitir señales. Sus manos eran unos estúpidos bloques de carne situados al sur de sus muñecas, carentes de toda sensación. Se le escapó la orina. No se percató de ello, exceptuando una vaga sensación de distante calor.

Y el perro pareció darse cuenta. Sus terribles ojos irreflexivos no se apartaban ni un momento de los azules ojos desorbitados de Donna Trenton. Empezó a adelantarse lentamente, casi con languidez. Ahora se encontraba en las tablas de madera del suelo de la entrada del taller. Ahora estaba pisando la grava, a unos siete metros de distancia. No dejaba de gruñir. Era una especie de ronroneo, tranquilizador en su amenaza. La espuma escapaba del hocico de Cujo. Y ella no podía moverse en absoluto.

Entonces Tad vio el perro, reconoció la sangre que le manchaba el pelaje y lanzó un grito… un fuerte y estridente grito que hizo a Cujo mover los ojos. Y eso fue lo que pareció salvar a Donna.

Ésta dio una vacilante y torpe vuelta, golpeándose la parte inferior de la pierna contra la defensa del Pinto y experimentando una aguda punzada de dolor hasta la cadera. Rodeó corriendo la cubierta del motor del coche. El gruñido de Cujo se transformó en un desgarrador rugido de cólera mientras el perro se abalanzaba contra ella. Los pies casi le resbalaron sobre la grava suelta y sólo pudo mantener el equilibrio apoyando el brazo sobre la cubierta del motor del Pinto. Se golpeó la espinilla y lanzó un pequeño grito de dolor.

La puerta del vehículo estaba cerrada. La había cerrado ella automáticamente al bajar. El botón cromado de abajo de la manija le resultó de repente deslumbradoramente brillante, arrojándole flechas de sol a los ojos. *Jamás conseguiré abrir esta puerta, entrar y cerrarla,* pensó mientras surgía en ella la angustiosa comprensión de que tal vez estuviera a punto de morir. *No hay tiempo suficiente. Imposible.*

Consiguió abrir la puerta de un jalón. Podía oír su propio aliento, entrando y saliendo de su garganta en sollozos. Tad volvió a lanzar un grito agudo y penetrante.

Ella se sentó, casi cayendo en el asiento del conductor, pudo vislumbrar a Cujo acercándose a ella, con las patas traseras tensas, preparándose para el asalto que hubiera arrojado sus cien kilos de peso contra su regazo.

Consiguió cerrar la puerta del Pinto con ambas manos, extendiendo el brazo derecho por encima del volante y haciendo sonar el claxon con el hombro. Lo consiguió por apenas nada. Una décima de segundo después de haber cerrado la puerta, se percibió un pesado y sólido golpe, como si alguien hubiera lanzado un pedazo de leña contra el costado del coche. Los fieros rugidos de cólera del perro cesaron de repente y se hizo el silencio.

Ha perdido el sentido a causa del golpe, pensó ella histéricamente. *Gracias a Dios, gracias a Dios por...*

Pero, un momento después, la cabeza retorcida y cubierta de espuma de Cujo apareció al otro lado de la ventana, a escasos centímetros de distancia, como el monstruo de una película de horror que hubiera decidido provocar en el público un estremecimiento definitivo, saliendo de la pantalla. Pudo ver sus enormes e impresionantes dientes. Y una vez más experimentó la sensación terrible y desalentadora de que el perro la estaba mirando a *ella,* no a una mujer que casualmente se encontrara atrapada en el interior de un coche con su hijito, sino a *Donna Trenton,* como si hubiera estado esperando por allí a que ella apareciera.

Cujo empezó a ladrar de nuevo, con una sonoridad increíble incluso a través del cristal Saf-T. Y, de repente, se le ocurrió pensar que, si no hubiera subido automáticamente el cristal de la ventana al detenerse el Pinto (algo en lo que su padre siempre había insistido: detén el coche, sube los cristales de las ventanas, pon el freno, toma las llaves, cierra el vehículo), ahora se hubiera quedado sin garganta. Su sangre estaría manchando el volante, el tablero y el parabrisas. Aquella acción, tan automática que ni siquiera podía recordar realmente haberla llevado a cabo.

Emitió un grito.

El terrible rostro del perro desapareció de su vista.

Recordó a Tad y miró a su alrededor. Al verlo se sintió invadida por un nuevo temor que se hundió en ella como un clavo ardiente. El niño no se había desmayado, pero tampoco disfrutaba de plena conciencia. Aparecía reclinado en el asiento con los ojos aturdidos e inexpresivos. Su rostro estaba muy pálido y sus labios habían adquirido una coloración azulada en las comisuras.

—¡Tad! —Donna hizo chasquear los dedos bajo su nariz y él parpadeó lentamente al oír el seco rumor—. ¡Tad!

—Mamá —dijo él con voz pastosa—, ¿cómo ha conseguido salir el monstruo de mi armario? ¿Es un sueño? ¿Estoy tomando la siesta?

—Todo va a estar bien —contestó ella, estremeciéndose, sin embargo, a causa de lo que él acababa de decir a propósito de su armario—. Es…

Vio la cola del perro y la parte superior de su ancho lomo por encima del cofre del Pinto. Estaba dirigiéndose al lado del coche en el que se encontraba Tad…

Y la ventana de Tad no estaba cerrada.

Se inclinó sobre las rodillas de Tad, moviéndose con un espasmo muscular tan intenso que se lastimó los dedos con la manija de la ventana. Subió el cristal con toda la rapidez que pudo, jadeando, percibiendo cómo Tad se estremecía bajo su cuerpo.

El cristal estaba subido unas tres cuartas partes cuando Cujo se abalanzó contra la ventanilla. El hocico penetró a través de la abertura y se vio obligado a apuntar hacia arriba a causa del cristal que estaba subiendo. El estruendo de sus sonoros ladridos llenó el interior del pequeño vehículo. Tad volvió a gritar y se rodeó la cabeza con los brazos, cruzando los antebrazos sobre los ojos. Trató de hundir el rostro en el vientre de Donna, reduciendo con ello su capacidad de maniobra sobre la manija de la ventana, en su ciego esfuerzo por escapar.

—¡Mamá! ¡Mamá! ¡Mamá! *¡Haz que pare! ¡Haz que se vaya!*

Algo cálido le estaba bajando a Donna por los dorsos de las manos. Vio con creciente horror que se trataba de una mezcla de cieno y sangre que estaba brotando de la boca del perro. Echando mano de todos sus recursos, consiguió que la manija de la ventana diera otro cuarto de vuelta… y

200

entonces Cujo se retiró. Sólo pudo vislumbrar fugazmente los rasgos del San Bernardo, retorcidos y extravagantes, una absurda caricatura del simpático rostro de un San Bernardo. Después el perro volvió a apoyarse en sus cuatro patas y ella sólo pudo verle el lomo.

Ahora la manija giró con facilidad. Ella cerró la ventana y después se secó los dorsos de las manos en sus jeans, emitiendo unos pequeños gritos de repugnancia.

(Oh Jesús mío Santa María Madre de Dios)

Tad se había sumido de nuevo en aquel estado de aturdida semiinconsciencia. Esta vez, cuando hizo chasquear los dedos frente a su rostro, no hubo reacción.

Eso le va a producir algún complejo, Dios mío, ya lo creo que sí. Oh, hermoso Tad, si te hubiera dejado con Debbie.

Le sujetó por los hombros y empezó a sacudirlo nuevamente adelante y atrás.

—¿Estoy tomando la siesta? —preguntó otra vez el niño.

—No —dijo ella. El niño gimió… emitiendo un apagado y doloroso rumor que a ella le partió el corazón—. No, pero no ocurre nada, ¿Tad? Ya está todo arreglado. Ese perro no puede entrar. Las ventanas están cerradas. No puede entrar. No puede hacernos nada.

Eso produjo cierto efecto y los ojos de Tad se animaron un poco.

—Entonces vámonos a casa, mamá. No quiero estar aquí.

—Sí. Sí, ahora vamos a…

Como un gigantesco proyectil de color oscuro, Cujo brincó sobre la cubierta del motor del Pinto y se lanzó contra el parabrisas, ladrando sin cesar. Tad emitió otro grito, abrió mucho los ojos y hundió las manitas en sus mejillas, dejando en ellas unas violentas ronchas de color rojo.

—¡No nos puede hacer nada! —le gritó Donna—. ¿Me oyes? ¡No puede entrar, Tad!

Cujo golpeó el parabrisas con un rumor sordo y brincó hacia atrás, tratando de no perder el punto de apoyo sobre el cofre. Dejó toda una serie de nuevos arañazos sobre la pintura. Y apareció de nuevo.

—¡*Quiero ir a casa!*

—Abrázame fuerte, Tadder, y no te preocupes.

Qué absurdo parecía eso... pero ¿qué otra cosa podía decir?

Tad hundió el rostro en su pecho en el momento en que Cujo volvía a abalanzarse sobre el parabrisas. La espuma manchó el cristal mientras él trataba de romperlo a dentelladas. Aquellos turbios y enloquecidos ojos se clavaron en los de Donna. Voy a hacerlos pedazos, le decían. Tanto a ti como al niño. En cuanto descubra el medio de penetrar en este bote de hojalata, me los comeré vivos; los devoraré a pedazos mientras todavía estén gritando.

Rabioso, pensó ella. *Este perro está rabioso.*

Con pánico creciente, dirigió la mirada más allá del perro por encima del cofre del vehículo, posándola en la camioneta estacionada de Joe Camber. ¿Lo habría mordido el perro?

Encontró los botones del claxon y los pulsó. El claxon del Pinto empezó a sonar y el perro resbaló hacia atrás, casi perdiendo de nuevo el equilibrio.

—Eso no te gusta mucho, ¿eh? —exclamó ella con aire triunfal—. Te duele en los oídos, ¿verdad?

Volvió a tocar el claxon.

Cujo saltó de encima de la cubierta del motor.

—Mamá, por favor, vámonos a casa.

Donna hizo girar la llave de encendido. El motor arrancó y arrancó y arrancó... pero el Pinto no se puso en marcha. Por fin, ella lo apagó.

—Mi amor, ahora mismo no podemos irnos. El coche...

—¡Sí! ¡Sí! ¡Ahora! *¡Ahora mismo!*

La cabeza de Donna empezó a pulsar. Unos enormes e intensos dolores, en perfecta sincronía con los latidos de su corazón.

—Óyeme, Tad. El coche no quiere ponerse en marcha. Es cosa de la válvula de aguja. Tenemos que esperar a que se enfríe el motor. Entonces creo que funcionará. Y podremos irnos.

Lo único que tenemos que hacer es retroceder para apartarnos del sendero y apuntar hacia el pie de la colina. Entonces no

importará que se pare porque podremos deslizarnos cuesta abajo
por la pendiente aunque no funcione el motor. Si no me asusto y
piso el freno, creo que estaré en condiciones de llegar muy cerca
de la Maple Sugar Road aunque el motor no funcione... o...

Pensó en la casa situada al pie de la colina, la que tenía toda una maraña de madreselvas cubriéndole el lado este. Había gente allí. Había visto unos vehículos.

¡Gente!

Empezó a hacer sonar nuevamente el claxon. Tres bocinazos cortos y tres largos, una y otra vez, las únicas nociones de Morse que recordaba de sus dos años en las Girl Scouts. La oirían. Aunque no entendieran el mensaje, subirían a ver quién estaba armando aquel alboroto en casa de Joe Camber... y por qué.

¿Dónde estaba el perro? Ya no podía verlo. Pero no importaba. El perro no podía entrar y muy pronto acudiría alguien en su ayuda.

—Todo se arreglará —le dijo a Tad—. Ya lo verás.

Las oficinas de los Estudios Image-Eye se albergaban en un sucio edificio de ladrillo de Cambridge. Las oficinas comerciales estaban instaladas en la cuarta planta, en la quinta había una suite de dos estudios, y en la sexta y última planta había una sala de proyección con un sistema de aire acondicionado muy deficiente, en la que apenas tenían cabida dieciséis asientos colocados en hileras de cuatro.

En las primeras horas de la noche de aquel lunes, Vic Trenton y Roger Breakstone se encontraban sentados en la tercera fila de la sala de proyección, sin los sacos y con los nudos de las corbatas aflojados. Habían visto los anuncios del Profesor Cereales Sharp cinco veces cada uno. Eran exactamente veinte. De los veinte, tres correspondían a los infames comerciales de los Red Razberry Zingers.

El último carrete con seis comerciales había terminado de pasarse hacía media hora y el proyeccionista les había dado las buenas noches y se había ido a su trabajo nocturno, consistente en pasar películas en el cine Orson Welles.

Quince minutos más tarde, Rob Martin, el director de Image-Eye, se había despedido sombríamente de ellos, añadiendo que su puerta estaría abierta para ellos todo el día siguiente y el miércoles en caso de que lo necesitaran. Evitó referirse a lo que estaba en la mente de los tres. La puerta estará abierta en caso de que se les ocurra algo acerca de lo que merezca la pena hablar.

Rob tenía motivos más que justificados para mostrarse sombrío. Era un veterano de Vietnam que había perdido una pierna en la ofensiva del Tet. Había inaugurado los Estudios I-E a finales de 1970 con el dinero de su pensión de invalidez y una considerable ayuda de sus suegros. Los estudios habían estado abriéndose paso desde entonces con muchos impedimentos, recogiendo sobre todo las migajas de aquella bien surtida mesa de los medios de difusión en la que celebraban sus banquetes los más importantes estudios de Boston. Vic y Roger lo habían elegido a él porque les recordaba en cierto modo sus propias circunstancias... luchando por abrirse camino y por llegar a aquella legendaria esquina y doblarla. Y, además, Boston estaba bien porque lo tenían más a mano que Nueva York.

En el transcurso de los últimos dieciséis meses, la Image-Eye había iniciado el despegue. Rob había podido utilizar los comerciales de la Sharp para cerrar otros contratos y, por primera vez, las cosas habían adquirido un sesgo favorable. En mayo, poco antes de que se produjera el fracaso de los cereales, les había enviado a Vic y a Roger una tarjeta postal en la que se veía un autobús de Boston, alejándose. En la parte de atrás había cuatro encantadoras damas, inclinadas para mostrar sus traseros enfundados en unos jeans de alta costura. En el reverso de la postal figuraba escrito el siguiente mensaje en sensacionalista estilo periodístico: LA IMAGE-EYE CONSIGUE CONTRATO PARA HACER TRASEROS PARA LOS AUTOBUSES DE BOSTON; DÓLARES A CARRETONADAS. Había tenido gracia. Ahora ya había desaparecido la euforia. Desde el fracaso de los Zingers, dos clientes (uno de ellos de Cannes-Look Jeans) habían cancelado sus contratos con la I-E y, en caso de que Ad Worx perdiera la cuenta de

Sharp, Rob perdería otros contratos, aparte del de Sharp. Ello le había producido enojo y miedo… emociones que Vic comprendía perfectamente.

Llevaban casi cinco minutos sentados, fumando en silencio, cuando Roger dijo en voz baja:

—Casi me dan ganas de vomitar, Vic. Veo a este tipo sentado sobre el escritorio y mirándome con cara de mosquita muerta, tomando un bocado de esos cereales con el colorante que destiñe y diciendo: «No, no hay nada de malo aquí», es que me duele el estómago. Me duele físicamente el estómago. Me alegro de que el proyeccionista haya tenido que irse. Si los hubiera contemplado una vez más, hubiera tenido que echar mano de una bolsa para el mareo.

Apagó la colilla del cigarro en el cenicero que había en el brazo de su sillón. Parecía enfermo; en su rostro se observaba un brillo amarillento que a Vic no le gustaba en absoluto. Se le podía llamar neurosis de guerra, fatiga de combate o lo que se quisiera, pero lo que se quería decir con ello era que uno se estaba cagando de miedo y se sentía atrapado en una guarida de ratas. Era estar mirando en la oscuridad y ver algo que estaba a punto de devorarlo a uno.

—Yo no hacía más que decirme que vería algo —dijo Roger, haciendo ademán de sacar otro cigarro—. Algo, ¿comprendes? No podía creer que fuera tan malo como parecía. Pero el efecto acumulativo de estos comerciales… es como ver a Jimmy Carter diciendo: «Nunca les mentiré a ustedes» —dio una calada al nuevo cigarro, hizo una mueca y lo apagó en el cenicero—. No me extraña que George Carlin y Steve Martin y el maldito *Saturday Night Live* alcanzaran un éxito tan fabuloso. Ese tipo me resulta ahora tan hipócrita…

Su voz había adquirido un súbito temblor lloroso. Cerró la boca de golpe.

—Tengo una idea —dijo Vic serenamente.

—Sí, dijiste algo en el avión —Roger lo miró, pero sin excesiva esperanza—. Si tienes alguna, oigámosla.

—Yo creo que el Profesor Cereales Sharp tiene que hacer otro comercial —dijo Vic—. Creo que tenemos que convencer de ello al viejo Sharp. No al chico. Al viejo.

—¿Y qué va a vender ahora el viejo «profe»? —preguntó Roger, retorciendo otro ojal de la camisa para desabrocharlo—. ¿Veneno raticida o Agente Naranja?

—Vamos, Roger. Nadie se envenenó.

—Pero es casi lo mismo —dijo Roger, soltando una estridente carcajada—; a veces me pregunto si entiendes realmente lo que significa hacer un anuncio. Es agarrar a un lobo por la cola. Bueno, pues, esta vez el lobo se nos ha escapado y está a punto de volver para devorarnos enteros.

—Roger...

—Éste es el país en el que salta a la primera plana de los periódicos la noticia de que un grupo de consumidores ha pesado una hamburguesa cuarto de libra de McDonald's y ha descubierto que pesa algo menos de un cuarto de libra. En el que alguna oscura revista de California publica un informe según el cual una colisión trasera puede provocar una explosión del depósito de gasolina en los Pintos y la Ford Motor Company tiembla hasta sus cimientos...

—No me hables de eso —dijo Vic, riéndose forzadamente—. Mi mujer tiene un Pinto. Bastantes problemas tengo ya.

—Lo único que te estoy diciendo es que el hecho de que el Profesor Cereales Sharp aparezca en otro anuncio se me antoja tan inoportuno como una repetición del discurso sobre el estado de la Unión por parte de Richard Nixon. Está en entredicho, Vic, ¡está hecho polvo por completo! —Roger hizo una pausa mirando a Vic; Vic le devolvió una mirada muy seria—. ¿Qué quieres que diga?

—Que lo lamenta.

Roger parpadeó, mirándolo por un instante con ojos vidriosos. Después echó la cabeza hacia atrás y soltó una carcajada entrecortada.

—Que lo lamenta. ¿Que *lo lamenta*? Vaya por Dios, qué maravilla. ¿Y ésa era la gran idea?

—Espera, Rog. Es que no me das ninguna oportunidad. Eso no es propio de ti.

—No —dijo Roger—, creo que no. Dime lo que quieres decir, pero no puedo creer que estés hablando...

—¿En serio? Hablo completamente en serio. Tú tomaste los cursos. ¿Cuál es la base de una publicidad exitosa? ¿Cuál es el propósito del anuncio?

—La base de una publicidad exitosa es el hecho de que la gente quiere creer. El hecho de que sea la propia gente la que venda.

—Sí. Cuando el mecánico de la Maytag dice que él es el tipo más solitario de la ciudad, la gente quiere creer de veras que existe en algún lugar un sujeto semejante que no hace otra cosa más que oír el radio y masturbarse quizá de vez en cuando. La gente quiere creer que sus Maytags *nunca* necesitarán ser objeto de una reparación. Cuando aparece Joe DiMaggio y dice que Mr. Coffee ahorra café y ahorra dinero, la gente quiere *creerlo*. Si...

—Pero ¿acaso no es por eso por lo que nos encontramos metidos en este lío? Querían creer en el Profesor Cereales Sharp y éste les ha defraudado, de la misma manera que querían creer en Nixon y *él*...

—¡Nixon, Nixon, Nixon! —exclamó Vic, sorprendiéndose de su propia vehemencia—. ¡Te estás cegando con esa comparación en concreto, te la he oído dos docenas de veces desde que ocurrió el desastre, ¡y *no encaja*!

Roger le estaba mirando fijamente con expresión perpleja.

—Nixon era un cuentista, sabía que era un cuentista y dijo que no era un cuentista. El Profesor Cereales Sharp dijo que no había nada de malo en los Red Razberry Zingers, y *había* algo de malo, pero él no lo sabía —Vic se inclinó hacia delante y empujó suavemente con el dedo el brazo de Roger para subrayar mejor sus palabras—. No hubo mala fe. Y tiene que decir eso, Rog. Tiene que comparecer ante el público norteamericano y decirle que no hubo mala fe. Lo que hubo fue un error cometido por una empresa que fabrica colorantes para el sector de la alimentación. El error no lo cometió la Sharp Company. Tiene que decir eso. Y, sobre todo, tiene que decir que siente que se produjera este error y que, a pesar de que nadie sufrió ningún daño, lamenta que la gente se asustara.

Roger asintió y después se encogió de hombros.

—Sí, comprendo la intención. Pero ni el viejo ni el chico lo aceptarán, Vic. Quieren enterrar al…

—¡Sí, sí, sí! —gritó Vic, casi obligando a Roger a dar un brinco. Se levantó de un salto y empezó a pasear sincopadamente arriba y abajo por el corto pasillo de la sala de proyecciones—. Pues claro que sí, tienen razón, está muerto y lo tienen que enterrar, el Profesor Cereales Sharp tiene que ser enterrado, los Zingers ya han sido enterrados. Pero lo que tenemos que hacerles comprender es que no se puede celebrar un entierro a *medianoche.* ¡Ésta es la cuestión principal! Su deseo es el de actuar como un jefe de la mafia… o como un pariente asustado que está enterrando a una víctima del cólera —Vic se inclinó hacia Roger hasta casi rozarle la nariz con la suya—. Nuestra misión es hacerles comprender que el Profesor Cereales Sharp nunca podrá descansar en paz a menos que lo entierren a plena luz del día. Y a mí me gustaría que todo el país participara en su entierro.

—Estás loc… —empezó a decir Roger… pero después cerró la boca de golpe.

Por fin Vic pudo ver que aquella asustada y vaga expresión desaparecía de los ojos de su socio. Una súbita luz perspicaz apareció en el rostro de Roger y la expresión de pánico fue sustituida por otra levemente alocada. Roger empezó a sonreír. Vic se alivió tanto al ver aquella sonrisa que, por primera vez desde que había recibido la nota de Kemp, se olvidó de Donna y de lo que había sucedido. El trabajo lo absorbió por completo y sólo más tarde se preguntaría, con cierto asombro, cuánto tiempo hacía que no experimentaba aquella pura, emocionante y maravillosa sensación de estar plenamente enfrascado en algo que sabía hacer muy bien.

—A primera vista, queremos simplemente que repita las cosas que Sharp ha estado diciendo, desde que ocurrió —añadió Vic—. Pero cuando las diga *el propio* Profesor Cereales…

—Se habrá cerrado el círculo —murmuró Roger, encendiendo otro cigarro.

—Exactamente. Tal vez podamos planteárselo al viejo como la escena final de la comedia de los Red Razberry Zingers. Confesándolo todo. Dejándolo a nuestra espalda…

—Tomando una medicina amarga. Sí, eso le gustaría al viejo chivo. Pública penitencia… azotarse con látigos…

—Y, en lugar de irse como un circunspecto individuo que se ha caído de sentón en un charco de lodo en medio de las risas de todo el mundo, se va como Douglas MacArthur, diciendo que los viejos soldados nunca mueren sino que simplemente desaparecen. Ésta es la superficie de la cosa. Pero, por abajo, estamos buscando un *tono*… un *sentimiento*…

Vic estaba cruzando la frontera del territorio de Roger. Si pudiera delinear la forma de lo que pretendía decir, la idea que se le había ocurrido mientras tomaba café en el Bentley's, Roger seguiría a partir de allí.

—MacArthur —dijo Roger suavemente. Es eso, ¿no? El tono es de despedida. La sensación es de pesadumbre. Producir en la gente la impresión de que ha sido tratado injustamente, pero que ahora ya es demasiado tarde. Y…

Roger miró a Vic casi con sobresalto.

—¿Qué?

—Periodo de máxima audiencia —dijo Roger.

—¿Cómo?

—Los comerciales. Los pasaremos en el periodo de máxima audiencia. Los anuncios van destinados a los padres, no a los chicos. ¿De acuerdo?

—Sí, sí.

—Si conseguimos hacer las malditas cosas.

—Conseguiremos hacerlas —dijo Vic, sonriendo. Y, utilizando una de las expresiones de Roger cuando se refería a un buen proyecto de anuncio, añadió—: Es una bomba, Roger. La lanzaremos contra ellos en caso necesario. Siempre y cuando se nos pueda ocurrir algo concreto antes de ir a Cleveland…

Permanecieron sentados, hablando en la minúscula sala de proyecciones, por espacio de otra hora, y cuando se fueron para regresar al hotel, agotados y sudorosos, ya había anochecido por completo.

—¿Podemos irnos ahora a casa, mamá? —preguntó Tad en tono apático.

—Muy pronto, mi amor.

Donna contempló la llave introducida en la ranura del encendido. Había otras tres llaves en el llavero: la de la casa, la del estacionamiento y la del compartimiento de atrás del Pinto. Había un trozo de cuero con una seta grabada en él, colgando del llavero. Había comprado el llavero en Swanson's, unos grandes almacenes de Bridgton, en abril. En abril, cuando estaba tan decepcionada y asustada, sin saber realmente lo que era el auténtico miedo; el auténtico miedo era tratar de cerrar la ventana de tu hijo mientras un perro rabioso te babea sobre las manos.

Se inclinó hacia delante y rozó con la mano el trozo de cuero. Pero volvió a apartar la mano.

La verdad era ésa: le daba miedo intentarlo.

Eran las siete y cuarto. El día estaba aún claro, si bien la sombra del Pinto se estaba alargando casi hasta la entrada del taller. Aunque ella no lo sabía, su marido y su socio estaban presenciando la proyección de los anuncios del Profesor Cereales Sharp en la Image-Eye Cambridge. No sabía por qué nadie había contestado al SOS que ella había lanzado. De haberse tratado de una novela, hubiera acudido alguien. Hubiera sido la recompensa a la heroína, por habérsele ocurrido aquella idea tan inteligente, Pero nadie había acudido.

No cabía duda de que el sonido había llegado hasta la destartalada casa del pie de la colina. A lo mejor era que estaban borrachos. O tal vez los propietarios de los dos coches del sendero particular (*patio de entrada,* se corrigió automáticamente con el pensamiento, *aquí lo llaman patio de entrada*) se habían ido a otro lugar en un tercer vehículo. Pensó que ojalá pudiera ver la casa desde aquí, pero la pendiente de la colina se la ocultaba.

Por fin, había decidido dejar de emitir el SOS. Temía que el hecho de seguir tocando el claxon agotara la batería del Pinto que venía utilizando desde que habían comprado el coche. Seguía creyendo que el Pinto se pondría en marcha cuando el motor se enfriara lo suficiente. Era lo que siempre había ocurrido en anteriores ocasiones.

Pero temes intentarlo porque si no se pone en marcha... ¿qué?

Estaba a punto de hacer girar la llave de encendido cuando el perro apareció de nuevo ante sus ojos. Lo había perdido de vista porque se había tendido en el suelo delante del Pinto. Ahora se dirigía despacio hacia el establo, con la cabeza agachada y la cola colgando. Vacilaba y se tambaleaba como un borracho, una vez finalizada la amarga y prolongada sesión de bocinazos. Sin mirar hacia atrás, Cujo desapareció entre las sombras del interior del edificio.

Donna apartó de nuevo la mano de la llave.

—Mamá, ¿no nos vamos?

—Déjame pensar, mi amor —dijo ella.

Miró a su izquierda, a través de la ventana del conductor. Ocho pasos rápidos la conducirían a la puerta de atrás de la casa de Camber. En la preparatoria era la estrella del equipo femenino de atletismo en pista y aún salía a correr con regularidad. Podría ganar al perro en la carrera hasta la puerta y entrar, estaba segura. Habría un teléfono. Una llamada al despacho del alguacil Bannerman y terminaría el horror. Por otra parte, en caso de que tratara de poner en marcha el motor, cabía la posibilidad de que éste no se pusiera en marcha... pero llamaría inmediatamente la atención del perro. Apenas sabía nada de la rabia, pero le parecía recordar haber leído alguna vez que los animales rabiosos eran casi sobrenaturalmente sensibles a los sonidos. Los ruidos fuertes los volvían locos.

—¿Mamá?

—Shhh, Tad. ¡Shhh!

Ocho pasos rápidos. Pruébalo.

Aunque Cujo estuviera acechando y vigilando desde el interior del estacionamiento sin que ella lo viera, estaba segura —lo *sabía*— que podría ganar una carrera hasta la puerta de atrás. El teléfono, sí. Y… un hombre como Joe Camber debía tener sin duda una escopeta. Tal vez tuviera un estante lleno. ¡Con qué gusto le volaría la cabeza a aquel maldito perro para acabar con toda aquella historia!

Ocho pasos rápidos.

Claro. Pruébalo.

¿Y si la puerta que daba al pórtico estaba cerrada?

¿Merece la pena correr el riesgo?

El corazón empezó a latirle con fuerza en el pecho mientras sopesaba las posibilidades. Si hubiese estado sola, la cosa hubiera sido distinta. Pero ¿y si la puerta estaba cerrada? Podía ganarle al perro en la carrera hasta la puerta, pero no en la carrera hasta la puerta y después vuelta al coche. No le sería posible en caso de que se acercara corriendo y la embistiera tal como lo había hecho antes. ¿Y qué haría Tad? ¿Y si Tad viera a su madre salvajemente atacada por un perro furioso de cien kilos, desgarrada y mordida, destripada…?

No. Aquí estaban seguros.

¡Intenta otra vez poner en marcha el motor!

Extendió la mano hacia la llave de encendido mientras parte de su mente le gritaba que sería más prudente esperar un poco más hasta que el motor estuviera completamente frío…

¿Completamente frío? Ya llevaban ahí tres horas o más.

Tomó la llave y la hizo girar.

El motor arrancó brevemente una, dos, tres veces… y después se puso en marcha con un rugido.

—¡Oh, gracias a Dios! —exclamó ella.

—¿Mamá? —gritó Tad con voz estridente—. ¿Nos vamos? ¿Nos vamos?

—Nos vamos —dijo ella con expresión sombría, poniendo la palanca en reversa. Cujo salió del establo… y se quedó de pie, observando—. *¡Vete a la mierda, perro!* —le gritó ella, triunfal.

Pisó el acelerador. El Pinto retrocedió unos sesenta centímetros… y se paró.

—*¡No!* —gritó ella mientras las estúpidas luces rojas volvían a encenderse.

Cujo se había adelantado otros dos pasos cuando el motor se paró, pero ahora se había quedado allí en silencio, con la cabeza abachada. Me está *observando,* pensó ella de nuevo. Su sombra se alargaba detrás de él, tan nítida como una silueta recortada en papel rizado de color negro.

Donna manoseó de nuevo el encendido y pasó de la posición de funcionamiento a la de arranque. El motor empezó a girar de nuevo, pero esta vez no se puso en marcha. Estaba percibiendo un áspero jadeo en sus propios oídos y tardó varios segundos en darse cuenta de que era ella la que estaba emitiendo aquel ruido... en cierta vaga manera, había imaginado que debía ser el perro. Accionó el mecanismo de arranque, haciendo unas horribles muecas, lanzando maldiciones, olvidándose de Tad, soltando unas palabrotas que ni siquiera pensaba que conociera. Y Cujo permaneció allí todo el rato, con la sombra alargándose desde sus patas como una especie de surrealista manto fúnebre, observando.

Finalmente, se tendió en la entrada de coches, como si llegara a la conclusión de que no tenían ninguna posibilidad de escapar. Lo odió entonces mucho más que cuando había tratado de penetrar por la ventana de Tad.

—*Mamá... mamá... ¡mamá!*

De lejos. Sin importancia. Lo importante ahora era el asqueroso cochecito de mierda. Iba a ponerse en marcha. Ella lo *obligaría* a ponerse en marcha con la *fuerza... de su voluntad.*

No tuvo idea de cuánto rato, en términos reales, permaneció inclinada sobre el volante con el cabello cayéndole sobre los ojos, tratando en vano de accionar el mecanismo de arranque. Lo que al final pudo percibir no fue el llanto de Tad —convertido ahora en lloriqueo— sino el rugido del motor. El motor arrancaba enérgicamente durante cinco segundos, se apagaba, volvía a ponerse enérgicamente en marcha durante otros cinco y se apagaba de nuevo. Y parecía que los periodos de detención eran cada vez más prolongados.

Estaba agotando la batería.

Se detuvo.

Salió de ello poco a poco, como una mujer que se estuviera recuperando de un desmayo. Recordó una gastroenteritis que había padecido en su época de estudiante —todo lo que tenía dentro había subido en elevador o bien bajado en tobogán— y, hacia el final, se había desmayado en uno de los baños de la residencia. La recuperación de la conciencia había sido algo muy parecido, como si fueras la misma, pero un pintor invisible estuviera añadiéndole color al mundo, dándole primero una buena capa y después otra más fuerte. Los colores te gritaban. Todo parecía falso y de plástico, como el decorado de un escaparate de unos grandes almacenes... SALTO A LA PRIMAVERA tal vez, O LISTOS PARA LA JUGADA INICIAL.

Tad estaba apartándose de ella, con los ojos fuertemente cerrados y el pulgar de una mano metido en la boca. Mantenía la otra mano comprimida contra el bolsillo de atrás en el que guardaba las Palabras del Monstruo. Su respiración era rápida y superficial.

—Tad —le dijo ella—. No te preocupes, mi amor. Saldremos pronto de aquí.

—Mamá, ¿estás bien?

La voz de Tad era poco más que un apagado susurro.

—*Sí.* Y tú también. Por lo menos, estamos a salvo. Esta vieja carcacha se pondrá en marcha. Espera y verás.

—Creí que estabas enojada conmigo.

Ella lo tomó en brazos y lo estrechó con fuerza. Percibía el olor del sudor en su cabello y un leve aroma residual de champú Johnson's Sin Lágrimas. Pensó en aquel frasco conservado sano y salvo, en el segundo estante del botiquín del baño de arriba. ¡Si pudiera tocarlo! Pero lo único que podía percibir aquí era aquel leve y casi moribundo perfume.

—No, mi amor, contigo no. Contigo nunca —le dijo, y Tad la abrazó a su vez.

—Aquí no nos puede atrapar, ¿verdad?

—No.

—No puede... no puede entrar a mordernos, ¿verdad?

—No.

—Lo odio —dijo Tad en tono reflexivo—. Ojalá se muriera.

—Sí, yo también lo deseo.

Donna miró a través de la ventana y vio que el sol estaba a punto de ponerse. Un temor supersticioso se apoderó de ella al pensarlo. Recordó los juegos al escondite de su infancia, que siempre terminaban cuando las sombras se juntaban las unas con las otras y se convertían en lagunas de color púrpura, aquella mística llamada resonando por las calles suburbiales de su infancia, talismánica y distante, la cristalina voz de un niño, anunciando que las cenas estaban servidas, que las puertas se iban a cerrar contra la noche:

«¡Todos a casa! ¡Todos a casa!»

El perro la estaba mirando. Era una locura, pero ya no podía dudarlo. Sus insensibles y enfurecidos ojos estaban clavados sin vacilar en los suyos.

No, son figuraciones tuyas. No es más que un perro, y un perro enfermo, por si fuera poco. Bastante grave es ya la situación de por sí para que encima veas en los ojos de este perro algo que no es posible.

Se lo dijo a sí misma. Y, minutos más tarde, se dijo también que los ojos de Cujo eran como los ojos de algunos retratos que parecen seguirte dondequiera que te desplaces en la habitación en la que están colgados. Pero el perro la estaba mirando. Y… y había algo que le resultaba familiar en todo ello.

No, se dijo a sí misma, tratando de rechazar la idea, pero ya era demasiado tarde.

Lo has visto antes, ¿verdad? La mañana siguiente a la primera pesadilla que tuvo Tad, la mañana en que las cobijas y las sábanas volvían a estar sobre la silla con el osito encima y, por un instante, cuando abriste el armario, sólo viste una figura recostada de ojos enrojecidos, algo en el interior del armario de Tad, dispuesto a abalanzarse, era él, era Cujo. Tad había tenido razón desde el principio, sólo que el monstruo no estaba en su armario… estaba aquí. Estaba

(ya basta)

aquí, esperando que

215

(¡Ya basta, Donna!)

Miró al perro e imaginó poder oír sus pensamientos. Unos pensamientos muy sencillos, Las mismas cosas repetidas una y otra vez, a pesar del torbellino de su enfermedad y su delirio.

Matar a la MUJER. *Matar* al NIÑO. *Matar* a la MUJER. *Matar*…

Ya basta, se ordenó a sí misma severamente. *El perro no piensa y no es ningún coco maldito salido del armario de un niño. Es un perro que está enfermo y nada más. Ahora vas a creer que el perro es un castigo de Dios por haber cometido…*

Cujo se levantó de repente —casi como si ella lo hubiera llamado— y volvió a desaparecer en el interior del establo.

(casi como si yo lo hubiera llamado)

Soltó una temblorosa carcajada semihistérica.

—¿Mamá? —dijo Tad, mirándola.

—Nada, mi amor.

Donna contempló las negras fauces del estacionamiento-establo y después la puerta de atrás de la casa. *¿Cerrada? ¿Abierta? ¿Cerrada? ¿Abierta?* Pensó en una moneda lanzada al aire una y otra vez. Pensó en la cámara de una pistola dando vueltas, cinco agujeros vacíos, uno cargado. *¿Cerrada? ¿Abierta?*

El sol se puso y lo único que perduró del día fue una línea blanca pintada en el horizonte occidental. No parecía más gruesa que la franja blanca pintada en el centro de una autopista. Muy pronto desaparecería. Los grillos cantaban entre las altas hierbas de la derecha de la entrada, emitiendo un alegre e insensato chirrido.

Cujo estaba todavía en el establo. ¿Durmiendo?, se preguntó ella. ¿Comiendo?

Eso le hizo recordar que había llevado un poco de comida. Introdujo la mano por entre los dos asientos delanteros y tomó la lonchera de Snoopy y la bolsa de papel estraza. El termo había ido a parar al fondo de todo, probablemente cuando el vehículo había empezado a brincar y a estremecerse

216

mientras subían por la carretera. Tuvo que estirarse para poder alcanzarlo con los dedos y los bordes de la blusa se le salieron. Tad, que estaba medio adormilado, se despertó. Su voz se llenó inmediatamente de un agudo pánico que indujo a Donna a odiar todavía más a aquel maldito perro.

—¿Mamá? ¿*Mamá*? ¿Qué estás…?

—Sacando la comida —dijo ella en tono tranquilizador—. Y mi termo… ¿ves?

—Ah, bueno.

Tad se reclinó de nuevo en su asiento y volvió a introducirse el pulgar en la boca.

Ella sacudió suavemente el termo junto a su oído, prestando atención por si se percibía rumor de vidrio roto. Sólo pudo percibir el rumor sibilante de la leche, agitándose en su interior. Ya era algo, por lo menos.

—¿Tad? ¿Quieres comer?

—Quiero tomar una siesta —dijo él alrededor del pulgar, sin abrir los ojos.

—Tienes que alimentar la máquina, compañero —le dijo ella.

—No tengo hambre —contestó él sin esbozar siquiera una sonrisa—. Tengo sueño.

Ella lo miró preocupada y llegó a la conclusión de que sería un error seguir insistiendo en el asunto. El sueño era el arma natural de Tad —tal vez la única de que disponía— y ya pasaba media hora de su habitual hora de acostarse. Claro que, si hubieran estado en casa, él se hubiera tomado un vaso de leche y un par de pastelitos antes de cepillarse los dientes… y le hubieran leído un cuento, uno de los que había en alguno de sus libros de Mercer Mayer tal vez… y…

Notó el ardiente aguijón de las lágrimas y trató de apartar todos aquellos pensamientos. Donna abrió su termo con manos temblorosas y llenó media taza de leche. La dejó sobre el tablero y tomó uno de los pastelitos de higo. Tras haber tomado un bocado, se percató de que estaba absolutamente hambrienta. Se comió otros tres pastelitos, bebió un poco de leche, se tragó cuatro o cinco aceitunas verdes y terminó de beber el contenido de la taza.

Eructó suavemente... y después contempló con más detenimiento el establo.

Ahora se observaba frente a éste una sombra más oscura. Sólo que no era una sombra. Era el perro. Era Cujo.

Nos está vigilando.

No, no lo creía. Y tampoco creía haber tenido una visión de Cujo en un montón de cobijas apiladas en el armario de su hijo. No lo creía... pero... una parte de sí misma lo creía. Sin embargo, esa parte no estaba en su mente.

Levantó los ojos hacia el espejo retrovisor que apuntaba a la carretera. Ahora estaba demasiado oscuro para poder verla, pero ella sabía que estaba allí, como también sabía que nadie iba a pasar. Cuando habían venido aquí la otra vez en el Jag de Vic, los tres juntos *(el perro era cariñoso entonces,* musitó su cerebro, *Tadder le hizo unas caricias y se rio, ¿recuerdas?),* riéndose y pasándolo muy a gusto, Vic le dijo que hasta hacía cinco años el vertedero de basura de Castle Rock había estado al final de la calle Town Road número 3. Después había entrado en funcionamiento la nueva planta de tratamiento de basura al otro lado de la ciudad y ahora, a unos quinientos metros de la casa de Camber, la carretera terminaba simplemente en un punto en el que habían tendido una gruesa cadena. El letrero que colgaba de la cadena decía: PROHIBIDO EL PASO VERTEDERO CERRADO. Más allá de la casa de los Camber no había lugar adonde ir.

Donna se preguntó si algunas personas que buscaran un lugar auténticamente solitario en el que estacionarse no pasarían tal vez por allí, pero no podía imaginar siquiera que los más vehementes muchachuelos de la localidad quisieran acariciarse en el antiguo vertedero de la ciudad. En cualquier caso, aún no había pasado nadie.

La blanca línea del horizonte occidental se había difuminado, convirtiéndose ahora en un simple resplandor crepuscular... y ella temía que hasta eso no fuera más que una ilusión. No había luna.

Increíblemente, ella también se sentía soñolienta. Tal vez el sueño fuera también su arma natural. ¿Qué otra cosa se podía hacer? El perro estaba todavía allí fuera (por lo menos, eso le parecía; había oscurecido tanto que resultaba difícil poder decir si aquello era una verdadera forma o simplemente una sombra). La batería tenía que descansar. Después lo intentaría de nuevo. Por consiguiente, ¿por qué no dormir?

El paquete en el buzón de la correspondencia. El paquete de J. C. Whitney.

Se incorporó un poco y frunció el ceño con gesto de perplejidad. Volvió la cabeza, pero, desde su lugar, la esquina frontal de la casa le impedía ver el buzón. ¿Por qué había pensado en eso? ¿Tenía algún significado?

Tenía aún en la mano el tupperware con las aceitunas y las rodajas de pepino, todo ello envuelto pulcramente en plástico autoadherible marca Saran. En lugar de seguir comiendo, cubrió cuidadosamente el tupperware con la tapadera blanca de plástico y lo guardó de nuevo en la lonchera de Tad. No pensó demasiado en los motivos que la estaban induciendo a ser tan cuidadosa con la comida. Se reclinó en su asiento y empujó la palanca que lo echaba hacia atrás. Tenía intención de pensar en el paquete colgado sobre el buzón —aquello significaba algo, estaba casi segura—, pero muy pronto su mente se deslizó hacia otra idea, una idea que adquirió intensos visos de realidad mientras ella empezaba a dormirse.

Los Camber se habían ido a visitar a unos parientes. Los parientes vivían en alguna localidad que estaba quizás a dos o tres horas de viaje. Kennebunk quizás. O Hollis. O Augusta. Era una reunión familiar.

Su mente, que ya estaba empezando a soñar, vio una reunión de cincuenta personas o más en un verde prado con una extensión y belleza propias de anuncio de televisión. Había un asador de piedra en el que se observaba un leve rescoldo. Junto a una alargada mesa de tijera había por lo menos cuatro docenas de personas, pasando bandejas de elotes y platos de frijoles preparados en casa: frijoles pequeños, frijoles al horno y frijoles rojos. Había bandejas de salchichas Francfort cocinadas en el asador (el estómago de Donna emitió un prolongado ruido ante esta visión). Sobre la mesa había un sencillo mantel a cuadros. Todo ello lo presidía una encantadora anciana de puro cabello blanco recogido en un moño en la nuca. Ahora ya plenamente inserta en la cápsula de su sueño, Donna vio sin la menor sorpresa que aquella mujer era su madre.

Los Camber estaban allí, pero en realidad no eran los Camber. Joe Camber se parecía a Vic, enfundado en un pulcro overol de Sears, y la señora Camber lucía el vestido de muaré verde de Donna. Su hijo mostraba el aspecto que iba a ofrecer Tad cuando estuviera en quinto grado…

—¿Mamá?

La escena fluctuó y empezó a quebrarse. Ella trató de detenerla porque era pacífica y encantadora: el arquetipo de una vida familiar que ella nunca había conocido, de la clase que ella y Vic jamás conocerían con el hijo único que habían planeado y sus vidas cuidadosamente programadas. Con una súbita y creciente tristeza, se preguntó por qué no había pensado jamás en las cosas desde aquel punto de vista.

—¿Mamá?

La escena fluctuó de nuevo y empezó a esfumarse. Una voz exterior picando la visión al modo en que una aguja podría picar la cáscara de un huevo. No importaba. Los Camber estaban asistiendo a una reunión familiar y regresarían más tarde, alrededor de las diez, felices y llenos de carne asada. Todo estaría bien. El Joe Camber con la cara de Vic se encargaría de todo. Todo volvería a estar bien. Había ciertas cosas que Dios nunca permitía. Porque sería…

—*¡Mamá!*

Despertó de su sueño y se incorporó, asombrándose de verse detrás del volante del Pinto y no ya en casa, en la cama… pero sólo durante un segundo. La encantadora y surrealista escena de los parientes congregados alrededor de la mesa de la merienda al aire libre estaba empezando a disolverse y, dentro de quince minutos, ella no recordaría siquiera que había soñado.

—¿Mmmm? ¿Qué?

De repente, aterradoramente, el teléfono del interior de la casa de los Camber empezó a sonar. El perro se levantó, moviendo unas sombras que acabaron transformándose en su enorme y desmañada forma.

—Mamá, tengo que ir al baño.

Cujo empezó a rugir al oír el sonido del teléfono. No estaba ladrando: estaba *rugiendo*. De repente, arremetió contra la casa. Golpeó la puerta de atrás con la suficiente fuerza como para hacerla temblar en su marco.

No, pensó ella con angustia, *oh, no, detente, por favor, detente...*

—Mamá, tengo que...

El perro estaba gruñendo mientras mordía la madera de la puerta. Donna pudo oír los desagradables ruidos de la madera astillada por sus dientes.

—... ir a hacer pipí.

El teléfono sonó seis veces. Ocho veces. Diez. Y después se detuvo.

Ella se dio cuenta de que había estado conteniendo la respiración. Ahora dejó escapar el aire a través de los dientes en un cálido y lento suspiro.

Cujo se encontraba junto a la puerta, con las patas traseras sobre la tierra y las delanteras en el escalón más alto. Seguía emitiendo un sordo gruñido desde su caja torácica: un odioso rumor de pesadilla. Por fin, volteó y posó durante algún tiempo la mirada en el Pinto —Donna pudo ver la espuma reseca pegada a su hocico y su pecho— y después se adentró en las sombras y se convirtió en una forma confusa. Resultaba imposible decir exactamente hacia dónde había ido. Hacia el estacionamiento tal vez. O tal vez hacia el lado del establo.

Tad estaba tirando desesperadamente de la manga de su blusa.

—Mamá, tengo que ir *¡ya!*

Brett Camber colgó el teléfono lentamente.

—No ha contestado nadie. Supongo que no está en casa.

Charity asintió con la cabeza, sin sorprenderse demasiado. Se alegraba de que Jim les hubiera sugerido que hicieran la llamada desde su despacho, situado en el piso de abajo y lejos de la «sala familiar». La sala familiar estaba insonorizada. Había unos estantes llenos de tableros de juegos, una televisión Panasonic de pantalla gigante con una videograbadora y un equipo de juegos electrónicos Atari conectado con su instalación. Y, en un rincón, había una preciosa rocola Wurlitzer que funcionaba de verdad introduciéndole monedas.

—Debe de estar en casa de Gary, supongo —añadió Brett con desconsuelo.

—Sí, imagino que estará con Gary —convino ella, lo cual no era exactamente lo mismo que decir que estaban juntos en casa de Gary.

Había observado la distante expresión que había aparecido en los ojos de Joe cuando por fin ella logró establecer un pacto con él, el pacto gracias al cual había podido trasladarse aquí en compañía de su hijo. Esperaba que a Brett no se le ocurriera llamar al servicio de información, solicitando el número de Gary, porque dudaba que allí obtuviera respuesta. Sospechaba que esa noche dos viejos perros estarían en algún lugar, aullando a la luna.

—¿Crees que Cujito esté bien, mamá?

—Pues claro, no creo que tu padre se hubiera ido y lo hubiera dejado si no estuviera bien —contestó ella, y era verdad… no creía que lo hiciera—. ¿Por qué no lo dejamos por esta noche y le llamas mañana? De todos modos, ya tendrías que irte a dormir. Son más de las diez. Has tenido un día muy movido.

—No estoy cansado.

—Bueno, pero no está bien prolongar demasiado la emoción. Ya saqué tu cepillo de dientes y tu tía Holly te llenó la tina y te dejó una toalla. ¿Recuerdas qué dormitorio…?

—Sí, claro. ¿Te vas a la cama, mamá?

—Pronto. Voy a quedarme un rato charlando con Holly. Tenemos que ponernos mutuamente al día en muchas cosas ella y yo.

—Se parece a ti —dijo Brett, tímidamente—. ¿Lo sabías?

Charity lo miró, sorprendida.

—¿De veras? Sí, supongo que sí. Un poquito.

—Y ese chiquillo, Jimmy, qué buen gancho de derecha tiene, ¡uf!

—¿Te ha hecho daño en el estómago?

—Claro que no —Brett estaba pasando cuidadosa revista al estudio de Jim, observando la maquina de escribir Underwood encima del escritorio, el Rolodex, el pulcro archivo abierto con las carpetas con los nombres en orden alfabético en los indicadores. Había en sus ojos una cuidadosa y escrutadora expresión que ella no podía entender ni catalogar. Pareció regresar desde muy lejos—. No, no me ha hecho daño. No es más que un chiquillo pequeño —miró a su madre, ladeando la cabeza—. Es mi primo, ¿verdad?

—Sí.

—Pariente de sangre —dijo él en tono meditabundo.

—Brett, ¿te caen bien tu tío Jim y tu tía Holly?

—Ella me cae bien. De él aún no puedo decir nada. Aquella rocola. Es estupenda...

El niño sacudió la cabeza con un gesto como de impaciencia.

—¿Qué le pasa a la rocola, Brett?

—¡Está tan *orgulloso* de ella! —dijo Brett—. Fue lo primero que me enseñó, como un niño con un juguete nuevo, es bonita, ¿verdad?, y todo eso...

—Bueno, es que hace poco que la tiene —dijo Charity. En su interior se había empezado a agitar un temor todavía impreciso, relacionado en cierto modo con Joe... ¿qué le habría dicho éste a Brett cuando había salido con él a la banqueta?—. Todo el mundo está contento cuando tiene algo nuevo. Holly me lo contó por carta cuando por fin la compraron, dijo que Jim había querido una de esas cosas desde que era un muchacho. La gente... las distintas personas compran cosas distintas para... para demostrarse a sí mismas que han alcanzado el éxito, supongo. Eso no tiene ninguna explicación. Pero, por regla general, se trata de algo que no podían tener cuando eran pobres.

—¿El tío Jim era pobre?

—La verdad es que no lo sé —contestó ella—. Pero ahora no son pobres.

—Lo único que yo quería decir es que él no ha tenido nada que ver con eso. ¿Entiendes lo que quiero decir? —la miró con detenimiento—. La ha comprado con dinero y ha contratado a unas personas para que se la fabriquen y a otras personas para que se la traigan aquí y dice que es suya, pero él no ha... bueno, él no ha... uf, no sé.

—¿No la ha hecho con sus propias manos?

Aunque su temor se había intensificado y era ahora más compacto, Charity consiguió hablar con dulzura.

—¡Sí! ¡Eso es! La ha comprado con dinero, pero él no ha tenido realmente algo que ver con...

—*Nada...*

—Bueno, sí, *nada* que ver con eso, pero ahora parece como si se atribuyera el mérito de...

—Ha dicho que una rocola es una máquina delicada y compleja...

—Papá hubiera podido fabricarla —dijo Brett categóricamente, y a Charity le pareció oír cerrarse de repente una puerta, cerrarse con un sonoro, monótono y aterrador golpe. No lo oyó en la casa. Lo oyó en su corazón—. Papá la hubiera fabricado y hubiera sido suya.

—Brett —dijo ella (su propia voz se le antojó a Charity débil y exculpatoria)—, no todo el mundo es tan hábil como tú padre construyendo y arreglando cosas.

—Eso ya lo sé —dijo él, sin dejar de mirar a su alrededor—. Sí. Pero tío Jim no debería presumir de ello por el simple hecho de haber tenido el dinero, ¿ves? Es su manera de presumir lo que no me gus... lo que me molesta.

Charity se puso de repente furiosa con él. Hubiera querido agarrarlo por los hombros y sacudirlo de adelante para atrás; levantar la voz hasta que fuera lo bastante alta como para gritarle la verdad y grabársela en el cerebro. Para decirle que el dinero no venía por casualidad; que casi siempre era el resultado de algún esfuerzo continuado de la voluntad, y que la voluntad era la esencia del carácter. Le hubiera querido decir que, mientras su padre perfeccionaba sus aptitudes de chapucero y bebía Black Label con los demás chicos en la gasolinera de Emerson's, sentado sobre montones de llantas viejas y contando chistes obscenos, Jim Brooks estudiaba Derecho y se rompía la cabeza para aprobar asignaturas porque, cuando se aprueban asignaturas, se consigue un título y el título es el boleto para poder subir al carrusel. El hecho de subir no significa que vayas a conseguir agarrarte del aro de metal, pero te ofrece, por lo menos, la posibilidad de *intentarlo*.

—Ahora sube y prepárate para irte a la cama —le dijo serenamente—. Lo que pienses de tu tío Jim es cosa tuya. Pero… dale una oportunidad, Brett. No lo juzgues sólo por eso.

Ahora se encontraban en la sala familiar y ella señaló el tocadiscos automático con el pulgar.

—No, no lo haré —dijo él.

Charity lo siguió hasta la cocina donde Holly estaba preparando chocolate para los cuatro. El pequeño Jim y Gretchen ya hacía rato que se habían acostado.

—¿Has conseguido hablar con tu marido? —preguntó Holly.

—No, probablemente habrá bajado a charlar con aquel amigo suyo —contestó Charity—. Volveremos a probar mañana.

—¿Quieres un poco de chocolate, Brett?

—Sí, por favor.

Charity lo observó mientras se sentaba a la mesa. Lo vio apoyar el codo y retirarlo rápidamente, recordando que eso era de mala educación. Su corazón estaba tan lleno de amor y esperanza y miedo que parecía tambalearse en su pecho.

Tiempo, pensó. *Tiempo y perspectiva. Hay que darle eso. Si lo obligas, lo perderás con toda seguridad.*

Pero ¿cuánto tiempo quedaba? Sólo una semana y después volvería a caer bajo la influencia de Joe. Mientras se sentaba al lado de su hijo y le daba las gracias a Holly por la taza de chocolate caliente, sus pensamientos volvieron a centrarse en la reflexión acerca de la idea del divorcio.

En su sueño había aparecido Vic.

Bajaba simplemente por el camino particular en dirección al Pinto y abría la puerta. Iba vestido con su mejor traje, el gris oscuro de tres piezas (cuando se lo ponía, ella siempre le decía en broma que se parecía a Jerry Ford, pero con cabello). *Vamos, ustedes dos,* decía con aquella curiosa manera que tenía él de sonreír. *Ya es hora de irnos a casa antes de que salgan los vampiros.*

Trató de avisarle, de decirle que el perro estaba rabioso, pero no le salían las palabras. Y, de repente, Cujo emergió de entre las sombras con la cabeza inclinada, emitiendo un sonoro gruñido. *¡Cuidado!,* trató de gritar. *¡Su mordedura es la muerte!* Pero no le salió ningún sonido.

Sin embargo, poco antes de que Cujo se abalanzara sobre Vic, éste volteó y señaló al perro con el dedo. El pelaje de Cujo se volvió inmediatamente blanco. Sus enrojecidos y húmedos ojos se hundieron de nuevo en su cabeza como canicas en una taza. Su hocico cayó y se aplastó contra la grava del sendero como un trozo de vidrio negro. Un momento después, no quedaba frente al estacionamiento más que un deslumbrador abrigo de pieles.

No te preocupes, decía Vic en el sueño. *No te preocupes por ese viejo perro, eso no es más que un abrigo de pieles. ¿Has recibido el correo? Olvídate del perro, va a venir el correo. Lo importante es el correo. ¿De acuerdo? El correo…*

Su voz estaba desapareciendo por un largo túnel, como un débil eco lejano. Y, de repente, no fue un sueño de la voz de Vic sino el recuerdo de un sueño… que estaba despierta y sus mejillas estaban húmedas de lágrimas. Había llorado en sueños. Miró el reloj y apenas pudo distinguir la hora: la una y cuarto. Miró a Tad y vio que estaba durmiendo profundamente, con el pulgar metido en la boca.

Olvídate del perro, va a llegar el correo. Lo importante es el correo.

Y, de repente, comprendió el significado del paquete colgado del buzón de la correspondencia, alcanzándola como un dardo disparado desde su subconsciente, una idea que no había conseguido captar con anterioridad. Tal vez porque era tan grande, tan sencilla, tan elemental-que-rido-Watson. Ayer era lunes y había llegado el correo. El paquete de J. C. Whitney era buena prueba de ello.

Hoy era martes y el correo volvería.

Unas lágrimas de alivio empezaron a rodar por sus mejillas todavía mojadas. Tuvo que reprimirse para no sacudir y despertar a Tad para decirle que todo iba a arreglarse, que a las dos de la tarde cuando mucho —y más probablemente a las diez o las once de la mañana, si el reparto del correo era aquí tan puntual como en casi todas las otras zonas de la ciudad— la pesadilla iba a terminar.

El cartero vendría aunque no hubiera cartas para los Camber, eso era lo bueno. Su deber era comprobar si la bandera estaba arriba, lo cual significaba que había cartas para enviar. Tendría que subir hasta aquí, hasta su última parada en Town Road número 3, para efectuar esta comprobación, y hoy iba a recibirlo una mujer medio histérica de alivio.

Miró la lonchera de Tad y pensó en la comida que había dentro. Pensó en la posibilidad de guardar cuidadosamente un poco por si… bueno, por si acaso. Ahora no importaba demasiado, si bien era probable que Tad tuviera apetito por la mañana. Se comió las rodajas de pepino que quedaban. De todos modos, a Tad no le gustaba demasiado el pepino. Sería un desayuno muy extraño para él, pensó sonriendo. Pastelitos de higo, aceitunas y uno o dos salchichas.

Mientras se comía las últimas dos o tres rodajas de pepino, comprendió que lo que más la había asustado eran las coincidencias. Aquella serie de coincidencias, totalmente casuales, pero como si remedaran una especie de destino emocional, eran las que habían hecho que el perro pareciera actuar con un propósito tan horriblemente deliberado, tan… tan personalmente dirigido contra ella. La ausencia de Vic durante diez días, ésta era la coincidencia número uno. La llamada de Vic tan temprano, ésta era la coincidencia número dos. Si no hubiera conseguido hablar con ellos entonces, hubiese probado más tarde, hubiese seguido probando y hubiese empezado a preguntarse dónde estaban. El hecho de que los tres Camber estuvieran fuera, por lo menos durante esa noche, y lo que eso parecía ahora. Ésa era la número tres. Madre, hijo y padre. Todos fuera. Pero habían dejado al perro. Claro. Habían…

Se le ocurrió de repente un horrible pensamiento que inmovilizó sus mandíbulas mientras terminaba de comer el pepino. Trató de alejarlo, pero volvía. No quería irse porque poseía una grotesca lógica propia.

¿Y si estaban todos muertos en el establo?

La imagen apareció instantáneamente detrás de sus ojos. Tenía la malsana claridad de aquellas visiones que uno tiene a veces cuando se despierta a primeras horas de la madrugada. Los tres cuerpos en el suelo, como juguetes defectuosos con el aserrín manchado de rojo a su alrededor, y los polvorientos ojos contemplando la oscuridad del techo en la que las golondrinas piaban y revoloteaban, con la ropa desgarrada y rota a mordiscos y algunas partes de sus cuerpos…

Oh, eso es una locura, eso es…

Tal vez hubiera atacado al niño primero. Los otros dos están en la cocina, o quizás arriba, entregados a una escenita rápida, oyen gritos, bajan corriendo…

(basta, ya basta)

… bajan corriendo, pero el chico ya está muerto, el perro le ha destrozado la garganta, y, cuando todavía no se han repuesto de la muerte de su hijo, el San Bernardo emerge sigilosamente de entre las sombras, una vieja y terrible máquina de destrucción, sí, el viejo monstruo emerge de entre las sombras, rabioso y gruñendo. Se abalanza primero sobre la mujer y el hombre trata de salvarla…

(no, hubiera ido por la escopeta o le hubiera roto la cabeza con una Merca o algo así, y ¿dónde está el coche? Había un coche aquí, antes de que todos ellos se fueran a hacer una visita familiar —una VISITA FAMILIAR, *¿me oyes bien?—, se habían llevado el coche y habían dejado la camioneta.)*

En tal caso, ¿por qué no había venido nadie a darle la comida al perro?

Ésta era la lógica de la cosa, parte de lo que la asustaba. ¿Por qué no había venido nadie a darle la comida al perro? Porque, sí tienes intención de estar ausente uno o dos días, te pones de acuerdo con alguien. Ellos le dan la comida a tu perro y, cuando ellos se van, tú le das la comida a su gato, o a su pez, o a su periquito o lo que sea. Por consiguiente, ¿dónde…?

Y el perro no hacía más que entrar en el establo.

¿Habría comida allí dentro?

Ésta es la explicación, le dijo su mente con alivio. *Camber no conocía a nadie que pudiera darle la comida a su perro y entonces le había dejado toda una bandeja llena de comida, Gaines Meal o lo que fuera.*

Pero entonces se le ocurrió pensar lo que se le había ocurrido pensar al propio Joe Camber en un momento anterior de aquel larguísimo día. Un perro de gran tamaño se lo comería todo de golpe y después pasaría hambre. No cabía duda de que era mucho mejor que un amigo le diera la comida al perro en caso de que uno tuviera que irse. Por otra parte, tal vez algo los hubiera retenido. Tal vez se hubiera celebrado realmente una reunión familiar y Camber se hubiera emborrachado y hubiera perdido el conocimiento. Tal vez esto, tal vez aquello, tal vez cualquier cosa.

¿Estará comiendo el perro en el establo?

(¿qué estará comiendo allí dentro? ¿Gaines Meal o personas?)

Escupió en su mano los restos de pepino que le quedaban en la boca y notó que el estómago se le revolvía, queriendo expulsar lo que ya había comido. Hizo un esfuerzo de voluntad para mantenerlo dentro y, puesto que podía ser muy decidida cuando quería, consiguió mantenerlo dentro. Le habían dejado comida al perro y se habían ido en el coche. No hacía falta ser Sherlock Holmes para deducirlo. Lo demás era simplemente fruto de su nerviosismo.

Pero aquella imagen de muerte seguía tratando de volver subrepticiamente. La imagen dominante era la del aserrín ensangrentado, un aserrín que había adquirido el oscuro color de las salchichas Francfort envueltas en tripa natural.

Ya basta. Piensa en el correo, si es que tienes que pensar en algo. Piensa en mañana. Piensa en estar a salvo.

Estaba percibiendo un suave rumor como de arañazos en su lado del coche.

No quería mirar, pero no pudo evitarlo. Su cabeza empezó a moverse como obligada por unas invisibles pero poderosas manos. Podía oír el leve crujido de los tendones de su cuello. Cujo estaba allí, mirándola. Tenía el rostro a menos de quince centímetros del suyo. Sólo el cristal Saf-T de la ventana del asiento del conductor los separaba. Aquellos turbios ojos enrojecidos estaban clavados en los suyos. Parecía que el hocico del perro hubiera sido enjabonado con espuma de afeitar y que ésta se hubiera secado.

Cujo le estaba sonriendo.

Donna advirtió que se formaba un grito en su pecho, subiendo férreamente por su garganta, porque intuía que el perro estaba pensando en ella y le estaba diciendo: *Voy a agarrarte, nena. Voy a agarrarte, jovencita. Piensa en el cartero todo lo que quieras. Lo mataré también a él si hace falta, como he matado a los tres Camber, como voy a matarlos a ti y a tu hijo. Será mejor que te vayas acostumbrando a la idea. Será mejor que...*

El grito, subiendo por su garganta. Era algo vivo que pugnaba por salir y todo se le estaba viniendo encima de golpe: Tad que tenía que hacer pipí y ella que había bajado el cristal de la ventana unos diez centímetros y lo había sostenido para que pudiera hacerlo fuera de la ventana, vigilando constantemente que no viniera el perro, y, durante un buen rato, él no había podido hacerlo y a ella habían empezado a dolerle los brazos, después las imágenes de muerte y ahora este...

El perro le estaba sonriendo; le estaba sonriendo a ella, se llamaba Cujo y su mordedura era la muerte.

El grito tenía que salir.

(pero Tad está)

de lo contrario, se volvería loca.

(durmiendo)

Cerró las mandíbulas contra el grito de la misma manera que había cerrado la garganta unos momentos antes contra el impulso de vomitar. Forcejeó y luchó contra él. Y, por

230

fin, su corazón empezó a calmarse y ella comprendió que había ganado.

Miró sonriendo al perro y levantó los dos dedos medios de ambas manos cerradas en puño, Los apoyó contra el cristal, levemente empañado por la parte exterior a causa del aliento de Cujo.

—Jódete —le murmuró.

Al cabo de un rato que a ella se le antojó interminable, el perro posó de nuevo las patas delanteras en el suelo y regresó al establo. La mente de Donna volvió al mismo oscuro sendero de antes

(¿qué estará comiendo allí dentro?)

pero después cerró de golpe una puerta en algún lugar de su mente.

Pero ya no habría más sueño durante mucho tiempo y faltaba todavía mucho rato hasta el amanecer. Se incorporó detrás del volante, temblando y diciéndose una y otra vez que era ridículo, auténticamente ridículo, pensar que el perro fuera alguna especie de horrible fantasma que se hubiera escapado del armario de Tad, o bien que él supiera más cosas de las que ella sabía acerca de la situación.

Vic se despertó sobresaltado en medio de una absoluta oscuridad, con una rápida respiración tan seca como la sal en la garganta. El corazón le estaba martilleando en el pecho y él estaba totalmente desorientado… tan desorientado que, por un instante, pensó que estaba cayendo y extendió la mano para agarrarse a la cama.

Cerró los ojos un momento, esforzándose por no desintegrarse, procurando recuperarse.

(estás en)

Abrió los ojos y vio una ventana, una mesita de noche, una lámpara.

(el Ritz-Carlton Hotel de Boston, Massachusetts)

Se relajó. Gracias a aquel punto de referencia, todo lo demás se recompuso con un tranquilizador clic, induciéndole a preguntarse cómo era posible que hubiera estado tan absolutamente perdido y totalmente aislado, aunque sólo hubiera sido momentáneamente. Debía ser porque se encontraba en un lugar extraño, suponía. Eso, y la pesadilla.

¡La pesadilla! Dios mío, había sido tremenda. No recordaba haber tenido ninguna tan mala desde los sueños de caídas que le habían atormentado de vez en cuando en la primera fase de su pubertad. Extendió el brazo hacia el reloj de viaje que había en la mesita, lo tomó con ambas manos y lo acercó al rostro. Faltaban veinte minutos para las dos. Roger estaba roncando ligeramente en la otra cama y, ahora que sus ojos se habían acostumbrado a la oscuridad, podía verlo, durmiendo tendido boca arriba. Había empujado la sábana hacia abajo con el pie. Iba enfundado en una absurda piyama, con un estampado a base de pequeños banderines estudiantiles color amarillo.

Vic sacó las piernas de la cama, se dirigió en silencio al baño y cerró la puerta. Los cigarros de Roger estaban en la repisa y él tomó uno. Lo necesitaba. Se sentó en el escusado y empezó a fumar, sacudiendo la ceniza en el lavabo.

Un sueño producido por la inquietud, hubiera dicho Donna, y bien sabía Dios que tenía muchos motivos para estar inquieto. Y, sin embargo, se había acostado hacia las diez y media de mucho mejor humor de lo que había estado en el transcurso de la última semana. Tras regresar al hotel, él y Roger habían pasado media hora en el bar del Ritz-Carlton, dando vueltas a la idea de la disculpa, y después, de las entrañas de la enorme y vieja cartera que siempre llevaba consigo, Roger había sacado el número de teléfono particular de Yancey Harrington. Harrington era el actor que interpretaba el papel del Profesor Cereales Sharp.

—Será mejor que nos cercioremos de si querrá hacerlo, antes de seguir adelante —había dicho Roger.

Había tomado el teléfono y había marcado el número de Harrington, que vivía en Westport (Connecticut). Vic no tenía idea de lo que podría ocurrir. Si alguien hubiera insistido en que hiciera alguna conjetura al respecto, hubiera dicho que probablemente haría falta convencer un poco a Harrington... le había sentado muy mal el asunto de los

Zingers y el perjuicio que, en su opinión, ello había ocasionado a su imagen.

Ambos se encontraron una agradable sorpresa. Harrington accedió inmediatamente. Reconocía la realidad de la situación y sabía que el profesor estaba completamente acabado («El pobrecillo está perdido», había dicho Harrington tristemente). No obstante, pensaba que la idea de un anuncio final tal vez ayudara a la empresa a superar la dificultad. Y a ponerse por así decirlo nuevamente en marcha.

—Tonterías —había dicho Roger sonriendo, tras colgar el teléfono—. Le encanta la idea de una última llamada a escena. No a muchos actores del sector publicitario se les ofrece una oportunidad así. Estaría dispuesto a pagarse el boleto de avión a Boston si se lo pidiéramos.

Y Vic se había ido a la cama muy contento y se había dormido casi inmediatamente. Después, el sueño. En él se encontraba de pie frente a la puerta del armario de Tad y le decía a Tad que allí dentro no había nada, nada en absoluto. *Te lo enseñaré de una vez por todas,* le decía a Tad. Abría la puerta del armario y veía que la ropa y los juguetes de Tad habían desaparecido. En el interior del armario de Tad crecía un bosque: viejos pinos y abetos, viejos árboles de madera dura. El suelo del armario estaba tapizado de fragantes agujas de pino y de estiércol y hojarasca. Lo había restregado con el pie para ver si debajo estaba el suelo de tablas de madera pintadas. No estaba; su pie había escarbado en su lugar una rica tierra negra del bosque.

Entraba en el armario y la puerta se cerraba a su espalda. No importaba. Se filtraba la suficiente luz como para poder ver. Encontraba un camino y echaba a andar por él. De repente se percataba de que llevaba una mochila colgada a la espalda y una cantimplora colgada del hombro. Podía oír el misterioso rumor del viento soplando entre los abetos y el leve trinar de los pájaros. Hacía siete años, mucho antes de que se fundara Ad Worx, se habían ido todos juntos a pasar las vacaciones, recorriendo a pie una parte del sendero de los Apalaches, y aquella región se parecía mucho a la geografía de su sueño. Lo habían hecho sólo una vez y después habían preferido la playa. Vic, Donna y Roger lo habían pasado maravillosamente bien, pero Althea Breakstone aborrecía las caminatas y, por si fuera poco, un zumaque venenoso le había provocado una fuerte erupción cutánea.

La primera parte del sueño había sido bastante agradable. La idea de que todo aquello estaba ocurriendo dentro del armario de Tad resultaba extrañamente maravillosa. Después había llegado a un claro y había visto… pero ya estaba empezando a desdibujarse, tal como les ocurre a los sueños cuando se los expone al pensamiento consciente.

El otro lado del claro era simplemente un muro grisáceo que se elevaba al cielo hasta unos treinta metros de altura. A cosa de unos seis metros del suelo, había una cueva… no, no era lo bastante profunda como para ser una cueva: Era más bien un hueco, una simple depresión en la roca que tenía una base llana. Donna y Tad se encontraban en su interior, muy asustados. Estaban asustados de alguna especie de monstruo que estaba tratando de subir, tratando de subir y después de entrar. Para agarrarlos. Para devorarlos.

Había sido como aquella escena del *King Kong* original, cuando el enorme simio ya ha hecho caer del tronco a los presuntos salvadores de Bay Wray y está tratando de agarrar al único superviviente. Pero el individuo se ha metido en un agujero y Kong no logra alcanzarlo.

Sin embargo, el monstruo de su sueño no era un mono gigantesco. Era un… ¿qué? ¿Un dragón? No, nada de eso. Un dragón no, y tampoco un dinosaurio ni un ser mitológico. No lograba identificarlo. Fuese lo que fuere, no podía entrar y agarrar a Donna y Tad, motivo por el cual se limitaba a esperar en el exterior de su escondrijo, como un gato que aguardara con terrible paciencia la salida de un ratón.

Empezaba a correr, pero, por mucho que corriera, no lograba llegar al otro lado del claro. Podía oír los gritos de auxilio de Donna, pero, cuando él contestaba, sus palabras parecían extinguirse a sesenta centímetros de su boca. Al final, era Tad quien lo descubría.

—*¡No funcionan!* —le había gritado Tad en un tono de voz tan desesperado que a Vic se le habían revuelto las entrañas de miedo—. *¡Papá, las Palabras del Monstruo no funcionan! ¡Oh, papi, no funcionan, nunca han funcionado! ¡Me mentiste, papi! ¡Me mentiste!*

Seguía corriendo, pero parecía que estuviera en una banda continua. Y había mirado al pie de aquel elevado muro gris y había visto un montón de viejos huesos y cráneos sonrientes, algunos de ellos cubiertos de verde musgo.

Fue entonces cuando despertó.

Pero ¿qué clase de monstruo era ése?

Le era imposible recordarlo. El sueño ya parecía una escena observada a través del lado incorrecto de un telescopio. Arrojó el cigarro al escusado y echó el agua; después abrió la llave del lavabo para eliminar la ceniza.

Orinó, apagó la luz y regresó a la cama. Mientras se tendía, miró el teléfono y experimentó un repentino e irracional impulso de llamar a casa. ¿Irracional? Eso era decir poco. Faltaban diez minutos para las dos de la madrugada. No sólo despertaría a Donna sino que encima le daría un susto de muerte. Los sueños no había que interpretarlos al pie de la letra; eso lo sabía todo el mundo. Si tanto tu matrimonio como tu trabajo parecen correr el peligro de irse a pique al mismo tiempo, no es muy de extrañar que tu mente te gaste algunas bromas inquietantes, ¿verdad?

De todos modos, sólo para oír su voz y saber que está bien…

Se volteó de espaldas al teléfono, propinó unos puñetazos a la almohada y cerró decididamente los ojos.

Llámala por la mañana para estar más tranquilo. Llámala inmediatamente después de desayunar.

Eso lo calmó y poco después pudo conciliar de nuevo el sueño. Esta vez no soñó… o, si lo hizo, los sueños no se grabaron en su conciencia. Y, cuando les llamaron para despertarlos el martes, había olvidado todo lo relativo al sueño de la bestia del claro del bosque. Sólo tenía un vago recuerdo de haberse levantado por la noche. Vic no llamó a casa aquel día.

Charity Camber despertó aquel martes por la mañana a las cinco en punto y pasó también por un breve periodo de desorientación: papel tapiz amarillo en lugar de paredes de madera, alegres cortinas verdes estampadas en lugar de tejido blanco, una estrecha cama individual en lugar de una cama matrimonial que había empezado a combarse en su parte central.

Después supo dónde estaba —Stratford (Connecticut)— y experimentó un estallido de complacida expectación. Tendría todo el día para hablar con su hermana, para charlar de los viejos tiempos, para averiguar qué había estado haciendo en el transcurso de los últimos años. Y Holly había hablado de ir a Bridgeport a hacer unas compras.

Se había despertado una hora y media antes de lo habitual, probablemente dos horas o más antes de que las cosas empezaran a ponerse en marcha en la casa. Pero una persona nunca dormía bien en una cama extraña hasta la tercera noche… éste era uno de los dichos de su madre y era verdad.

El silencio empezó a producir pequeños rumores mientras ella permanecía despierta y prestaba atención, contemplando la débil luz de las cinco en punto que se filtraba por entre las cortinas medio corridas… la primera luz del alba, siempre tan blanca y transparente y hermosa. Oyó el crujido de una sola tabla de madera. Un grajo entregándose a su berrinche matutino. El primer tren de cercanías del día con destino a Westport, Greenwich y Nueva York.

La tabla volvió a crujir.

Y volvió a crujir.

No era simplemente el asiento de la casa. Eran unas pisadas. Estaba convencida.

Charity se incorporó en la cama, con la cobija y la sábana rodeando la cintura de su recatado camisón color rosa. Ahora las pisadas estaban bajando lentamente la escalera, era un paso liviano: pies descalzos o pies enfundados en calcetines. Era Brett. Cuando se vive con las personas, acabas conociendo el rumor de sus pasos. Era una de aquellas cosas misteriosas que ocurren simplemente con el transcurrir de los años, como la forma de una hoja que se graba en una roca.

Echó hacia abajo el cobertor, se levantó y se encaminó hacia la puerta. Su habitación daba al pasillo de arriba y alcanzó a ver apenas cómo desaparecía la parte superior de la cabeza de Brett, con el mechón de pelo de su frente asomando un momento y desapareciendo después.

Lo siguió.

Cuando Charity llegó a la escalera, Brett ya se estaba perdiendo por el pasillo que discurría a lo largo de toda la casa, desde la puerta de entrada hasta la cocina. Abrió la boca para llamarlo... y la volvió a cerrar. La intimidaba aquella casa dormida que no era su casa.

Algo en su forma de andar... en la postura de su cuerpo... pero hacía años que...

Bajó rápidamente la escalera, descalza y en silencio. Siguió a Brett hasta la cocina. El niño llevaba tan sólo los pantalones azul claro de la piyama, con el cordón blanco de algodón colgando por abajo de la pulcra bifurcación de la entrepierna. Aunque estaban apenas a mediados de verano, ya se le veía muy bronceado... era naturalmente moreno como su padre, y se bronceaba con facilidad.

De pie junto a la puerta, lo vio de perfil, bañado por aquella misma luz transparente y hermosa de la mañana mientras recorría la hilera de alacenas de encima de la cocina, la mesa adosada a la pared y el fregadero. Su corazón se llenó de asombro y temor. *Es hermoso*, pensó. *Todo lo que es, o ha sido, hermoso en nosotros, lo tiene él.* Fue un momento que jamás olvidaría: vio a su hijo vestido tan sólo con los pantalones de la piyama y, por un instante, comprendió vagamente el misterio de su infancia, que tan pronto iba a quedar atrás. Los ojos de su madre amaban las finas curvas de sus músculos, la línea de sus nalgas, las pulcras plantas de sus pies. Parecía... absolutamente perfecto.

Lo vio claramente porque Brett no estaba despierto. De pequeño había tenido algunos episodios de sonambulismo: aproximadamente unas dos docenas, entre los cuatro y los ocho años. Por fin, ella se había preocupado lo bastante —se había asustado lo bastante— como para consultarlo con el doctor Gresham (sin que Joe lo supiera). No temía que Brett estuviera perdiendo el juicio —cualquier persona que lo tratara podía ver que era inteligente y normal—, pero temía que pudiera lastimarse mientras se encontrara en aquel extraño estado. El doctor Gresham le había dicho que eso era muy improbable y que casi todas las curiosas ideas que tenía la gente a propósito del sonambulismo procedían de películas superficiales que no se ajustaban a la realidad de aquel hecho.

—Sabemos muy poco acerca del sonambulismo —le había dicho—, pero sabemos que es más común en los niños que en las personas adultas. Se registra una interacción en constante crecimiento y en constante desarrollo entre la mente y el cuerpo, señora Camber, y muchas personas que han hecho investigaciones en este campo creen que el sonambulismo puede ser síntoma de un desequilibrio transitorio y no excesivamente significativo entre ambos.

—¿Como los trastornos del desarrollo? —había preguntado ella en tono dubitativo.

—Algo así —había contestado Gresham con una sonrisa.

Trazó una curva acampanada en un bloc para indicar que el sonambulismo de Brett alcanzaría un punto culminante, se mantendría durante algún tiempo, y después empezaría a disminuir, hasta desaparecer por completo.

Se había ido un poco más tranquila ante el convencimiento del médico de que Brett no se arrojaría por la ventana ni se echaría a andar por la carretera estando dormido, pero sin comprenderlo demasiado. Una semana más tarde había acompañado a Brett al consultorio. Éste contaba entonces seis años y uno o dos meses. Gresham lo había sometido a un exhaustivo examen físico y había afirmado que era normal bajo todos los puntos de vista. Y pareció, en efecto, que Gresham tenía razón. El último de los que Charity calificaba como sus «paseos nocturnos» había tenido lugar hacía más de dos años.

El último hasta ahora, claro.

Brett fue abriendo una por una las alacenas, cerrando cuidadosamente cada una de ellas antes de pasar a la siguiente y dejando al descubierto las cacerolas de Holly, los elementos adicionales de su batería Jenn-Air, los paños de cocina pulcramente doblados, sus jarritas de café y té, su cristalería todavía incompleta de la Depresión. Mantenía los ojos muy abiertos e inexpresivos y ella tuvo la fría certeza de que su hijo estaba viendo el contenido de otras alacenas, en otro lugar.

Experimentó aquel antiguo e irremediable terror que casi había olvidado por completo y que se apodera de los padres en el transcurso de las alarmas y los acontecimientos de los primeros años de sus hijos: la dentición, la vacuna que provocó una inquietante elevación de temperatura a modo de atracción adicional, la difteria, la infección de los oídos, la absurda sangre que empezó a manar de repente de la mano a la pierna. *¿Qué estará pensando?*, se preguntó. *¿Dónde está? ¿Y por qué ahora, al cabo de dos años de tranquilidad?* ¿Se debería al hecho de encontrarse en un lugar desconocido? No lo había visto excesivamente trastornado... por lo menos, hasta ahora.

Brett abrió la última alacena y sacó una salsera de color rosa. La dejó sobre la mesa. Hizo además de tomar aire y de introducir algo en la salsera. Charity notó un repentino estremecimiento de piel de gallina al darse cuenta de dónde estaba Brett y de lo que significaba toda aquella pantomima. Era una actividad a la que se entregaba diariamente en casa. Estaba dando de comer a Cujo.

Charity se adelantó involuntariamente hacia él y después se detuvo. No creía en aquellos cuentos de viejas acerca de lo que podía ocurrir en caso de que se despertara a un sonámbulo —que el alma se escapaba del cuerpo para siempre, que se producía la locura o una muerte repentina— y no había hecho falta que el doctor Gresham la tranquilizara al respecto. Había pedido en préstamo especial un libro de la Biblioteca Municipal de Portland... aunque, en realidad, no lo necesitaba. Su sentido común le decía que, cuando se despertaba a un sonámbulo, lo que ocurría era que éste se despertaba, ni más ni menos que eso. Podía haber lágrimas e incluso un ligero ataque de histerismo, pero esta clase de reacción se debería a una simple desorientación.

De todos modos, jamás había despertado a Brett en el transcurso de sus paseos nocturnos y no se atrevía a hacerlo ahora. Una cosa era el sentido común. Y otra muy distinta su temor irracional, y ahora ella se había asustado mucho de repente y no acertaba a saber por qué. ¿Qué podía haber de terrible en aquella escenificación en sueños de la acción de darle la comida al perro por parte de Brett? Era perfectamente natural, teniendo en cuenta lo preocupado que estaba el niño por Cujo.

Ahora se había inclinado con la salsera en la mano y los cordones de su piyama formaban una línea blanca en ángulo recto con el plano horizontal del suelo de linóleo rojo y negro. En su rostro se dibujó una pantomima de tristeza en cámara lenta. Entonces habló, pronunciando las palabras en forma rápida, gutural y casi ininteligible, como suelen hacerlo las personas cuando duermen. Y sin ninguna emoción en las palabras propiamente dichas, todo estaba dentro, encerrado en el capullo de gusano de seda del sueño que había tenido y que había sido tan intenso como para inducirle a caminar de nuevo dormido, tras dos años de tranquilidad. No había nada que fuera melodramático en las palabras, pronunciadas todas seguidas en medio de un acelerado suspiro, pero, aun así, Charity se llevó la mano a la garganta. Su carne estaba allí fría, muy fría.

—Cujo ya no tiene hambre —dijo Brett seguido de un profundo suspiro. Volvió a incorporarse, acunando ahora la salsera contra su pecho—. Ya no, ya no.

Permaneció brevemente inmóvil junto a la mesa y Charity hizo lo propio junto a la puerta de la cocina. Una sola lágrima había resbalado por el rostro de Brett. Éste posó la salsera y se encaminó hacia la puerta. Mantenía los ojos abiertos, pero éstos resbalaron sobre su madre sin verla. Se detuvo y volteó a mirar.

—Mira en la maleza —le dijo a alguien que no estaba allí.

Después siguió andando en dirección a su madre. Ésta se apartó a un lado con la mano todavía en la garganta. El niño pasó rápida y silenciosamente junto a ella con los pies descalzos y avanzó por el pasillo en dirección a la escalera.

Ella volteó para seguirlo y se acordó de la salsera. Ésta se encontraba encima de la despejada mesa preparada para el día, como si fuera el punto focal de un extraño cuadro. La tomó y se le resbaló entre los dedos… no se había dado cuenta de que sus dedos estaban viscosos a causa del sudor. Hizo con ella algunos juegos malabares, imaginando el estruendo en aquellas tranquilas horas de sueño. Después consiguió sujetarla fuertemente con ambas manos. La colocó de nuevo en el estante y cerró la puerta de la alacena, permaneciendo allí un momento mientras escuchaba los violentos latidos de su corazón y se sentía extraña en aquella cocina. Después siguió a su hijo.

Llegó a la puerta de la habitación justo a tiempo para ver cómo se acostaba. Brett tiró de la sábana hacia arriba y se tendió sobre el lado izquierdo, adoptando su habitual postura de dormir. Aunque sabía que ahora todo había terminado, Charity se quedó todavía un rato.

Alguien tosió hacia el fondo del pasillo, recordándole una vez más que aquella era la casa de otras personas. Experimentó una fuerte oleada de nostalgia; por un instante, pareció como si tuviera el estómago lleno de alguna especie de gas adormecedor como el que usan los dentistas. En aquella hermosa y suave luz matinal, sus ideas de divorcio parecían tan inmaduras y tan poco relacionadas con la realidad como los pensamientos de un niño. Era fácil para ella pensar aquí en tales cosas. No estaba en su casa, no era su lugar.

¿Por qué le habían asustado tanto aquella pantomima de dar de comer a Cujo y aquellas rápidas palabras entre suspiros? *Cujo ya no tiene hambre, ya no.*

Regresó a su habitación y permaneció tendida en la cama mientras el sol salía e iluminaba la habitación. A la hora del desayuno, Brett no pareció distinto de otras veces. No habló de Cujo y se había olvidado al parecer de llamar a casa, por lo menos de momento. Tras ciertas reflexiones interiores, Charity decidió dejar las cosas como estaban.

Hacía calor.

Donna bajó un poquito más el cristal de la ventanilla —aproximadamente una cuarta parte del espacio, todo lo que se atrevía a hacer— y después se inclinó sobre las rodillas de Tad para bajar también el suyo. Fue entonces cuando observó el arrugado trozo de papel amarillo sobre su regazo.

—¿Qué es eso, Tad?

Él levantó la mirada. Se observaban unos círculos oscurecidos bajo sus ojos.

—Las Palabras del Monstruo —dijo él.

—¿Puedo verlas?

Él apretó con fuerza por un instante el trozo de papel y después permitió que Donna lo tomara. Había una expresión vigilante y casi posesiva en su rostro y ella experimentó unos celos momentáneos. Fueron breves, pero muy intensos. Hasta ahora, ella había conseguido mantenerle vivo e incólume, pero eran las palabras mágicas de Vic lo que a él le importaba. Después el sentimiento se transformó en perplejidad, tristeza y hastío de sí misma. Era ella quien lo había colocado en aquella situación. Si no se hubiera dejado ablandar por él a propósito de la muchacha que iba a cuidarlo…

—Las guardé en el bolsillo ayer —dijo él—, antes de que nos fuéramos a comprar. Mamá, ¿nos va a comer el monstruo?

—No es un monstruo, Tad, no es más que un *perro*, y no, ¡no nos va a comer! —habló con más dureza de lo que hubiera querido—. Ya te lo he dicho, cuando venga el cartero, podremos irnos a casa.

Y le he dicho que el coche se iba a poner en marcha dentro de un ratito, y le he dicho que vendría alguien, que los Camber regresarían pronto a casa… Pero ¿de qué servía pensar todo eso?

—¿Me devuelves las Palabras del Monstruo? —preguntó él.

Por un instante, Donna experimentó un impulso totalmente insensato de romper en pedazos aquella hoja amarilla arrugada y manchada de sudor, y de arrojar los trocitos por la ventanilla como si fuera confeti. Pero después le devolvió el papel a Tad y se alisó el cabello con ambas manos, avergonzada y asustada. ¿Qué le estaba ocurriendo, por Dios?

Haber pensado una cosa tan sádica. ¿Por qué deseaba agravar la situación del niño? ¿Era por Vic? ¿Por ella? ¿Por qué?

Hacía mucho calor... demasiado calor para poder pensar. El sudor le estaba bajando por la cara y podía verlo resbalar también por las mejillas de Tad. El niño tenía el cabello pegado al cráneo en unos mechones muy poco graciosos y parecía unos dos tonos más oscuro que su habitual color rubio intermedio. *Necesita que le lave el pelo,* pensó distraídamente, y eso le hizo recordar de nuevo el frasco de champú Sin Lágrimas de Johnson's, guardado sano y salvo en el estante del baño, esperando a que alguien lo tomara y vertiera en el hueco de una mano la cantidad de uno o dos tapones.

(no pierdas el control)

No, claro que no. No tenía ningún *motivo* para perder el control. Todo se iba a arreglar, ¿verdad? Pues claro que sí. Al perro ya ni siquiera se le veía desde hacía más de una hora. Y el cartero. Ahora eran casi las diez. El cartero vendría muy pronto y entonces no importaría que hiciera tanto calor en el interior del vehículo. El «efecto invernadero» lo llamaban. Lo había visto en un folleto de la Sociedad Protectora de Animales, explicando por qué no hay que dejar al perro encerrado en el coche mucho rato cuando hace calor. El efecto invernadero. El folleto decía que la temperatura en el interior de un vehículo estacionado al sol puede alcanzar los sesenta grados centígrados con las ventanillas cerradas, por lo que resultaba muy cruel y peligroso dejar encerrado allí a un animal doméstico mientras uno se iba a hacer unas compras o se iba al cine. Donna emitió una breve risita cascada. Desde luego, aquí la situación se había invertido, ¿verdad? Era el perro el que tenía encerradas a unas personas.

Bueno, vendría el cartero. Vendría el cartero y todo terminaría. No importaba que sólo les quedara un cuarto de termo de leche o que a primeras horas de la mañana ella hubiera tenido que ir al baño y hubiera utilizado el termo más pequeño de Tad —o, mejor dicho, hubiera tratado de utilizarlo—, y se hubiera derramado el contenido y ahora el Pinto oliera a orina, un olor desagradable que parecía intensificarse por efecto del calor. Había tapado el termo y

243

lo había arrojado por la ventanilla. Lo había oído romperse al caer sobre la grava. Y entonces se había echado a llorar.

Pero nada de eso importaba. Resultaba humillante y degradante tratar de orinar en un termo, pero no importaba porque vendría el cartero… en aquellos momentos ya debía estar cargando su pequeña camioneta azul y blanca junto al edificio de ladrillo con las paredes cubiertas de hiedra de la oficina de correos de Carbine Street… o tal vez ya hubiera iniciado el recorrido y estuviera subiendo por la carretera 117 en dirección a la Maple Sugar Road. Todo terminaría muy pronto. Se llevaría a Tad a casa y ambos subirían al segundo piso. Se desvestirían y se bañarían juntos, pero, antes de meterse con él en la tina y bajo la regadera, tomaría el frasco de champú del estante y dejaría cuidadosamente el tapón en el borde del lavabo y le lavaría primero el cabello a Tad y después se lavaría el suyo.

Tad estaba leyendo de nuevo el papel amarillo, moviendo silenciosamente los labios. En realidad, no estaba leyendo tal como iba a leer dentro de un par de años (*si salimos de ésta*, insistió en añadir su traicionera mente de manera absurda, pero instantánea), sino que estaba simplemente repitiendo de memoria. Tal como se preparaba en las autoescuelas a los analfabetos para la parte escrita del examen de conducir. Lo había leído también en algún sitio, o tal vez lo había visto en algún reportaje de la televisión, y ¿no era acaso sorprendente la cantidad de porquería que la mente humana era capaz de almacenar? ¿Y no era sorprendente la facilidad con que todo se vomitaba al exterior cuando no se tenía ninguna otra cosa que hacer? Como un eliminador subconsciente de la basura que funcionara al revés.

Eso le hizo recordar algo que había ocurrido en casa de sus padres en la época en que todavía era también su casa. Menos de dos horas antes de que comenzara uno de los Famosos Cocteles de su madre (así los calificaba siempre el padre de Donna, con un tono satírico que automáticamente les confería mayúsculas iniciales, aquel mismo tono satírico que a veces ponía furiosa a Samantha), el triturador de desperdicios del fregadero se había desplazado a la pileta del bar y, cuando su madre puso en marcha el aparato, una porquería verde estalló por todo el techo. Donna tenía entonces unos catorce años y recordaba que la furia absolutamente histérica de su madre la había asustado y asqueado a un tiempo. Se había sentido asqueada porque su madre estaba entregándose a una pataleta en presencia de las personas que más la amaban y la necesitaban, sólo porque le importaba más la opinión de un grupo de amistades superficiales que acudirían a beber de gorra y a comerse de gorra gran cantidad de canapés. Se había asustado porque no podía ver ninguna lógica en la pataleta de su madre... y por la expresión que había visto en los ojos de su padre. Una especie de resignada repugnancia. Fue la primera vez que creyó realmente —creyó en el fondo de su alma— que iba a crecer y a convertirse en una mujer, una mujer que tendría por lo menos la oportunidad de luchar para ser una persona *mejor* de lo que era su madre, la cual podía sumirse en aquel estado tan aterrador a causa de algo que, en realidad, no era más que una cosa sin importancia...

Cerró los ojos y trató de apartar de su mente toda aquella sucesión de recuerdos, preocupada por las intensas emociones que éstos le habían producido. La Sociedad Protectora de Animales, el efecto invernadero, los trituradores de desperdicios, y ahora, ¿qué más? ¿Cómo perdí la virginidad? ¿Seis vacaciones interesantes? El *cartero,* en eso era en lo que tenía que pensar, el maldito *cartero.*

—Mamá, a lo mejor ahora el coche se pone en marcha.

—Mi amor, temo intentarlo porque la batería se está agotando.

—Pero si estamos *sentados* aquí—dijo él en tono irritado, cansado y enfurecido—. ¿Qué importa que la batería se esté agotando o no, si nosotros estamos aquí *sentados?* ¡Pruébalo!

—¡A mí no me vengas a dar órdenes, niño, si no quieres que te dé unos azotes en el trasero!

Tad se echó hacia atrás al oír su áspera y enojada voz, y ella volvió a maldecirse a sí misma. Estaba nervioso... pero ¿quién se lo podía reprochar? Además, tenía razón. Eso era lo que la había puesto furiosa en realidad. Pero Tad no lo entendía; la verdadera razón de que no quisiera intentar poner de nuevo en marcha el motor era el temor de que ello atrajera al perro. Temía que atrajera a Cujo, y eso era lo que menos hubiera deseado que ocurriera.

Con expresión malhumorada, hizo girar la llave de encendido. El motor del Pinto empezó a arrancar ahora muy despacio, emitiendo un prolongado sonido como de protesta. Tosió dos veces, pero no se puso en marcha. Apagó y trató de hacer sonar el claxon. Éste emitió un brumoso y débil bocinazo que probablemente no llegó ni a cincuenta metros y no digamos a la casa del pie de la colina.

—Ya está —dijo con enérgica crueldad—. ¿Estás contento? Muy bien.

Tad empezó a llorar. Empezó tal como ella recordaba que solía empezar cuando era más pequeño: formando una temblorosa curva con la boca mientras las lágrimas rodaban por sus mejillas antes de que se produjeran los primeros sollozos. Entonces lo atrajo hacia ella, diciéndole que lo sentía, diciéndole que no pretendía lastimarlo, que lo había hecho porque también estaba preocupada, diciéndole que todo terminaría muy pronto cuando viniera el cartero, que lo llevaría a casa y le lavaría el cabello. Y pensó: *La oportunidad de luchar para ser una persona mejor que tu madre. Claro. Claro, nena. Eres exactamente igual que ella. Eso es precisamente lo que ella hubiera dicho en una situación semejante. Cuando te sientes mal, lo que haces es desparramar la miseria, compartir tus riquezas. Bueno, de tal palo tal astilla, ¿no? Y, a lo mejor, cuando Tad crezca, pensará de ti lo mismo que tú piensas de...*

—¿Por qué hace tanto calor, mamá? —preguntó Tad con voz empañada.

—Es el efecto invernadero —contestó ella sin pararse siquiera a pensar.

No estaba mostrándose a la altura de la situación, y lo sabía. Si aquello fuera un examen final de maternidad —o simplemente de comportamiento adulto—, estaba reprobando. ¿Cuánto tiempo llevaban atrapados en aquel camino particular? Quince horas a lo mucho. Y ella se estaba viniendo abajo y desmoronando.

—¿Podré tomarme un Dr. Pepper cuando lleguemos a casa, mamá?

Las Palabras del Monstruo, manchadas de sudor y arrugadas, yacían fláccidamente sobre sus rodillas.

—Todo el que puedas beber —contestó ella, abrazándolo con fuerza.

Sin embargo, el cuerpo del niño estaba rígido como la madera. No tenía por qué gritarle, pensó ella, trastornada. Si tan sólo no le hubiera gritado.

Pero lo haría mejor, se lo prometía a sí misma. Porque muy pronto vendría el cartero.

—Creo que el mons... creo que el perrito nos va a comer —dijo Tad.

Ella iba a responder, pero no lo hizo. A Cujo seguía sin vérsele por ninguna parte. El ruido del motor del Pinto no lo había atraído. Quizás estuviera durmiendo. Quizás habría sufrido una convulsión y habría muerto. Eso sería maravilloso... sobre todo, en caso de que la convulsión hubiera sido lenta. Dolorosa. Miró de nuevo la puerta de atrás de la casa. Estaba tan tentadoramente cerca. Estaba cerrada con llave. Ahora tenía la certeza. Cuando la gente se va, cierra la puerta con llave. Hubiera sido una imprudencia intentar llegar hasta la puerta, sobre todo teniendo en cuenta que el cartero iba a llegar muy pronto. Piensa en las cosas como si fueran reales, decía a veces Vic. Tendría que hacerlo así, porque eran reales. Más le valdría suponer que el perro aún estaba vivo, tendido simplemente más allá de aquellas puertas semientornadas del estacionamiento. Tendido a la sombra.

Se le hizo agua la boca la idea de la sombra.

Eran casi las once en punto entonces. Unos cuarenta y cinco minutos más tarde, distinguió algo más allá en la hierba, por el lado de Tad. Otros quince minutos de examen la convencieron de que se trataba de un viejo bate de beisbol con el mango cubierto de cinta aislante, medio oculto por la hierba.

Algunos minutos después, poco antes del mediodía, Cujo salió tambaleándose del establo, parpadeando estúpidamente bajo el ardiente sol con sus turbios y enrojecidos ojos.

Cuando vengan a llevarte.
Cuando traigan aquel carro.
Cuando vengan a buscarte
Y te lleven arrastrando...

La voz del cantante Jerry Garcia, suave pero fatigada en cierto modo, flotaba por el pasillo, amplificada y deformada por el radio de alguien hasta dar la impresión de que las vocales estaban flotando por el interior de un largo tubo de acero. Más cerca, alguien estaba gimiendo. Aquella mañana, cuando había bajado al maloliente baño estilo fábrica para afeitarse y ducharse, había visto un charco de vómito en uno de los urinarios y una enorme cantidad de sangre seca en un lavabo.

Baila, baila, Sugaree —cantaba Jerry Garcia—, *sólo no les digas que me conoces.*

Steve Kemp se encontraba de pie junto a la ventana de su habitación en el quinto piso de la Asociación de Jóvenes Cristianos de Portland, contemplando Spring Street y sintiéndose mal sin saber por qué. Estaba mal de la cabeza. No hacía más que pensar en Donna Trenton y en cómo se la había cogido... se la había cogido y después lo había estropeado. ¿Estropeado por qué? ¿Qué mierda había ocurrido?

Pensó que ojalá estuviera en Idaho. Llevaba pensando mucho en Idaho últimamente. Por lo tanto, ¿por qué no dejaba de hacerse el tonto y se iba sin más? No sabía. No le gustaba no saber. No le gustaban todas aquellas preguntas que se arremolinaban en su cabeza. Las preguntas resultaban contraproducentes para su serenidad, y la serenidad era necesaria para el desarrollo del artista. Se había mirado esa mañana en uno de los espejos manchados de pasta de dientes y había pensado que parecía viejo. Francamente viejo. Al regresar a su habitación, había visto una cucaracha zigzagueando afanosamente por el suelo. Los presagios eran malos.

No me dio el pasaporte porque soy viejo, pensó. *No soy viejo. Lo hizo porque ya no le excitaba, porque es una puta y yo le di una sopa de su propio chocolate, ¿Qué le ha parecido la pequeña nota de amor al Maridito Guapo, Donna? ¿Le ha gustado al Maridito Guapo?*

¿Ha *recibido* el maridito la pequeña nota de amor?

Steve aplastó el cigarro en la tapa del frasco que se utilizaba como cenicero en aquella habitación. Ésa era la pregunta central, ¿no? Una vez contestada esa pregunta, las respuestas a todas las demás preguntas vendrían una tras otra. El odioso dominio que ella había ejercido sobre él, diciéndole que se largara antes de que él estuviera listo para terminar su aventura (lo había *humillado,* maldita sea); por una razón: por una muy *buena* razón.

De repente, supo lo que tenía que hacer y el corazón empezó a latirle apresuradamente al pensar en ello. Se metió una mano en el bolsillo e hizo tintinear las monedas que allí guardaba. Era pasado el mediodía y en Castle Rock el cartero al que Donna estaba esperando había iniciado aquella parte de su recorrido que cubría la Maple Sugar Road y Town Road número 3.

Vic, Roger y Rob Martin pasaron la mañana del martes en Image-Eye y después salieron a comerse unas hamburguesas con cerveza. Unas cuantas hamburguesas y un montón de cervezas más tarde, Vic advirtió de repente que estaba más bebido de lo que jamás en su vida lo hubiera estado en el transcurso de un almuerzo de trabajo. Por regla general, se tomaba un solo aperitivo o un vaso de vino blanco; había visto a demasiados excelentes publicistas de Nueva York ahogarse lentamente en alguno de aquellos oscuros locales de las inmediaciones de Madison Avenue, hablándoles a sus amigos acerca de las campañas que nunca iban a organizar... o, en caso de estar lo suficientemente borrachos como para eso, a los meseros de aquellos locales acerca de las novelas que con toda seguridad jamás iban a escribir.

Era una extraña ocasión, medio celebración por una victoria y medio velorio. Rob había recibido la idea del anuncio final del Profesor Cereales Sharp con entusiasmo moderado, diciendo que podría sacarle partido... suponiendo que se le diera la oportunidad. Eso había sido el velorio. Sin la aprobación del viejo Sharp y de sus legendarios chicos, el mejor comercial del mundo no les iba a servir de nada. Todos se iban a quedar con el trasero al aire.

Dadas las circunstancias, Vic suponía que resultaba adecuado emborracharse hasta la inconsciencia.

Ahora, al empezar a registrarse en el restaurante la principal afluencia de clientes que venían a almorzar, los tres se quedaron sentados en el reservado de un rincón con los restos de las hamburguesas sobre papel encerado, las botellas de cerveza diseminadas por la mesa y el cenicero lleno a rebosar. Vic recordó el día en que él y Roger habían estado en el Submarino Amarillo de Portland, discutiendo los pormenores de aquel pequeño safari. Un día en el que todas sus dificultades habían sido exclusivamente dificultades de trabajo. Increíblemente, experimentó una oleada de nostalgia al pensar en aquel día y se preguntó qué estarían haciendo Donna y Tad. *Tengo que llamarles esta noche,* pensó. *Eso si logro estar lo bastante sereno como para recordarlo.*

—Y ahora, ¿qué? —preguntó Rob—. ¿Se van a quedar en Boston o siguen su viaje a Nueva York? Les puedo conseguir boletos para la serie Boston-Kansas, si quieren. Puede que les anime un poco ver a George Brett hacer algunos agujeros en el muro del campo izquierdo.

Vic miró a Roger, el cual se encogió levemente de hombros, diciendo:

—Supongo que seguiremos viaje a Nueva York. Te lo agradecemos de veras, Rob, pero me parece que ninguno de nosotros está de humor para ver partidos de beisbol.

—Aquí ya no podemos hacer nada más —convino Vic—. Teníamos previsto dedicar mucho tiempo durante este viaje a estrujarnos los sesos, pero creo que todos estamos de acuerdo a propósito de la idea del comercial final.

—Hay que resolver todavía muchas dificultades —dijo Rob—. No se enorgullezcan demasiado.

—Podremos eliminar las dificultades —dijo Roger—. Creo que bastará un día con la gente de *marketing*. ¿Estás de acuerdo, Vic?

—Puede que necesitemos dos —contestó Vic—. De todos modos, no hay razón para que no podamos resolver las cosas antes de lo que habíamos imaginado.

—Y entonces, ¿qué?

—Entonces llamaremos al viejo Sharp y concertaremos una cita para verlo —dijo Vic, sonriendo tristemente—. Supongo que acabaremos yendo directamente a Cleveland desde Nueva York. El Viaje Mágico y Misterioso.

—Ver Cleveland y morir —dijo Roger en tono sombrío, vertiendo en un vaso el resto de su botella de cerveza—. No puedo esperar para ver a ese viejo fastidioso.

—No olvides al joven fastidioso —dijo Vic, sonriendo levemente.

—¿Cómo podría olvidar a ese pequeño imbécil? —replicó Roger—. Caballeros, propongo otra ronda.

—En realidad, yo tendría que… —empezó a decir Rob, mirando el reloj.

—Una última ronda —insistió Roger—. Auld Lang Syne, si quieres.

—De acuerdo —dijo Rob, encogiéndose de hombros—. Tengo todavía un negocio que dirigir, no lo olvides. Aunque, sin los Cereales Sharp, me va a quedar mucho tiempo para almuerzos prolongados.

Levantó un vaso en alto y lo estuvo agitando hasta que un mesero lo vio y asintió con la cabeza.

—Dime lo que piensas realmente —le dijo Vic a Rob—. Fuera de broma. ¿Crees que es un fracaso?

Rob lo miró, pareció estar a punto de decir algo, pero después meneó la cabeza.

—No, dilo —le dijo Roger—. Todos estamos navegando en el mismo barco. O en la misma caja de Red Razberry Zingers, o lo que quieras. Crees que no hay ninguna posibilidad, ¿no es cierto?

—No creo que haya posibilidades ni en el infierno —dijo Rob—. Organizarán una buena presentación… es lo que siempre hacen. Conseguirán llevar a cabo la tarea básica en Nueva York y tengo la impresión de que todo lo que les puedan decir los muchachos de investigación de mercado en un plazo tan breve será favorable a su idea. Y Yancey Harrington… creo que actuará, poniendo en ello todo su maldito corazón. La gran escena del lecho de muerte. Su interpretación será tan buena que hará que Bette Davis en *La amarga victoria* se parezca a Ali Mac-Graw en *Historia de amor.*

—Bueno, pero no se trata para nada de eso… —empezó a decir Roger.

—Sí —dijo Rob, encogiéndose de hombros—, tal vez sea un poco injusto. De acuerdo. Considérenlo entonces una última llamada a escena. Llámenlo como quieran, pero llevo en este trabajo el tiempo suficiente como para creer que no habría en la casa ni un ojo seco una vez que el anuncio se transmita durante un periodo de tres o cuatro semanas. *Todo el mundo* se irá de espaldas. Pero…

Les sirvieron las cervezas. El mesero le dijo a Rob:

—El señor Johnson me ha rogado que le diga que hay varios grupos de tres aguardando al señor Martin.

—Muy bien, pues, corra a decirle al señor Johnson que los chicos se están tomando la última ronda y que no se orine en los calzones. ¿De acuerdo, Rocky?

El mesero sonrió, vació el cenicero y asintió con la cabeza.

El mesero se retiró y Rob les dijo entonces a Vic y Roger:

—¿Cuál es la frase final? Ustedes son unos muchachos listos. No necesitan que un camarógrafo con una sola pierna y la boca llena de cerveza les diga lo que ustedes saben hacer.

—Sharp no va a disculparse nada más —dijo Vic—. Eso es lo que piensas, ¿verdad?

Rob hizo un gesto de saludo con la botella de cerveza.

—Pasa al frente de la clase a explicar.

—No es una disculpa —dijo Roger en tono quejumbroso—. Es una maldita *explicación.*

—Ustedes lo ven desde este punto de vista —dijo Rob—, pero ¿y él? Conviene que se hagan esta pregunta. He visto a ese viejo chiflado un par de veces. Él lo verá como el capitán que abandona un barco que se hunde antes de que lo hagan las mujeres y los niños, como la rendición del Álamo, como todos los estereotipos que puedan imaginar. No, yo les diré lo que va a ocurrir, amigos míos —levantó el vaso y bebió despacio—. Creo que una relación muy valiosa y excesivamente breve está a punto de terminar. El viejo Sharp escuchará su propuesta, sacudirá la cabeza y los invitará a marcharse. Con carácter permanente. Y la próxima empresa de relaciones públicas la elegirá su hijo, que elegirá basándose en la empresa que, en su opinión, le vaya a dar más libertad para poner en práctica sus descabelladas ideas.

—Tal vez —dijo Roger—. Pero tal vez...

—Tal vez no importe una *mierda,* ni lo uno ni lo otro —dijo Vic con vehemencia—. La única diferencia entre un buen publicista y un buen vendedor de aceite de serpiente consiste en que un buen publicista hace el mejor trabajo que puede con el material que tiene a mano... sin rebasar los límites de la honradez. En eso estriba el anuncio. Si él lo rechaza, rechaza también lo mejor que podemos hacer. Y eso es el final, *tout fini.*

Aplastó la colilla de su cigarro y estuvo a punto de derramar la botella medio llena de cerveza de Roger. Le estaban temblando las manos.

—Beberé por eso —dijo Rob, asintiendo mientras levantaba el vaso—. Un brindis, señores.

Vic y Roger levantaron sus vasos.

Rob pensó un momento y después dijo:

—Que las cosas salgan bien, incluso contra todo pronóstico.

—Amén —dijo Roger.

Juntaron los vasos y bebieron. Mientras terminaba la cerveza, Vic se sorprendió a sí mismo pensando de nuevo en Donna y Tad.

George Meara, el cartero, levantó una pierna enfundada en la pernera del uniforme gris azulado de correos y soltó un pedo. Últimamente soltaba muchos pedos. Estaba ligeramente preocupado al respecto. Y parecía que no influía en ello lo que hubiera comido. Anoche, él y su mujer habían cenado bacalao con crema, y había soltado pedos. Esta mañana, cereal Kellog's Product 19 con un plátano cortado en trocitos… y había soltado pedos. Y este mediodía en la ciudad, en el Tigre Borracho, dos hamburguesas de queso con mayonesa y… los consabidos pedos.

Había buscado los síntomas en la *Enciclopedia Médica del Hogar,* una valiosa colección en doce volúmenes que su mujer había conseguido uno a la vez, ahorrando el cambio de sus cuentas en Compre y Ahorre de South Paris. Lo que George Meara había descubierto bajo el encabezado de FLATULENCIAS EXCESIVAS no fue demasiado alentador. Podía ser un síntoma de trastornos gástricos. Podía significar que tenía una preciosa úlcera incubándose. Podía ser un problema intestinal. Podía incluso significar la gran C. En caso de que siguiera igual, suponía que tendría que ir a ver al viejo doctor Quentin. El doctor Quentin le diría que soltaba muchos pedos porque se estaba haciendo mayor y sanseacabó.

La muerte de tía Evvie Chalmers a finales de la primavera había afectado mucho a George —mucho más de lo que él hubiera podido creer— y últimamente no le gustaba pensar que estaba haciéndose mayor. Prefería pensar en los Años Dorados del Retiro, años que él y Cathy iban a pasar juntos. Ya basta de levantarse a las seis y media. Ya basta de acarrear sacos del correo y de oír al muy imbécil de Michael Fournier, que era el administrador de correos de Castle Rock. Ya basta de congelarse los testículos en invierno y de volverse loco con todos los veraneantes que pretendían que les repartieran la correspondencia en sus campamentos y casitas de campo cuando llegaba el buen tiempo. En su lugar, habría «Pintorescas excursiones por Nueva Inglaterra». Habría «Toda clase de nuevas aficiones». Y, sobre todo, habría «Descanso y Relajación». Y, en cierto modo, la idea de abrirse camino a pedos a través de los sesenta y tantos y los setenta y tantos años como un cohete defectuoso no encajaba en absoluto con la imagen que él se había forjado de los Años Dorados del Retiro.

Enfiló la pequeña camioneta azul y blanca de correos a la Town Road número 3, haciendo una mueca al penetrar brevemente la cegadora luz del sol a través del parabrisas. El verano había resultado ser tan caluroso como tía Evvie había profetizado... todo eso y mucho más. Oía cantar a los soñolientos grillos entre la alta hierba estival y tuvo una breve visión de los Años Dorados del Retiro, una escena titulada «George descansando en la hamaca del patio de atrás».

Se detuvo frente a la casa de los Milliken e introdujo en el buzón una circular publicitaria de Zayre y el recibo de la luz de la CMP. Era el día en que se distribuían todos los recibos de la luz, pero él esperaba que los de la CMP no esperaran sentados a que les llegara el cheque de los Milliken. Los Milliken eran unos pobres desgraciados de raza blanca, como aquel Gary Pervier que vivía más arriba. Era un escándalo ver lo que le estaba ocurriendo a Pervier, un hombre que había ganado una CSD. Y el viejo Joe Camber no estaba en mucho mejor situación. Los dos iban a acabar muy mal.

John Milliken se encontraba en el patio lateral de su casa, arreglando lo que parecía ser una rastra. George lo saludó con la mano y Milliken levantó brevemente un dedo en respuesta a su saludo antes de reanudar su trabajo.

Éste para ti, estafador de la beneficencia, pensó George Meara. Levantó la pierna e hizo sonar el trombón. Era un asco eso de pedorrear. Y tenías que andarte con mucho cuidado cuando estabas en compañía de otras personas.

Subió hasta la casa de Gary Pervier, sacó otra circular de la Zayre, otro recibo de la luz y un boletín de noticias de la VFW. Lo introdujo todo en el buzón y después dio la vuelta en el sendero de Gary Pervier porque hoy no tenía que subir hasta la casa de Camber. Joe había llamado ayer por la mañana al administrador de correos hacia las diez y le había pedido que le guardaran la correspondencia unos días. Mike Fournier, el gran charlatán que estaba al mando de la oficina de correos de Castle Rock, había rellenado una tarjeta de RETÉNGASE LA CORRESPONDENCIA HASTA NUEVO AVISO y se la había enviado a George.

Fournier le había dicho a Joe Camber que había llamado con quince minutos de retraso y ya no podrían retenerle la correspondencia del lunes, en caso de que ésta hubiera sido su intención.

—No importa —había dicho Joe—. Creo que la de hoy podré recogerla.

Mientras introducía la correspondencia de Gary Pervier en el buzón, George observó que la correspondencia del lunes de Gary —una revista *Mecánica Popular* y una carta de petición de donativos de la Fundación de Becas Rurales— aún no había sido retirada. Ahora, al dar la vuelta, vio que el enorme y viejo Chrysler de Gary estaba en el patio y que la oxidada camioneta de Joe Camber se hallaba estacionada detrás del mismo.

—Se han largado los dos juntos —murmuró en voz alta—. Dos chiflados vagabundeando por ahí.

Levantó la pierna y volvió a soltar un pedo.

La conclusión de George Meara fue la de que probablemente se habrían ido los dos a beber y a putear por ahí, utilizando la camioneta de reparto de Joe Camber. No se le ocurrió preguntarse por qué habrían tomado la camioneta, teniendo a mano unos vehículos mucho más cómodos, y no se percató de la sangre de los escalones del pórtico ni del gran agujero que había en el panel inferior de la puerta de malla de Gary.

—Dos chiflados puteando por ahí —repitió—. Por lo menos, Joe Camber se acordó de anular el reparto de la correspondencia.

Se fue por donde había venido, regresando a Castle Rock y levantando de vez en cuando la pierna para hacer sonar el trombón.

Steve Kemp se dirigió en su vehículo al Dairy Queen de la Galería Comercial de Westbrook para comprarse un par de hamburguesas de queso y una paleta de helado. Estaba sentado en su camioneta, comiendo y contemplando Brighton Avenue, sin ver realmente la calle ni saborear la comida.

Había llamado al despacho del Maridito Guapo. Había dicho llamarse Adam Swallow cuando la secretaria le preguntó su nombre. Dijo que era el director de *marketing* de House of Lights Inc., y había expresado su deseo de hablar con el señor Trenton. Se le había secado la boca de emoción. Y, cuando Trenton se pusiera al aparato, tendrían cosas mucho más interesantes que el *marketing* de qué hablar. Como, por ejemplo, el lunar de la mujercita y lo que éste parecía. Como, por ejemplo, que ella lo había mordido una vez al experimentar el orgasmo, con la suficiente fuerza como para hacerle sangrar. Como, por ejemplo, qué tal le estaban yendo las cosas a la Diosa de las Putas desde que el Maridito Guapo había descubierto que ella era un poco aficionada a disfrutar de lo que había al otro lado de las sábanas.

Pero las cosas no habían sucedido de ese modo. La secretaria le dijo:

—Lo siento, pero el señor Trenton y el señor Breakstone no están en el despacho esta semana. Es probable que estén ausentes también parte de la semana que viene. Podría ayudarle... —en la voz de la chica se advertía una creciente inflexión esperanzada. En realidad, no deseaba ayudar. Era su gran oportunidad de conseguir un nuevo cliente mientras sus jefes estaban resolviendo asuntos de negocios en Boston o quizás en Nueva York... desde luego, no en un sitio exótico como Los Ángeles, tratándose de una pequeña agencia de mierda como Ad Worx. Por consiguiente, quítate de en medio y ponte a bailar hasta que te salga humo de los zapatos, niño.

Le había dado las gracias y había dicho que volvería a llamar a finales de mes. Colgó antes de que ella pudiera pedirle su número de teléfono, puesto que las oficinas de House of Lights Inc. se encontraban en una cabina telefónica de Congress Street, justo frente al establecimiento de artículos para fumadores Joe's.

Y ahora aquí estaba él, comiéndose unas hamburguesas de queso y preguntándose qué iba a hacer a continuación. *Como si no lo supieras,* le musitó una voz interior.

Puso la camioneta en marcha y se dirigió a Castle Rock. Para cuando terminó de comer (la paleta de helado estaba derritiéndose por el palito a causa del calor), ya se encontraba en North Windham. Arrojó los desperdicios al suelo de la camioneta, donde éstos fueron a reunirse con un montón de cosas parecidas: botellas de bebidas de plástico, cajas de Big Mac, botellas retornables de cerveza y refresco, cajetillas vacías de cigarros. Ensuciar las calles era un comportamiento antisocial y antiecológico, y él no hacía esas cosas.

Steve llegó a casa de los Trenton exactamente a las tres y media de aquella calurosa y deslumbradora tarde. Actuando casi con precaución subliminal, pasó por delante de la casa sin aminorar la velocidad y se estacionó a la vuelta de la esquina de una calle secundaria situada a cosa de unos quinientos metros de distancia. Recorrió la distancia a pie.

La entrada estaba vacía y eso le hizo experimentar una punzada de frustrada decepción. No quería reconocer ante sí mismo —sobre todo ahora que parecía ser que ella no estaba— que su propósito era darle una probada de lo que ella tanto había ansiado tener en la primavera pasada. Sin embargo, había estado conduciendo su vehículo desde Westbrook a Castle Rock con una semi-erección que sólo ahora se vino abajo por completo.

Ella se había ido.

No, el que se había ido era el *coche.* Lo uno no era prueba necesaria de lo otro, ¿verdad?

Steve miró a su alrededor.

Lo que hay aquí, señoras y señores, es una tranquila calle suburbana en un día de verano mientras casi todos los chiquillos están tomando la siesta y casi todas las pequeñas esposas, o bien están haciendo lo mismo o bien están pegadas a sus televisiones, estudiando los programas El amor a la vida *o* La búsqueda del mañana. *Todos los Mariditos Guapos están ocupados, tratando de abrirse camino hacia una categoría fiscal más alta y posiblemente hacia una cama en la Unidad de*

Cuidados Intensivos del Centro Médico de Maine Oriental. Dos niños estaban jugando avión sobre un diagrama de gis medio borrado; iban en traje de baño y estaban sudando a mares. Una anciana medio calva estaba jalando un carrito de la compra hecho de alambre con tanta delicadeza como si ella y el carrito fueran de la más fina porcelana translúcida.

En resumen, no estaba ocurriendo gran cosa. La calle estaba dormitando en medio del calor.

Steve subió por el empinado sendero como Pedro por su casa. Miró primero en el diminuto estacionamiento de una sola plaza. Que él supiera, Donna jamás lo había utilizado y ella le había dicho una vez que temía entrar en él con su coche porque la puerta era muy estrecha. En caso de que le hiciera una abolladura al coche, el Maridito Guapo se pondría como una bestia... no, perdón, se pondría como un basilisco.

El estacionamiento estaba vacío. Ni el Pinto ni el viejo Jag... el Maridito Guapo de Donna estaba pasando por lo que se conocía como la menopausia del coche deportivo. A ella no le había gustado que dijera eso, pero Steve no había visto jamás un caso más evidente.

Steve salió del estacionamiento y subió los tres escalones de la entrada de atrás. Probó a abrir la puerta. No estaba cerrada con llave. Entró sin llamar, tras haber mirado con indiferencia a su alrededor para cerciorarse de que no hubiera nadie a la vista.

Cerró la puerta en medio del silencio de la casa. El corazón le estaba latiendo apresuradamente en el pecho una vez más y parecía que le estuviera haciendo vibrar toda la caja torácica. Una vez más, no quería reconocer las cosas. No *tenía* que reconocerlas. Estaban allí de todos modos.

—¿Hola? ¿Hay alguien en casa?

Hablaba en voz alta, sincera, agradable e inquisitiva.

—¿Hola? —repitió a medio pasillo.

Estaba claro que no había nadie en casa. La casa ofrecía una atmósfera silenciosa, cálida y expectante. Una casa vacía llena de muebles resultaba en cierto modo inquietante cuando no era tu casa. Te sentías observado.

—*¿Hola? ¿Hay alguien en casa?*

Lo había intentado por última vez.

Pues entonces déjale un recuerdo y lárgate.

Se dirigió a la sala y permaneció de pie, mirando a su alrededor. Llevaba las mangas de la camisa arremangadas y sus antebrazos estaban ligeramente resbaladizos por el sudor. Ahora podía reconocer las cosas. Que había querido matarla cuando ella le llamó hijo de puta y le escupió en la cara. Que había querido matarla por hacerle sentirse viejo y asustado e incapaz de dominar por más tiempo la situación. La carta había sido algo, pero la carta no había sido suficiente.

A su derecha había unas baratijas sobre una serie de estantes de cristal. Volteó y propinó al estante inferior un fuerte y repentino puntapié. El estante se desintegró. La estructura se tambaleó y después cayó, esparciendo cristal, esparciendo figurillas de porcelana de gatos y pastores y toda aquella alegre mierda burguesa. El pulso le latía en el centro de la frente. Estaba haciendo una mueca sin darse cuenta. Se acercó cuidadosamente a las figurillas que no se habían roto y las aplastó hasta pulverizarlas. Descolgó de la pared un retrato familiar, examinó por un momento el sonriente rostro de Vic Trenton (Tad se encontraba sentado sobre sus rodillas y él rodeaba la cintura de Donna con el brazo) y después arrojó la fotografía al suelo y pisoteó con furia el cristal.

Miró a su alrededor, respirando afanosamente como si acabara de participar en una carrera. Y, súbitamente, se lanzó contra la sala como si ésta fuera algo vivo, algo que le hubiera causado mucho daño y necesitara ser castigado, como si la sala fuera la causante de su dolor. Empujó el sillón reclinable de Vic. Levantó el sofá. Éste permaneció un momento en equilibrio, balanceándose precariamente, y después cayó con gran estrépito, rompiendo la parte posterior de la mesita de centro que había delante. Sacó todos los libros de los estantes, maldiciendo entre dientes, mientras lo hacía, el pésimo gusto de las personas que los habían comprado. Tomó el revistero y lo arrojó contra el espejo que había sobre la repisa de la chimenea, rompiéndolo. Grandes trozos de espejo con la parte posterior de color negro cayeron al suelo como piezas de un rompecabezas. Ahora estaba rugiendo como un toro en celo. Sus enjutas mejillas habían adquirido casi un tono púrpura.

Se dirigió a la cocina, atravesando el pequeño comedor. Al pasar junto a la mesa que los padres de Donna les habían comprado como regalo de inauguración de la casa, extendió el brazo y lo arrojó todo al suelo; la bandeja giratoria para las especias, el jarrón de cristal tallado que Donna había adquirido por un dólar y cuarto en el Emporium Galorium de Bridgton el verano anterior, el tarro de cerveza de la graduación de Vic. El salero y el pimentero de cerámica estallaron como bombas. Ahora la erección había vuelto con toda su fuerza. De su mente se habían alejado los pensamientos de cautela y de posible descubrimiento. Era como si estuviera dentro. En el interior de un oscuro agujero.

En la cocina abrió el cajón de abajo y arrojó las cacerolas y sartenes por todas partes. Se produjo un estruendo espantoso, pero el simple estruendo no constituía satisfacción ninguna. Una hilera de armarios se hallaba adosada a tres de las cuatro paredes de la estancia. Los abrió uno tras otro. Fue tomando los platos con ambas manos y los arrojó al suelo. La loza tintineó musicalmente. Arrojó los vasos y lanzó un gruñido mientras se rompían. Entre ellos había un juego de ocho delicadas copas de vino de largo pie que Donna tenía desde los doce años. Había leído algo acerca de las «arcas de ajuar» en alguna revista y había decidido tener una de aquellas arcas. Finalmente resultó que lo único que guardó en ella antes de perder el interés fueron las copas de vino (su grandiosa intención inicial había sido la de ir guardando las suficientes cosas como para amueblar por completo su casa o departamento cuando se casara), pero las tenía desde más de la mitad de su vida y las apreciaba mucho.

Voló la salsera. La gran bandeja. La radiograbadora Sears se estrelló contra el suelo con un pesado ruido. Steve Kemp bailó encima de él, bailó boogie sobre él. Su miembro, duro como una piedra, pulsaba en el interior de sus pantalones. La vena del centro de la frente le pulsaba al mismo ritmo. Descubrió unas botellas abajo del pequeño fregadero cromado de la esquina. Tomó las botellas llenas hasta la mitad o tres cuartos de su capacidad y las fue lanzando una a una contra la puerta del armario de la cocina, arrojándolas con toda su fuerza; al día siguiente, tendría el brazo derecho tan rígido y dolorido que apenas podría levantarlo a la altura del hombro. Muy pronto la puerta del armario azul quedó empapada de ginebra Gilbey's, Jack Daniel's, whisky J & B, pegajosa *crème de menthe* de color verde, el *amaretto* que Roger y Althea Breakstone les habían regalado por Navidad. El cristal tintineó benignamente bajo la ardiente luz del sol de la tarde, cayendo desde las ventanas sobre el fregadero.

Steve entró en el cuarto de lavado, donde encontró cajas de blanqueadores, Spic and Span, suavizante Downy en una gran botella de plástico azul, Lestoil, Top Job y tres clases de detergente en polvo. Corrió como un lunático que estuviera celebrando la Nochevieja en Nueva York, arrojando por la cocina todos esos productos de limpieza.

Acababa de vaciar la última caja —una caja tamaño económico de Tide que estaba casi llena— cuando vio el mensaje garabateado en el pizarrón de notas con la inconfundible caligrafía puntiaguda de Donna: *Tad y yo fuimos al taller de J. Camber con el Pinto. Volveremos pronto.*

Eso le llevó de nuevo de golpe a la realidad de la situación. Llevaba allí por lo menos media hora, o tal vez más. El tiempo había pasado en un abrir y cerrar de ojos y resultaba difícil medirlo con mayor precisión. ¿Cuánto rato hacía que ella se había marchado cuando él llegó? ¿A quién le había dejado la nota? ¿A cualquier persona que entrara o bien a alguien en concreto? Tenía que largarse de allí… pero primero tenía que hacer una cosa.

Borró el mensaje del pizarrón con su propia manga y escribió en grandes letras mayúsculas:

ARRIBA DEJÉ ALGO
PARA TI, NENA.

Subió los escalones de dos en dos y llegó al dormitorio, situado a la izquierda del rellano del segundo piso. Ahora tenía una prisa terrible, estaba seguro de que iba a sonar el timbre de la puerta o de que alguien —con toda probabilidad otra esposa feliz— asomaría la cabeza por la puerta de atrás y diría (como él había hecho): «¡Hola! ¿Hay alguien en casa?».

Pero, perversamente, eso añadía una punzada definitiva de emoción a aquellos insensatos acontecimientos. Se desabrochó el cinturón, se bajó el cierre y dejó que los jeans le bajaran hasta las rodillas. No llevaba calzones; raras veces los utilizaba. Su miembro sobresalía rígidamente de entre una masa de vello púbico rojizo dorado. No tardó mucho; estaba demasiado excitado. Dos o tres rápidas sacudidas con el puño cerrado y experimentó un orgasmo, inmediato y salvaje. Vertió el semen sobre la colcha con una convulsión.

Se subió de nuevo los jeans, se cerró el cierre (y casi estuvo a punto de que la punta del miembro quedara atrapada en los pequeños dientes dorados de la cremallera… *eso* hubiera tenido gracia, ya lo creo) y corrió hacia la puerta, abrochándose el cinturón. Iba a encontrarse con alguien al salir. Sí. Estaba seguro de ello, como si se tratara de algo predeterminado. Alguna esposa feliz que echaría un vistazo a su acalorado rostro, a sus ojos desorbitados y a sus abombados jeans y se pondría a gritar como una loca.

Trató de prepararse para ello mientras abría la puerta de atrás y salía. Pensando retrospectivamente, le parecía haber metido el suficiente barullo como para despertar a los muertos… ¡aquellos sartenes! ¿Por qué había arrojado por allí aquellos malditos sartenes? ¿En qué debía estar pensando? Todos los vecinos debían haberlo oído.

Pero no había nadie ni en el patio ni en la vereda. La paz de la tarde seguía imperturbada. Al otro lado de la calle, un rociador de pasto giraba con indiferencia. Pasó un niño sobre unos patines. Enfrente había un alto arbusto que separaba la parcela de la casa de los Trenton de la de al lado. Mirando hacia la izquierda desde la entrada de atrás, se podía ver la ciudad acurrucada al pie de la colina. Steve pudo ver con claridad la confluencia entre la carretera 117 y High Street con el parque municipal encajado en uno de los ángulos formados por la intersección de ambas calles. Se quedó de pie en el pórtico, tratando de recuperar la calma. Su respiración se fue tranquilizando poco a poco hasta alcanzar un ritmo más normal de inhalación-exhalación. Encontró un agradable rostro vespertino y se lo puso. Todo ello ocurrió en el espacio de tiempo que el semáforo de la esquina empleó para pasar de rojo a amarillo y a verde y de nuevo a rojo.

¿Y si ella apareciera ahora mismo en la vereda?

Eso lo puso nuevamente en marcha. Había dejado su tarjeta de visita; sólo hubiera faltado que ella le armara un lío. De todos modos, ella no podía hacer nada como no fuera llamar a la policía y él no pensaba que hiciera tal cosa. Había demasiadas cosas que él podía contar: la vida sexual de la gran esposa feliz norteamericana en su hábitat natural. De todos modos, había sido una locura. Mejor sería que se alejara varios kilómetros de Castle Rock. Tal vez más tarde la llamara y le preguntara qué tal le había parecido su trabajo. Tal vez tuviera cierta gracia.

Bajó por el camino, giró a la izquierda y regresó a su camioneta. Nadie lo detuvo. Nadie se fijó indebidamente en él. Un niño con unos patines pasó velozmente a su lado y le gritó:

—¡Hola!

Steve le devolvió el saludo inmediatamente.

Subió a la camioneta y la encendió. Subió por la 117 en dirección a la 302 y siguió por esta carretera hasta su confluencia con la Interestatal 95 en Portland. Compró un boleto de peaje interestatal y se dirigió al sur. Había empezado a preocuparse un poco por lo que había hecho… por la furia destructora que se había apoderado de él al ver que no había nadie en casa. ¿Había sido el castigo demasiado duro para el delito? Ella ya no quería hacerlo con él. Bueno, ¿y qué? Había destrozado buena parte de la maldita casa. ¿Significaba eso tal vez algo desagradable en relación con sus facultades mentales?

Empezó a estudiar estas preguntas poco a poco, como suele hacerlo la gente, introduciendo toda una serie de hechos objetivos en un baño de distintas sustancias químicas que, tomadas en su conjunto, constituyen aquel complejo mecanismo perceptivo humano que se conoce como subjetividad. Como un escolar que trabajara cuidadosamente primero con el lápiz, después con la goma de borrar y después de nuevo con el lápiz, descompuso lo que había hecho y después lo reconstruyó —lo volvió a dibujar en su mente— para que los hechos y su percepción de los hechos concordaran de tal forma que él pudiera aceptarlos.

Cuando llegó a la carretera 495, giró al oeste en dirección a Nueva York y el territorio que se extendía más allá, hasta llegar a las silenciosas tierras de Idaho, el lugar al que se había dirigido Papá Hemingway cuando era viejo y estaba mortalmente herido. Experimentó aquella conocida euforia de sentimientos que se produce cuando se cortan las viejas ataduras y se sigue adelante... aquella mágica sensación que Huck había llamado «largarse en busca de territorio». En tales momentos, se sentía casi recién nacido, percibía con gran intensidad que estaba en posesión de la mayor de las libertades, a saber, la libertad de volver a reinventarse a sí mismo. No hubiera podido entender el significado si alguien le hubiera señalado el hecho de que, lo mismo en Maine que en Idaho, lo más probable era que arrojara la raqueta al suelo con enfurecida decepción en caso de que perdiera un partido de tenis y que se negara a estrechar la mano de su contrincante, como hacía siempre que perdía. Sólo estrechaba la mano por encima de la red cuando ganaba.

Se detuvo a pasar la noche en una pequeña localidad llamada Twickenham. Durmió muy tranquilo. Había llegado al convencimiento de que el hecho de destrozar la casa de los Trenton no había sido un acto de celoso resentimiento medio insensato, sino una muestra de anarquía revolucionaria... dando una paliza a un par de rollizos cerdos de clase media, de aquellos que permiten la permanencia en el poder de los amos fascistas, pagando ciegamente los impuestos y los recibos del teléfono. Había sido un acto de gran valentía y de limpia y justificada furia. Era su manera de decir «el poder para el pueblo», idea que trataba de incluir en todos sus poemas.

No obstante, meditó mientras se dormía en la estrecha cama del motel, se preguntaba qué habría pensado Donna de ello al regresar a casa con el niño. Eso le hizo conciliar el sueño con una leve sonrisa en los labios.

A las tres y media de aquella tarde del martes, Donna ya había desistido de seguir esperando al cartero.

Permanecía sentada rodeando suavemente con el brazo a Tad, el cual se encontraba medio adormilado y aturdido, con los labios cruelmente hinchados a causa del calor y el rostro arrebolado y acalorado. Quedaba un poquito de leche y se la iba a dar muy pronto. En el transcurso de las últimas tres horas y media —desde lo que hubiera sido la hora del almuerzo en casa—, el sol había sido monstruoso e implacable. Incluso con su ventanilla y la de Tad abiertas en una cuarta parte, la temperatura debía haber alcanzado en el interior del vehículo los treinta y ocho grados o más. Era lo que le sucedía a tu coche cuando lo dejabas al sol, nada más. Sólo que, en circunstancias normales, lo que hacías cuando le ocurría eso al coche era bajar los cristales de todas las ventanas, pulsar los botones de los tubos de ventilación y ponerte en marcha. *Pongámonos en marcha...* ¡qué dulce sonido el de estas palabras!

Se lamió los labios.

Durante breves periodos, había abierto del todo las ventanas, creando una ligera corriente, pero temía dejarlas de aquella manera. Podía dormirse. El calor la asustaba —la asustaba por ella misma y más todavía por Tad, por lo que pudiera arrebatarle—, pero no la asustaba tanto como el rostro de aquel perro, babeando espuma y mirándola fijamente con sus sombríos ojos enrojecidos.

La última vez que había bajado del todo los cristales de las ventanillas había sido cuando Cujo había desaparecido en las sombras del establo-estacionamiento. Pero ahora Cujo había regresado.

Se encontraba sentado a la alargada sombra del gran establo, contemplando el Pinto azul, con la cabeza agachada.

La tierra que había delante de sus patas se había convertido en lodo a causa de la baba. De vez en cuando, soltaba un gruñido y daba mordiscos al aire como si estuviera sufriendo alucinaciones.

¿Cuánto tiempo? ¿Cuánto tiempo antes de que muera?

Ella era una mujer racional. No creía en los monstruos de los armarios; creía en las cosas que podía ver y tocar. No había nada de sobrenatural en la babosa ruina de un San Bernardo sentado a la sombra de un establo; era simplemente un animal enfermo que había sido mordido por un zorro o una marmota rabiosa o algo así. No se proponía atacarla a ella personalmente. No era el reverendo Dimmesdale ni Moby Dog. No era el Destino en cuatro patas.

Pero... acababa de adoptar la decisión de echar a correr hacia la puerta de atrás del pórtico cerrado de Camber cuando Cujo emergió tambaleándose de entre la oscuridad del establo.

Tad. Tad era la cuestión. Tenía que sacarlo de todo aquello. Ya basta de tonterías. Ya ni siquiera contestaba con demasiada coherencia. Sólo parecía estar en contacto con los puntos más destacados de la realidad. La vidriosa manera en que sus ojos volteaban a mirarla cuando ella le hablaba, como los ojos de un boxeador que ha sido golpeado y golpeado y golpeado, un boxeador que ha perdido la coherencia junto con la protección bucal y está aguardando tan sólo la última racha de golpes que lo derriben sin sentido sobre la lona... todas esas cosas la aterrorizaban y despertaban todo su sentimiento maternal. Tad era la cuestión. Si hubiera estado sola, ya haría mucho rato que hubiera intentado alcanzar aquella puerta. Era Tad quien se lo impedía porque su mente giraba incesantemente en torno a la imagen del perro que la derribaba al suelo mientras Tad permanecía solo en el coche.

Sin embargo, hasta hacía quince minutos en que Cujo había regresado, Donna había estado disponiéndose a dirigirse hacia aquella puerta. Pasó la escena una y otra vez en su mente como si fuera una película familiar, lo hizo hasta que a una parte de su mente le pareció que ya había ocurrido. Despertaría a Tad por completo, le propinaría un bofetón en caso necesario. Le diría que no abandonara el coche ni la siguiera... *bajo ninguna circunstancia y sin importar lo que ocurriera.* Echaría a correr desde el coche a la puerta del pórtico. Probaría con la manija de la puerta. En caso de que estuviera abierta, estupendo. No obstante, estaba preparada para la posibilidad muy real de que estuviera cerrada. Se había quitado la blusa y ahora permanecía sentada al volante sólo con el brasier blanco de algodón y la blusa sobre las rodillas. Cuando saliera, llevaría la mano envuelta en la blusa. No era una protección perfecta, pero era mejor que nada. Golpearía el cristal más cercano a la manija de la puerta, introduciría la mano y entraría en el pequeño pórtico trasero. Y, en caso de que la puerta interior estuviera cerrada, también se las arreglaría. De alguna manera.

Pero Cujo había salido y eso la había privado del estímulo.

No importa. Volverá a entrar. Ya lo ha hecho otras veces.

Pero ¿lo hará?, parloteó su mente. *Es demasiado perfecto, ¿verdad? Los Camber se han ido y han recordado pedir que les retengan la correspondencia, como buenos ciudadanos; Vic no está y hay pocas posibilidades de que llame antes de mañana por la noche porque no podemos permitirnos el lujo de hablar por larga distancia todas las noches. Y, si llama, llamará temprano. Al no obtener respuesta, supondrá que nos hemos ido a comer al Mario's o a tomar unos helados al Tastee Freeze. Y no llamará más tarde porque pensará que estamos durmiendo. Llamará mañana en su lugar. Vic es muy considerado. Sí, todo es excesivamente perfecto. ¿No había un perro frente a la barca en aquella historia del barquero del río Caronte? El perro del barquero. Llámame simplemente Cujo. Todos estamos dirigiéndonos al Valle de la Muerte.*

Entra, le ordenó en silencio al perro. *Vuelve al establo, maldita sea.*

Cujo no se movió.

Ella se lamió los labios, que se notaban casi tan hinchados como estaban los de Tad.

Se apartó el cabello de la frente y dijo con mucha suavidad:

—¿Cómo vas, Tadder?

—Shhh —murmuró Tad con aire distraído—. Los patos...

—¿Tad? ¿Mi amor? ¿Estás bien? ¡Háblame! —dijo ella sacudiéndolo.

Sus ojos se abrieron poco a poco. Tad miró a su alrededor, un niño pequeño que estaba perplejo, tenía calor y se sentía terriblemente cansado.

—¿Mamá? ¿No podemos irnos aún a casa? Tengo mucho *calor*...

—Iremos a casa —le dijo ella en tono tranquilizador.

—¿Cuándo, mamá? ¿*Cuándo*? —preguntó él, echándose a llorar con desconsuelo.

Oh, Tad, guárdate los líquidos, pensó ella. *Tal vez los necesites.* Vaya cosa estoy pensando. Pero toda la situación era ridícula hasta la locura, ¿verdad? La idea de un niño pequeño muriéndose a causa de la deshidratación...

(ya basta, NO se está muriendo)

a menos de doce kilómetros de la más cercana población importante era una locura.

Sin embargo, la situación es la que es, se recordó a sí misma brutalmente. Y no pienses otra cosa, hermana. Es como una guerra a escala reducida, motivo por el cual todo lo que antes parecía pequeño ahora parece grande. El más mínimo soplo de aire a través de las ventanillas abiertas en una cuarta parte era una brisa. La distancia hasta el pórtico de atrás era de un kilómetro en tierra de nadie. Y, si quieres creer que el perro es el Destino, o el Fantasma de los Pecados Recordados, o incluso la reencarnación de Elvis Presley, puedes creerlo. En esta situación curiosamente reducida —esta situación de vida-o-muerte— hasta el hecho de tener que ir al baño se convertía en una escaramuza.

Vamos a salir de ésta. Ningún perro le va a hacer esto a mi hijo.

—¿Cuándo, mamá? —preguntó Tad, mirándola con los ojos húmedos y él rostro tan pálido como el queso.

—Pronto —dijo ella con expresión sombría.

Le echó el cabello hacia atrás y lo apretó contra sí. Miró a través de la ventana de Tad y sus ojos volvieron a posarse en aquella cosa que había entre la alta hierba, en aquel viejo bate de beisbol revestido de cinta aislante.

Me gustaría romperte la cabeza con él.

En el interior de la casa, el teléfono volvió a sonar.

Ella volvió rápidamente la cabeza, llenándose de repente de una loca esperanza.

—¿Es para nosotros, mamá? ¿Es para nosotros el teléfono?

Ella no le contestó. No sabía para quién era. Pero, con un poco de suerte —porque su suerte iba a cambiar muy pronto, ¿verdad?—, sería de alguien que tendría motivos para inquietarse por el hecho de que nadie contestara al teléfono en casa de los Camber. Alguien que vendría para echar un vistazo.

Cujo levantó la cabeza. Su cabeza se inclinó a un lado y, por un momento, mostró un absurdo parecido con Nipper, el perro de la RCA con la oreja contra la bocina del gramófono. Se levantó temblorosamente y empezó a dirigirse hacia la casa al escuchar el sonido del teléfono.

—A lo mejor el perrito va a contestar al teléfono —dijo Tad—. A lo mejor…

Con rapidez y agilidad aterradora, el enorme perro cambió de dirección y se encaminó hacia el coche. Ahora el torpe tambaleo había desaparecido como si no hubiera sido más que una astuta simulación. Estaba rugiendo y bramando en lugar de ladrar. Le ardían los enrojecidos ojos.

Se lanzó contra el vehículo en medio de un sordo rumor y rebotó… con los ojos aturdidos. Donna observó que el costado de su puerta estaba ligeramente combado. *Tiene que estar muerto,* pensó histéricamente, *tiene que haberse aplastado el cerebro enfermo contra su espina dorsal en una conmoción cerebral profunda, tiene que tiene que* TIENE QUE…

Cujo volvió a levantarse. Tenía el hocico ensangrentado. Sus ojos parecían de nuevo vacíos y como perdidos. En el interior de la casa, el teléfono seguía sonando sin cesar. El perro hizo como que se alejaba y súbitamente se revolvió contra su propio costado como si le hubieran clavado algo, dio una vuelta y se abalanzó contra la ventana de Donna. Se estrelló frente al rostro de Donna con otro tremendo golpe sordo. La sangre salpicó el cristal y apareció una larga grieta plateada. Tad lanzó un grito y se cubrió el rostro con las manos, jalándose las mejillas hacia abajo y clavándose las uñas.

El perro volvió a saltar. Unos gruesos hilos de espuma le bajaban del ensangrentado hocico. Donna pudo ver sus dientes, tan pesados como el viejo marfil amarillento. Sus garras arañaban el cristal. Le salía sangre de una herida que se había producido entre los ojos. Mantenía los ojos fijos en los de Donna, unos ojos turbios y apagados, pero no exentos —ella hubiera podido jurarlo—, no exentos de cierto conocimiento. Algún conocimiento perverso.

—¡Lárgate de aquí! —le gritó.

Cujo se abalanzó de nuevo contra el costado del coche por abajo de la ventana. Y otra vez, y otra. Ahora la puerta estaba muy pandeada hacia dentro. Cada vez que la mole de cien kilos del perro se estrellaba contra el Pinto, éste se balanceaba sobre los amortiguadores. Cada vez que oía aquel pesado y sordo rumor, Donna tenía la certeza de que debía haberse matado o, por lo menos, que había quedado inconsciente. Y, cada vez, el perro trotaba de nuevo hacia la casa, daba media vuelta y cargaba otra vez contra el coche. La cara de Cujo era una máscara de sangre y pelo enmarañado desde la cual sus ojos, en otros tiempos cariñosos, dulces y castaños, miraban con estúpida furia.

Miró a Tad y vio que éste había entrado en shock, acurrucado en su asiento formando una apretada posición fetal, con las manos entrelazadas sobre la nuca y el pecho moviéndose a sacudidas.

Tal vez sea mejor. Tal vez…

En el interior de la casa, el teléfono dejó de sonar. Cujo, a punto de abalanzarse de nuevo, se detuvo. Ladeó nuevamente la cabeza en aquel curioso gesto evocador. Donna contuvo la respiración. El silencio parecía muy profundo. Cujo se sentó, levantó su hocico horriblemente destrozado hacia el cielo y aulló una vez, emitiendo un sonido tan oscuro y solitario que ella se estremeció y, en lugar de calor, experimentó una sensación de frío como si se encontrara en una bóveda subterránea. En aquel instante supo —no

271

presintió o pensó simplemente—, *supo* que el perro era algo más que un simple perro.

Pasó el momento, Cujo se levantó con gesto muy lento y cansado y se dirigió hacia la parte delantera del Pinto. Donna supuso que se habría tendido allí… ya no podía verle la cola, pese a lo cual, se mantuvo en tensión todavía unos momentos, preparándose mentalmente ante la posibilidad de que el perro volviera a saltar sobre el cofre, tal como lo había hecho antes. Pero no lo hizo. Y no hubo más que silencio.

Tomó a Tad en sus brazos y empezó a cantarle suavemente.

Cuando Brett por fin se dio por vencido y salió de la cabina telefónica, Charity lo tomó de la mano y lo acompañó a la cafetería del Caldor's. Habían acudido al Caldor's para echar un vistazo a manteles y cortinas que hicieran juego.

Holly los estaba esperando, terminando un refresco con helado.

—Nada malo, ¿verdad? —preguntó.

—Nada demasiado grave —contestó Charity, despeinándole el cabello a Brett—. Está preocupado por su perro. ¿Verdad, Brett?

Brett se encogió de hombros… y después asintió con tristeza.

—Tú sigue adelante, si quieres —le dijo Charity a su hermana—. En un ratito te alcanzamos.

—Muy bien. Estaré abajo —Holly terminó el refresco y dijo—: apuesto a que tu perrito está bien, Brett.

Brett le dirigió la mejor sonrisa que pudo, pero no contestó. Observaron a Holly mientras se alejaba, muy elegante con su vestido color vino y sus sandalias de suela de corcho, elegante como Charity sabía que ella jamás podría ser. Tal vez en otros tiempos, pero no ahora. Holly había dejado a sus hijos al cuidado de alguien y los tres se habían trasladado a Bridgeport hacia el mediodía. Holly les había invitado una comida estupenda —pagando con una tarjeta del Diners Club— y después se habían ido de compras. Pero Brett se había mostrado apagado y retraído a causa de su preocupación por Cujo. Y a Charity tampoco se le había antojado mucho ir de compras; tenía calor y aún estaba un poco nerviosa por el episodio de sonambulismo de Brett de aquella mañana. Por fin había sugerido que éste intentara llamar a casa desde una de las cabinas que había a la vuelta de la esquina del *snack bar*... pero el resultado había sido exactamente el que ella había temido.

Vino la mesera, Charity pidió café, leche y dos panes dulces.

—Brett —dijo—, cuando le hablé a tu padre de este viaje, él no se mostró de acuerdo...

—Sí, ya me lo imaginé.

—... y después cambió de idea. Cambió de idea de repente. Creo que tal vez... tal vez vio la oportunidad de tomarse unas pequeñas vacaciones por su cuenta. A veces los hombres se van por su cuenta, ¿sabes?, y hacen cosas...

—¿Como cazar?

(e ir por putas y beber y Dios sabe qué otras cosas o por qué)

—Sí, como eso.

—E ir al cine —dijo Brett.

Les sirvieron lo que habían pedido y Brett empezó a comer su pastelito danés.

(sí, a ver las películas clasificadas X en la Washington Street que llaman la Zona de Combate)

—Pudiera ser. En cualquier caso, es posible que tu padre se haya tomado un par de días de vacaciones para irse a Boston...

—Oh, no creo —dijo Brett, muy serio—. Tenía mucho trabajo. *Mucho* trabajo. Me lo dijo.

—Tal vez no tuviera tanto como él pensaba —dijo ella, esperando que el cinismo que experimentaba no se reflejara en su voz—. En cualquier caso, eso es lo que yo pienso que ha hecho y por eso no ha contestado el teléfono ni ayer ni hoy. Tómate la leche, Brett. Fortalece los huesos.

Él se bebió la mitad de su leche y sobre su labio superior apareció el bigote de un hombre viejo. Dejó el vaso.

—A lo mejor sí. Es posible que haya convencido a Gary de que lo acompañe. Gary le cae muy bien.

—Sí, tal vez haya convencido a Gary de que lo acompañe —dijo Charity. Lo dijo como si esta idea no se le hubiera ocurrido a ella, pero lo cierto era que había llamado a casa de Gary aquella mañana mientras Brett se encontraba en el patio de atrás, jugando con Jim hijo. No había obtenido respuesta. No le cabía la menor duda de que ambos estaban juntos, dondequiera que estuviesen—. Casi no has probado el pan.

Él lo tomó, ingirió un bocado como requisito y volvió a dejarlo.

—Mamá, creo que Cujo estaba enfermo. Parecía enfermo cuando lo vi ayer por la mañana. Lo digo en serio.

—Brett…

—De veras, mamá. Tú no lo viste. Parecía… bueno, atontado.

—Si supieras que Cujo está bien, ¿te quedarías tranquilo?

Brett asintió.

—Pues esta noche llamaremos a Alva Thornton de Maple Sugar —dijo ella—. Le pediremos que vaya a echar un vistazo, ¿de acuerdo? Tengo la impresión de que tu padre ya le habrá llamado, pidiéndole que le dé la comida a Cujo mientras él esté fuera.

—¿Lo crees de veras?

—Sí.

Alva o alguien como Alva; en realidad, nadie que fuera amigo de Joe porque, que ella supiera, Gary era el único amigo auténtico que tenía Joe; pero sí algún hombre que le hiciera un favor a cambio de otro favor en el futuro.

La expresión de Brett se animó como por arte de magia. Una vez más, la persona adulta había ofrecido la respuesta adecuada, como si hubiera sacado un conejo de un sombrero. En lugar de alegrarla, ello la entristeció momentáneamente. ¿Qué iba a decir si llamaba a Alva y éste le decía que no había visto a Joe desde hacía siglos? Bueno, ya cruzaría este puente cuando tuviera que hacerlo, pero seguía creyendo que Joe no habría dejado a Cujo para que se las arreglara por su cuenta. Eso no era propio de él.

—¿Vamos ahora a buscar a tu tía?

—Sí. Déjame terminar.

Charity lo observó con expresión medio divertida y medio aterrada mientras se terminaba el pan dulce en tres bocados y lo empujaba hacia abajo con el resto de la leche. Después, Brett empujó la silla hacia atrás.

Charity pagó la cuenta y ambos se dirigieron a la escalera mecánica de bajada.

—Carajo, qué tienda tan grande —dijo Brett con expresión de asombro—. Es una ciudad muy grande, ¿verdad, mamá?

—En comparación con Nueva York, es como Castle Rock —contestó ella—. Y no digas «carajo», Brett, es una palabrota.

—Muy bien —Brett se agarró a la barandilla móvil, mirando a su alrededor. A su derecha había todo un laberinto de periquitos parlanchines. A la izquierda, estaba el departamento de artículos para el hogar con objetos cromados brillando por todas partes y un lavatrastes con el frente enteramente de cristal para que se pudiera comprobar su acción limpiadora. Miró a su madre mientras bajaban de la escalera mecánica—. Ustedes dos crecieron juntas, ¿verdad?

—Espero porder contarte —dijo Charity, sonriendo.

—Es muy simpática—dijo Brett.

—Vaya, me alegro de que lo pienses. Yo siempre le he tenido mucho cariño.

—¿Cómo consiguió ser tan rica?

Charity se detuvo.

—¿Eso es lo que piensas que son Holly y Jim? *¿Ricos?*

—La casa en que viven no salió barata —dijo él y, una vez más, Charity pudo ver a su padre asomando por las esquinas de su rostro todavía en fase de formación, Joe Camber con su deformado sombrero verde ajustado en la parte posterior de la cabeza y los ojos excesivamente astutos, mirando de soslayo—, y la rocola. Eso también es costoso. Ella tiene toda una cartera de tarjetas de crédito y nosotros sólo tenemos la Texaco…

—¿Te parece bonito fisgonear en las carteras de las personas que te acaban de invitar a una buena comida? —dijo ella, regañándolo.

Él adoptó una expresión dolida y asombrada y después sus facciones se suavizaron. Ése era otro de los trucos de Joe Camber.

—Simplemente lo he observado. Hubiera sido difícil que no lo hiciera con lo mucho que las presume...

—¡No las estaba presumiendo! —dijo Charity, escandalizada.

Se detuvo de nuevo. Habían llegado al departamento de cortinas.

—Sí lo hacía —dijo Brett—. Si hubieran sido un acordeón, hubiera podido tocar «Dama de España».

Charity se enfureció repentinamente con él... en parte porque sospechaba que tal vez tuviera razón.

—Quería que tú las vieras todas —dijo Brett—. Eso es lo que yo creo.

—No me interesa demasiado lo que crea al respecto, Brett Camber —su rostro estaba arrebolado. Sus manos ansiaban darle una cachetada a Brett. Hacía unos momentos, en la cafetería, lo amaba... y, lo que todavía era más importante, se había sentido su amiga. ¿Dónde estaban ahora aquellos buenos sentimientos?

—Simplemente me estaba preguntando cómo habría conseguido tanta lana.

—Ésa es una palabra bastante vulgar, ¿no te parece?

Él se encogió de hombros en actitud de franca hostilidad, provocándola deliberadamente, según ella sospechaba. Todo se remontaba a lo que el niño había percibido en el transcurso del almuerzo, pero la cosa iba todavía más lejos. Estaba comparando su propia forma de vida y la forma de vida de su padre con otra distinta. ¿Acaso había pensado Charity que él iba a aceptar automáticamente la forma de vida de su hermana y su marido por el simple hecho de que ella quisiera que la aceptara... una forma de vida que a ella le había sido negada por la mala suerte, por su propia estupidez o por ambas cosas? ¿Acaso él no tenía derecho a criticar... o a analizar?

Sí, ella reconocía que sí, pero no había esperado que su observación fuese tan perturbadoramente sofisticada (aunque revistiera un carácter intuitivo), tan precisa o tan deprimentemente negativa.

—Supongo que ha sido Jim el que ha ganado el dinero —dijo ella—. Ya sabes lo que hace…

—Sí, es un oficinista.

Pero esta vez Charity no se dejó arrastrar.

—Si a ti te lo parece. Holly se casó con él cuando él estudiaba la licenciatura en Derecho en la universidad de Maine, en Portland. Cuando estudiaba Derecho en Denver, ella trabajó en toda clase de empleos de mala muerte para que él pudiera terminar la carrera. Es algo que se hace a menudo. Las esposas trabajan para que sus maridos puedan estudiar y conseguir una especialización… —Charity estaba buscando a Holly con la mirada y, por fin, le pareció ver la parte superior de la cabeza de su hermana menor varios pasillos a la izquierda—. Sea como fuere, cuando por fin Jim terminó la carrera, él y Holly regresaron de nuevo al este y él empezó a trabajar en Bridgeport en una importante barra de abogados. Entonces no ganaba mucho dinero. Vivían en un departamento de una tercera planta sin aire acondicionado en verano y sin demasiada calefacción en invierno. Pero él se abrió camino y ahora es lo que se llama un socio menor. Y supongo que gana mucho dinero en comparación con nosotros.

—A lo mejor enseña sus tarjetas de crédito por ahí porque a veces todavía se siente pobre por dentro —dijo Brett.

Charity se sorprendió también de la casi pavorosa perspicacia de este comentario. Le alborotó suavemente el cabello, tras habérsele pasado el enojo.

—Me dijiste que tu tía te caía bien.

—Sí, es verdad. Allí está, por allí.

—Ya la veo.

Se reunieron con Holly, que ya había comprado un montón de cortinas y ahora estaba buscando manteles.

Por fin, el sol se había puesto detrás de la casa.

Poco a poco, el horno que era el interior del Pinto de los Trenton empezó a enfriarse. Empezó a soplar una brisa más o menos regular y Tad dirigió el rostro hacia ella con expresión de gratitud. Se sentía mejor, por lo menos de momento, de lo que se había sentido en todo el día. Es más, todo el resto del día hasta ahora le parecía una pesadilla terrible que sólo podía recordar en parte. En algunos momentos, él se había ido; había simplemente abandonado el coche y se había ido. Lo recordaba muy bien. Iba montado a caballo. Él y el caballo bajaban por un alargado campo y había conejos jugando por allí, como en aquella película de dibujos animados que su mamá y su papá lo habían llevado a ver en el Magic Lantern Theater de Bridgton. Había un estanque al final del campo y en el estanque había unos patos. Los patos eran sociables. Tad había jugado con ellos. Aquí estaba mejor que con mamá, porque el monstruo estaba donde estaba mamá, el monstruo que se había escapado de su armario. A Tad le gustaba estar aquí, aunque le constara vagamente que, en caso de que se quedara demasiado rato, tal vez olvidara cómo regresar al coche.

Después el sol se había puesto detrás de la casa. Había unas sombras oscuras, lo suficientemente densas como para tener textura de algo así como terciopelo. El monstruo había desistido de intentar agarrarlos. El cartero no había acudido pero, por lo menos, él podía descansar ahora cómodamente. Lo peor era estar tan sediento. Jamás en su vida había deseado tanto poder tomar agua. Por eso resultaba tan agradable el lugar en el que se encontraban los patos... un lugar húmedo y verde.

—¿Qué dijiste, mi amor?

El rostro de mamá, inclinándose sobre el suyo.

—Sed —dijo él con un croar de rana—. Tengo mucha sed, mamá.

Recordó que solía decir «ched» en lugar de sed. Pero algunos de los chicos del campamento diurno se habían burlado de él y le habían llamado tonto, de la misma manera que se habían burlado de Randy Hofnager por decir «dechayuno» en lugar de «desayuno». Empezó a pronunciarlo bien, reprendiéndose severamente por dentro cada vez que se le olvidaba.

—Sí, lo sé. Mamá también tiene sed.

—Apuesto a que hay agua en esa casa.

—Mi amor, no podemos entrar en la casa. Todavía no. El perro malo está delante del coche.

—¿Dónde?

Tad se incorporó sobre las rodillas y se sorprendió de la ligereza que le atravesó perezosamente el cerebro como una ola que rompiera suavemente en la playa. Apoyó una mano en el tablero para no caerse y tuvo la sensación de que la mano se encontraba al final de un brazo de un kilómetro de longitud.

—No lo veo.

Su voz sonaba también lejana, como un eco.

—Siéntate, Tad. Estás…

Ella estaba hablando todavía y él notó que lo acomodaba de nuevo en el asiento, pero todo era lejano. Las palabras le llegaban desde una larga distancia gris; había como una bruma entre él y ella, igual que la bruma de esta mañana… o de ayer por la mañana… o de cualquiera que fuera la mañana en que su papá se hubiera marchado para emprender su viaje. Pero había un lugar luminoso allí delante, por lo que él dejó a su madre para irse allí. Era el lugar de los patos. Patos y un estanque y nenúfares. La voz de mamá se convirtió en un remoto zumbido. Su bello rostro, tan grande, siempre allí, tan sereno, tan parecido a la luna que a veces miraba por su ventana cuando él se despertaba muy entrada la noche con necesidad de hacer pipí… aquel rostro se volvió gris y perdió definición. Se disolvió en la bruma gris. Su voz se convirtió en el perezoso zumbido de las abejas que eran demasiado simpáticas como para picar, y en el chapoteo del agua.

Tad jugó con los patos.

Donna se adormiló y, cuando volvió a despertarse, todas las sombras se habían mezclado entre sí y los últimos restos de luz en el sendero de los Camber habían adquirido el color de la ceniza. Era el crepúsculo. Volvía en cierto modo a ser el crepúsculo y ellos estaban —increíblemente— todavía allí. El sol se encontraba en el horizonte, redondo y rojo anaranjado. Se le antojaba una pelota de básquet que hubiera sido sumergida en sangre. Movió la lengua en el interior de su boca. La saliva, que se había aglutinado en una densa goma, se disolvió a regañadientes y volvió a ser más o menos una saliva normal. Se sentía la garganta como de franela. Pensó en lo maravilloso que sería tenderse bajo la llave del jardín de su casa, abrirla totalmente, quedarse con la boca abierta y dejar simplemente que el agua helada bajara en cascada. La imagen fue lo suficientemente poderosa como para provocarle un estremecimiento que le erizó la piel, lo suficientemente poderoso como para provocarle dolor de cabeza.

¿Estaría el perro todavía delante del coche?

Miró, pero, como es natural, no había modo de saberlo. Lo único que podía ver con toda seguridad era que no estaba delante del establo.

Hizo sonar el claxon, pero sólo se produjo un oxidado bocinazo y nada cambió. Podía estar en cualquier parte. Deslizó el dedo por la grieta plateada del cristal de su ventanilla y se preguntó qué podría ocurrir en caso de que el perro golpeara el cristal unas cuantas veces más. ¿Podría romperlo? No lo hubiera creído veinticuatro horas antes, pero ahora no estaba tan segura.

Volvió a mirar la puerta que daba acceso al pórtico de los Camber. Parecía estar más lejos que antes. Eso le hizo recordar un concepto que habían discutido en una clase de psicología en la universidad. *Idée fixe,* lo había llamado el profesor, un remilgado hombrecillo con un bigote parecido a un cepillo de dientes. *Si se sitúan ustedes en unas escaleras eléctricas de bajada que no se mueven, les va a resultar repentinamente muy difícil poder andar.* Le había hecho tanta gracia que, por fin, había encontrado en Bloomingdale's unas escaleras eléctricas de bajada con la indicación de NO FUNCIONA y había intentado bajar. Para su mayor diversión, había descubierto que el pequeño y remilgado profesor agregado tenía razón: las piernas no querían moverse. Ello la indujo a tratar de imaginar qué le ocurriría a tu cabeza si las escaleras de tu casa empezaran súbitamente a moverse mientras tú estuvieras bajando. La sola idea la hizo reírse en voz alta.

Pero ahora no resultaba tan divertido. En realidad, no resultaba divertido en absoluto.

La puerta de aquel pórtico parecía estar efectivamente más lejos.

El perro me está perturbando psicológicamente.

Trató de rechazar esta idea en cuanto se le ocurrió, y después dejó de intentarlo. Las cosas se habían vuelto ahora demasiado desesperadas como para que ella pudiera permitirse el lujo de mentirse a sí misma. De manera consciente o inconsciente, Cujo la estaba perturbando psicológicamente. Utilizando tal vez su propia *idée fixe* acerca de cómo tenía que ser el mundo. Pero las cosas habían cambiado. El suave funcionamiento de la escalera mecánica había terminado. Ella no podía seguir de pie en los escalones inmóviles, aguardando a que alguien volviera a poner el motor en marcha. Lo cierto era que ella y Tad estaban sometidos al asedio del perro.

Tad estaba durmiendo. Si el perro se encontraba en el establo, ahora podría intentarlo.

Pero ¿y si estaba todavía delante del coche o abajo de éste?

Recordó algo que su padre solía decir a veces cuando estaba viendo los partidos de futbol americano por televisión. Su papá casi siempre bebía más de la cuenta en tales ocasiones y solía comer un gran plato de frijoles fríos procedentes de la cena del sábado por la noche. Como consecuencia de ello, la sala de la televisión resultaba inhabitable para cualquier forma de vida terrestre cuando llegaba el último cuarto del juego; e incluso el perro se largaba subrepticiamente con una inquieta sonrisa de desertor en el rostro.

Esta frase de su padre estaba reservada para tacleadas y pases interceptados especialmente bonitos. «¡A éste lo estaba acechando entre los arbustos!», gritaba su padre. A su madre le hartaba esa frase, si bien cabe señalar que, cuando Donna era adolescente, casi todo lo que hacía su padre volvía loca a su madre.

Ahora tuvo la visión de Cujo delante del Pinto, no durmiendo en absoluto sino agazapado sobre la grava con las patas traseras dobladas abajo del cuerpo y los ojos inyectados en sangre clavados en el lugar en el que ella aparecería en cuanto bajara del vehículo por el lado del conductor. La estaba aguardando, esperando que fuera lo suficientemente insensata como para salir. La estaba acechando entre los arbustos.

Se frotó el rostro con ambas manos en un rápido y nervioso gesto como de lavarse. En lo alto del cielo, Venus atisbaba ahora desde el oscuro azul. El sol había desaparecido, dejando una inmóvil pero insensata luz sobre los campos. En algún lugar, un pájaro cantó, enmudeció y volvió a cantar.

Se le ocurrió pensar que no estaba en modo alguno tan deseosa de abandonar el coche y echarse a correr hacia la puerta como había estado aquella tarde. Parte de ello se debía al hecho de haberse dormido y haber despertado después sin saber exactamente dónde estaba el perro. Parte de ello se debía al simple hecho de que el calor estaba disminuyendo... el atormentador calor y los efectos que había ejercido sobre Tad habían sido lo que más la había impulsado a moverse. Ahora se estaba bastante bien en el coche y el estado medio desfallecido de Tad con los párpados entreabiertos se había convertido en un verdadero sueño. Tad estaba descansando cómodamente, por lo menos de momento.

Sin embargo, temía que estas cosas fueran secundarias al motivo principal por el que ella se encontrara allí todavía... es decir, el hecho de que, poco a poco, hubiera alcanzado algún punto psicológico de preparación y éste ya hubiera quedado atrás. Recordaba de las clases de verano de su infancia en Camp Tapawingo que llegaba un instante, aquella primera vez que pisabas el trampolín para saltar al agua y, si no podrías, debías retirarte ignominiosamente para permitir que la chica que venía detrás llevara a cabo su intento. Llegaba un día en el transcurso de la experiencia de aprender a manejar en que, finalmente, tenías que abandonar los desiertos caminos rurales y probar a manejar en la ciudad. Llegaba un momento. Siempre llegaba un momento. Un momento para saltar, un momento para conducir, un momento para tratar de alcanzar la puerta trasera.

Más tarde o más temprano, el perro haría su aparición. La situación era mala, había que reconocerlo, pero no desesperada. El momento adecuado se producía en ciclos... eso no era nada que hubiera aprendido en una clase de psicología: era algo que ella sabía instintivamente. Si te acobardabas el lunes en el trampolín no existía ninguna ley que dijera que no pudieras volver a intentarlo el martes. Podías...

Su mente le dijo a regañadientes que era un razonamiento mortalmente falso.

Ella no era tan fuerte esta noche como la noche anterior. Estaría más débil y todavía más deshidratada mañana por la mañana. Y eso no era lo peor. Llevaba casi todo el rato sentada desde —¿cuánto tiempo?—, no parecía posible, pero habían transcurrido unas veintiocho horas. ¿Y si estuviera demasiado rígida como para poder hacerlo? ¿Y si llegara sólo a medio camino y cayera al suelo a causa de unos calambres en los músculos de los muslos?

En cuestiones de vida y muerte, le dijo implacable su mente, *el momento adecuado sólo se produce una vez... una vez y después desaparece.*

Su respiración y su pulso se habían acelerado. Su cuerpo fue consciente antes que su mente de que iba a realizar el intento. Se envolvió la blusa con más fuerza alrededor de la mano derecha, apoyó la mano en la manija de la puerta, y lo supo. No había habido ninguna decisión consciente de que ella se hubiera podido percatar; de repente, iba simplemente a intentarlo. Iría ahora que Tad estaba profundamente dormido y no había peligro de que corriera tras ella.

Empujó la manija hacia arriba con la mano resbaladiza a causa del sudor. Estaba conteniendo la respiración, atenta a cualquier cambio que pudiera producirse.

El pájaro volvió a cantar. Eso fue todo.

Si ha abollado la puerta y la ha deformado demasiado, ni siquiera se abrirá, pensó. Sería una especie de amargo alivio. Entonces podría reclinarse en su asiento, volver a pensar en las opciones, ver si había algo que hubiera excluido de sus cálculos... y tener un poco más de sed... sentirse un poco más débil... un poco más torpe.

Ejerció presión sobre la puerta, apoyando el hombro izquierdo contra ella y empujando gradualmente cada vez con más peso. Su mano derecha estaba sudando en el interior de la blusa de algodón. La mantenía tan fuertemente cerrada que le dolían los dedos. Percibía vagamente que las medias lunas de las uñas se estaban clavando en su palma. Una y otra vez, se veía con su ojo mental, golpeando el cristal al lado de la manija de la puerta del pórtico, oía el tintineo de los fragmentos sobre las tablas de madera del interior, se veía a sí misma introduciendo la mano para abrir por dentro...

Pero la puerta del vehículo no se abría. Empujó con toda su fuerza, ejerciendo presión, con los tendones del cuello tensos. Pero no se abría. No...

Pero entonces se abrió de repente. Se abrió de par en par con un terrible estruendo metálico, casi expulsándola al exterior en posición a gatas. Hizo además de agarrar la manija, falló y consiguió agarrarla de nuevo. Mientras permanecía asida a ella, una aterradora y repentina certeza se insinuó en su mente. Fue algo tan frío y entorpecedor como el veredicto médico de un cáncer inoperable. Había abierto la puerta, pero ésta no se volvería a cerrar. El perro entraría de un salto y los mataría a los dos. Tad tendría un despertar confuso, un último y piadoso instante en el que pensaría que era un sueño antes de que los dientes de Cujo le desgarraran la garganta.

Su respiración traqueteaba ruidosamente hacia dentro y hacia fuera, rápida y más rápida. Sus pensamientos se agolpaban locamente. Escenas del pasado se adelantaron al primer plano de su mente como la película de un desfile en cámara rápida, hasta el punto de dar la impresión de que las bandas de música y los jinetes a caballo y los que hacen juegos malabares con los bastones están huyendo del escenario de algún espantoso crimen:

El triturador de desperdicios regurgitando un asqueroso revoltijo verde por todo el techo de la cocina y retrocediendo hasta la cubeta del bar.

Cayendo en el pórtico de atrás cuando tenía cinco años y rompiéndose la muñeca.

Se miraba a sí misma en el segundo curso de álgebra durante su primer año en la preparatoria cuando, para su absoluta vergüenza y horror, encontró manchas de sangre en su falda de hilo azul claro: le había bajado la regla. ¿Cómo iba a levantarse del asiento cuando sonara el timbre sin que todo el mundo viera, sin que todo el mundo supiera que Donna-Rose estaba en sus días?

El primer chico al que había besado con la boca abierta, Dwight Sampson.

Sosteniendo a Tad en sus brazos, recién nacido, y después la enfermera llevándoselo; hubiera querido decirle a la enfermera que no lo hiciera —*devuélvamelo, aún no he terminado,* éstas eran las palabras que habían acudido a su mente—, pero se sentía demasiado débil como para poder hablar, y después aquel horrible ruido de violento chapoteo de la placenta saliendo de su interior; recordó haber pensado *Estoy vomitando sus sistemas de conservación vital,* y después se desmayó.

Su padre, llorando en su boda y después emborrachándose en la recepción.

Rostros. Voces. Habitaciones. Escenas. Libros. El terror de este momento, pensando *VOY A MORIR...*

Con un tremendo esfuerzo, consiguió controlarse en cierto modo. Sujetó la manija de la puerta del Pinto con ambas manos y dio un tremendo jalón. La puerta se cerró velozmente. Se percibió de nuevo aquel sonido metálico al protestar la bisagra que Cujo había desequilibrado. Se oyó un pesado golpe al cerrarse la puerta y Tad se irguió y murmuró algo en sueños.

Donna se reclinó en su asiento, estremeciéndose sin poderlo remediar, y lloró en silencio. Unas cálidas lágrimas resbalaron desde sus párpados y siguieron una trayectoria oblicua hacia sus orejas. Jamás en su vida había estado tan asustada de algo, ni siquiera de noche en su habitación cuando era pequeña y le parecía que había arañas por todas partes. Ahora no podía ir, se aseguró a sí misma. Era impensable. Estaba totalmente perdida. Tenía los nervios hechos pedazos. Mejor esperar, esperar otra oportunidad más favorable...

Pero no se atrevía a permitir que su *idée* adquiriera el carácter de *fixe*.

285

No iba a haber ninguna oportunidad más favorable que ésta. Tad estaba excluido de ella, y el perro también estaba excluido. Tenía que ser verdad; toda lógica declaraba que era verdad. El primer violento sonido metálico, después otro ruido cuando ella había jalado la puerta y el golpe de ésta al cerrarse de nuevo. Si el perro hubiera estado delante del coche, se hubiera levantado enseguida. Podía estar en el establo, pero ella creía que también habría oído el ruido desde allí. Se habría ido sin duda a pasear por alguna parte. No se le iba a ofrecer ninguna oportunidad mejor que la de ahora y, si tenía miedo de hacerlo por ella, no tenía que tener miedo de hacerlo por Tad.

Todo convenientemente noble. Sin embargo, lo que por fin la convenció fue una visión de sí misma entrando en la casa a oscuras de los Camber, la tranquilizadora sensación del teléfono en su mano. Podía oírse a sí misma, hablando con uno de los delegados del alguacil Bannerman, muy tranquila y racionalmente, y después colgando de nuevo el teléfono. Después, yendo a la cocina a beber un vaso de agua fría.

Volvió a abrir la puerta, esta vez preparada para oír el sonido metálico, pero haciendo de todos modos una mueca al oírlo. Maldijo en su interior al perro, abrigando la esperanza de que ya se hubiera muerto de una convulsión en algún lugar y estuviera cubierto de moscas.

Echó las piernas hacia fuera, haciendo una mueca al experimentar rigidez y dolor. Y, poco a poco, se levantó bajo el cielo oscuro.

El pájaro cantó en algún lugar cercano: cantó tres notas y enmudeció de nuevo.

Cujo oyó abrirse de nuevo la puerta, como el instinto le había dicho que iba a ocurrir. La primera vez que la puerta se abrió, había estado a punto de rodear la parte delantera del coche, en la que se hallaba tendido en un estado de semiestupor. Había estado a punto de rodearla para atacar a la MUJER que le había producido aquel terrible dolor en la cabeza y el cuerpo. Había estado a punto, pero el instinto le había ordenado en su lugar que se estuviera quieto. La MUJER estaba tratando simplemente de llamar su atención, le aconsejó el instinto, y así había sido efectivamente.

A medida que la enfermedad se había ido apoderando de él, penetrando en su sistema nervioso como un voraz incendio en la pradera, todo humo gris paloma y bajas llamas rosadas, a medida que había ido cumpliendo su misión de destruir pautas establecidas de pensamiento y conducta, se había agudizado en cierto modo su astucia. Estaba seguro de que podría atrapar a la MUJER y al NIÑO. Ellos le habían provocado este dolor: la angustia de su cuerpo y el terrible daño que se había producido en su cabeza de tanto abalanzarse una y otra vez contra el coche.

Hoy se había olvidado en dos ocasiones de la MUJER y el NIÑO, abandonando el establo a través del agujero que Joe Camber había abierto en la puerta de la habitación de atrás en la que guardaba las cuentas. Había bajado a la ciénaga de la parte de atrás de la propiedad de los Camber, pasando en ambas ocasiones muy cerca de la entrada cubierta de maleza de la cueva de piedra caliza en la que dormían los murciélagos. Había agua en la ciénaga y él estaba horriblemente sediento, pero la contemplación del agua le había provocado un estado de frenesí en ambas ocasiones. Quería beber agua; matar el agua; bañarse en el agua; mear y cagar en el agua; cubrirla de tierra; destrozarla; hacerla sangrar. En ambas ocasiones, esta terrible confusión de sentimientos le había inducido a alejarse, gimiendo y temblando. La MUJER y el NIÑO habían sido los causantes de que todo ello ocurriera, Y él ya no los abandonaría. Ningún ser humano que jamás hubiera vivido hubiera podido encontrar un perro más fiel o más decidido en su propósito. Esperaría hasta que pudiera atraparlos. En caso necesario, esperaría a que se acabara el mundo. Esperaría. Montaría guardia.

Era sobre todo la MUJER. Su forma de mirarlo, como si le dijera: *Sí, sí, yo fui, yo te contagié, yo te hice daño, yo forjé esta angustia para ti y ahora estará siempre contigo.*

¡Oh, matarla, matarla!

Se oyó un rumor. Un rumor suave, pero a Cujo no le pasó inadvertido; sus oídos estaban ahora preternaturalmente afinados a todos los sonidos. Todo el espectro del mundo auditivo era suyo. Oía las campanadas del cielo y los ásperos gritos que surgían del infierno. En su locura, oía lo real y lo irreal.

Era el suave rumor de unas piedrecitas resbalando y rozando entre sí.

Cujo apoyó sus patas traseras contra el suelo y la esperó. La orina, cálida y dolorosa, se escapó de él sin que se diera cuenta. Esperó a que la MUJER apareciera. Cuando lo hiciera, la mataría.

En medio de la ruina de la planta baja de la casa de los Trenton, el teléfono empezó a sonar.

Sonó seis veces, ocho veces, diez. Después enmudeció. Poco después, el ejemplar del *Call* de Castle Rock de los Trenton cayó con un sordo rumor contra la puerta de entrada y Billy Freeman siguió pedaleando calle arriba montado en su Raleigh, con la bolsa de lona a la espalda, silbando.

En la habitación de Tad, la puerta del armario estaba abierta y se percibía en el aire un inefable olor seco, leonino y salvaje.

En Boston, una telefonista le preguntó a Vic Trenton si deseaba seguir intentándolo.

—No, muchas gracias, señorita —dijo él, colgando el aparato.

Roger había encontrado a los Medias Rojas jugando contra Kansas City en el canal 38 y estaba sentado en el sofá en ropa interior, con un sándwich y un vaso de leche que había pedido al servicio de habitaciones, contemplando los ejercicios de precalentamiento.

—De todas tus costumbres —dijo Vic—, buena parte de las cuales oscilan entre lo activamente molesto y lo ligeramente repugnante, creo que esta de comer en ropa interior es probablemente la peor.

—Fíjense en este tipo —dijo Roger suavemente, dirigiéndose a la habitación vacía en general—. Tiene treinta y dos años y sigue llamando ropa interior a los calzones.

—¿Y eso qué tiene de malo?

—Nada… si eres todavía un tipo de la tienda del Búho en el campamento de verano.

—Esta noche te voy a cortar la garganta, Rog —dijo Vic, sonriendo alegremente—. Te despertarás ahogado en tu propia sangre. Lo lamentarás, pero ya será… *¡demasiado tarde!*

Tomó la mitad del sándwich caliente de carne ahumada de Roger y lo enrolló lastimosamente.

—Eso es bastante insalubre —dijo Roger, sacudiéndose las migas del velloso torso desnudo—. Donna no estaba en casa, ¿eh?

—Pues no. Es probable que ella y Tad hayan ido al Taste Freeze a comer un par de hamburguesas o algo así. Ojalá estuviera allí en lugar de estar en Boston.

—Imagínate —dijo Roger, esbozando una perversa sonrisa—, mañana por la noche vamos a estar en el mismísimo centro de Boston. Tomando unas copas bajo el reloj de la mansión Biltmore…

—Que se vayan a la mierda Biltmore y el reloj —dijo Vic—. Cualquiera que pase una semana lejos de Maine por asuntos de negocios en Boston y Nueva York, y durante el verano, tiene que estar loco.

—Sí, estoy de acuerdo —dijo Roger. En la pantalla de televisión, Bob Stanley efectuó un buen lanzamiento bombeado por encima de la esquina exterior para iniciar el partido—. Pura mierda.

—Oye, el sándwich está muy bueno, Roger —dijo Vic, dirigiéndole una cautivadora sonrisa a su amigo.

Roger tomó el plato y se lo acercó al pecho.

—Pide que te suban uno para ti, maldito gorrón.

—¿Cuál es el número?

—Seis-ocho-uno, creo. Está en el disco.

—¿No quieres un poco de cerveza para acompañar? —preguntó Vic, dirigiéndose de nuevo al teléfono.

—He bebido demasiado a la hora del almuerzo —contestó Roger, sacudiendo la cabeza—. Me duelen la cabeza y el estómago y es probable que mañana tenga diarrea. Estoy descubriendo rápidamente la verdad, amigo. Ya no soy un chiquillo.

Vic pidió un sándwich caliente de carne ahumada con pan de centeno y dos botellas de Tuborg. Al colgar el teléfono y mirar de nuevo a Roger, Vic lo vio con los ojos clavados en la televisión. Mantenía el plato del sándwich en equilibrio sobre su considerable panza y estaba llorando. Al principio, Vic creyó no haber visto bien; le pareció una especie de ilusión óptica. Pero no, aquello eran lágrimas. La televisión en color se reflejaba en ellas en prismas de luz.

Por un instante, Vic se quedó de pie, sin saber si acercarse a Roger o bien irse al otro lado de la habitación y tomar el periódico, fingiendo no haberse dado cuenta. Pero entonces Roger lo miró con el rostro contraído y absolutamente sincero, tan indefenso y vulnerable como el de Tad cuando se caía del columpio y se arañaba las rodillas o cuando se caía en la banqueta.

—¿Qué voy a hacer, Vic? —preguntó con voz áspera.

—Rog, ¿de qué estás hab…?

—Sabes muy bien de qué estoy hablando —contestó Roger.

El público del Fenway celebraba que Boston había provocado un doble fuera de juego al término de la primera.

—Cálmate, Roger. Tú…

—Esto va a fracasar y ambos lo sabemos —dijo Roger—. Huele tan mal como una caja de huevos que hubiera pasado toda la semana al sol. Estamos jugando a un jueguecito muy divertido. Tenemos a Rob Martin de nuestra parte. Tenemos a este refugiado de la Residencia de Actores Ancianos de nuestra parte, e indudablemente tendremos de nuestra parte a la Summers Marketing Research puesto que somos clientes suyos. Tenemos de nuestra parte a todo el mundo menos a las personas que nos interesan.

—Nada está decidido, Rog. Todavía no.

—Althea no comprende realmente lo que nos jugamos —dijo Roger—. Yo tengo la culpa; de acuerdo, soy cobarde como una gallina, cló-cló. Pero a ella le encanta vivir en Bridgton, Vic. Le *encanta*. Y las niñas tienen sus amigas de la escuela… el lago en verano… y no saben *en absoluto* qué mierda va a ocurrir.

—Sí, da miedo. No voy a negarlo, Rog.

—¿Sabe Donna hasta qué punto es grave la situación?

—Creo que, al principio, pensó simplemente que era una broma que nos estaban gastando. Pero ahora ya empieza a tener alguna idea.

—Sin embargo, ella nunca se ha adaptado a Maine en la medida en que lo hemos hecho nosotros.

—Al principio, tal vez no. Creo que ahora levantaría las manos horrorizada ante la idea de llevarse a Tad otra vez a Nueva York.

—¿Qué voy a hacer? —preguntó nuevamente Roger—. Ya no soy un niño. Tú tienes treinta y dos años y yo voy a cumplir cuarenta y uno el mes que viene. ¿Qué se supone que tengo que hacer? ¿Empezar a circular mi currículum por ahí? ¿Va a recibirme J. Walter Thompson con los brazos abiertos? «Hola, Rog, nene, te he estado guardando el sitio. Empiezas el próximo mes.» ¿Es eso lo que me va a decir?

Vic se limitó a sacudir la cabeza, pero una parte de sí mismo estaba un poco irritada con Roger.

—Antes me ponía furioso. Bueno, y todavía lo estoy, pero ahora estoy más que nada asustado. Permanezco tendido en la cama por la noche y trato de imaginar lo que ocurrirá… después. Lo que va a ser. No puedo imaginarlo. Tú me miras y dices para ti mismo: «Roger está dramatizando». Tú…

—Jamás he pensado semejante cosa —dijo Vic, esperando no hablar en tono culpable.

—No diré que mientas —dijo Roger—, pero llevo trabajando contigo el tiempo suficiente como para tener una buena idea de lo que piensas. Mejor de la que te imaginas. En cualquier caso, no te reprocharía que lo pensaras… sin embargo, hay una gran diferencia entre tener treinta y dos y tener cuarenta y uno, Vic. Entre los treinta y dos años y los cuarenta y uno se pierden mucho las agallas.

—Mira, yo sigo pensando que tenemos posibilidad de luchar con esta propuesta...

—Lo que me gustaría es que nos lleváramos a Cleveland dos docenas de cajas de Red Razbery Zingers —dijo Roger— y los obligáramos a doblarse tras habernos atado la lata a la cola. Yo tengo un sitio en el que meter todos estos cereales, ¿sabes?

Vic le dio a Roger unas palmadas en el hombro.

—Sí, ya te entiendo.

—¿Qué vas a hacer tú si nos retiran la cuenta? —preguntó Roger.

Vic había pensado en ello. Lo había analizado desde todos los ángulos posibles. Hubiera sido justo decir que se había planteado el problema mucho antes de que Roger decidiera abordarlo.

—Si nos retiran la cuenta, voy a trabajar más que nunca —contestó Vic—. Treinta horas al día si es necesario. Si tengo que reunir sesenta cuentas pequeñas de Nueva Inglaterra para compensar la cuenta de la Sharp, lo haré.

—Nos mataremos por nada.

—Quizá —dijo Vic—. Pero caeremos disparando todos los cañones. ¿De acuerdo?

—Supongo que —dijo Roger en tono vacilante— si Althea se pone a trabajar, podremos conservar la casa aproximadamente un año. Habría tiempo suficiente para venderla, teniendo en cuenta los tipos de interés que hay ahora.

De repente, Vic notó una especie de temblor detrás de sus labios: toda aquella maldita y negra mierda en la que se había metido Donna por su necesidad de seguir pretendiendo que todavía tenía diecinueve años e iba para veinte. Experimentó una cierta cólera sorda contra Roger: Roger, que llevaba quince años feliz e indiscutiblemente casado; Roger, a quien le calentaba la cama la bonita y modesta Althea (si Althea Breakstone hubiera contemplado siquiera la idea de la infidelidad, Vic se hubiera sorprendido); Roger, que no tenía ni la más remota idea de hasta qué punto muchas cosas podían fallar simultáneamente.

—Mira —dijo—, el jueves recibí una nota con el correo de la tarde…

Llamaron fuertemente con los nudillos a la puerta.

—Debe ser el servicio a la habitación —dijo Roger.

Tomó la camisa y se secó el rostro con ella… y, ya sin lágrimas, a Vic le pareció súbitamente impensable contarle nada a Roger. Tal vez porque Roger tenía razón y los nueve años que mediaban entre los treinta y dos y los cuarenta y uno constituían una gran diferencia.

Vic se dirigió a la puerta y recibió las cervezas y el sándwich. No había terminado lo que había estado a punto de decir cuando el mesero llamó a la puerta y Roger no le hizo ninguna pregunta. Se había sumido de nuevo en sus propios problemas.

Vic se sentó a comer el sándwich y no se sorprendió demasiado al observar que casi había perdido el apetito. Sus ojos se posaron en el teléfono y, sin dejar de masticar, probó a llamar de nuevo a casa. Dejó que el teléfono sonara doce veces antes de colgar. Estaba frunciendo ligeramente el ceño. Eran las ocho y cinco, pasaban cinco minutos de la hora en que Tad solía irse a la cama. Tal vez Donna hubiera encontrado a alguien o tal vez la casa vacía los había abrumado y se habrían ido a visitar a alguien. Al fin y al cabo, no había ninguna ley que dijera que Tadder tenía que irse a la cama a las ocho en punto, sobre todo habiendo luz diurna hasta tan tarde y haciendo tantísimo calor. Eso era muy probable, desde luego. Tal vez se hubieran ido al parque municipal a pasar un rato, hasta que refrescara lo suficiente como para poder dormir. Claro.

(o, a lo mejor, está con Kemp)

Eso era una locura. Ella había dicho que todo había terminado y él le había creído. Le había creído de veras. Donna no mentía.

(y tampoco anda tonteando por ahí, ¿verdad, amigo?)

Trató de rechazar la idea, pero no le sirvió de nada. La rata andaba suelta y ahora pasaría un buen rato royéndolo. ¿Qué habría hecho con Tad en caso de que se le hubiera metido de repente en la cabeza la idea de largarse con

Kemp? ¿Estarían tal vez los tres en aquellos momentos en algún motel entre Castle Rock y Baltimore? No seas necio, Trenton. Podrían...

El concierto de la banda, eso era, claro. Todos los martes por la noche había un concierto en el parque municipal. Algunos martes tocaba la banda de la preparatoria, algunas veces lo hacía un grupo de música de cámara, y algunas veces un grupo local de *ragtime* que se llamaba Precaria Situación. Allí era donde estaban, claro... disfrutando de la brisa y escuchando a Precaria Situación, interpretando con entusiasmo el «Candy Man» de John Hurto o tal vez «Beulah Land».

(a menos que esté con Kemp)

Se terminó su cerveza y abrió otra.

Donna permaneció de pie fuera del coche apenas treinta segundos, restregando suavemente los pies sobre la grava para eliminar de sus piernas las agujas de pino. Contempló la fachada del taller, pensando todavía que, en caso de que Cujo apareciera, lo haría por allí... saliendo tal vez de la entrada del establo, rodeando una de las paredes laterales o quizás emergiendo de detrás de la camioneta rural, cuyo aspecto resultaba más bien canino bajo la luz de las estrellas... un enorme y polvoriento perro mestizo negro, profundamente dormido.

Permaneció de pie, todavía no del todo dispuesta a lanzarse. La noche la acariciaba con su brisa, leves fragancias que le recordaron cómo era de pequeña y cómo solía aspirar aquellas fragancias en toda su intensidad casi con indiferencia. Trébol y heno de la casa del pie de la colina, y el dulce aroma de las madreselvas.

Y oyó algo: música. Era muy débil, casi no se percibía, pero su oído, ahora casi pavorosamente adaptado a la noche, la captó. *El radio de alguien,* pensó al principio, pero después comprendió con súbito asombro que era el concierto de la banda en el parque municipal. Estaba oyendo jazz estilo Dixieland. Podía incluso identificar la melodía; era

«Shuffle Off to Buffalo». *Doce kilómetros, pensó. Jamás lo hubiera, creído…* ¡qué silenciosa debe estar la noche! ¡Qué tranquila!

Se sentía muy viva.

Su corazón era una pequeña y poderosa máquina que se estaba contrayendo en su pecho, Su sangre circulaba activamente. Sus ojos parecían moverse sin esfuerzo y perfectamente en su lecho de humedad. Sus riñones estaban pesados, pero la sensación no resultaba desagradable, Eso era; eso sería para siempre. La idea de que estaba *arriesgando su vida, su verdadera vida,* poseía una densa y silenciosa fascinación, como un peso que ha alcanzado su ángulo máximo de reposo. Empujó la puerta para cerrarla… *clanc.*

Esperó, olfateando el aire como un animal. No hubo nada. Las fauces del establo-taller de Joe Camber estaban oscuras y en silencio. La cromada defensa frontal del Pinto tintineó levemente. La música Dixieland siguió sonando levemente, rápida, metálica y alegre. Se inclinó, esperando que las rodillas le crujieran, pero no ocurrió tal cosa. Tomó un puñado de piedrecitas. Una a una, empezó a arrojar las piedras por encima de la cubierta del motor del Pinto, hacia el lugar que no podía ver.

La primera piedrecita aterrizó frente al hocico de Cujo, desplazó otras piedras y después se quedó inmóvil. Cujo experimentó una leve sacudida. Le colgaba la lengua fuera. Parecía estar sonriendo. La segunda piedra cayó más allá de donde él se encontraba. La tercera le alcanzó en el hombro. No se movió. La MUJER seguía intentando llamar su atención.

Donna permaneció de pie junto al coche frunciendo el ceño. Había oído el rumor de la primera piedrecita al caer sobre la grava, y también el de la segunda. Pero la tercera… era como si no hubiera caído. No había oído ningún *clic.* ¿Qué significaba aquello?

De repente, no quiso echarse a correr hacia la puerta de la entrada hasta haberse cerciorado de que no había nada acechando delante del vehículo. Entonces sí. De acuerdo, Pero… simplemente para estar segura.

Dio un paso. Dos. Tres.

Cujo se preparó. Sus ojos brillaban en la oscuridad.

Cuatro pasos desde la puerta del coche. El corazón de ella era como un tambor en el pecho.

Ahora Cujo pudo ver la cadera y el muslo de la MUJER. Dentro de un momento, ella lo vería a él. Muy bien. Él quería que lo viera.

Donna volteó la cabeza. Su cuello crujió como la bisagra de una vieja puerta. Experimentó una premonición, una sensación de apagada seguridad. Volteó la cabeza, buscando a Cujo. Cujo estaba allí. Había estado allí desde un principio, agazapado, ocultándose de ella, esperándola, acechándola entre los arbustos.

Los ojos de ambos se cruzaron por un instante… los desorbitados ojos azules de Donna y los turbios y enrojecidos ojos de Cujo. Por un momento, ella se miró a través de los ojos del perro, se vio a sí misma, vio a la MUJER… ¿se estaría él viendo a sí mismo a través de los de Donna?

Y entonces se abalanzó sobre ella.

Esta vez no hubo parálisis. Ella se echó hacia atrás, buscando a tientas a su espalda la manija de la puerta. Él rugía y gruñía y la baba escapaba entre sus dientes en gruesas cuerdas. El perro cayó en el lugar previamente ocupado por ella y resbaló sobre sus rígidas patas, concediéndole a Donna un precioso segundo adicional.

Su pulgar localizó el botón de la puerta por abajo de la manija y lo apretó. Jaló. La puerta estaba atascada. No se quería abrir. Cujo se arrojó sobre ella.

Fue como si alguien hubiera arrojado una pesada pelota de gimnasia directamente contra la suave y vulnerable carne de sus pechos. Notó cómo éstos se comprimían contra las costillas —le *dolió*— y después agarró al perro por el cuello y sus dedos se hundieron en el espeso y áspero pelaje mientras intentaba apartarlo. Pudo oír el acelerado sollozo de su respiración. La luz de las estrellas cruzaba los enfurecidos ojos de Cujo en apagados semicírculos. Los dientes de éste trataban de morder a escasos centímetros del rostro de Donna y ella podía percibir en su aliento el hedor de un mundo muerto, de la enfermedad en fase terminal, del asesinato absurdo. Pensó estúpidamente en el triturador de desperdicios cuyo mecanismo había retrocedido poco antes de que se iniciara la fiesta de su madre, lanzando contra el techo un pegajoso revoltijo verde.

En cierto modo, haciendo acopio de toda su fuerza, Donna pudo apartarlo cuando sus patas traseras abandonaron el suelo para abalanzarse de nuevo contra su garganta. Buscaba desesperadamente a su espalda el botón de la puerta. Lo encontró, pero, antes de que pudiera apretarlo, Cujo volvía a acercarse. Le propinó unos puntapiés y la suela de su sandalia le golpeó el hocico, ya terriblemente lacerado en el transcurso de sus anteriores ataques de kamikaze contra la puerta del vehículo. El perro cayó sobre sus patas traseras, rugiendo de dolor en su furia.

Donna localizó de nuevo el botón de la manija de la puerta, sabiendo perfectamente bien que era su última oportunidad, la última oportunidad de Tad. Apretó el botón y tiró con todas sus fuerzas mientras el perro volvía a acercarse como una criatura infernal que tuviera que volver incesantemente hasta matar a Donna o morir ella. Tenía el brazo inclinado en un ángulo incorrecto, sus músculos funcionaban con propósitos contrarios y ella experimentaba una angustiosa punzada de dolor en la espalda por encima de la paletilla derecha como si algo se le hubiera dislocado. Pero la puerta se abrió. Apenas le dio tiempo a caer en el asiento mientras el perro se abalanzaba de nuevo sobre ella.

Tad se despertó. Vio a su madre empujada contra la parte central del tablero del Pinto; había algo en el regazo de su madre, una cosa terrible y peluda de ojos enrojecidos, y él supo lo que era, vaya si lo supo, era la cosa de su armario, la cosa que le había prometido acercarse cada vez más hasta que, por fin, llegara junto *a tu cama, Tad* y, sí, aquí estaba, aquí mismo. Las Palabras del Monstruo habían fallado; el monstruo estaba aquí, ahora, y estaba asesinando a su mamá. Empezó a gritar, cubriéndose los ojos con las manos.

Las mordientes mandíbulas estaban a escasos centímetros de la carne desnuda del diafragma de Donna. Ella lo apartó como pudo, sólo vagamente consciente de los gritos de su hijo a su espalda. Los ojos de Cujo estaban clavados en los suyos. Increíblemente, el perro estaba meneando la cola. Sus patas traseras luchaban contra la grava, tratando de afianzarse lo suficiente como para poder saltar al interior del vehículo, pero la grava no hacía más que escaparse por debajo de sus patas traseras.

El perro se lanzó hacia delante, las manos de Donna resbalaron y súbitamente él empezó a *morderla,* a morderle el estómago desnudo justo por abajo de las blancas copas de algodón del brasier, buscando sus entrañas…

Donna emitió un gutural y salvaje grito de dolor y empujó con ambas manos con toda la fuerza que pudo. Ahora se había vuelto a incorporar mientras la sangre le bajaba hasta la cintura del pantalón. Contuvo a Cujo con la mano izquierda. Buscó a tientas con la mano derecha la manija de la puerta y lo encontró. Y entonces empezó a golpear al perro con la puerta. Cada vez que la lanzaba contra el costillar de Cujo, se oía un pesado y sordo rumor como el de un sacudidor de alfombras que estuviera sacudiendo una alfombra colgada en un tendedero. Cada vez que la puerta lo golpeaba, Cujo gruñía y le arrojaba encima su cálido y brumoso aliento.

El perro se echó un poco hacia atrás para saltar. Ella eligió el momento oportuno y jaló la puerta hacia sí, echando mano de las escasas fuerzas que le quedaban. Esta vez, la puerta se cerró sobre el cuello y la cabeza del perro y ella oyó un crujido. Cujo aulló de dolor y ella pensó: *Ahora tiene que retirarse, tiene que hacerlo,* TIENE QUE, pero, en lugar de eso, Cujo se abalanzó sobre ella y sus mandíbulas se cerraron sobre la parte inferior de su muslo, justo por encima de la rodilla, y, con un rápido movimiento desgarrador, le arrancaron un trozo de carne. Donna lanzó un grito.

Golpeó una y otra vez la cabeza de Cujo con la puerta y sus gritos se mezclaron con los de Tad, formando con ellos un grisáceo mundo aterrador mientras Cujo le atacaba la pierna, convirtiéndosela en otra cosa, en una cosa que era roja, confusa y revuelta. La cabeza del perro estaba cubierta de una densa y pegajosa sangre, tan negra como sangre de insecto bajo la nebulosa luz de las estrellas. Poco a poco, se estaba volviendo a introducir; ahora la fuerza de Donna se estaba agotando.

Ésta jaló la puerta por última vez, echando la cabeza hacia atrás con la boca abierta en un tembloroso círculo y el rostro moviéndose lívida y confusamente en la oscuridad. Era realmente la última vez; ya no le quedaba fuerza.

Pero, de repente, Cujo tuvo suficiente.

Se retiró gimiendo, se alejó tambaleándose y, súbitamente, cayó sobre la grava, temblando, con las patas rascando nada. Empezó a rascarse la cabeza herida con la pata anterior derecha.

Donna cerró la puerta y se reclinó en el asiento, sollozando débilmente.

—Mamá... mamá... mamá...

—Tad... estoy bien...

—¡*Mamá!*

—... Estoy bien...

Manos: las de él sobre ella, revoloteando como pájaros; las de ella sobre el rostro de Tad, tocándolo, tratando de calmarlo, retirándose.

—Mamá... casa... por favor... Papá y casa... Papá y a casa...

—Claro que sí, Tad... ya iremos... iremos, te lo aseguro, te llevaré allí... iremos...

Palabras sin sentido. No importaba. Notaba que se estaba perdiendo, perdiéndose en aquel grisáceo mundo aterrador, en aquellas brumas de sí misma cuya existencia jamás había sospechado hasta entonces. Las palabras de Tad adquirieron un profundo sonido de cadenas, palabras en una cámara de resonancia. Pero no importaba. No...

No. Sí importaba.

Porque el perro la había mordido...

... y el perro estaba rabioso.

Holly le dijo a su hermana que no fuera tonta, que marcara directamente, pero Charity insistió en llamar a la Telefónica para que cobraran el importe al número de su casa.

Recibir limosna, aunque fuera una cosita como una llamada telefónica después de las seis, no era su estilo.

La telefonista la comunicó con el servicio de información de Maine y Charity solicitó el número de teléfono de Alva Thornton en Castle Rock. Momentos después, el teléfono de Alva empezó a sonar.

—Granja Avícola Thornton, dígame.

—Hola, ¿Bessie?

—Sí.

—Soy Charity Camber. Llamo desde Connecticut. ¿Está Alva por ahí?

Brett se encontraba sentado en el sofá, simulando leer un libro.

—Pues, no, Charity, no está. Esta noche va a la liga de boliche. Todos se han ido a Pondicherry Lanes de Bridgton. ¿Ocurre algo?

Charity había estudiado cuidadosa y conscientemente lo que iba a decir. La situación era un poco delicada. Como a casi todas las mujeres casadas de Castle Rock (y con eso no se quería excluir necesariamente a las solteras), a Bessie le encantaba hablar y, si se hubiera enterado de que Joe Camber se había ido a cazar por ahí sin que su mujer lo supiera, tras haberse ido Charity con Brett a visitar a su hermana en Connecticut... tendría algo de qué hablar en sus conversaciones telefónicas, ¿verdad?

—No, sólo que Brett y yo estamos un poco preocupados por el perro.

—¿Su San Bernardo?

—Sí, Cujo. Brett y yo estamos aquí en casa de mi hermana, aprovechando que Joe se ha ido a Portsmouth por asuntos de trabajo —era una mentira descarada, pero segura; Joe iba algunas veces a Portsmouth a comprar refacciones (allí no había impuestos sobre la venta) y a las subastas de coches—. Quería cerciorarme de que no hubiera olvidado encargarle a alguien que le diera de comer al perro. Ya sabes cómo son los hombres.

—Bueno, Joe estuvo aquí ayer o anteayer, creo —dijo Bessie en tono dubitativo.

En realidad, había sido el jueves anterior, Bessie Thornton no era una mujer demasiado inteligente (su tía abuela, la difunta Evvie Chalmers, era aficionada a gritarle a quien quisiera escucharla que Bessie «nunca superaría una de esas pruebas de coeficiente intelectual, pero tiene buen corazón»), su vida en la granja avícola de Alva era muy dura y cuando más plenamente vivía era en el transcurso de sus «novelas»; *Mientras el mundo gira, Los médicos* y *Todos mis hijos* (había probado *Los jóvenes y los inquietos,* pero le había parecido «demasiado atrevida»). Tendía a confundirse bastante a propósito de las partes del mundo real que no guardaban relación con las tareas de dar de comer y de beber a las gallinas, poner la música ambiental, examinar al trasluz y clasificar los huevos, fregar suelos y lavar ropa, limpiar los platos, vender huevos y cuidar el huerto. Y en invierno le hubiera podido decir naturalmente a quien se lo hubiera preguntado la fecha exacta de la próxima reunión de los Snow Devils de Castle Rock, el club de motos de nieve al que ella y Alva pertenecían.

Joe había acudido aquel día con una llanta de tractor que le había arreglado a Alva. Joe había hecho el trabajo gratis puesto que los Camber les compraban los huevos a los Thornton a mitad de precio. Además, Alva le arreglaba a Joe su pequeño huerto cada mes de abril y por eso Joe le había arreglado la llanta con mucho gusto.

Charity sabía perfectamente bien que Joe había acudido a casa de los Thornton con la llanta arreglada el jueves anterior. También sabía que Bessie era muy propensa a confundir los días. Todo lo cual la sumía en un considerable dilema. Le hubiera podido preguntar a Bessie si Joe llevaba consigo una llanta de tractor cuando había acudido ayer o anteayer, y, si Bessie hubiera contestado que sí, ahora que lo dices, sí, eso hubiera significado que Joe no había vuelto a ver a Alva desde el jueves anterior, lo cual significaría que Joe no le había pedido a Alva que le diera de comer a Cujo, lo cual significaría *también* que Alva no podría tener ninguna información acerca de la salud y bienestar de Cujo.

O simplemente podía dejarlo pasar y tranquilizar la mente de Brett. Podrían disfrutar del resto de su estancia sin que las preocupaciones acerca de su casa los distrajeran constantemente. Y… bueno, en estos momentos estaba un poco celosa de Cujo. Tenía que reconocerlo sinceramente. Cujo estaba distrayendo a Brett del que podía ser el viaje más importante que jamás hiciese. Quería que el chico viera una vida totalmente distinta, toda una nueva serie de *posibilidades,* de tal manera que, cuando llegara el momento, dentro de unos años, de tomar una decisión acerca de las puertas que deseaba cruzar y las que iba a permitir que se cerraran, pudiera tomarla con un poco de perspectiva. Tal vez hubiera cometido un error al pensar que podría guiarlo, pero, por lo menos, que tuviera un poco de experiencia para poder decidir por sí mismo.

¿Era justo que sus preocupaciones acerca del maldito perro fuesen un obstáculo?

—¿Charity? ¿Estás ahí? He dicho que me parecía…

—Sí, ya te he oído, Bessie. En tal caso, es probable que le pidiera a Alva que le diera la comida.

—Bueno, ya se lo preguntaré cuando regrese a casa, Charity, y te lo comunicaré.

—Sí, hazlo por favor. Y muchas gracias, Bessie.

—Ni lo menciones.

—Bueno, adiós.

Y Charity colgó, advirtiendo que Bessie había olvidado preguntarle el número de teléfono de Jim y Holly. Lo cual estaba muy bien. Volteó a mirar a Brett, adoptando una expresión serena. No le diría nada que fuese una mentira. No iba a mentirle a su hijo.

—Bessie dice que tu papá fue a ver a Alva el domingo por la noche —dijo Charity—. Debió pedirle entonces que cuidara de Cujo.

—Ah —Brett la estaba mirando con una expresión inquisitiva que la puso nerviosa—. Pero tú no hablaste personalmente con Alva.

—No, había salido a jugar boliche. Pero Bessie dice que ya nos comunicará si…

—No tiene nuestro número de aquí.

¿Era el tono de Brett levemente acusatorio? ¿O era la propia conciencia de Charity la que estaba hablando?

—Bueno, pues entonces la llamaré yo mañana por la mañana —dijo Charity, esperando de este modo acabar con aquella conversación y aplicar al mismo tiempo un poco de bálsamo a su propia conciencia.

—Papá le llevó una llanta de tractor la semana pasada —dijo Brett pensativo—. A lo mejor, la señora Thornton se ha confundido sobre el día en que papá estuvo allí.

—Creo que Bessie Thornton sabe distinguir muy bien los días —dijo Charity, sin creerlo en absoluto—. Además, no me ha hablado para nada de ninguna llanta de tractor.

—Sí, pero tú no se lo preguntaste a ella.

—¡Pues entonces vuelve a llamarla tú! —dijo Charity, enfurecida.

Una repentina cólera se apoderó de ella, aquel mismo sentimiento tan desagradable que se había apoderado de ella cuando Brett hizo aquella observación tan perversa y exacta acerca de Holly y de su baraja de tarjetas de crédito. En aquella ocasión, se había insinuado en su voz la entonación e incluso la forma de hablar de su padre y, tanto entonces como ahora, a Charity le había parecido que lo único que estaba haciendo aquel viaje era demostrarle de una vez por todas a quién pertenecía Brett realmente… en cuerpo y alma.

—Mamá…

—No, anda, llámala, el número está aquí mismo, en el bloc de apuntes. Dile a la telefonista que lo cargue a nuestro teléfono para que no lo incluyan en la factura de Holly. Hazle a Bessie todas las preguntas que quieras. Yo lo hice lo mejor que he podido.

Ya está, pensó con triste y amarga diversión. *Hace apenas cinco minutos no quería mentirle.*

Aquella tarde su propia cólera había provocado la cólera del niño. Esta noche, Brett se limitó a decir tranquilamente:

—No, da igual.

—Si quieres, llamaremos a alguien más y pediremos que suban a echar un vistazo —dijo Charity.

Ya estaba lamentando su estallido.

—¿Y a quién llamaríamos?

—Bueno, ¿qué te parece uno de los hermanos Milliken? —apuntó.

Brett se limitó simplemente a mirarla.

—A lo mejor no es muy buena idea —convino Charity.

A finales del último invierno, Joe Camber y John Milliken habían tenido una amarga discusión acerca del precio de un trabajo de reparación que Joe le había hecho al viejo Chevrolet Bel Air de los hermanos Milliken. La última vez que Charity había ido a jugar al Beano a la Grange, había tratado de intercambiar unas frases corteses con Kim Milliken, la hija de Freddy, pero Kim no le había querido decir ni una sola palabra; se limitó a alejarse con la cabeza muy erguida como si no hubiera estado haciendo de puta con la mitad de los chicos de la preparatoria de Castle Rock.

Se le ocurrió pensar ahora en lo muy aislados que vivían realmente, allá arriba, al final de Town Road número 3. Eso le hizo experimentar una sensación de soledad y un leve estremecimiento. No se le ocurría nadie a quien pudiera pedirle razonablemente que subiera a su casa con una linterna y buscara a Cujo y se cerciorara de que estaba bien.

—No importa —dijo Brett débilmente—. De todos modos, es probable que sea una preocupación estúpida. Debió comerse probablemente un poco de pasto o algo así.

—Mira —le dijo Charity, rodeándolo con su brazo—. Estúpido es precisamente lo que no eres, Brett. Llamaré a Alva mañana por la mañana y le pediré que suba. Lo haré en cuanto nos levantemos. ¿De acuerdo?

—¿Lo harás, mamá?

—Sí.

—Sería buenísimo. Perdona que te moleste con eso, pero no me lo puedo quitar de la cabeza.

Jim asomó la cabeza.

—He sacado el Scrabble. ¿Alguien quiere jugar?

—Yo sí —dijo Brett, levantándose—, si me enseñas cómo.

—¿Y tú, Charity?

—Ahora creo que no —dijo Charity, sonriendo—. Iré por unas palomitas de maíz.

Brett se fue con su tío. Ella se quedó sentada en el sofá, contemplando el teléfono y pensando en el episodio de sonambulismo de Brett, dándole una comida imaginaria a un perro imaginario en la moderna cocina de su hermana.

Cujo ya no tiene apetito, ya no.

Sus brazos se contrajeron súbitamente y ella se estremeció. Resolveremos esta cuestión mañana por la mañana, se prometió a sí misma. De una o de otra forma. O eso o regresar y encargarnos nosotros de ello. Te lo prometo, Brett.

Vic volvió a llamar a su casa a las diez en punto. No hubo respuesta alguna. Lo intentó de nuevo a las once y tampoco hubo respuesta, pese a que dejó que el teléfono sonara dos docenas de veces. A las diez, empezó a asustarse. A las once ya estaba muy asustado… de qué, no estaba demasiado seguro.

Roger estaba durmiendo. Marcó el número en la oscuridad, escuchó sonar el teléfono en la oscuridad, colgó en la oscuridad. Se sentía solo y perdido como un niño. No sabía qué hacer ni qué pensar. Repetía mentalmente una y otra vez una sencilla letanía: *Se ha ido con Kemp, se ha ido con Kemp, se ha ido con Kemp.*

Ello era contrario a toda lógica y a toda razón. Revisó todo lo que él y Donna se habían dicho el uno al otro… lo revisó una y otra vez, prestando mentalmente atención a las palabras y a los matices del tono. Ella y Kemp habían roto sus relaciones. Ella le había dicho que se fuera a vender sus credenciales a otra parte. Y eso había inducido a Kemp a vengarse, enviando aquel pequeño *billet-doux*. No parecía el ambiente más propicio para que dos amantes furiosos decidieran escapar.

Una ruptura no excluye una posterior reconciliación, le replicó su mente con grave e implacable serenidad.

Pero ¿y Tad? No se habría llevado consigo a Tad, ¿verdad? A juzgar por la descripción que ella le había hecho, Kemp parecía un tipo más bien salvaje y, aunque Donna no

305

se lo había dicho, Vic tenía la sospecha de que había estado a punto de ocurrir algo muy violento el día en que Donna le había dicho que se largara.

Las personas enamoradas hacen cosas muy raras. Aquella parte extraña y celosa de su mente —desconocía su existencia hasta aquella tarde en Deering Oaks— tenía una respuesta para todo y, en la oscuridad, no parecía importar que casi todas las respuestas fueran absurdas.

Su pensamiento bailaba arriba y abajo muy despacio entre dos afilados puntos: en uno de ellos estaba Kemp (¿TIENE USTED ALGUNA PREGUNTA?) y, en el otro, una visión del teléfono sonando sin cesar en su casa vacía de Castle Rock. Donna podía haber sufrido un accidente. Ella y Tad podían estar en el hospital. Alguien podía haber entrado en la casa. Podían estar los dos asesinados en sus dormitorios. Claro que, si ella hubiera sufrido un accidente, alguna autoridad se hubiera puesto en contacto con él —Donna y los empleados de su oficina sabían en qué hotel de Boston se alojaban él y Roger—, pero, en la oscuridad, esta idea, que hubiera tenido que constituir un alivio puesto que nadie se había puesto en contacto con él, sólo siguió para que sus pensamientos se inclinaran hacia la posibilidad del asesinato.

Robo y asesinato, le murmuró su mente mientras permanecía despierto en la oscuridad. Después, sus pensamientos volvieron a danzar muy despacio hacia el otro punto afilado y reanudaron la letanía inicial: *Se ha ido con Kemp.*

Entre estos puntos, su mente vio una explicación más razonable que le provocó un irremediable sentimiento de cólera. Tal vez ella y Tad hubieran decidido pasar la noche con alguien y hubieran olvidado simplemente llamar para decírselo. Ahora ya era demasiado tarde para empezar a hacer llamadas por ahí a la gente sin alarmarla. Suponía que podía llamar a la oficina del alguacil y pedir que enviaran a alguien a hacer una comprobación. Pero ¿acaso no sería algo excesivo?

No, le dijo su mente.

Sí, le dijo su mente, *sin duda ninguna.*

Ella y Tad están muertos con unos cuchillos clavados en la garganta, le dijo su mente. *Se lee en los periódicos constante-*

mente. Ocurrió incluso en Castle Rock poco antes de que ellos llegaran a la ciudad. Aquel policía loco. Aquel Frank Dodd.

Se ha ido con Kemp, le dijo su mente.

A medianoche lo intentó de nuevo y, esta vez, el sonido constante del teléfono sin que nadie contestara le produjo una mortal certeza de que había ocurrido algo grave. Kemp, ladrones, asesinos, algo. Algo grave. Algo grave en casa.

Volvió a colgar el teléfono y encendió la lámpara de noche.

—Roger —dijo—. Despierta.

—Mm. Uj. Zzzzz…

Roger se estaba cubriendo los ojos con un brazo, en un intento de impedir el paso de la luz. Llevaba puesta la piyama de los banderines estudiantiles de color amarillo.

—Roger. ¡Roger!

Roger abrió los ojos, parpadeó y miró el despertador de viaje.

—Oye, Vic, estamos en plena medianoche.

—Roger… —Vic tragó saliva y algo hizo clic en su garganta—. Roger, es medianoche y Tad y Donna aún no están en casa. Estoy asustado.

Roger se incorporó y se acercó el reloj a la cara para comprobar la afirmación de Vic. Pasaban cuatro minutos de las doce.

—Bueno, probablemente habrán tenido miedo de quedarse allí solos, Vic. A veces, Althea toma a las niñas y se va a casa de Sally Petrie cuando yo no estoy. Se pone nerviosa cuando el viento sopla por la noche desde el lago, dice.

—Me hubiera llamado.

Con la luz encendida y Roger incorporado en la cama y hablando con él, la idea de que Donna hubiera podido huir con Kemp se le antojaba absurda… no podía creer siquiera que se le hubiera ocurrido. Olvidemos la lógica. Ella le había dicho que todo había terminado y él le había creído. Le creía ahora.

—¿Habría llamado? —dijo Roger.

Aún le estaba resultando difícil seguir el hilo de las cosas.

—Sabe que llamo a casa casi todas las noches cuando estoy fuera. Hubiera llamado al hotel y hubiera dejado recado de que iba a pasar la noche fuera. ¿No haría eso Althea?

—Sí—dijo Roger, asintiendo—. Lo haría.

—Llamaría y dejaría un recado para que no te preocuparas. Como yo me estoy preocupando ahora.

—Sí. Pero puede haberse olvidado, Vic.

No obstante, los ojos castaños de Roger mostraban una expresión de preocupación.

—Claro —dijo Vic—. Por otra parte, es posible que haya ocurrido algo.

—Lleva su identificación ¿no? Si ella y Tad hubieran sufrido un accidente, Dios no lo quiera, la policía intentaría primero llamar a casa y después llamaría al despacho. El servicio de repuesta le…

—No estaba pensando en un accidente —dijo Vic—. Estaba pensando en… —la voz le empezó a temblar—. Estaba pensando que ella y Tadder estarían allí solos y… mierda, no sé… simplemente me he asustado, eso es todo.

—Llama a la oficina del alguacil —dijo Roger inmediatamente.

—Sí, pero…

—Sí, pero nada. No vas a asustar a Donna, eso seguro. No está en casa, Pero, qué demonios, de esta manera te quedarás tranquilo. No habrá sirenas ni reflectores. Pregúntales simplemente si pueden enviar a un agente para que se cerciore de que todo parece normal. Tiene que haber miles de sitios en los que pueda estar. Qué demonios, a lo mejor lo está pasando en grande en una fiesta de Tupperware.

—Donna aborrece las fiestas de Tupperware.

—Pues a lo mejor las chicas han empezado a jugar póquer con apuestas de un centavo y han perdido la noción del tiempo y Tad está durmiendo en la habitación de invitados de la casa de alguien.

Vic recordó que ella le había contado de qué manera había procurado evitar unas relaciones demasiado estrechas con «las chicas»… *No quiero ser uno de esos rostros que se ven en las ventas de repostería*, le había dicho ella. Pero eso no se lo quería decir a Roger; estaba demasiado cerca del tema de Kemp.

—Sí, a lo mejor algo así —dijo Vic.

—¿Tienes alguna llave de repuesto oculta en algún sitio?

—Hay una en un gancho abajo del alero de la entrada frontal.

—Díselo a la policía. Alguien puede ir y echar un buen vistazo... a menos que tengas hierba o cocaína o algo que prefieras que no descubran.

—Nada de eso.

—Pues entonces, hazlo —le dijo Roger muy en serio—. Es probable que ella te llame mientras estén efectuando la comprobación y te parezca que has hecho el ridículo, pero a veces es *bueno* hacer el ridículo, tú me entiendes.

—Sí —dijo Vic, sonriendo levemente—. Sí, lo haré.

Volvió a tomar el teléfono, vaciló y después llamó primero a casa. No hubo respuesta. Parte del alivio que le había inspirado Roger se esfumó. Estableció comunicación con el servicio de información de Maine y anotó el teléfono del Departamento del alguacil del condado de Castle. Ya eran casi las doce y cuarto de la madrugada del miércoles.

Donna Trenton permanecía sentada con las manos levemente apoyadas sobre el volante del Pinto. Por fin, Tad se había vuelto a dormir, pero su sueño no era tranquilo; se retorcía, daba vueltas y, a veces, gemía. Ella temía que estuviera viviendo nuevamente en sueños lo que había ocurrido antes.

Le tocó la frente; él musitó algo y se apartó de su contacto. Sus párpados se entreabrieron y volvieron a cerrarse. Estaba febril... casi con toda certeza como consecuencia de la constante tensión y el miedo. Ella también tenía fiebre y estaba sufriendo unos fuertes dolores. Le dolía el vientre, pero las heridas eran superficiales, poco más que unos arañazos. Aquí había tenido suerte. Cujo le había causado más daño en la pierna izquierda. Las heridas de allí (las *mordeduras,* insistía en recordarle su mente, como si saboreara aquel horror) eran profundas y desagradables a la vista. Habían

309

sangrado mucho antes de que la sangre se coagulara y ella no había tratado de vendarlas enseguida, a pesar de que en la guantera del Pinto había un botiquín de primeros auxilios. Supuso vagamente que existía la esperanza de que la sangre que manaba le limpiara la herida… ¿ocurría eso realmente o era un simple cuento de ancianas? No lo sabía. Había tantas cosas que no sabía, tantas malditas cosas.

Para cuando la sangre de las heridas se coaguló, tanto su muslo como el asiento del conductor ya estaban pegajosos de sangre. Necesitó tres gasas del botiquín de primeros auxilios para cubrir la herida. Eran los últimos tres que quedaban. *Tendré que comprar otros,* pensó, y eso le provocó un breve acceso de risa histérica.

Bajo la escasa luz, la carne de más arriba de su rodilla había ofrecido el aspecto de oscura tierra arada. Experimentaba allí un ininterrumpido dolor pulsante que no había sufrido ninguna modificación desde que el perro la mordió. Se había tragado en seco un par de aspirinas del botiquín, pero éstas no habían causado la menor mella en el dolor. La cabeza también le dolía mucho, como si en el interior de cada sien estuvieran retorciendo un rollo de alambre cada vez con más fuerza.

El hecho de doblar la pierna convertía el pulsante dolor en un áspero y vidrioso latido. Ahora no tenía idea de si podría andar y no digamos correr hacia la puerta del pórtico. Pero ¿importaba realmente? El perro estaba sentado sobre la grava, entre la puerta del coche y la puerta del pórtico, con la cabeza horriblemente machacada colgando… pero con los ojos inexorablemente fijos en el coche. En su coche.

En cierto modo, no creía que Cujo volviera a moverse, por lo menos esa noche. Mañana tal vez el sol le indujera a dirigirse al establo, en caso de que fuera tan ardiente como ayer.

—Quiere atraparme a mí —musitó a través de sus labios llenos de ampollas.

En cierto modo, era verdad. Por razones decretadas por el Destino o bien por sus propias razones inescrutables, el perro quería atraparla.

Al verlo caer sobre la grava, ella había tenido la seguridad de que estaba muriendo. Ninguna criatura viviente hubiera podido soportar los golpes que ella le había propinado con la puerta. Ni siquiera su espeso pelaje había logrado amortiguarlos. Una de las orejas del San Bernardo parecía estar colgando apenas de un hilo de carne.

Pero había conseguido ponerse en pie, poco a poco. Ella no había podido creer lo que estaban viendo sus ojos... no había *querido* creerlo.

—¡*No!* —había gritado, perdiendo totalmente el control—. *¡No, échate, tienes que estar muerto, échate y muere, perro de mierda!*

—Mamá, no —había murmurado Tad, sosteniéndose la cabeza con las manos—. Duele... me duele...

Desde entonces, la situación no había cambiado. El tiempo había recuperado de nuevo su paso lento. Ella se había acercado el reloj al oído varias veces para cerciorarse de que todavía funcionaba, porque parecía que las manecillas no se movían.

Las doce y veinte.

¿Qué sabemos acerca de la rabia, muchachos?

Más bien poco. Algunos brumosos fragmentos que probablemente procedían de artículos de suplementos dominicales. Un folleto hojeado distraídamente en Nueva York cuando llevó a Dinah, la gata de la familia, al veterinario para la vacuna contra el moquillo. Perdón, para las vacunas contra el moquillo y la *rabia*.

Rabia, enfermedad del sistema nervioso central, el viejo SNC. Provoca una lenta destrucción de éste... pero ¿cómo? No sabía nada a este respecto y era probable que los médicos tampoco supieran nada. De otro modo, la enfermedad no se hubiera considerado tan malditamente peligrosa. Claro que, pensó esperanzadamente, ni siquiera sé con certeza si el perro *está* rabioso. El único perro rabioso que he visto fue el que Gregory Peck mató de un disparo de rifle en *Matar a un ruiseñor*. Sólo que aquel perro no estaba *realmente* rabioso, era una simple simulación, probablemente se trataba de algún perro sarnoso que habían sacado de la perrera local y le habían echado encima espuma de Gillette…

Volvió a centrar su mente en la cuestión. Sería mejor hacer lo que Vic llamaba un análisis del peor de los casos, por lo menos de momento. Además, en su fuero interno tenía el convencimiento de que el perro estaba rabioso… ¿qué otra cosa hubiera podido inducirle a comportarse de aquella manera? El perro estaba más loco que una cabra.

Y la había mordido. Seriamente. ¿Qué podía significar aquello?

La gente podía contraer la rabia, lo sabía, y era una muerte horrible. Tal vez la peor. Había una vacuna para ello y el tratamiento prescrito consistía en una serie de inyecciones. Las inyecciones eran muy dolorosas, aunque probablemente no tan dolorosas como aquello por lo que el perro de allí fuera estaba pasando. Sin embargo…

Le pareció recordar que había leído que sólo hubo dos casos en los que unas personas superaron la enfermedad de la rabia en fase avanzada… es decir, que no se habían diagnosticado hasta que los pacientes empezaron a mostrar síntomas. Uno de los supervivientes había sido un muchacho que se había recuperado por entero. El otro había sido un investigador de animales que había sufrido daños cerebrales permanentes. El viejo SNC había quedado hecho polvo.

Cuanto más tiempo se tardaba en tratar la enfermedad, tantas menos posibilidades había. Se frotó la frente y su mano resbaló por una película de sudor frío.

¿Cuánto tiempo era demasiado? ¿Horas? ¿Días? ¿Semanas? ¿Un mes quizá? No lo sabía.

De repente, pareció como si el coche se encogiera. Era del tamaño de un Honda y después del de uno de aquellos extraños y pequeños vehículos de tres ruedas que solían entregar a los minusválidos en Inglaterra, después del que tenía el *sidecar* de una moto y, finalmente, del tamaño de un ataúd. Un doble ataúd para ella y Tad. Tenían que salir, salir, *salir*…

Su mano empezó a buscar la manija de la puerta antes de que lograra sobreponerse de nuevo. El corazón le latía apresuradamente, acelerando las pulsaciones que notaba en la cabeza. *Por favor,* pensó. *Ya es suficientemente grave sin la claustrofobia; por consiguiente, por favor... por favor... por favor...*

Estaba experimentando de nuevo una intensa sed. Miró hacia fuera y Cujo le devolvió implacablemente la mirada, con el cuerpo aparentemente partido en dos por la grieta plateada que cruzaba el cristal de la ventana.

Que alguien nos ayude, pensó ella. *Por favor, por favor, ayúdennos.*

Roscoe Fisher se encontraba estacionado en las sombras del Jerry's Citgo cuando se recibió la llamada. Estaba vigilando ostensiblemente a los automovilistas que circulaban con exceso de velocidad, pero lo que verdaderamente estaba haciendo era dormir. A las doce y media de la madrugada de un miércoles la carretera 117 estaba totalmente muerta. Tenía un pequeño despertador en el interior del cráneo y confiaba en que éste lo despertara hacia la una, cuando terminara la función del Autocinema Norway. Entonces tal vez hubiera un poco de movimiento.

—Unidad tres, responda, unidad tres. Cambio.

Roscoe se despertó sobresaltado y se derramó sobre la entrepierna el café frío contenido en una taza de plástico.

—Oh, maldita sea —exclamó Roscoe tristemente—. Qué bonito, ¿verdad? ¡Por Dios!

—Unidad tres, ¿toma nota? ¿Cambio?

Tomó el transmisor-receptor y pulsó el botón que había a un lado.

—Tomo nota, base.

Hubiera deseado añadir que esperaba que fuera algo bueno porque se encontraba sentado con las pelotas en un charco de café frío, pero uno nunca sabía quién estaba controlando las llamadas de la policía con su fiel analizador Bearcat... incluso a las doce y media de la madrugada.

—Diríjase, por favor, al ochenta y tres de Larch Street —dijo Billy—. Domicilio del señor Victor Trenton y esposa. Efectúe una comprobación del lugar. Cambio.

—¿Qué tengo que comprobar, base? Cambio.

—Trenton se encuentra en Boston y nadie contesta a sus llamadas. Piensa que tendría que haber alguien en casa. Cambio.

Vaya, qué maravilloso, ¿verdad?, pensó Roscoe Fisher amargamente. Por eso me voy a tener que gastar cuatro dólares en la lavandería y, si tengo que detener a un infractor de las normas de velocidad, éste pensará que me he emocionado tanto ante la perspectiva de una detención que me he orinado encima.

—Diez-cuatro y tiempo de descanso —dijo Roscoe, poniendo en marcha su vehículo—. Cambio.

—Para mí son las doce y treinta y cuatro de la madrugada —dijo Billy—. Hay una llave colgada en un gancho abajo del alero de la entrada frontal, unidad tres. El señor Trenton desearía que entrara usted y echara un vistazo en caso de que la vivienda pareciera estar vacía. Cambio.

—De acuerdo, base. Cambio y fuera.

—Fuera.

Roscoe encendió los faros delanteros y bajó por la desierta calle principal de Castle Rock, pasando frente al parque municipal y el estrado para la orquesta con su techumbre cónica de color verde. Subió por la colina y giró a la derecha, enfilando Larch Street ya cerca de la cumbre. La de los Trenton era la segunda casa contando desde la esquina, y él observó que, de día, debían disfrutar de una vista preciosa de la ciudad de abajo. Acercó a la banqueta el Fury III del Departamento del alguacil y descendió del vehículo, cerrando silenciosamente la puerta. La calle estaba a oscuras, profundamente dormida.

Se detuvo un instante, apartándose de la entrepierna el tejido mojado de su uniforme (al tiempo que hacía una mueca) y después subió por el sendero. La entrada de coches estaba vacía, al igual que el pequeño estacionamiento de una plaza situado al fondo. Vio un triciclo Big Wheels estacionado en el interior. Era como el que tenía su hijo.

Cerró la puerta del estacionamiento y se dirigió a la entrada frontal. Vio que el ejemplar del *Call* correspondiente a la semana en curso se encontraba apoyado contra la puerta de entrada. Roscoe lo tomó y probó a abrir la puerta. No estaba cerrada con llave. Entró en el pórtico, sintiéndose un intruso. Arrojó el periódico sobre la rampa de la entrada y pulsó el timbre de la puerta interior. Se escuchó el sonido del timbre en el interior de la casa, pero nadie acudió a abrir. Llamó otras dos veces en un espacio de tres minutos, para dar tiempo a la señora a levantarse, ponerse una bata y descender a la planta baja... si es que la señora estaba en casa.

Al no obtener respuesta, probó a abrir la puerta. Estaba cerrada con llave.

El marido no está y ella se habrá ido probablemente a casa de unos amigos, pensó... pero el hecho de que no se lo hubiera comunicado al marido también le parecía un poco raro a Roscoe Fisher.

Buscó con la mano bajo el puntiagudo alero y sus dedos rozaron la llave que Vic Trenton había colgado allí no mucho después de que los Trenton se hubieran mudado a aquella casa. La tomó y abrió la puerta principal... Si hubiera probado a abrir la puerta de la cocina tal como había hecho Steve Kemp aquella tarde, hubiera podido entrar directamente. Como casi todo el mundo en Castle Rock, Donna era descuidada en lo concerniente a cerrar las puertas cuando salía.

Roscoe entró. Tenía la linterna, pero prefería no utilizarla. Eso le hubiera hecho sentirse todavía más intruso... un ladrón con una gran mancha de café en la entrepierna. Buscó a tientas una placa de interruptor y, por fin, encontró una con dos interruptores. El de arriba encendía la luz de la entrada y lo apagó rápidamente. El de abajo encendía la luz de la sala.

Miró a su alrededor durante un buen rato, dudando de lo que estaba viendo... Al principio, le pareció una ilusión óptica debida al hecho de que sus ojos no se habrían adaptado a la luz o algo por el estilo. Pero nada cambió y entonces el corazón empezó a latirle rápidamente.

No tengo que tocar nada, pensó, *no puedo enredarlo.* Se había olvidado de la húmeda mancha de café de sus pantalones y había olvidado sentirse un intruso. Estaba asustado y emocionado.

Algo había ocurrido, vaya que había ocurrido. La sala estaba toda revuelta. Había fragmentos de cristal de un estante de figurillas por el suelo. Los muebles habían sido volcados, los libros estaban diseminados por todas partes. El gran espejo de encima de la repisa de la chimenea también estaba roto... *siete años de mala suerte para alguien,* pensó Roscoe y empezó a pensar de repente y sin ningún motivo en Frank Dodd, con quien había compartido a menudo una patrulla. Frank Dodd, el amable policía de una pequeña localidad que había resultado ser también un loco que asesinaba a las mujeres y a los niños pequeños. De repente, a Roscoe se le puso la piel de gallina en los brazos. No era el lugar más apropiado para pensar en Frank.

Entró en la cocina, pasando por el comedor en el que todo lo que había encima de la mesa había sido derribado al suelo... rodeó cuidadosamente todo aquel desastre. La cocina todavía estaba peor. Notó que un estremecimiento le recorría la columna vertebral. Alguien allí se había vuelto absolutamente loco. Las puertas del armario del bar estaban abiertas y alguien había utilizado el suelo de la cocina como pista de patinaje. Había cachivaches por todas partes y una cosa blanca que parecía nieve, pero que debía de ser detergente en polvo.

Escrita en el pizarrón de recados en grandes y apresuradas letras de imprenta podía leerse la siguiente frase:

ARRIBA DEJÉ ALGO
PARA TI, NENA.

De repente, a Roscoe Fisher no le apeteció subir al piso de arriba. Lo que menos deseaba era subir. Había ayudado a limpiar tres de los desastres que Frank Dodd había dejado a su espalda, incluyendo el cuerpo de Mary Kate Hendrasen, que había sido violada y asesinada en el estrado de la orquesta del parque municipal de Castle Rock. No deseaba volver a ver nada parecido... ¿Y si la mujer estuviera allí arriba, muerta de un disparo y apuñalada o estrangulada?

Roscoe había visto muchas mutilaciones en las carreteras y, en cierto modo, incluso se había acostumbrado a ello. Hacía dos veranos, él y Billy y el alguacil Bannerman habían sacado el cuerpo de un hombre en pedazos de una máquina cortadora de papas, y *aquello* había sido digno de contárselo a los nietos, pero no había visto un homicidio desde el de la muchacha Hendrasen y ahora no le daban ganas de ver otro.

No supo si experimentar alivio o repugnancia al descubrir lo que había sobre la colcha de los Trenton.

Regresó al coche y dio aviso.

Cuando sonó el teléfono, Vic y Roger estaban levantados sentados frente a la televisión y fumando como unos locos. Estaban pasando *Frankenstein,* la película original. Era la una y veinte.

Vic tomó el teléfono antes de que terminara el primer timbrazo.

—¿Bueno? ¿Donna? ¿Es que…?

—¿El señor Trenton?

La voz de un hombre.

—¿Sí?

—Aquí el alguacil Bannerman, señor Trenton. Me temo que tengo que comunicarle una información bastante desagradable. Lamen…

—¿Están muertos? —preguntó Vic.

De repente, se sintió totalmente irreal y bidimensional, no más real que el rostro de un extra apenas entrevisto en el segundo plano de una vieja película como la que él y Roger estaban viendo. Hizo la pregunta en un tono de voz perfectamente propio de una conversación tranquila. Por el rabillo del ojo, vio moverse la sombra de Roger mientras éste se levantaba rápidamente. No importaba. Tampoco importaba ninguna otra cosa. En el espacio de los pocos segundos transcurridos desde que había contestado al teléfono, había tenido ocasión de echar una buena mirada a su vida y había visto que todo había sido un decorado teatral y falsas apariencias.

—Señor Trenton, hemos enviado al oficial Fisher…

—Déjese de preámbulos oficiales y conteste a mi pregunta. ¿Están muertos? —Vic volteó a mirar a Roger. El rostro de Roger estaba ceniciento y mostraba una expresión inquisitiva. A su espalda, en la televisión, un falso molino de viento hacía girar sus aspas contra un cielo falso—. Rog, ¿tienes un cigarro?

Roger se lo entregó.

—Señor Trenton, ¿está usted ahí?

—Sí. ¿Están muertos?

—No tenemos idea de dónde están en estos momentos su mujer y su hijo —contestó Bannerman, y Vic notó de repente que todas sus entrañas volvían a su sitio. El mundo adquirió un poco de su anterior color. Empezó a temblar. El cigarro apagado se estremeció entre sus labios.

—¿Qué está pasando? ¿Qué sabe usted? Me ha dicho que es usted Bannerman, ¿verdad?

—El alguacil del condado Castle, exactamente. Y trataré de explicarle la situación si me concede un minuto.

—Sí, de acuerdo.

Ahora tenía miedo; todo parecía estar ocurriendo con excesiva rapidez.

—El oficial Fisher fue enviado a su casa del ochenta y tres de Larch Street, atendiendo a la petición formulada por usted, a las doce y treinta y cuatro de la madrugada. Comprobó que no había ningún coche ni en la entrada ni en el estacionamiento. Llamó al timbre de la puerta repetidamente y, al no obtener respuesta, entró en la casa, utilizando la llave oculta en el alero del pórtico. Descubrió que la casa había sido seriamente devastada. Los muebles estaban volcados, las botellas de bebidas alcohólicas estaban rotas, habían esparcido detergente en polvo por todo el suelo y las alacenas de la cocina…

—Jesús, fue Kemp —murmuró Vic.

El torbellino de su mente se centró en la nota: ¿TIENE USTED ALGUNA PREGUNTA? Recordó haber pensado que aquella nota, con independencia de cualquier otra consideración, constituía una inquietante muestra de la psicología de aquel hombre. Un perverso acto de venganza por haber sido abandonado. ¿Qué habría hecho Kemp ahora? ¿Qué habría hecho, aparte de haber destrozado su casa como una arpía con ganas de pelear?

—¿Señor Trenton?

—Aquí estoy.

Bannerman carraspeó como si tuviera alguna dificultad con lo que tenía que decir a continuación.

—El oficial Fisher subió al piso de arriba. El piso de arriba no fue vandalizado, pero encontró restos de… mmm, un líquido blanquecino, muy probablemente semen, en el dormitorio principal —y, en una involuntaria elipsis cómica, añadió—: no parecía que nadie hubiera dormido en la cama.

—¿Dónde está mi mujer? —gritó Vic contra el teléfono—. ¿Dónde está mi hijo? ¿No tiene usted ninguna idea?

—Cálmate—dijo Roger, apoyando una mano en el hombro de Vic.

Roger podía permitirse el lujo de decirle que se calmara. Su mujer estaba en casa, durmiendo en la cama. Y también las gemelas. Vic sacudió su mano de encima.

—Señor Trenton, lo único que puedo decirle en estos momentos es que un equipo de investigadores de la Policía del Estado se encuentra en el lugar, ayudado por mis hombres. Ni el dormitorio principal ni el dormitorio de su hijo parecen haber sido tocados.

—Si se exceptúa la eyaculación sobre nuestra cama, querrá usted decir —replicó Vic con violencia, y Roger dio un brinco como si le hubieran propinado un golpe.

Se quedó boquiabierto.

—Bueno, eso sí—Bannerman parecía estar turbado—. Pero lo que quiero decir es que no hay señales de… mmm, violencia contra una persona o personas. Parece un acto de puro vandalismo.

—Pues entonces, ¿dónde están Donna y Tad?

Su aspereza se estaba convirtiendo ahora en perplejidad y Vic notó el escozor de unas irreprimibles lágrimas de niñito desvalido en el borde de sus ojos.

—En estos momentos no lo sabemos.

Kemp... Dios mío, ¿y si Kemp los tiene en su poder?

Por un fugaz instante, tuvo una confusa visión del sueño que había tenido la noche anterior: Donna y Tad escondidos en su cueva y amenazados por una terrible bestia. Después la visión se esfumó.

—Si tiene usted alguna idea de quién puede estar detrás de todo esto, señor Trenton...

—Me voy al aeropuerto y rentaré un coche —dijo Vic—. Puedo estar allí a las cinco.

—Sí, señor Trenton —dijo Bannerman pacientemente—. Pero, si la desaparición de su esposa y de su hijo está relacionada en cierto modo con este acto de vandalismo, el tiempo podría ser muy valioso. Si tiene usted aunque sea una vaga idea de quién puede tener un motivo de resentimiento contra usted o su esposa, tanto si es real como imaginario...

—Kemp —dijo Vic con débil voz entrecortada. Ahora ya no pudo contener las lágrimas. Las lágrimas iban a saltar. Las podía notar, resbalándole por el rostro—. Fue Kemp, estoy seguro de que fue Kemp. Oh, Dios mío, ¿y si los tiene en su poder?

—¿Quién es Kemp? —preguntó Bannerman.

Su voz no estaba turbada ahora; era áspera y exigente.

Vic sostenía el teléfono con la mano derecha. Con la izquierda se cubrió los ojos, excluyendo a Roger, excluyendo la habitación de hotel, el sonido de la televisión, todo. Ahora estaba en la oscuridad, solo con el vacilante sonido de su voz y la cálida y cambiante textura de sus lágrimas.

—Steve Kemp —dijo—. Steve Kemp. Regentaba un establecimiento llamado El Restaurador de la Aldea. Ahora se ha ido. Por lo menos, mi mujer dijo que se había ido. Él y mi mujer... Donna... ellos... ellos tenían... bueno, ellos mantenían relaciones. Se acostaban juntos. No duró mucho. Ella le dijo que todo había terminado. Lo averigüé porque él me escribió una nota. Era... era una nota bastante desagradable. Quería vengarse, supongo. Supongo que no le gustaba demasiado que lo abandonaran. Esto… parece una versión ampliada de la nota.

Se frotó fuertemente los ojos con la mano, provocando una galaxia de rojas estrellas fugaces.

—Tal vez no le gustó que nuestro matrimonio no se vino abajo. O tal vez esté… simplemente furioso. Donna dijo que se ponía hecho una furia cuando perdía un partido de tenis, no quería estrechar la mano del contrincante sobre la red. Es cuestión… —de repente, se quedó sin voz y tuvo que carraspear para recuperarla. Tenía como una faja alrededor del pecho que le comprimía y se aflojaba y después volvía a comprimirle—. Creo que la cuestión es saber hasta dónde puede llegar. Puede habérselos llevado, Bannerman. Por lo que yo sé de él, es muy capaz.

Hubo un silencio al otro extremo de la línea; no, no exactamente silencio. El crujido de un lápiz sobre el papel. Roger volvió a apoyar la mano sobre el hombro de Vic y esta vez Vic no la rechazó, agradeciendo aquella muestra de calor. Sentía mucho frío.

—Señor Trenton, ¿tiene usted la nota que Kemp le envió?

—No, la rompí en pedazos. Lo siento, pero, dadas las circunstancias…

—¿Estaba escrita por casualidad en letras de imprenta?

—Sí, sí. Lo estaba.

—El oficial Fisher encontró una nota escrita en letras de imprenta en el pizarrón de recados de la cocina. Decía: «Arriba dejé algo para ti, nena».

Vic emitió un leve gruñido. La última y leve esperanza de que hubiera podido ser otra persona —un ladrón tal vez o simplemente unos chiquillos— se disipó. Sube a ver lo que te he dejado en la cama. Era Kemp. La frase del pizarrón de recados de su casa estaba muy en consonancia con la notita de Kemp.

—La nota parece indicar que su esposa no estaba en casa cuando él hizo todo esto —dijo Bannerman, pero, a pesar de la angustia que lo embargaba, Vic pudo advertir una entonación falsa en la voz del alguacil.

—Ella habría podido llegar cuando él estaba todavía allí, y usted lo sabe —dijo Vic con voz apagada—. Regresando de la compra o de arreglar el carburador de su coche. Cualquier cosa.

—¿Qué clase de vehículo tenía Kemp? ¿Lo sabe usted?

—No creo que tuviera un coche. Tenía una camioneta.

—¿Color?

—No lo sé.

—Señor Trenton, voy a sugerirle que regrese de Boston. Voy a sugerirle que, si renta un vehículo, se lo tome con calma. Sería terrible que su familia apareciera sana y salva y usted se matara en la Interestatal de regreso aquí.

—Sí, de acuerdo.

No quería dirigirse en coche a ninguna parte, ni despacio ni de prisa. Quería esconderse. Mejor todavía, quería repetir los últimos seis días.

—Otra cosa, señor.

—¿Qué pasa?

—Por el camino, trate de elaborar una lista mental de los amigos y conocidos que tiene su esposa en la zona. Sigue siendo perfectamente posible que ella esté pasando la noche en casa de alguien.

—Claro.

—Lo que conviene recordar ahora es que no hay huellas de violencia.

—Toda la planta baja está hecha un infierno —dijo Vic—. Eso a mí se me antoja bastante violento.

—Sí —dijo Bannerman, sintiéndose incómodo—. Bien.

—Allí estaré —dijo Vic, colgando el teléfono.

—Vic, lo siento —dijo Roger.

Vic no podía mirar a su viejo amigo a los ojos. *Un cornudo*, pensó. *¿No es así como lo llaman? Ahora Roger sabe que soy un cornudo.*

—Da igual —dijo Vic, empezando a vestirse.

—Con todo eso en la cabeza… ¿pudiste hacer el viaje?

—¿De qué hubiera servido que me quedara en casa? —preguntó Vic—. Ocurrió. Yo… me enteré el jueves.

Pensé... un poco de distancia... tiempo para pensar... perspectiva... no sé todas las malditas estupideces que pensé. Y ahora esto.

—Tú no tienes la culpa —dijo Roger, hablando muy en serio.

—Rog, en estos momentos no sé si tengo o no tengo la culpa. Estoy preocupado por Donna y me vuelvo loco por Tad. Y me gustaría echarle el guante a ese cerdo de Kemp. Me... —había subido la voz y ésta bajó ahora bruscamente. Sus hombros se hundieron. Por unos momentos, se le vio abatido y viejo y casi totalmente agotado. Después se acercó a la maleta que estaba en el suelo y empezó a buscar ropa limpia—. Llama a Avis al aeropuerto, ¿quieres?, y pídeme un coche. Mi billetera está en la mesita de noche. Querrán el número de American Express.

—Llamaré por los dos. Voy a acompañarte.

—No.

—Pero...

—Pero nada.

Vic se puso una camisa azul oscuro. La había abrochado hasta la mitad cuando vio que lo había hecho mal; un borde le colgaba mucho más que el otro. La desabrochó y empezó de nuevo. Ahora estaba en movimiento, y estar en movimiento era mejor, aunque seguía persistiendo aquella sensación de irrealidad. Seguía pensando en las escenografías de película en las que lo que parece mármol italiano no es, en realidad, más que papel tapiz, en las que todas las habitaciones terminan justo por encima de la línea de visión de la cámara y en las que siempre hay alguien en segundo plano con una tabla de corte. Escena 41, Vic convence a Roger de que siga insistiendo. Toma uno. Él era un actor y aquello era una absurda e insensata película. Pero todo resultaba innegablemente mejor cuando el cuerpo estaba en movimiento.

—Pero oye...

—Roger, eso no altera en nada la situación entre Ad Worx y la Sharp Company. Yo vine tras enterarme de lo de Donna y ese sujeto llamado Kemp, en parte porque deseaba guardar las apariencias; supongo que a ningún tipo le gusta proclamar a los cuatro vientos que ha averiguado que su mujer le pone el cuerno, pero, sobre todo, porque sabía que las personas que dependen de nosotros tienen que seguir comiendo, con independencia del individuo con quien mi mujer haya decidido acostarse.

—Cálmate, Vic. Deja de atormentarte.

—No me parece que lo esté haciendo —dijo Vic—. No me parece que lo esté haciendo ni tan siquiera ahora.

—¡Y a mí no me parece que pueda irme a Nueva York como si nada hubiera ocurrido!

—Que nosotros sepamos, no ha ocurrido nada. El policía ha insistido en ello. *Puedes* irte. Tú podrás arreglarlo. A lo mejor resultará que no ha sido más que un farsa, pero… uno tiene que intentarlo, Roger. No se puede hacer otra cosa. Además, allá en Maine no podrías hacer otra cosa más que esperar.

—Dios santo, no me parece bien. Me parece muy mal.

—Pues no es así. Te llamaré al Biltmore en cuanto sepa algo —Vic se subió el cierre de los pantalones e introdujo los pies en los mocasines—. Ahora lláma a Avis por mí. En la calle tomaré un taxi para trasladarme a Logan. Toma, te voy a anotar mi número del Amex.

Lo hizo y Roger permaneció de pie en silencio mientras él se ponía la chamarra y se encaminaba hacia la puerta.

—Vic —dijo Roger.

Vic volteó y su amigo lo abrazó torpemente, pero con asombrosa fuerza. Vic le devolvió el abrazo, apoyando la mejilla sobre su hombro.

—Rezaré a Dios para que todo se resuelva —dijo Roger con voz ronca.

—Está bien —dijo Vic, saliendo.

El elevador zumbó débilmente al bajar… *en realidad, no se está moviendo en absoluto,* pensó él. *Es un efecto acústico.* Dos borrachos que se estaban sosteniendo el uno al otro subieron al elevador en el vestíbulo. *Extras,* pensó él.

Habló con el conserje —otro extra más— y, al cabo de unos cinco minutos, un taxi se detuvo frente al toldo azul del hotel.

El taxista era un negro taciturno. Tenía el radio sintonizado con una emisora de FM que estaba transmitiendo música *soul.* The Temptations cantaban interminablemente «Power» mientras el taxi lo llevaba al Aeropuerto Logan a través de unas calles casi completamente desiertas. Una *extraordinaria escenografía de película,* pensó él. Tras finalizar la interpretación de The Temptations, un locutor muy eufórico vino con la previsión meteorológica. Ayer había hecho mucho calor, informó, pero lo de ayer no fue nada, hermanos y hermanas. Hoy iba a ser el día más caluroso del verano, tal vez batiera el récord. El gran pronosticador del tiempo especialista en jazz, Altitude Lou McNally, estaba anunciando temperaturas de más de 40 grados en el interior y no mucho más frescas en la costa. Una masa de aire cálido estancado había subido desde el sur y estaba inmovilizada sobre Nueva Inglaterra a causa de unas bandas de altas presiones.

—Por consiguiente, si les alcanza la gasolina, conviene que se vayan a la playa —terminó diciendo el eufórico locutor—. No lo van a pasar muy bien si se quedan en la ciudad. Y, para demostrarlo, aquí está Michael Jackson con «Off the Wall».

La previsión significó nada o muy poco para Vic, pero hubiera aterrado a Donna más de lo que ya estaba, si hubiera sabido.

Tal como le había ocurrido el día anterior, Charity se despertó poco antes del amanecer. Se despertó, prestando atención, y, por unos momentos, ni siquiera estuvo segura de lo que pretendía escuchar. Pero después lo recordó. El crujido de unas tablas. Pisadas. Prestaba atención por si su hijo volvía a caminar en sueños.

Pero la casa estaba en silencio.

Se levantó de la cama, se dirigió a la puerta y miró al pasillo. El pasillo estaba vacío. Al cabo de un momento de vacilación, bajó al cuarto de Brett para echar un vistazo. No asomaba por abajo de la sábana más que un mechón de su cabello. Si había caminado en sueños, lo había hecho antes de que ella despertara. Ahora estaba profundamente dormido.

Charity regresó a su habitación y se sentó en la cama, contemplando la difuminada línea blanca del horizonte. Era consciente de haber tomado una decisión. En cierto modo, secretamente y por la noche mientras dormía. Ahora, con la primera fría luz del día pudo examinar la decisión y le pareció que podía calcular los riesgos.

Se le ocurrió pensar que no se había sincerado con su hermana Holly como había sido su intención. Tal vez aún lo hubiera hecho de no haber sido por las tarjetas de crédito del almuerzo del día anterior. Y, además, la noche pasada ella había estado contándole a Charity cuánto le había costado esto, aquello y lo de más allá... el Buick de cuatro puertas, la televisión Sony, el suelo laminado del vestíbulo. Como si, en la mente de Holly, cada una de aquellas cosas llevara colgadas unas etiquetas invisibles con el precio y siempre tuvieran que llevarlas.

Charity seguía sintiendo simpatía por su hermana. Holly era generosa y amable, impulsiva, afectuosa y cordial. Pero su forma de vivir la había obligado a excluir algunas de las despiadadas verdades acerca de la forma en que ella y Charity se habían criado en la pobreza del campo de Maine, las verdades que habían obligado más o menos a Charity a casarse con Joe Camber mientras que la suerte —no muy distinta, en realidad, de la lotería que le había tocado a Charity con su billete— había permitido que Holly conociera a Jim y huyera para siempre de la vida de su casa paterna.

Temía que, si le contara a Holly que llevaba *años* tratando de conseguir el permiso de Joe para acudir a visitarla, que aquel viaje sólo había sido posible gracias a una brutal acción autoritaria por su parte y que, aun así, Joe había estado a punto de azotarla con su cinturón de cuero... temía que, si le contara a Holly todas estas cosas, la reacción de su hermana fuera de horrorizada cólera y no ya algo racional y provechoso. ¿Por qué de horrorizada cólera? Quizá porque, en lo más hondo del alma humana, donde los coches Buick y las televisiones en color Sony con sus tubos de imagen de Trinitron y los suelos laminados nunca pueden llegar a causar un impacto enteramente apaciguador, Holly reconocería que tal vez había escapado de un matrimonio similar, de una *vida* similar, sólo por un pelo.

No se lo había dicho porque Holly se había atrincherado en su vida suburbana de la alta clase media como un soldado que montara guardia en una trinchera individual. No se lo había dicho porque la horrorizada cólera no podía resolver sus problemas. No se lo había dicho porque a nadie le gusta parecer un bicho raro de un espectáculo secundario, pasando días y semanas y meses con un hombre antipático, poco comunicativo y a veces temible. Charity había descubierto que había cosas que a nadie le dan ganas de contar. Y no por vergüenza. A veces, era mejor —más amable— guardar las apariencias.

Y, sobre todo, no se lo había dicho porque aquellas cosas eran asunto suyo. Lo que le ocurriera a Brett era asunto suyo… y, en el transcurso de los últimos días, había llegado más o menos a creer que, lo que él hiciera en su vida dependería en último extremo no tanto de ella y Joe cuanto del propio Brett.

No habría divorcio. Ella seguiría combatiendo su incesante guerra de guerrillas con Joe por el alma del niño… en la esperanza de que ello fuera beneficioso. En su preocupación por el hecho de que Brett quisiera emular a su padre, había olvidado tal vez —o pasado por alto— el hecho de que llega un momento en que los hijos juzgan a los padres —tanto la madre como el padre— y ocupan el banquillo de los acusados. Brett había observado la ostentosa exhibición de tarjetas de crédito por parte de Holly. Charity sólo podía abrigar la esperanza de que Brett observara que su padre comía con el sombrero puesto… entre otras cosas.

El amanecer se estaba aclarando. Tomó la bata colgada detrás de la puerta y se la puso. Quería bañarse, pero no antes

327

de que empezaran a moverse los demás habitantes de la casa. Los extraños. Eso eran. Incluso el rostro de Holly se le antojaba extraño ahora, un rostro que sólo mostraba un leve parecido con las instantáneas de los álbumes familiares que ella se había llevado consigo... incluso la propia Holly había contemplado aquellas fotografías con una leve expresión de perplejidad.

Regresarían a Castle Rock, a la casa del final de Town Road número 3, junto a Joe. Recogería los hilos de su vida y las cosas continuarían. Sería lo mejor.

Recordó que debía llamar a Alva antes de las siete, cuando él estuviera desayunando.

Eran algo más de las seis de la madrugada y el día estaba empezando a clarear cuando Tad tuvo una convulsión.

Se había despertado de un sueño aparentemente profundo hacia las cinco y cuarto y había arrancado a Donna de su amodorramiento, quejándose de que tenía hambre y sed. Como si hubiera pulsado un botón de su más profundo interior. Donna se percató por primera vez de que ella también tenía hambre. Era consciente de la sed —más o menos constante—, pero no podía recordar haber pensado en la comida desde el día anterior por la mañana. Ahora experimentó súbitamente un apetito voraz.

Tranquilizó a Tad de la mejor forma posible, diciéndole cosas vacías que ya no significaban nada real para ella en ningún sentido... que muy pronto vendría gente, que se llevarían al perro malo, que los rescatarían.

Lo verdadero era la idea de la comida.

Desayunos, por ejemplo, pensemos en los desayunos: dos huevos fritos con mantequilla, mucha cantidad, mesero, si no le importa. Pan francés. Grandes vasos de jugo de naranjas recién exprimidas y tan frío que la humedad formara gotas en el cristal. Tocino ahumado canadiense. Fritada casera. Cereal de salvado con leche y arándanos por encima... «arandanitos», los llamaba siempre su padre, otra de aquellas cómicas irracionalidades que irritaban a su madre desproporcionadamente.

Su estómago emitió un sonoro rugido y Tad se rio. El sonido de su risa sorprendió y complació a Donna por su carácter inesperado. Fue como encontrar una rosa creciendo en un montón de basura, y ella correspondió con una sonrisa.

—Oíste, ¿verdad?

—Creo que tú también debes tener hambre.

—Bueno, no rechazaría un McMuffin de huevo si alguien lo lanzara en mi dirección.

Tad gruñó y eso los hizo reír de nuevo a los dos. En el patio, Cujo había levantado las orejas. Rugió al oír el rumor de sus risas. Por un instante, pareció que iba a levantarse, quizá para arrojarse de nuevo contra el coche; pero después volvió a sentarse con aire cansado sobre sus patas traseras, con la cabeza colgando.

Donna experimentó aquella irracional elevación del espíritu que casi siempre se produce al rayar el alba. Sin duda todo pasaría muy pronto; sin duda ya habían superado lo peor. La suerte les había vuelto la espalda, pero más tarde o más temprano cambia incluso la peor de las suertes.

Tad casi parecía el mismo de antes. Demasiado pálido, muy agotado, terriblemente cansado a pesar del sueño, pero todavía sin lugar a dudas el Tadder de siempre. Lo abrazó y él la abrazó a su vez. El dolor de su vientre se había atenuado en cierto modo, pese a que los arañazos y las erosiones mostraban un aspecto hinchado e inflamado. La pierna estaba peor, pero ella descubrió que podía doblarla, aunque le dolía al hacerlo y había empezado a sangrarle de nuevo. Le quedaría una cicatriz.

Ambos pasaron los cuarenta minutos siguientes hablando. Buscando un medio de mantener a Tad alerta y también de pasar el rato, Donna sugirió el juego de las veinte preguntas. Tad accedió con entusiasmo. Nunca se cansaba de jugar a aquel juego; lo malo era conseguir que alguno de sus progenitores quisiera jugar con él. Estaban en la cuarta ronda cuando se produjo la convulsión.

Donna había adivinado unas cinco preguntas atrás que el tema del interrogatorio era Fred Redding, uno de los compañeros que tenía Tad en el campamento diurno, pero había estado alargando las cosas.

—¿Tiene el cabello rojizo? — preguntó.

—No, es… es… es…

De repente, Tad empezó a quedarse sin respiración. Empezó a jadear y a emitir unos violentos estertores que hicieron que el miedo le subiera a Donna por la garganta en una áspera arremetida con sabor a cobre.

Tad jadeó y se clavó las uñas en el cuello, produciéndose unos rojos arañazos. Levantó los ojos, mostrando sólo la parte inferior del iris y el blanco plateado.

—*¡Tad!*

Lo sujetó y lo sacudió. Su manzana de Adán subía y bajaba rápidamente, como un muñequito mecánico sobre un palito. Sus manos empezaron a moverse sin objeto y después se acercaron de nuevo a su cuello y empezaron a arañarlo. Estaba emitiendo unos sonidos entrecortados de animal.

Por un instante, Donna olvidó por completo dónde estaba. Tomó la manija de la puerta, la levantó y la abrió como si ello hubiera ocurrido en el estacionamiento del supermercado y pudiera solicitar ayuda allí mismo.

Cujo se levantó instantáneamente. Se abalanzó sobre el vehículo antes de que la puerta estuviera abierta por completo, salvándola tal vez de ser destrozada en aquel momento. Se golpeó contra la puerta a medio abrir, cayó hacia atrás y se abalanzó de nuevo, gruñendo sordamente. Unos excrementos diarreicos cayeron sobre la grava del sendero.

Donna lanzó un grito y consiguió cerrar la puerta. Cujo saltó de nuevo contra el costado del vehículo, agrandando la abolladura. Retrocedió y se arrojó después contra la ventana, golpeándola con un apagado y crujiente rumor. La grieta plateada que atravesaba el cristal dio lugar de repente a media docena de fisuras. El perro volvió a arremeter contra la ventanilla y el cristal Saf-T se curvó hacia adentro, manteniéndose todavía entero, pero pandeado. El mundo exterior se convirtió súbitamente en una borrosa mancha de un blanco lechoso.

Si vuelve a…

Pero, en su lugar, Cujo se retiró como si quisiera ver lo que ella iba a hacer a continuación.

Donna volteó a mirar a su hijo.

Todo el cuerpo de Tad se estaba estremeciendo, como si padeciera de epilepsia. Tenía la espalda curvada. Sus nalgas se levantaron del asiento, cayeron de nuevo, se levantaron otra vez y volvieron a caer. Su rostro estaba adquiriendo una coloración azulada. Las venas de las sienes aparecían muy hinchadas. Ella había sido socorrista durante tres años, los dos últimos de la preparatoria y el verano siguiente a su primer año de estudios universitarios, y sabía lo que estaba ocurriendo. Tad no se había tragado la lengua; eso era imposible como no fuera en las más espeluznantes novelas de misterio. Pero la lengua se le había deslizado por la garganta y ahora le estaba bloqueando la tráquea. Se estaba muriendo asfixiado ante sus ojos.

Sujetó su barbilla con la mano izquierda y le abrió la boca, El pánico la estaba haciendo actuar con dureza y oyó que crujían los tendones de su mandíbula. Sus dedos buscaron a tientas y encontraron la punta de su lengua increíblemente retirada, casi a la altura del lugar en que deberían estar las muelas del juicio cuando le crecieran. Trató de agarrarla, pero no pudo; estaba tan húmeda y resbaladiza como una anguila pequeña. Trató de atenazarla entre el pulgar y el índice, percatándose sólo vagamente del enloquecido latir de su corazón.

Creo que lo estoy perdiendo, pensó. *Oh, Dios mío, creo que estoy perdiendo a mi hijo.*

Los dientes de Tad bajaron de repente, arrancando sangre de los dedos de Donna, que estaban buscando a ciegas y de sus propios labios agrietados y llenos de ampollas. La sangre empezó a bajarle por la barbilla. Ella apenas notaba el dolor. Los pies de Tad empezaron a tamborilear locamente sobre el tapete del Pinto. Ella estaba tratando de agarrar desesperadamente la punta de su lengua. Ya la tenía… pero se le volvió a escurrir de entre los dedos.

(el perro el maldito perro él tiene la culpa maldito perro maldito peno infernal TE MATARÉ LO JURO POR DIOS)

331

Los dientes de Tad volvieron a cerrarse sobre sus dedos y entonces ella consiguió agarrar de nuevo su lengua y esta vez no vaciló: clavó las uñas de los dedos en las esponjosas partes superior e inferior y jaló hacia adelante como una mujer que bajara la persiana de una ventana; al mismo tiempo, colocó la otra mano bajo su barbilla y le echó la cabeza hacia atrás para ampliar la vía respiratoria. Tad empezó a jadear de nuevo… con un áspero y chirriante rumor parecido a la respiración de un viejo aquejado de enfisema. Después empezó a emitir unos estertores. Ella lo abofeteó. Puesto que no sabía qué otra cosa hacer, hizo eso.

Tad emitió un crujiente jadeo final y después su respiración se convirtió en un acelerado resoplido. Ella también estaba resoplando. Unas oleadas de aturdimiento se abatieron sobre ella. Se había torcido la pierna mala y estaba notando la cálida humedad de una nueva hemorragia.

—¡Tad! —gritó, tragando ásperamente saliva—. Tad, ¿puedes oírme?

Él asintió con la cabeza. Un poco. Pero mantenía los ojos cerrados.

—Tranquilízate todo lo que puedas. Quiero que te calmes.

—… quiero ir a casa… mamá… el monstruo…

—Shhh, Tadder. No hables, y no pienses en los monstruos. Toma —las Palabras del Monstruo habían caído al suelo. Ella recogió el papel amarillo y se lo colocó en la mano. Tad lo sujetó con fuerza, dominado por el pánico—. Ahora concéntrate en respirar despacio y con regularidad, Tad. Es el medio para regresar a casa. Respiración lenta y regular.

Sus ojos miraron más allá de su hijo y volvieron a ver el bate astillado con el mango envuelto en cinta aislante, tirado entre la maleza que crecía a la derecha del sendero.

—Tranquilízate, Tadder, ¿puedes intentarlo?

Tad asintió levemente, sin abrir los ojos.

—Sólo un poquito más, mi amor. Te lo prometo. Te lo prometo.

Fuera, el día seguía aclarándose. Ya hacía calor. La temperatura en el interior del pequeño vehículo estaba empezando a subir.

Vic llegó a casa a las cinco y veinte. En el momento en que su mujer estaba jalando la lengua de su hijo para sacarla de la parte posterior de la boca, él estaba recorriendo la sala, colocando las cosas lenta y distraídamente en su sitio, mientras Bannerman, un investigador de la Policía del Estado y un investigador de la oficina del fiscal general del estado permanecían sentados en el largo sofá de módulos, bebiendo café instantáneo.

—Ya les he dicho todo lo que sé —dijo Vic—. Si no está con las personas con quienes ustedes ya han establecido contacto, no está con nadie —tenía una escoba y una pala para recoger la basura y tenía una caja de bolsas Hefty que había en un armario de la cocina. Ahora introdujo la pala llena de vidrios rotos en una de las bolsas y se oyó un tintineo atonal—. *A menos que esté con Kemp.*

Se produjo un embarazoso silencio. Vic no podía recordar haber estado jamás tan cansado como ahora, pero no creía que pudiera conciliar el sueño a no ser que alguien le administrara una inyección. No coordinaba demasiado bien sus pensamientos. Diez minutos después de su llegada, había sonado el teléfono y él había saltado como un animal sin prestar atención a la suave advertencia del hombre del fiscal general en el sentido de que probablemente era para él. No lo era; era Roger, que deseaba saber si Vic había llegado y si había alguna novedad.

Había alguna novedad, pero todo ello resultaba enloquecedoramente confuso. Había huellas dactilares por toda la casa y un equipo de expertos en huellas dactilares, también de Augusta, había tomado varias muestras de la vivienda contigua al pequeño taller de restauración de muebles en el que Steve Kemp había estado trabajando hasta hacía poco. No tardarían mucho en efectuar las comprobaciones y entonces se sabría con certeza si Kemp había sido el que había revuelto la planta baja de la casa. A Vic le parecía una redundancia; él sabía en el fondo de su alma que había sido Kemp.

El investigador de la Policía del Estado había averiguado los detalles concernientes a la camioneta de Kemp. Era una Ford Ecoline modelo 1971 con placas de Maine 641-644. El color era gris claro, pero se había averiguado a través del casero de Kemp —lo habían sacado de la cama a las cuatro de la madrugada— que la camioneta tenía pintados en los costados unos murales con escenas de desierto: montecillos, mesetas y dunas. Llevaba dos adhesivos en la parte de atrás, uno de ellos decía PARTE LEÑA, NO ÁTOMOS, y la otra decía RONALD REAGAN MATÓ A J. R. Un tipo muy gracioso el tal Steve Kemp, pero las pinturas murales y las calcomanías harían que la camioneta resultara más fácil de identificar y, a menos que la hubiera enterrado bajo tierra, lo más seguro era que lo encontraran antes de que finalizara el día. La alerta se había difundido a todos los condados de Nueva Inglaterra y a la región norteña del estado de Nueva York. Además, el FBI de Portland y Boston había sido alertado en relación con un posible secuestro y ahora estaban buscando el nombre de Steve Kemp en los archivos de Washington. Descubrirían tres detenciones menores relacionadas con las protestas contra la guerra del Vietnam, una por cada año de 1968 a 1970.

—Sólo hay algo que me preocupa en todo este asunto —dijo el hombre del fiscal del estado. Mantenía el cuaderno sobre las rodillas, pero Vic ya les había dicho todo lo que podía decirles. El hombre de Augusta estaba simplemente haciendo garabatos—. Si he de ser sincero, me preocupa muchísimo.

—¿Qué es? —preguntó Vic.

Tomó el retrato familiar, lo contempló y después lo inclinó para que el cristal roto que lo cubría cayera al interior de la bolsa Hefty con otro perverso tintineo.

—El coche. ¿Dónde está el coche de su esposa?

Se apellidaba Masen… Masen con «e», le había comunicado a Vic mientras estrechaba su mano.

Ahora se acercó a la ventana con expresión absorta y se golpeó la pierna con el bloc. El viejo coche deportivo de

Vic se encontraba en el sendero, estacionado al lado del coche-patrulla de Bannerman. Vic lo había recogido en el aeropuerto de Portland y había dejado allí el Avis que había utilizado para trasladarse al norte desde Boston.

—¿Y eso qué tiene que ver? —preguntó Vic.

—Tal vez nada —contestó Masen, encogiéndose de hombros—. Tal vez todo. Probablemente nada, pero simplemente no me gusta. Kemp viene aquí, ¿de acuerdo? Se lleva a su esposa y a su hijo. ¿Por qué? Está furioso, es motivo suficiente. No puede soportar perder. A lo mejor, ésa es la retorcida idea que él tiene de lo que es una broma.

Eran las cosas que el propio Vic ya había dicho, repetidas casi al pie de la letra.

—¿Y qué hace entonces? Los mete en su camioneta Ford con los murales del desierto en los costados. O está huyendo con ellos o está oculto en alguna parte. ¿De acuerdo?

—Sí, eso es lo que temo…

Masen apartó los ojos de la ventana para mirarlo.

—¿Dónde está entonces su coche?

—Bueno… —Vic trató de pensar. Era difícil. Estaba muy cansado—. Tal vez…

—Tal vez él tenía un cómplice que se lo llevó —dijo Masen—. Eso significaría probablemente un secuestro con fines de rescate. Si se los ha llevado por su cuenta, lo más probable es que haya obedecido a un impulso momentáneo. Si es un secuestro por dinero, ¿por qué llevarse el coche? ¿Para utilizarlo en lugar del suyo? Ridículo. Este Pinto es tan llamativo como la camioneta, aunque sea un poco más difícil de reconocer. Y, repito, si no ha habido un cómplice, si lo ha hecho él solo, ¿quién se ha llevado el coche?

—Tal vez haya venido a buscarlo después —dijo el investigador de la Policía del Estado con voz de trueno—. A lo mejor ha escondido al niño y a la señora y ha vuelto por el coche.

—Eso plantearía algunos problemas sin la ayuda de un cómplice —dijo Masen—, pero supongamos que haya podido hacerlo. Que se los haya llevado a algún lugar cercano y haya regresado por el Pinto de la señora Trenton o que se los haya llevado lejos y haya regresado pidiendo aventón. Pero ¿por qué?

Bannerman habló por primera vez.

—Podría haberlo conducido ella misma.

Masen volteó a mirarlo, arqueando las cejas.

—Si se llevó al niño… —Bannerman miró a Vic y asintió levemente con la cabeza—. Perdone, señor Trenton, pero, si Kemp se ha llevado al niño, lo ha atado, le ha apuntado con una pistola y le ha dicho a su esposa que lo siguiera y que algo podría ocurrirle al niño en caso de que ella intentara hacer algo inteligente, como apagar o encender los faros…

Vic asintió, angustiándose al pensar en la escena.

Masen pareció irritarse con Bannerman, tal vez porque aquella posibilidad no se le hubiese ocurrido a él.

—Repito: ¿con qué objeto?

Bannerman sacudió la cabeza. Al propio Vic no se le podía ocurrir ninguna razón por la cual Kemp hubiera querido llevarse el coche de Donna.

Masen encendió un Pall Mall, tosió y miró a su alrededor, buscando un cenicero.

—Lo lamento —dijo Vic, sintiéndose de nuevo como un actor, como alguien que estuviera en el exterior y estuviera pronunciando unas frases que hubieran escrito para él—. Los dos ceniceros de aquí están rotos. Le traeré uno de la cocina.

Masen lo acompañó, tomó el cenicero y dijo:

—Salgamos a los escalones del pórtico, ¿le importa? Va a hacer un calor tremendo. Me gusta disfrutar del pórtio cuando todavía hace un tiempo civilizado en julio.

—De acuerdo —dijo Vic en tono apagado.

Contempló al salir el termómetro-barómetro fijado al muro de la casa… un regalo de Donna en la última Navidad. La temperatura ya había subido a veintidós grados. La aguja del barómetro estaba situada en el cuadrante de BUENO.

—Vamos a analizar el asunto más a fondo —dijo Masen—. Me fascina. Tenemos a una mujer con su hijo, una mujer cuyo marido se encuentra ausente en viaje de negocios. Necesita el coche para poder desplazarse por ahí. Incluso el centro de la ciudad está a un kilómetro y el camino de regreso es cuesta arriba. Por consiguiente, si damos por sentado que Kemp la capturó aquí, el coche aún estaría aquí. Pensemos, en cambio, en esta otra posibilidad: Kemp sube y desordena la casa, pero aún está furioso. Los ve en algún sitio de la ciudad y se los lleva. En tal caso, el vehículo aún estaría en ese otro lugar. En el centro de la ciudad tal vez. O en el estacionamiento del centro comercial.

—¿No le habrá puesto alguien una multa en mitad de la noche?

—Probablemente —dijo Masen—. ¿Piensa usted que ella pudo haberlo dejado en otra parte, señor Trenton?

Entonces Vic lo recordó. La válvula de aguja.

—Parece que se le acaba de ocurrir algo —dijo Masen.

—No se me ha ocurrido sino que acabo de recordarlo claramente. El coche no está aquí porque se encuentra en la delegación de la Ford en South Paris. Tenía un problema con el carburador. La válvula de aguja se atascaba constantemente. Hablamos de ello por teléfono el lunes por la tarde. Estaba muy fastidiada y molesta por ello. Yo quería concertarle una cita para que le hiciera el arreglo un tipo de aquí de la ciudad, pero lo olvidé porque…

Vic se detuvo, pensando en las razones por las cuales lo había olvidado.

—Olvidó usted concertar la cita aquí en la ciudad y por eso ella lo debió llevar a South Paris, ¿verdad?

—Sí, supongo que sí.

No podía recordar ahora exactamente los detalles de la conversación, recordaba tan sólo que ella le había expresado su temor de que el coche se le parara por el camino cuando lo llevara a arreglar.

Masen miró el reloj y se levantó de los escalones del pórtico. Vic hizo ademán de levantarse con él.

—No, quédese aquí. Tengo que efectuar simplemente una rápida llamada telefónica. Vuelvo enseguida.

Vic se quedó sentado donde estaba. La puerta de malla se cerró de golpe a la espalda de Masen, produciendo un rumor que a Vic le recordó tanto a Tad que tuvo que apretar los dientes para reprimir unas nuevas lágrimas. ¿Dónde estarían? El hecho de que el Pinto no estuviera allí sólo había resultado prometedor en un primer tiempo.

El sol había salido ahora por completo y estaba arrojando una brillante luz rosácea sobre las casas y las calles de abajo y hasta Castle Hill. Estaba iluminando el columpio en el que tantas veces él había empujado a Tad... lo único que deseaba era volver a empujar a su hijo en el columpio, con su mujer al lado. Lo empujaría hasta que se le cayeran las manos de cansancio, si éste fuera el deseo de Tad.

¡Papá, quiero que pases por abajo! ¡Quiero que pases por abajo!

La voz que escuchó en su mente le heló el corazón. Era como la voz de un espectro.

La puerta de malla volvió a abrirse momentos después. Masen se sentó a su lado y encendió otro cigarro.

—La Twin City Ford de South Paris —dijo—. Ése es el sitio, ¿no?

—Sí. Allí compramos el Pinto.

—Se me ha ocurrido una idea y les he llamado. Ha habido suerte; el encargado ya estaba allí. Su Pinto no está allí ni ha estado. ¿Quién es el tipo de la ciudad?

—Joe Camber —contestó Vic—. Finalmente, ella debió llevarle el coche a él. No quería porque vive lejísimos y no consiguió hablar con él por teléfono. Yo le dije que probablemente el hombre estaría allí de todos modos, trabajando en el taller. Es un establo reformado y no creo que tenga teléfono allí. Por lo menos, no lo tenía la última vez que yo estuve.

—Lo comprobaremos —dijo Masen—, pero el vehículo no está allí, señor Trenton, téngalo por seguro.

—¿Por qué no?

—No tiene ningún sentido —dijo Masen—. Yo estaba seguro en un noventa y cinco por ciento de que tampoco lo íbamos a localizar en South Paris. Mire, todo lo que hemos estado diciendo sigue siendo válido. Una mujer joven con un niño pequeño necesita un coche. Supongamos que llevara el coche a la Twin City Ford y le dijeran que iban a tardar un par de días en arreglarlo. ¿Cómo regresa?

—Bueno… un coche prestado… o, en caso de que no se lo prestaran, supongo que le cederían uno en renta. De ese parque de coches baratos que tienen.

—¡Exacto! ¡Estupendo! ¿Y dónde está?

Vic miró el sendero casi como si esperara que apareciese él vehículo.

—Kemp no tendría más motivos para fugarse con el coche prestado de su esposa que con el Pinto —dijo Masen—. Eso ya excluía de antemano la posibilidad de una negociación con la Ford. Ahora supongamos que lo lleva al taller de este Camber. Si él le presta una vieja carcacha para andar por ahí mientras le arregla el Pinto, ya estamos en las mismas: ¿dónde está la carcacha? Supongamos entonces que lo lleva y Camber le dice que se lo tiene que quedar, pero no puede prestarle ningún vehículo para regresar a la ciudad. Entonces ella llama a un amigo y el amigo acude a recogerla. ¿De acuerdo conmigo hasta aquí?

—Sí, claro.

—¿Quién fue el amigo? Usted nos ha facilitado una lista y nosotros los hemos sacado a todos de la cama. Menos mal que estaban en casa a pesar de ser verano. Ninguno de ellos ha mencionado haber acompañado a los suyos a casa desde ningún sitio. Ninguno los ha visto con posterioridad al lunes por la mañana.

—Bueno, pues, ¿por qué no dejamos de perder el tiempo? —preguntó Vic—. Llamemos a Camber y averigüémoslo de una vez.

—Esperemos hasta las siete —dijo Masen—. Falta sólo un cuarto de hora. Démosle la oportunidad de que se lave la cara y se despierte un poco. Los encargados suelen entrar a trabajar temprano. Este tipo es independiente.

Vic se encogió de hombros. Todo aquel asunto era un absurdo callejón sin salida. Kemp tenía a Donna y a Tad en su poder. Él lo sabía en su interior, de la misma manera que sabía también que había sido Kemp quien había destrozado la casa y había derramado su semen sobre la cama que él compartía con Donna.

—Claro que no tenía por qué ser necesariamente un amigo —dijo Masen, contemplando con expresión soñadora cómo se escapaba el humo de su cigarro hacia la mañana—. Hay toda clase de posibilidades. Ella lleva el coche allí y alguien a quien conoce un poco se encuentra casualmente en aquel lugar y el hombre o la mujer se ofrece a acompañar a la señora Trenton y a su hijo a la ciudad. O, a lo mejor, los acompaña el propio Camber. O su mujer. ¿Está casado?

—Sí. Es una mujer muy agradable.

—Podía haber sido él, ella o cualquier otra persona. La gente siempre está dispuesta a ayudar a una dama en apuros.

—Sí —dijo Vic, encendiendo también un cigarro.

—Pero nada de todo eso importa tampoco, porque la pregunta sigue siendo la misma: ¿dónde está el maldito coche? Porque la situación es la misma. Una mujer y un niño solos. Ella tiene que ir a comprar comida, a la tintorería, a la oficina de correos, docenas de pequeñas encomiendas. Si el marido sólo tuviera que estar ausente unos pocos días, tal vez incluso una semana, podría intentar arreglárselas sin el coche. Pero ¿diez días o dos semanas? Dios santo, eso es mucho tiempo en una ciudad que sólo tiene un maldito taxi. Las empresas de renta de coches están encantadas con una situación así. Hubiera podido pedir que la Hertz o la Avis o la National le entregaran el vehículo aquí o bien en casa de Camber. Pero, en ese caso, ¿dónde está el vehículo de renta? Acabamos siempre en lo mismo. Tendría que haber un coche en este patio, ¿comprende?

—No creo que sea importante —dijo Vic.

—Y probablemente no lo es. Descubriremos alguna sencilla explicación y diremos: *Vaya, por Dios, ¿cómo hemos podido ser tan estúpidos?* De todos modos, me produce una extraña fascinación… ¿era la válvula de aguja? ¿Está seguro?

—Completamente.

Masen sacudió la cabeza.

—¿Para qué iba a necesitar toda esa historia de coches prestados o de renta? Eso lo arregla en quince minutos cualquiera que tenga las herramientas y sepa hacerlo, cosa de llegar y marcharse. Por consiguiente, ¿dónde está…

—… el maldito coche? —dijo Vic en tono cansado, terminando la frase.

El mundo se estaba ahora acercando y alejando en oleadas.

—¿Por qué no sube a descansar? —le dijo Masen—. Está usted agotado.

—No, quiero estar despierto si ocurre algo…

—Si ocurre algo, habrá alguien aquí que lo despertará. Va a venir el FBI con un sistema de restreo de llamadas que conectará a su teléfono. Esa gente mete ruido suficiente como para despertar a los muertos… por consiguiente, no se preocupe.

Vic estaba demasiado agotado como para sentir algo más que un sordo temor.

—¿Cree usted que toda esta mierda de rastreo es realmente necesaria?

—Mejor tenerla y no necesitarla que no tenerla —dijo Masen, tirando su cigarro al suelo—. Descanse un poco y estará en mejores condiciones para afrontar la situación, Vic. Vaya usted.

—Muy bien.

Empezó a subir lentamente. La cama estaba deshecha hasta el colchón. Él mismo se había encargado de aquella tarea. Colocó dos almohadas en su lado, se quitó los zapatos y se tendió. El sol matutino penetraba violentamente a través de la ventana. *No voy a dormir*, pensó, *pero descansaré. Por lo menos lo intentaré. Quince minutos… media hora quizás…*

Pero, cuando lo despertó el teléfono, ya había llegado el ardiente mediodía.

Charity Camber se tomó su café de la mañana y después llamó a Alva Thornton en Castle Rock. Esta vez contestó el teléfono el propio Alva. Sabía que ella había hablado con Bessie la noche anterior.

—No —dijo Alva—. No he visto para nada a Joe desde el jueves pasado o algo así, Charity. Me trajo una llanta del tractor que me había arreglado. No me dijo nada de que le diera la comida a Cujo, aunque lo hubiera hecho con mucho gusto.

—Alva, ¿podrías subir a la casa y ver cómo está Cujo? Brett lo vio el lunes por la mañana antes de marcharnos para visitar a mi hermana y le pareció que estaba enfermo. Y no sé francamente a quién puede haberle pedido Joe que le dé la comida —después añadió, como solía hacer la gente del campo—: No hay prisa.

—Subiré a echar un vistazo —dijo Alva—. Deja que les dé comida y agua a estas gallinas y voy para allá.

—Estupendo, Alva —dijo Charity en tono agradecido, dándole el número de su hermana—. Te lo agradezco mucho.

Hablaron un poco más, sobre todo del tiempo. Alva estaba preocupado por el efecto de aquel calor constante sobre sus gallinas.

Después, Charity colgó el aparato.

Brett levantó los ojos de su plato de cereales cuando ella entró en la cocina. Jim hijo estaba haciendo círculos sobre la mesa con su vaso de jugo de naranja y charlando a un kilómetro por minuto. Había llegado a la conclusión, en el transcurso de las últimas cuarenta y ocho horas, de que Brett Camber era un pariente cercano de Jesucristo.

—¿Entonces? —preguntó Brett.

—Tenías razón. Papá no le pidió a Alva que le diera la comida —Charity observó decepción y preocupación en el rostro de Brett y se apresuró a añadir—: Pero él irá a ver cómo está Cujo esta mañana, en cuanto haya dejado arregladas a las gallinas. Esta vez le di el número. Dijo que llamará para decirnos algo.

—Gracias, mamá.

Jim se levantó ruidosamente de la mesa cuando Holly lo llamó para que subiera a vestirse.

—¿Quieres subir conmigo, Brett?

—Te esperaré, bateador —contestó Brett, sonriendo.

—Muy bien —Jim salió corriendo y gritando—. ¡Mamá! ¡Brett dijo que me esperará! ¡Brett esperará a que me vista!

Un fragor como de elefantes por la escalera.

—Es un niño muy simpático —dijo Brett con indiferencia.

—He pensado —dijo Charity— que podríamos volver a casa un poco antes. Si te parece bien.

El rostro de Brett se iluminó y, a pesar de todas las decisiones que había adoptado, aquella alegría entristeció un poco a Charity.

—¿Cuándo? —preguntó él.

—¿Qué tal mañana?

Había tenido intención de sugerirle el viernes.

—¡Muy bien! Pero… —él la miró con detenimiento— ¿ya terminaste de hacer tu visita, mamá? Quiero decir, es tu hermana…

Charity pensó en las tarjetas de crédito y en la rocola Wurlitzer que el marido de Holly se había podido permitir el lujo de comprar, pero que no sabría arreglar. Ésas eran las cosas que habían impresionado a Brett y suponía que también la habían impresionado a ella en cierto modo. Tal vez las hubiera visto un poco a través de los ojos de Brett… a través de los ojos de Joe. Le parecía que ya era suficiente.

—Sí —dijo—. Creo que ya he terminado la visita. Se lo diré a Holly esta mañana.

—Muy bien, mamá —Brett la miró con cierta timidez—. No me molestaría volver, ¿sabes? Me caen bien. Y él es un niñito muy simpático. A lo mejor podría subir a Maine alguna vez.

—Sí—dijo ella, asombrada y agradecida. No pensaba que Joe pusiera ningún reparo—. Sí, tal vez podamos arreglarlo.

—De acuerdo. Y dime lo que te haya dicho el señor Thornton.

—Lo haré.

Pero Alva no llamó. Mientras estaba dando de comer a sus gallinas aquella mañana, estalló el motor de su enorme sistema de aire acondicionado e inmediatamente se vio obligado a luchar a vida o muerte para salvar a sus aves antes de que el calor del día las matara. Donna Trenton hubiera podido considerarlo otra manifestación de aquel mismo Destino que veía reflejado en los turbios ojos homicidas de Cujo. Y, cuando se resolvió el problema del aire acondicionado, ya eran las cuatro de la tarde (Alva Thornton perdió aquel día sesenta y dos gallinas y pudo considerarse afortunado) y la confrontación que se había iniciado el lunes por la tarde en el soleado patio de los Camber ya había terminado.

Andy Masen era el niño prodigio del fiscal general de Maine y algunos decían que algún día —un día no demasiado lejano— iba a dirigir el Departamento de Investigación Criminal de la oficina del fiscal general. Andy Masen aspiraba a mucho más que eso. Esperaba convertirse en fiscal general en 1984 y estar en condiciones de presentarse como candidato al cargo de gobernador en 1987. Y, tras ocho años como gobernador, ¿quién sabe?

Procedía de una familia numerosa muy pobre. Él y sus tres hermanos y dos hermanas se habían criado en una ruinosa casa para «gentuza blanca» de Sabbatus Road, en los arrabales de la ciudad de Lisbon. Sus hermanos y hermanas habían abrigado la alta —o baja— esperanza de abrirse camino en la ciudad. Sólo Andy Masen y su hermano menor Marty habían conseguido finalizar la preparatoria. Durante algún tiempo, pareció que Roberta iba a conseguirlo también, pero había quedado embarazada tras asistir a un baile durante el último ciclo escolar. Había dejado la escuela para casarse con el chico que, a los veintiún años, aún tenía granos, bebía Narragansett directamente de la lata y les propinaba palizas tanto a ella como al niño. Marty había muerto en un accidente de coche en la carretera 9, en Durham. Él y algunos de sus embriagados amigos habían tratado de agarrar la curva cerrada de Sirois Hill a 115. El Camaro en el que viajaban había dado dos vueltas de campana y se había incendiado.

Andy había sido el astro de la familia, pero a su madre nunca le había caído bien. Le tenía un poco de miedo. Cuando hablaba con sus amigas, solía decir: «Mi Andy es un tipo frío», pero era algo más que *eso*. Siempre se mostraba fuertemente controlado y silencioso. Sabía desde quinto grado que conseguiría en cierto modo entrar a la universidad y convertirse en abogado. Los abogados ganaban mucho dinero. Los abogados trabajaban con lógica. Y la lógica era el dios de Andy.

Veía cada acontecimiento como un punto del que irradiaba un número limitado de posibilidades. Al término de cada línea de posibilidad, había otro punto correspondiente a otro acontecimiento. Y así sucesivamente. Este detallado programa de vida punto por punto le había sido muy útil. Había obtenido excelentes calificaciones desde la primaria hasta la preparatoria, había ganado una beca por méritos y hubiera podido inscribirse prácticamente en cualquier universidad. Había elegido la universidad de Maine, desechando la oportunidad de Harvard porque ya había decidido iniciar el ejercicio de su profesión en Augusta y no quería que ningún pueblerino con botas de suela de goma y chamarra de leñador le echara en cara haber estudiado en Harvard.

En esa calurosa mañana de julio, las cosas estaban ajustándose al programa.

Colgó el teléfono de Vic Trenton. No había obtenido respuesta al llamar a casa de Camber. El investigador de la Policía del Estado y Bannerman estaban todavía por allí, esperando instrucciones como perros bien adiestrados. Ya había trabajado otras veces con Townsend, el tipo de la Policía del Estado, y era de la clase de sujetos con los que Andy Masen se sentía a gusto. Cuando le decías que fuera por la pelota, Townsend iba por la pelota. Bannerman era nuevo y Masen no le tenía demasiada simpatía. Sus ojos eran demasiado brillantes y la forma en que súbitamente se le había ocurrido la idea de que tal vez Kemp hubiera obligado a la mujer, utilizando al niño… bueno, tales ideas, en caso de ocurrir, tenían que proceder de Andy Masen. Los tres estaban sentados en el sofá de módulos, sin hablar, simplemente bebiendo café y esperando a que llegaran los tipos del FBI con el equipo de localización de llamadas.

Andy pensó en el caso. Podía ser una tormenta en un vaso de agua, pero podía ser algo más. El marido estaba convencido de que era un secuestro y no daba importancia al hecho de que faltara el coche. Estaba aferrado a la idea de que Steve Kemp se había llevado a los suyos.

Andy Masen no estaba tan seguro.

Camber no estaba en casa; allí no había nadie. Tal vez se hubieran ido todos de vacaciones. Era muy probable; julio era el mes de las vacaciones por excelencia y era lógico que acabaran tropezando con alguien que se hubiese ido. ¿Hubiera accedido aquel sujeto a arreglar el coche en caso de que hubiese tenido que marcharse? No era probable. No era probable en absoluto que el coche estuviera allí. Pero había que probarlo y había una posibilidad que había olvidado mencionarle a Vic.

¿Y si ella *hubiera* llevado el coche al taller de Camber? ¿Y si alguien se *hubiera* ofrecido a acompañarla a casa? No un amigo o conocido, no Camber o su mujer sino ¿un perfecto extraño? Andy ya se imaginaba a Trenton, diciendo: «Oh, no, mi mujer jamás aceptaría que la acompañara un extraño». Pero lo cierto era que había aceptado que la llevara varias veces Steve Kemp, que era casi un extraño. En caso de que el hipotético individuo hubiera sido amable y ella hubiera estado deseando llevar a su hijo a casa, cabía la posibilidad de que hubiera aceptado. Y tal vez el hombre sonriente y amable fuera un tipo raro. En Castle Rock ya habían tenido uno: Frank Dodd. Y tal vez el hombre sonriente y amable los hubiera dejado entre los arbustos con las gargantas cortadas y se hubiera apresurado a seguir su alegre camino. En este supuesto, el Pinto estaría en casa de Camber.

Andy no consideraba *probable* este razonamiento, sino *posible.* Hubiera enviado a un hombre a casa de Camber en cualquier caso —era el procedimiento de rutina—, pero le gustaba comprender por qué hacía cada una de las cosas que hacía. Pensaba que, a todos los efectos prácticos, podía descartar el taller de Camber de la estructura de lógica y orden que estaba construyendo. Suponía que ella podía haber subido hasta allí, descubriendo que los Camber no estaban, y que *entonces* el vehículo se le podría haber averiado, pero Town Road número 3 de Castle Rock no era en modo alguno la Antártida. Hubiera bastado que ella y el niño se hubieran dirigido a la casa más próxima y hubieran pedido permiso para utilizar el teléfono, pero no lo habían hecho.

—Señor Townsend —dijo en tono amable—. Usted y el alguacil Bannerman tienen que ir a echar un vistazo al taller de Joe Camber. Comprueben tres cosas: que no hay ningún Pinto azul placas 218-864, que Donna y Theodore Trenton no están allí y que los Camber tampoco están. ¿Entendido?

—Muy bien—dijo Townsend—. ¿Quiere que…?

—Sólo quiero estas tres cosas —dijo Andy suavemente. No le gustaba la forma en que Bannerman lo estaba mirando, con una especie de aburrido desprecio. Le molestaba—. Si alguna de estas personas está allí, llámenme aquí. Y si yo no estoy aquí, dejaré un número. ¿Entendido?

Sonó el teléfono. Lo tomó Bannerman, escuchó y se lo pasó a Andy Masen.

—Para usted, superdotado.

Los ojos de ambos se cruzaron sobre el teléfono. Masen pensó que Bannerman iba a bajar los suyos, pero no lo hizo. Al cabo de un momento, Andy tomó el teléfono. La llamada procedía del cuartel de la Policía del Estado en Scarborough. Steve Kemp había sido localizado. Su camioneta había sido vista en el patio de un pequeño motel de la localidad de Massachusetts de Twickenham. La mujer y el niño no estaban con él. Tras ser abordado por la autoridad, Kemp había facilitado su nombre y desde entonces se había amparado en su derecho a guardar silencio.

A Andy Masen le pareció una noticia extremadamente siniestra.

—Townsend, venga usted conmigo —dijo—. Usted puede ir por su cuenta a casa de Camber, ¿no es cierto, alguacil Bannerman?

—Es mi ciudad —contestó Bannerman.

Andy Masen encendió un cigarro y miró a Bannerman a través del movedizo humo.

—¿Tiene usted algún problema conmigo, alguacil?

—Nada que no pueda resolver —contestó Bannerman, sonriendo.

Dios bendito, odio a estos patanes, pensó Masen, mirando a Bannerman mientras éste se marchaba. *Pero ahora ya está fuera de juego de todos modos. Le doy gracias a Dios por estos pequeños favores.*

Bannerman se sentó al volante de su coche-patrulla, lo puso en marcha y retrocedió por el sendero de los Trenton. Eran las siete y veinte. Le resultaba casi divertido ver de qué manera Masen lo había hecho a un lado. Ellos estaban yendo al meollo del asunto; él no iba a ninguna parte. Pero el viejo Hank Townsend tendría que pasar toda la mañana escuchando las imbecilidades de Masen, motivo por el cual quizás él hubiera salido bien librado.

George Bannerman bajó por la carretera 117 en dirección a Maple Sugar Road con la sirena y las luces de la capota apagadas. Era un día precioso. Y no veía ninguna razón para darse prisa.

Donna y Tad Trenton estaban durmiendo.

Sus posturas eran similares: las torpes posturas que adoptan para dormir las personas que se ven obligadas a pasar largas horas en los autobuses interestatales. Las cabezas caídas sobre los hombros, Donna de cara a la izquierda, Tad de cara a la derecha. Tad mantenía las manos apoyadas sobre las rodillas como peces arrojados a la playa. De vez en cuando, se agitaban. Su respiración era áspera y ruidosa. Sus labios estaban llenos de ampollas y sus párpados presentaban una coloración púrpura. Un hilillo de saliva escapado desde la comisura de sus labios hasta la suave línea de la mandíbula había empezado a secarse.

Donna estaba sumida en un sueño superficial. A pesar de lo agotada que estaba, su posición encogida, el dolor en el vientre y en la pierna y ahora también en los dedos (en el transcurso del ataque, Tad se los había mordido hasta el hueso) no le permitían dormir más profundamente. El pelo aparecía pegado a su cabeza en sudorosos mechones. Las gasas de la pierna izquierda se habían vuelto a empapar y la carne que rodeaba las heridas superficiales de su vientre había adquirido un desagradable color rojo. Su respiración también era áspera, pero no tan desigual como la de Tad.

Tad Trenton estaba muy cerca del límite de su resistencia. La deshidratación se hallaba en fase avanzada. Había perdido electrolitos, cloruros y sodio con el sudor. No había podido compensarlos con nada. Sus defensas internas estaban disminuyendo sin cesar y ahora había entrado en la crítica fase final. Su vida se había vuelto muy frágil, ya no estaba sólidamente clavada en sus huesos y su carne sino que estaba temblando y a punto de escapar al menor soplo de viento.

En sus febriles sueños, su padre lo empujaba en el columpio cada vez más arriba, pero él no veía el patio de atrás sino el estanque de los patos donde la brisa le refrescaba la frente quemada por el sol, los doloridos ojos y los labios llenos de ampollas.

Cujo también dormía.

Estaba tendido en la franja de hierba que había junto al pórtico, con el hocico herido apoyado sobre las patas delanteras. Sus sueños eran confusos y febriles. Era el crepúsculo y el cielo se había oscurecido a causa de los murciélagos de enrojecidos ojos que estaban volando en círculo. Saltaba una y otra vez hacia ellos y, cada vez que saltaba, conseguía abatir uno, agarrando con sus dientes una crispada ala correosa. Pero los murciélagos seguían mordiéndole el tierno rostro con sus afilados dientecillos de rata, De allí procedía el dolor, de allí procedía todo el daño. Pero él los iba a matar a todos. Los iba a…

Se despertó de repente, levantando la cabeza de las patas e inclinándola a un lado.

Se estaba acercando un coche.

Para sus oídos infernalmente sensibles, el rumor del vehículo que se estaba acercando resultaba temible e insoportable; era el rumor de algún enorme insecto que iba a picarlo y llenarlo de veneno.

Se levantó dificultosamente entre gemidos. Parecía que tuviera las articulaciones llenas de vidrio desmenuzado. Contempló el coche detenido. Pudo ver en su interior el inmóvil perfil de la cabeza de la MUJER. Antes, Cujo había podido mirar directamente a través del cristal y verla, pero la MUJER le había hecho al cristal algo que dificultaba la visión. No importaba lo que les hiciera a las ventanas. No podía salir. Y el NIÑO tampoco.

El zumbido estaba ahora más cerca. El coche estaba ascendiendo por la colina, pero… ¿era un coche? ¿O una abeja o avispa gigante que venía para comérselo, para picarlo, para agravar su dolor?

Sería mejor esperar a ver.

Cujo se tendió bajo el pórtico donde a menudo había pasado los calurosos días del verano en otros tiempos. Estaba lleno de hojas de otoño caídas y llevadas por el viento como otros años, unas hojas de las que emanaba un aroma que a él le había parecido increíblemente dulce y agradable en aquellos años. Ahora el aroma le parecía inmenso y empalagoso, asfixiante y casi insoportable. Rugió al percibir aquel aroma y empezó a babear nuevamente espuma. Si un perro hubiera podido matar un olor, Cujo hubiera matado aquel olor.

El zumbido estaba ahora muy cerca. Entonces vio un coche que enfilaba a su camino particular. Un coche con los costados pintados de azul y una capota de color blanco y luces encima.

Lo que menos esperaba ver George Bannerman al penetrar en el patio de Joe Camber era el Pinto perteneciente a la mujer desaparecida. No era un estúpido y, aunque se hubiera impacientado con la lógica puntillosa de Andy Masen (había lidiado con el horror de Frank Dodd y sabía que a veces no había ninguna lógica), llegaba a sus firmes conclusiones más o menos de la misma manera, si bien a un nivel más subconsciente, y estaba de acuerdo con la opinión de Masen en el sentido de que era altamente improbable que la señora Trenton y su hijo estuvieran allí. Sin embargo, el coche estaba allí.

Bannerman tomó el transmisor colgado bajo el tablero de instrumentos y después decidió echar primero un vistazo al vehículo. Desde el lugar en el que se encontraba, directamente detrás del Pinto, era imposible ver si había alguien dentro. Los respaldos de los asientos eran excesivamente altos y tanto Tad como Donna estaban durmiendo acurrucados.

Bannerman descendió de su coche y cerró de golpe la puerta a su espalda. Antes de avanzar dos pasos, vio que toda la ventana del asiento del conductor era una torcida masa de cristal hecho añicos. El corazón empezó a latirle con más fuerza y su mano se acercó a la culata del revólver especial de la policía calibre 38.

Cujo contempló al HOMBRE del coche azul con odio creciente. Era este HOMBRE el causante de su dolor, estaba seguro, el HOMBRE había sido el causante del dolor de sus articulaciones y del intenso y pulsante dolor de cabeza; el HOMBRE tenía la culpa de que las viejas hojas que había bajo el pórtico olieran ahora a podrido; el HOMBRE tenía la culpa de que no pudiera contemplar el agua sin gemir y retroceder y desear matarla a pesar de su intensa sed.

En lo hondo de su agotado pecho empezó a surgir un gruñido mientras sus patas se doblaban bajo su cuerpo. Podía percibir el olor del HOMBRE, su aceite de sudor y excitación, la compacta carne pegada a los huesos. El gruñido se intensificó y se elevó hasta convertirse en un enorme y desgarrador grito de furia. Saltó desde el pórtico y se abalanzó contra aquel HOMBRE horrible que le había causado el dolor.

En el primer momento crucial, Bannerman ni siquiera pudo oír el débil gruñido de Cujo. Se había acercado al Pinto lo suficiente como para ver una masa de cabello apoyada contra la ventanilla del asiento del conductor. Su primer pensamiento fue que la mujer había muerto de un disparo, pero ¿dónde estaba el orificio de la bala? Parecía que hubieran golpeado el cristal, no que hubieran disparado.

Entonces vio que la cabeza de la mujer se movía. No mucho —sólo ligeramente—, pero se *había* movido. La mujer estaba viva. Se adelantó... y fue entonces cuando oyó el rugido de Cujo, seguido por una descarga de furiosos ladridos. Su primer pensamiento

(*¿Rusty?*)

fue que era su perro setter irlandés, pero hacía cuatro años que había enterrado a Rusty, no mucho después del asunto de Frank Dodd. Y Rusty jamás había ladrado de aquella manera y, durante un segundo momento crucial, Bannerman se quedó paralizado, presa de un terrible horror atávico.

Después volteó, desenfundando el arma; sólo pudo ver la borrosa imagen de un perro —un perro increíblemente grande—, saltando en el aire para abalanzarse contra él. Lo alcanzó a la altura del pecho, empujándolo contra la puerta posterior del Pinto. Lanzó un gemido. Su mano derecha estaba levantada y su muñeca se golpeó con fuerza contra el reborde cromado de la portezuela. El revólver se le escapó volando. Empezó a dar vueltas sobre la cubierta del coche y fue a parar a la maleza, del otro lado del vado.

El perro lo estaba *mordiendo* y, al ver las primeras flores ensangrentadas abriéndose al frente de su camisa azul claro, Bannerman lo comprendió todo de repente. Habían venido aquí, el coche se había averiado... y el perro estaba aquí. El perro no figuraba en el detallado análisis de Masen.

Bannerman luchó a ciegas, tratando de colocar las manos bajo el hocico del perro para levantarlo y apartarlo de su vientre. Súbitamente, experimentó un profundo y entorpecedor dolor. Tenía la camisa hecha jirones. La sangre le estaba bajando por los pantalones como un río. Empujó hacia delante y el perro lo empujó hacia atrás con aterradora fuerza, lo empujó contra el Pinto con un golpe tan fuerte que el pequeño vehículo se balanceó sobre la suspensión.

Se sorprendió a sí mismo tratando de recordar si él y su mujer habían hecho el amor la noche anterior.

Pero en qué cosas estoy pensando. Qué cosas...

El perro volvió a atacarlo. Bannerman intentó esquivarlo, pero el perro se adelantó a su acción, le estaba *sonriendo* y, de repente, él experimentó un dolor más intenso que el que jamás hubiera experimentado en su vida. Lo dejó galvanizado. Gritando, colocó de nuevo ambas manos bajo el hocico del perro y lo levantó. Por un instante, contemplando aquellos oscuros ojos enloquecidos, una especie de angustioso horror se apoderó de él y pensó: *Hola, Frank. Eres tú, ¿verdad? ¿Hacía demasiado calor en el infierno?*

Pero entonces Cujo empezó a morderle los dedos, desgarrándoselos y reventándolos, Bannerman se olvidó de Frank Dodd. Se olvidó de todo menos de salvar su vida. Trató de levantar una rodilla para colocarla entre su cuerpo y el del perro, pero se dio cuenta de que no podía. Al intentar levantar la rodilla, el dolor que sentía en el bajo vientre se convirtió en una espantosa agonía.

¿Qué me ha hecho aquí abajo? Oh, Dios mío, ¿qué me ha hecho? Vicky, Vicky...

Entonces se abrió la puerta del lado del conductor del Pinto. Era la mujer. Había contemplado el retrato familiar que Steve Kemp había pisoteado y había visto a una bonita mujer muy bien peinada, de esas que miras dos veces por la calle, haciendo alguna conjetura mientras la miras por segunda vez. Cuando veías a una mujer así, pensabas en lo afortunado que era el marido de tenerla en su cama.

Esta mujer era una ruina. El perro también la había atacado. Tenía el vientre manchado de sangre seca. Le habían arrancado de un mordisco una pernera de los jeans y se podía ver un vendaje empapado de sangre justo por encima de la rodilla. Sin embargo, lo peor era su cara; era como una espantosa manzana asada al horno. Tenía la frente llena de ampollas y con la piel levantada. Sus labios estaban agrietados y supuraban. Sus ojos estaban hundidos en unas profundas bolsas de carne color púrpura.

El perro se apartó de Bannerman en un santiamén y avanzó hacia la mujer con las patas rígidas y gruñendo. Ella se introdujo de nuevo en el coche y cerró la puerta de golpe.

(el coche-patrulla tengo que avisar tengo que avisar lo que ocurre)

Volteó y echó a correr hacia el vehículo. El perro lo persiguió, pero él ganó la carrera. Cerró la portezuela, tomó el transmisor y solicitó ayuda, clave 3, oficial necesita asistencia. Vino la ayuda. Dispararon contra el perro. Los salvaron a todos.

Todo eso ocurrió en apenas tres segundos y sólo en la mente de George Bannerman. Mientras se volvía para regresar a su coche de policía, sus piernas se doblaron y le hicieron caer sobre el sendero.

(oh, Vicky, ¿qué me ha hecho aquí abajo?)

El mundo entero era un sol deslumbrante. Le resultaba difícil ver algo. Bannerman se agitó, apoyó las manos sobre la grava y, por fin, consiguió levantarse sobre las rodillas. Bajó la mirada y vio una gruesa cuerda gris de intestino colgándole de la camisa hecha jirones. Los pantalones estaban empapados de sangre hasta las rodillas.

Suficiente. El perro ya le había hecho suficiente allí abajo.

Sostente las tripas, Bannerman. Si te mueres, te mueres. Pero no antes de llegar a este maldito transmisor y dar aviso. Sostén tus tripas y levántate sobre tus enormes pies planos…

(el niño, por Dios, su hijo, ¿está el niño allí dentro?)

Eso le hizo pensar en su hija Katrina, que iba a empezar séptimo grado ese año. Le estaban saliendo los pechos ahora. Se estaba convirtiendo en toda una señorita. Clases de piano. Quería un caballo. Había habido un día en que, si hubiera recorrido sola el camino desde la escuela hasta la biblioteca, Dodd la hubiera atrapado a ella en lugar de Mary Kate Hendrasen. Cuando…

(mueve el trasero)

Bannerman consiguió levantarse. Todo era luz de sol y claridad y todas sus entrañas parecían querer escapar por el agujero que el perro le había abierto. El coche. El radio de la policía. A su espalda, el perro estaba distraído; se estaba arrojando furiosamente una y otra vez contra la pandeada puerta del lado del conductor del Pinto, ladrando y rugiendo.

Bannerman avanzó tambaleándose hacia el coche. Tenía el rostro tan blanco como la masa para pan. Sus labios eran de un gris azulado. Era el perro más enorme que jamás había visto, y lo había destripado. *Destripado,* por Dios bendito, y, ¿por qué hacía tanto calor y era todo tan brillante? Los intestinos le estaban resbalando por entre los dedos.

Extendió la mano hacia la puerta del vehículo. Podía oír el radio de abajo del tablero de instrumentos, chirriando su mensaje. *Hubiera avisado primero. Es el procedimiento que hay que seguir. Con el procedimiento no se discute, pero, si yo lo hubiera creído así, jamás hubiera podido llamar a Smith en el caso Dodd. Vicky, Katrina, lo siento…*

El niño. Tenía que solicitar ayuda para el niño.

Estuvo a punto de caer y se agarró al borde de la puerta para no perder el equilibrio.

Y entonces oyó que el perro se le acercaba y empezó de nuevo a lanzar gritos. Trató de darse prisa. Si pudiera cerrar la puerta… oh, Dios mío, si pudiera cerrar la portezuela antes de que el perro lo agarrara otra vez… *oh, Dios mío…*

(oh DIOS MÍO)

Tad estaba volviendo a gritar, chillando y arañándose el rostro, moviendo la cabeza de un lado a otro mientras Cujo golpeaba la puerta y la hacía vibrar.

—¡Tad, no hagas eso! ¡No… mi amor, por favor, no!

—*Quiero ver a papá… quiero ver a papá… quiero ver a papá…* De repente, cesó todo.

Apretando a Tad contra su pecho, Donna volteó la cabeza justo a tiempo para ver cómo Cujo atacaba al hombre mientras éste trataba de subir a su coche. La fuerza del perro obligó al hombre a soltar la portezuela que estaba sujetando con la mano.

Después ya no pudo mirar. Pensó que ojalá pudiera bloquear también en cierto modo sus oídos para no oír los sonidos de Cujo, acabando con quienquiera que hubiera sido aquel hombre.

Se escondió, pensó histéricamente. *Oyó que se acercaba el coche y se escondió.*

La puerta de la entrada. Ahora era el momento de dirigirse a la puerta de la entrada mientras Cujo estuviera… ocupado.

Posó la mano en la manija de la puerta, dio un jalón y empujó. No ocurrió nada. La puerta no se podía abrir. Por fin, Cujo había doblado el marco lo suficiente como para bloquearla.

—Tad —murmuró febrilmente—. Tad, cambia de lugar conmigo, rápido. ¿Tad? ¿*Tad?*

Tad estaba temblando de arriba abajo. Estaba de nuevo con los ojos en blanco.

—Patos —dijo él con voz gutural—. Voy a ver los patos. Las Palabras del Monstruo. Papá. Ah… aaah… *aaaaaah…*

Estaba sufriendo una nueva convulsión. Dejó caer débilmente los brazos. Ella empezó a sacudirlo, llamándolo por su nombre una y otra vez, tratando de mantenerle la boca abierta, tratando de mantenerle abiertas las vías respiratorias. Se notaba en la cabeza un monstruoso zumbido y empezó a temer que fuera a desmayarse, Aquello era el infierno, estaban en el infierno. El sol matinal penetraba en el interior del vehículo, creando el efecto invernadero, seco y despiadado.

Por fin, Tad se tranquilizó. Sus ojos se habían cerrado de nuevo. Su respiración era muy rápida y superficial. Al aplicar los dedos a su muñeca, Donna le encontró un pulso acelerado, débil, flojo e irregular. Miró al exterior. Cujo tenía al hombre agarrado por un brazo y lo estaba sacudiendo como hace un cachorro con un juguete de trapo. De vez en cuando, pisoteaba el cuerpo inerte. La sangre… había mucha sangre.

Como si fuera consciente de que estaba siendo observado, Cujo levantó los ojos, con el hocico chorreando. La miró con una expresión (¿podía tener expresión un perro?, se preguntó ella con angustia) que parecía denotar a un tiempo severidad y compasión… y, una vez más, Donna tuvo la sensación de que ambos habían llegado a conocerse íntimamente y que no podría haber descanso ni término para ninguno de los dos hasta que hubieran explorado aquella terrible relación y hubieran llegado a una conclusión definitiva.

El perro estaba arrojándose de nuevo sobre la camisa azul y los pantalones caqui manchados de sangre del hombre. La cabeza del hombre muerto colgaba del cuello. Ella apartó la mirada, notando una ardiente acidez en el estómago vacío. La pierna desgarrada le dolía y le pulsaba. Se le había vuelto a abrir una vez más la herida.

Tad... ¿cómo estaba ahora?

Está terriblemente mal, le contestó inexorablemente su cerebro, *¿Y qué vas a hacer? Tú eres su madre, ¿qué vas a hacer?*

¿Qué podía hacer? ¿Le sería útil a Tad que ella descendiera del vehículo y el perro la matara?

El policía. Alguien había enviado al policía hasta aquí arriba. Y cuando vieran que no regresaba...

—Por favor —dijo con voz chirriante—. Pronto, por favor.

Ahora eran las ocho en punto y fuera la temperatura era todavía relativamente moderada: 23 grados. Al mediodía, la temperatura en el aeropuerto de Portland sería de 38 grados, un nuevo récord para aquella fecha.

Townsend y Andy Masen llegaron al cuartel de la Policía del Estado de Scarborough a las ocho y media. Masen le cedió la iniciativa a Townsend. Aquella era su jurisdicción, no la de Masen, y Andy no había oído nada que le hubiera molestado.

El oficial de guardia les dijo que Steve Kemp estaba regresando a Maine. No había habido ningún problema al respecto, pero Kemp seguía sin querer hablar. La camioneta había sido sometida a un minucioso examen por parte de los técnicos de laboratorio y los expertos legales de Massachusetts. No se había descubierto ninguna señal de que una mujer y un niño hubieran sido retenidos en la parte de atrás, pero habían encontrado una preciosa farmacia en el hueco de la rueda de la camioneta: marihuana, un poco de cocaína en un frasco de Anacin, tres dosis de poppers de nitrato de amilo y dos combinaciones de Bellezas Negras, una clase de metanfetaminas. Ello les ofrecía una buena razón para detener de momento al señor Kemp.

—Este Pinto —le dijo Andy a Townsend, trayendo para ambos sendas tazas de café—. ¿Dónde está el maldito Pinto de la mujer?

Townsend sacudió la cabeza.

—¿Bannerman ha llamado con alguna noticia?

—No.

—Bueno, pues échele un grito. Dígale que lo quiero aquí cuando traigan a Kemp. Es su jurisdicción y supongo que el oficial que lo interrogue tiene que ser él. Técnicamente, por lo menos.

Townsend regresó a los cinco minutos, con expresión desconcertada.

—No puedo establecer contacto con él, señor Masen. El oficial de comunicaciones ha intentado llamarle y dice que no debe estar en el vehículo.

—Dios, probablemente bajó a tomarse un café en el Cozy Corner. Bueno, que se vaya a la mierda. Él ya está fuera del asunto —Andy Masen encendió un nuevo Pall Mall, tosió y después miró a Townsend sonriendo—. ¿Cree que podremos manejar a este Kemp sin él?

—Oh sí, creo que podremos arreglárnoslas —contestó Townsend, devolviéndole la sonrisa.

Masen asintió con la cabeza.

—Este asunto está empezando a adquirir un mal cariz, señor Townsend. Muy malo.

—No es bueno.

—Estoy empezando a preguntarme si este Kemp no los habrá enterrado en la cuneta de algún camino rural entre Castle Rock y Twickenham —Masen volvió a esbozar una sonrisa—. Pero lo doblegaremos, Townsend. Ya he cascado nueces duras en otras ocasiones.

—Sí, señor —dijo Townsend, respetuosamente.

Creía que Masen había hecho lo que decía.

—Lo cascaremos aunque tengamos que permanecer con él en este despacho, sudando durante dos días.

Townsend salía aproximadamente cada quince minutos para tratar de establecer contacto con George Bannerman. Conocía a Bannerman muy superficialmente, pero lo tenía en mucho mejor concepto que Masen y pensaba que alguien tenía que advertirle de que Andy Masen estaba tratando de hacerlo enojar. Cuando no pudo establecer contacto con Bannerman a las diez en punto, empezó a preocuparse. También empezó a preguntarse si convendría mencionarle a Masen el largo silencio de Bannerman o si sería mejor callarse.

Roger Breakstone llegó a Nueva York a las 8:49 de la mañana en el enlace del Este, tomó un taxi para dirigirse a la ciudad y llegó a Biltmore poco antes de las 9:30.

—¿La reserva era para dos? —preguntó el recepcionista.

—Mi acompañante ha tenido que regresar a casa por un asunto urgente.

—Lo siento —dijo el recepcionista con indiferencia, entregándole a Roger un impreso para que lo rellenara.

Mientras Roger lo hacía, el recepcionista empezó a comentar con el cajero que había conseguido boletos para el partido que iban a jugar los Yankees aquel fin de semana.

Roger se tendió en la cama de su habitación, tratando de dormir un poco, pero, a pesar de lo poco que había descansado la noche anterior, no pudo conciliar el sueño. Donna acostándose con otro hombre, Vic aguantando todo aquello —o tratando de hacerlo, por lo menos—, además de todo aquel apestoso desastre de los rojos cereales azucarados para niños. Ahora Donna y Tad habían desaparecido. Vic había desaparecido. Todo se había esfumado en cierto modo en el transcurso de esta última semana. El truco más perfecto que jamás se ha visto, zas, y todo se convierte en un enorme montón de mierda. Le dolía la cabeza. El dolor se producía en grasientas y pulsantes oleadas.

Por fin, se levantó, sin querer estar solo por más tiempo con su dolor de cabeza y sus malos pensamientos. Pensó que podría ir a la Summers Marketing & Research de la 47

y Park para darles unos cuantos quebraderos de cabeza…
Al fin y al cabo, ¿para qué otra cosa les pagaba Ad Worx?

Se detuvo en el vestíbulo para tomar una aspirina y salir a la calle. El paseo no le alivió el dolor de cabeza, pero le ofreció la oportunidad de renovar sus relaciones de odio, odio con Nueva York.

Nada de volver aquí, pensó. *Prefiero trabajar repartiendo cajas de Pepsi con un camión antes que traer de nuevo a Althea y las niñas aquí.*

Las oficinas de Summers estaban en el decimocuarto piso de un enorme rascacielos de escaso rendimiento y estúpida apariencia. El recepcionista sonrió y asintió con la cabeza cuando Roger se presentó.

—El señor Hewitt acaba de salir unos minutos. ¿Le acompaña el señor Trenton?

—No, ha tenido que volver a casa.

—Bien, tengo algo para usted. Acaba de recibirse esta mañana.

Le entregó a Roger un telegrama en sobre amarillo. Estaba dirigido a V. TRENTON/R. BREAKSTONE/AD WORX/ IMAGE-EYE STUDIOS. Rob lo había enviado a la Summers Marketing el día anterior a última hora.

Roger rasgó el sobre y vio inmediatamente que era del viejo Sharp y que el texto era bastante largo.

Ya está aquí la carta de despido, pensó, y empezó a leer el telegrama.

El teléfono despertó a Vic pocos minutos antes de las doce; de no haber sido así, era muy posible que se hubiera pasado durmiendo buena parte de la tarde. Su sueño había sido pesado y denso y se despertó con una terrible sensación de desorientación. Había vuelto a soñar lo mismo. Donna y Tad en una rocosa cueva, apenas fuera del alcance de una terrible bestia mística. Mientras extendía la mano hacia el teléfono, le pareció que la habitación daba realmente vueltas a su alrededor.

Donna y Tad, pensó. *Están a salvo.*

—¿Hola?

—Vic, soy Roger.

—¿Roger? —Vic se incorporó en la cama. Tenía la camisa pegada al cuerpo. La mitad de su mente estaba todavía dormida, tratando de descubrir el sentido de aquel sueño. La luz era excesivamente intensa. El calor... la temperatura era relativamente moderada cuando se había acostado. Ahora el dormitorio era un horno. ¿Qué hora era? ¿Hasta qué hora lo habían dejado dormir? La casa estaba tan *silenciosa*. Roger, ¿qué hora es?

—¿Qué hora? —Roger hizo una pausa—. Pues, aproximadamente las doce. ¿Qué...?

—¿Las doce, ya? Oh, Dios mío... Roger, me quedé dormido.

—¿Qué ocurrió, Vic? ¿Han regresado?

—No habían regresado cuando me acosté. Este hijo de puta de Masen prometió...

—¿Quién es Masen?

—El que se encarga de la investigación. Roger, tengo que irme. Tengo que averiguar...

—Espera, hombre. Te llamo desde Summers. Tengo que decírtelo. Llegó un telegrama de Sharp desde Cleveland. Vamos a conservar la cuenta.

—¿Cómo? ¿Cómo?

Todo estaba sucediendo con demasiada rapidez. Donna... la cuenta... Roger que hablaba en un tono de voz casi absurdamente alegre.

—Había un telegrama aquí cuando llegué. El viejo y su chico lo enviaron a la Image-Eye y Rob nos lo envió aquí. ¿Quieres que te lo lea?

—Hazme un resumen.

—Al parecer, el viejo y el chico han llegado a la misma conclusión, utilizando distintos razonamientos lógicos. El viejo ve el asunto de los Zingers como una repetición de El Álamo... nosotros somos unos buenos chicos que estamos en las almenas, tratando de repeler a los invasores. Lo único que tenemos que hacer es permanecer juntos, todos para uno y uno para todos.

—Sí, ya sabía que era sí —dijo Vic, frotándose la nuca—. Es un viejo hijo de puta muy leal. Por eso se vino con nosotros cuando nos fuimos de Nueva York.

—El chico sigue queriendo librarse de nosotros, pero no cree que sea el momento oportuno. Cree que podría ser interpretado como un signo de debilidad e incluso de posible culpabilidad. ¿Puedes creerlo?

—Puedo creer cualquier cosa que venga de ese pequeño tipejo paranoico.

—Quiere que nos traslademos a Cleveland y firmemos un nuevo contrato por dos años. No es un compromiso por cinco años y, cuando termine, el chico estará con toda seguridad al frente del negocio y nos invitará indudablemente a largarnos, pero dos años… ¡es tiempo suficiente, Vic! ¡Dentro de dos años, estaremos en la cima! ¡Podremos decirles…

—Roger, tengo que…

—… que tomen sus malditos pastelitos y se lo metan en el trasero! Quieren discutir también la nueva campaña y creo que aceptarán la idea de la despedida definitiva del Profesor Cereales.

—Me parece estupendo, Roger, pero tengo que averiguar qué demonios pasó con Donna y Tad.

—Sí. Sí. Creo que he llamado en un momento muy poco adecuado, pero es que no podía guardármelo para mí solo. Hubiera reventado como un globo.

—Todos los momentos son adecuados para una buena noticia —dijo Vic.

Aun así, experimentó una punzada de celos tan dolorosa como si le hubieran clavado una afilada espina al observar el gozoso alivio que denotaba la voz de Roger y también una amarga decepción por el hecho de no poder compartir sus sentimientos. Sin embargo, tal vez fuera un buen presagio.

—Vic, llámame cuando sepas algo, ¿de acuerdo?

—Lo haré, Rog. Gracias por llamar.

Colgó el teléfono, introdujo los pies en los mocasines y se dirigió a la planta baja. La cocina estaba todavía hecha un desastre… el solo hecho de verla hizo que el estómago se le encogiera lenta y vertiginosamente. Pero había una nota de Masen sobre la mesa, con un salero encima para que no se moviera.

Señor Trenton.

Steve Kemp ha sido localizado en una ciudad del oeste de Massachusetts llamada Twickenham. Su esposa y su hijo no están, repito, no están con él. No lo desperté para comunicarle esta noticia porque Kemp se ha atenido a su derecho a guardar silencio. Si no surgen complicaciones, será conducido directamente al cuartel de la Policía del Estado de Scarborough, acusado de actos de vandalismo y posesión ilícita de drogas. Calculamos que estará aquí hacia las 11:30 de la mañana. Si hubiera alguna noticia, le llamaré en cuanto antes.

ANDY MASEN

—Que se vaya a la *mierda* su derecho a guardar silencio —rezongó Vic.

Se dirigió a la sala, solicitó el número del cuartel de la Policía del Estado de Scarborough y efectuó la llamada.

—El señor Kemp está aquí —le dijo el oficial de guardia—. Llegó hace aproximadamente quince minutos. El señor Masen está con él ahora. Kemp ha pedido un abogado. No creo que el señor Masen pueda ponerse al...

—Me importa un bledo lo que pueda o no pueda hacer —dijo Vic—. Dígale que llama el marido de Donna Trenton y que quiero que mueva el trasero para venir a hablar conmigo por teléfono.

Momentos más tarde, Masen se puso al aparato.

—Señor Trenton, comprendo su preocupación, pero el breve tiempo de que disponemos antes de que llegue el abogado de Kemp puede ser muy valioso.

—¿Qué les dijo?

Masen vaciló y después contestó:

—Ha reconocido ser el autor de los actos de vandalismo. Creo que, por fin, se ha dado cuenta de que eso es mucho más grave que el simple hecho de tener oculto unos cuantos dulces en las llantas de su camioneta. Ante los oficiales de Massachusetts que lo han traído hasta aquí, ha reconocido ser el autor de los actos de vandalismo. Pero afirma que no había nadie en la casa cuando los cometió y que se marchó sin que nadie lo molestara.

—No se creerá usted esa mierda, ¿verdad?

—Habla con mucha convicción —contestó Masen cautelosamente—. En estos momentos no podría decir si lo creo o no. Si pudiera hacerle unas cuantas preguntas más…

—¿No se ha averiguado nada en el taller de Camber?

—No. Envié al alguacil Bannerman allá arriba con instrucciones de que llamara inmediatamente en caso de que la señora Trenton estuviera allí o de que su coche estuviera allí. Y puesto que no ha llamado…

—Pero eso no permite llegar a ninguna conclusión definitiva, ¿verdad? —preguntó Vic con aspereza.

—Señor Trenton, ahora tengo que dejarlo. Si tenemos alguna…

Vic colgó el teléfono de golpe y se quedó de pie en medio del caluroso silencio de la sala, respirando afanosamente. Después se dirigió lentamente hacia la escalera y empezó a subir. Permaneció inmóvil un instante en el rellano de arriba y después se dirigió a la habitación de su hijo. Los camiones de Tad estaban pulcramente alineados junto a la pared, estacionados en batería. El hecho de contemplarlos le partió el corazón. El impermeable amarillo de Tad estaba colgado en el gancho de metal que había junto a su cama y sus cuadernos de colorear estaban pulcramente apilados sobre la mesa. La puerta del armario estaba abierta. Vic la cerró con aire ausente y, sin apenas pensar en lo que estaba haciendo, recargó en ella la silla de Tad.

Se sentó en la cama de Tad con las manos colgando entre las piernas y contempló el caluroso y claro día.

Callejones sin salida. Sólo callejones sin salida, y ¿dónde estaban ellos?

(callejones sin salida)

Era la expresión más siniestra que jamás se hubiera forjado. *Callejones sin salida*. Su madre le había contado una vez que, cuando tenía la edad de Tad, sentía fascinación por los callejones sin salida. Se preguntó si tales cosas se heredarían, si a Tad le interesarían los callejones sin salida. Se preguntó si Tad estaría vivo todavía.

Y, de repente, se le ocurrió pensar que Town Road número 3, el lugar en el que estaba ubicado el taller de Joe Camber, era un callejón sin salida.

Miró súbitamente a su alrededor y vio que la pared de encima de la cama de Tad estaba vacía. Las Palabras del Monstruo habían desaparecido. Pero, ¿dónde las habría puesto? ¿O acaso se las habría llevado Kemp por alguna extraña razón? Sin embargo, si Kemp había estado allí, ¿por qué no había revuelto la habitación de Tad como había revuelto las habitaciones de la planta baja?

(callejones sin salida y Palabras del Monstruo)

¿Habría llevado Donna el Pinto a casa de Camber? Recordaba confusamente la conversación que habían mantenido acerca de la válvula de aguja estropeada. Ella le tenía un poco de miedo a Joe Camber, ¿no era eso lo que le había dicho?

No. A Camber no, Camber sólo quería desnudarla mentalmente. No, era el *perro* el que le daba un poco de miedo. ¿Cómo se llamaba?

Habían bromeado al respecto. Tad. Tad llamando al perro.

Y una vez más volvió a oír la fantasmagórica y espectral voz de Tad, desesperada y perdida en aquella habitación excesivamente vacía y repentinamente lúgubre: *Cujo... aquííí, Cujo... Cujoooo...*

Y entonces ocurrió algo que Vic jamás le reveló a nadie en toda su vida. En lugar de oír mentalmente la voz de Tad, la oyó *de verdad*, alta, solitaria y aterrorizada, una voz remota *que estaba saliendo del interior del armario*.

Un grito se escapó de la garganta de Vic y éste se irguió sentado en la cama de Tad con los ojos muy abiertos. La puerta del armario se estaba abriendo, empujando la silla que había delante, y su hijo estaba gritando *Cuuuuu...*

Pero entonces se dio cuenta de que no era la voz de Tad: era su propia mente cansada y agotada la que estaba convirtiendo el leve sonido crujiente de las patas de la silla sobre las tablas de madera pintada del suelo en la voz de Tad. No era más que eso y…

… *y había unos ojos en el armario, vio unos ojos, enrojecidos y hundidos y terribles…*

Un pequeño grito se escapó de su garganta. La silla se volcó sin motivo explicable. Y Vic pudo ver el osito de peluche de Tad en el interior del armario, colocado encima de un montón de sábanas y cobijas. Eran los ojos de vidrio del oso lo que había visto, nada más.

Con el corazón latiéndole pesadamente en la garganta, Vic se levantó y se acercó al armario. Podía percibir el olor de algo allí dentro, algo denso y desagradable. Tal vez fueran simplemente las bolas de naftalina —aquel olor formaba parte de ello sin duda—, pero olía a algo… salvaje.

No seas ridículo. No es más que un armario. No es una cueva. No es la guarida de un monstruo.

Contempló el osito de Tad. El osito de Tad lo miró a su vez sin parpadear. Detrás del oso, detrás de las ropas colgadas, todo era oscuridad. Podía haber cualquier cosa allí dentro. *Cualquier cosa.* Pero, como es natural, no había nada.

Me espantaste, osito, dijo.

Monstruos, apártense de esta habitación, dijo el oso. Sus ojos brillaban. Eran de vidrio muerto, pero brillaban.

La puerta está descuadrada, eso es todo, dijo Vic. Estaba sudando; unas enormes gotas saladas le bajaban lentamente por el rostro como si fueran lágrimas.

Nada tienen que hacer aquí, replicó el oso.

¿Qué me sucede?, le preguntó Vic al oso. *¿Me estoy volviendo loco? ¿Esto es lo que ocurre cuando uno se vuelve loco?*

A lo cual el osito de Tad replicó: *Monstruos, dejen en paz a Tad.*

Cerró la puerta del armario y vio, abriendo mucho los ojos como un niño, que la cerradura se levantaba y se liberaba de la ranura. La puerta comenzó a abrirse de nuevo.

Yo no vi eso. No voy a creer que vi eso.

Cerró la puerta de golpe y volvió a apoyar la silla. Después tomó un buen montón de cuadernos de colorear de Tad y lo colocó encima de la silla para añadir más peso. Esta vez, la puerta permaneció cerrada. Vic se quedó de pie, contemplando la puerta cerrada y pensando en los callejones sin salida. No había demasiado tráfico en los callejones sin salida. Todos los monstruos deberían vivir bajo los puentes o en el interior de los armarios o al final de los callejones sin salida. Debería ser una ley nacional.

Ahora se sentía muy inquieto.

Abandonó la habitación de Tad, descendió a la planta baja y se sentó en los escalones del pórtico de atrás. Encendió un cigarro con una mano que temblaba ligeramente y contempló el cielo de color acero, notando que se intensificaba su inquietud. Algo había ocurrido en la habitación de Tad. No estaba seguro de lo que había sido, pero había ocurrido algo. Sí, algo.

Monstruos y perros y armarios y estacionamiento y callejones sin salida.

¿Sumamos todo eso, señor maestro? ¿Lo restamos? ¿Lo dividimos? ¿Hacemos fracciones?

Tiró el cigarro.

Creía que era Kemp, ¿verdad? Kemp había sido el responsable de todo. Kemp había destrozado la casa. Kemp había estado casi a punto de destrozar su matrimonio. Kemp había subido y había descargado su semen sobre la cama en la que Vic y su mujer habían dormido en el transcurso de los últimos tres años. Kemp había hecho un enorme desgarrón en el tejido más bien cómodo de la vida de Vic Trenton.

Kemp. Kemp. De todo tenía la culpa Steve Kemp. Vamos a echarle la culpa a Kemp de la Guerra Fría y de la situación de los rehenes en Irán y del agotamiento de la capa de ozono de la atmósfera.

Estúpido. Porque Kemp no era el culpable de todo, ¿verdad? La cuestión de los Zingers, por ejemplo; Kemp no había tenido nada que ver con *eso*. Y difícilmente se le hubiera podido echar la culpa a Kemp de la válvula de aguja estropeada del Pinto de Donna.

Contempló su viejo Jag. Lo iba a utilizar para ir a alguna parte. No podía quedarse; se volvería loco si se quedara. Tenía que tomar el coche e irse a Scarborough. Agarrar a Kemp y sacudirlo hasta que lo soltara, hasta que dijera lo que había hecho con Donna y Tad. Sólo que para entonces su abogado ya habría llegado y, por increíble que pudiera parecer, cabía la posibilidad de que el abogado hubiera conseguido su libertad, haciéndole saltar como un resorte.

Un resorte. Era un resorte lo que mantenía la válvula de aguja en su sitio. Si el resorte estaba en malas condiciones, la válvula podía atascarse e interrumpir el flujo de gasolina al carburador.

Vic se dirigió al Jag y subió en él, haciendo una mueca al notar el calor de las vestiduras de piel del asiento. Ponte en marcha enseguida para que entre un poco de aire.

ponerse en marcha, ¿hacia dónde?

Hacia el taller de Camber, contestó su mente de inmediato.

Pero eso era una estupidez, ¿no? Masen había enviado al alguacil Bannerman allí arriba con instrucciones de que informara inmediatamente en caso de que hubiese ocurrido algo y el policía no había informado, lo cual significaba…

(que el monstruo lo había atrapado)

Bueno, pero no estaría de más subir allá arriba, ¿verdad? De ese modo tendría algo que hacer.

Puso el Jag en marcha y bajó por la colina en dirección a la carretera 117, sin estar todavía muy seguro de si iba a girar a la izquierda, para seguir el camino de la 1-95 y Scarborough, o bien a la derecha, para seguir el camino de Town Road número 3.

Se detuvo al llegar al semáforo en rojo hasta que alguien de atrás hizo sonar el claxon. Y entonces, bruscamente, giró a la derecha. No estaría de más echar un rápido vistazo a la casa de Camber. Podría plantarse allí en quince minutos. Miró el reloj y vio que eran las doce y veinte.

Había llegado el momento y Donna lo sabía.

Cabía también la posibilidad de que el momento hubiera pasado, pero ella tendría que vivir con eso... y tal vez morir. Nadie iba a acudir. No iba a aparecer ningún caballero montado en un corcel de plata, subiendo por Town Road número 3... al parecer, Travis McGee estaba ocupado en otros asuntos.

Tad se estaba muriendo.

Hizo el esfuerzo de repetir en un ronco y entrecortado susurro:

—Tad se está muriendo.

No había logrado crear ninguna corriente de aire en el interior del vehículo esta mañana. El cristal de su ventana ya no bajaba y, a través de la ventana de Tad, sólo penetraba más calor. La única vez que había tratado de bajarla algo más de la cuarta parte, Cujo había abandonado su lugar a la sombra del taller y se había acercado al lado de Tad con toda la rapidez que había podido, gruñendo ansiosamente.

Ahora el sudor había dejado de bajar por el rostro y el cuello de Tad. Ya no quedaba sudor. Su piel estaba seca y ardiente. Su lengua, hinchada y con un aspecto cadavérico, asomaba por encima de su labio inferior. Su respiración era tan débil que ella apenas podía oírla. Dos veces había tenido que acercar la cabeza a su pecho para cerciorarse de que todavía respiraba.

Su propia situación era muy mala. El vehículo era un horno. Las partes metálicas estaban tan calientes que no se podían tocar y lo mismo ocurría con el volante de plástico. Experimentaba en la pierna un ininterrumpido dolor pulsante y ya no dudaba de que la mordedura del perro le había transmitido una infección. Tal vez fuera demasiado pronto para la rabia —le pedía a Dios que así fuera—, pero las heridas estaban rojas e inflamadas.

Cujo tampoco estaba en mejores condiciones. El enorme perro parecía haberse encogido en el interior de su enmarañado pelaje manchado de sangre. Sus ojos estaban turbios y casi vacíos, los ojos de un viejo aquejado de cataratas. Como una vieja máquina de destrucción que se estuviera agotando gradualmente hasta morir pero que todavía resultara terriblemente peligrosa, el perro seguía montando guardia. Ya no babeaba espuma; su hocico era un reseco y lacerado horror. Parecía un fracturado fragmento de roca eruptiva que hubiera sido vomitada desde el fondo de un volcán.

El viejo monstruo, pensó ella con incoherencia, *sigue montando guardia.*

¿Había sido aquella terrible vigilia una simple cuestión de horas o había durado toda su vida? ¿Había sido un sueño todo lo ocurrido con anterioridad, poco más que una breve espera entre bastidores? La madre que se molestaba y experimentaba hastío en relación con todos los que estaban a su alrededor, el padre bien intencionado pero inútil, las escuelas, los amigos, las citas con chicos, los bailes… todo era un sueño para ella en aquellos momentos, como debe parecerles la juventud a los viejos. Nada importaba, nada *existía,* más allá de aquel silencioso patio iluminado por el sol en el que se había producido la muerte y en el que todavía había más muerte en perspectiva, con tanta certeza como hay ases y ochos en los naipes. El viejo monstruo seguía montando guardia y su hijo estaba deslizándose, deslizándose, deslizándose.

El bate de beisbol. Eso era lo único que le quedaba.

El bate de beisbol y quizá, si pudiera llegar hasta allí, algo en el vehículo del policía muerto. Algo como una escopeta de caza.

Empezó a trasladar a Tad a la parte de atrás, jadeando y resoplando, luchando contra las oleadas de aturdimiento que le nublaban la vista. Por fin, consiguió colocarlo en el compartimiento de atrás, tan silencioso e inmóvil como un saco de trigo.

Miró a través de la otra ventanilla, vio el bate de beisbol entre la alta hierba y abrió la portezuela.

En la oscura entrada del taller, Cujo se levantó y empezó a avanzar despacio, con la cabeza agachada inclinada sobre la grava, en dirección a ella.

Eran las doce y media cuando Donna Trenton descendió de su Pinto por última vez.

Vic se apartó de Maple Sugar Road para enfilar hacia Town Road número 3 en el preciso instante en que su esposa estaba tratando de ir a recoger el viejo Hillerich & Badsby de Brett Camber, abandonado entre la maleza. Conducía a gran velocidad en un intento de llegar cuanto antes a casa de Camber, de tal manera que pudiera después dar media vuelta y dirigirse a Scarborough, que distaba de allí unos ochenta kilómetros. Perversamente, tras haber adoptado la decisión de dirigirse primero allí, su mente empezó a decirle que estaba emprendiendo una búsqueda sin sentido. En conjunto, jamás en su vida se había sentido tan impotente.

Estaba conduciendo a más de noventa y tantos concentrado en la carretera, que rebasó la casa de Gary Pervier antes de percatarse de que la camioneta de Joe Camber estaba estacionada allí. Pisó con fuerza el freno del Jag, quemando seis metros de hule. La trompa del Jag se inclinó sobre el piso de la carretera. Era posible que el policía hubiera subido a casa de Camber y no hubiera encontrado a nadie en casa porque Camber estaba allí.

Miró por el espejo retrovisor, vio que la carretera estaba libre y rápidamente se echó en reversa. Se adentró con el Jag por el sendero de Pervier y descendió del coche.

Sus sentimientos eran considerablemente parecidos a los que había experimentado el propio Joe Camber cuando, dos días antes, había descubierto las manchas de sangre (sólo que éstas se habían secado ahora y eran de color marrón) y el destrozado panel inferior de la puerta de malla. Vic notó en su boca un desagradable sabor metálico. Todo formaba parte de lo mismo. En cierto modo, todo aquello formaba parte de la desaparición de Donna y Tad.

Entró e inmediatamente lo azotó el hedor… el hinchado y verdoso hedor de la descomposición. Habían transcurrido dos días muy calurosos. Había algo hacia la mitad del pasillo que parecía una mesita de centro volcada, sólo que Vic estaba mortalmente seguro de que no era una mesita de centro, porque apestaba. Se acercó a la cosa del pasillo y no era una mesita de centro. Era un hombre. Parecía que al hombre le hubieran cortado la garganta con una hoja extremadamente desafilada.

Vic retrocedió. Un seco rumor de náuseas se escapó de su garganta. El teléfono. Tenía que avisar a alguien de lo ocurrido.

Se encaminó hacia la cocina y se detuvo. De repente, todo empezó a encajar en su cerebro. Hubo un instante de opresiva revelación; fue como dos imágenes a la mitad que se juntaran para formar un conjunto tridimensional.

El perro. El perro había hecho todo aquello.

El Pinto estaba en casa de Joe Camber. El Pinto había estado allí desde un principio. El Pinto y…

—Oh, Dios mío, Donna…

Vic volteó y echó a correr hacia la puerta y hacia su coche.

Donna estuvo a punto de caer desparramada; tal era el estado de sus piernas. Consiguió mantener el equilibrio y agarró el bate sin atreverse a mirar a Cujo hasta tenerlo fuertemente agarrado con las manos, temerosa de volver a perder el equilibrio. Si hubiera tenido tiempo de mirar algo más allá —apenas un poquito—, hubiera visto la pistola reglamentaria de George Bannerman tirada entre la hierba. Pero no lo hizo.

Volteó con gesto inestable y vio que Cujo estaba corriendo en su dirección.

Arrojó la parte más pesada del bate de beisbol contra el San Bernardo y el corazón se le encogió al ver con cuánta inseguridad se movía el bate en su mano… demostrando con ello que el mango estaba muy astillado. El San Bernardo retrocedió, gruñendo. Sus pechos subían y bajaban rápidamente en el brasier de algodón blanco. Las ropas estaban manchadas de sangre; se había secado las manos en ellas tras abrirle la boca a Tad.

Se quedaron de pie, mirándose el uno al otro, midiéndose el uno al otro bajo el silencioso sol estival. Los únicos rumores eran la baja y afanosa respiración de Donna, el profundo gruñido que se escapaba del pecho de Cujo y el alegre piar de un gorrión cerca de allí. Sus sombras eran breves manchas informes a sus pies.

Cujo empezó a desplazarse a su izquierda. Donna se desplazó a la derecha. Se estaban moviendo en círculo. Ella sostenía el bate por el punto en el que parecía que la madera estaba más astillada, con las palmas de las manos fuertemente apretadas contra la áspera textura de la cinta aislante Black Cat con la que había sido envuelto el mango.

Cujo se puso en guardia.

—¡Anda, ven! —le gritó ella, y Cujo saltó.

Ella blandió el bate como cuando Mickey Mantle trataba de alcanzar una pelota alta. No consiguió golpear la cabeza de Cujo, pero el bate se estrelló contra sus costillas. Se oyó un pesado y sordo rumor y un sonido como de rotura en el interior de Cujo. El perro emitió un sonido semejante a un grito y cayó sobre la grava. Donna advirtió que el bate se quebraba espantosamente bajo la cinta aislante... aunque, de momento, aún resistiera.

Donna gritó con voz entrecortada y golpeó con el bate las patas traseras de Cujo. Se había roto otra cosa. Ella lo había oído. El perro rugió y trató de huir, pero ella se le acercó de nuevo, blandiendo el bate, golpeando, gritando. Su cabeza estaba embriagada y era como de hierro fundido. El mundo danzaba. Ella era las arpías, las Parcas, era toda venganza... no por sí misma sino por lo que le habían hecho a su hijo. El mango astillado del bate se estaba doblando y latía como un corazón acelerado bajo sus manos y bajo la sujeción de cinta aislante.

El bate estaba ahora ensangrentado, Cujo seguía tratando de escapar, pero sus movimientos se habían hecho más torpes. Esquivó un golpe —el extremo del bate resbaló sobre la grava—, pero el siguiente lo alcanzó en pleno lomo, obligándolo a caer sobre sus patas posteriores.

Donna creyó que ya estaba listo; incluso retrocedió uno o dos pasos, con la respiración silbando al entrar y salir de sus pulmones como si fuera un cálido líquido. Blandió el bate y volvió a oír aquel pesado y sordo ruido... pero, mientras Cujo rodaba sobre la grava, el viejo bate se partió finalmente en dos. La parte más gruesa se escapó volando y fue a estrellarse contra el cubo de la rueda delantera derecha del

Pinto con un musical *bong.* Donna se quedó con un astillado fragmento de cuarenta centímetros en la mano.

Cujo estaba volviendo a levantarse... *arrastrándose* sobre las patas. La sangre estaba fluyendo por sus costados. Sus ojos parpadeaban como las luces estropeadas de una máquina de pinball.

Y a ella le seguía dando la impresión de que estaba sonriendo.

—*¡Anda, ven!* —le gritó.

Por última vez, la moribunda ruina que había sido el buen perro Cujo de Brett Camber se abalanzó contra la MUJER que había sido la causa de todas sus desdichas. Donna se adelantó con el fragmento de bate de beisbol en la mano y una larga y afilada astilla de madera de nogal se clavó profundamente en el ojo derecho de Cujo y después en su cerebro. Se oyó un leve ruido sin importancia... el ruido que hubiera podido producir un grano de uva al ser exprimido súbitamente entre los dedos. El impulso hacia delante de Cujo hizo que el perro la golpeara y la derribara al suelo. Sus dientes estaban ahora tratando de morder a escasos centímetros del cuello de Donna. Ella levantó el brazo al ver que Cujo se arrastraba encima de ella. El ojo del perro estaba ahora supurando un líquido que le resbalaba por la cara. Su aliento era repulsivo. Ella trató de levantarle el hocico y sus mandíbulas le apresaron el antebrazo.

—*¡Basta!* —gritó Donna—. *Oh basta ya, ¿nunca te vas a detener? ¡Por favor! ¡Por favor!*

Un pegajoso hilo de sangre le estaba resbalando por el rostro... sangre suya y sangre del perro. El dolor que experimentaba en el brazo era como si una terrible llamarada se extendiera a todo el mundo... y, poco a poco, el perro la estaba obligando a bajarlo. El mango astillado del bate se agitaba y se movía grotescamente como si creciera directamente de su cabeza, en el punto correspondiente al ojo.

El perro hizo ademán de morderle el cuello.

Donna notó el contacto de sus dientes y, con un entrecortado grito final, extendió con fuerza los brazos hacia delante y lo apartó a un lado. Cujo cayó pesadamente al suelo.

Sus patas traseras estaban rascando la grava. Cada vez se movían menos... menos... hasta quedar inmóviles. El único ojo que le quedaba contempló enfurecido el ardiente cielo estival. Su cola se encontraba entre las piernas de Donna, tan tupida como una alfombra turca. Aspiró una bocanada de aire y la exhaló. Aspiró otra. Emitió un denso ronquido y, de repente, se le escapó de la boca un hilo de sangre. Y después murió.

Donna Trenton lanzó un aullido de triunfo. Se medio levantó, volvió a caer y consiguió levantarse de nuevo. Avanzó dos pasos, arrastrando los pies, y tropezó con el cuerpo del perro, llenándose las rodillas de arañazos. Se acercó a rastras hasta donde se encontraba el extremo más grueso del bate de beisbol con la parte exterior toda ella manchada de sangre. Lo tomó y consiguió levantarse de nuevo, apoyándose en la cubierta del motor del Pinto. Regresó al lugar en el que se encontraba Cujo y empezó a golpearlo con el bate. Cada golpe terminaba con un sordo rumor de carne. Las negras tiras de cinta aislante danzaban y se agitaban en el caluroso aire. Las astillas se clavaban en las suaves superficies de las palmas de sus manos y la sangre le resbalaba por las muñecas y los antebrazos. Seguía gritando, pero su voz se había quebrado tras emitir aquel primer aullido de triunfo y lo único que ahora surgía de su garganta era una serie de sonoros graznidos; emitía unos sonidos análogos a los de Cujo cuando ya estaba próximo su final. El bate subía y bajaba. Donna estaba apaleando al perro muerto. A su espalda, el Jag de Vic enfiló el camino particular de los Camber.

No sabía lo que había abrigado la esperanza de encontrar, pero no era aquello. Había experimentado miedo, pero el espectáculo de su mujer —¿podía aquella mujer ser *realmente* Donna?— de pie junto a una cosa retorcida y destrozada en el sendero, golpeándola una y otra vez con algo que parecía el palo de un cavernícola... convirtió su miedo en un brillante y plateado pánico que casi le impedía pensar. Por un momento infinito, que más tarde jamás reconocería ni para sí mismo, Vic experimentó el impulso de dar marcha atrás en el Jag y alejarse... alejarse para siempre.

Lo que estaba ocurriendo en aquel silencioso y soleado patio era monstruoso.

En vez de eso, apagó el motor y descendió de un salto.

—¡Donna! *¡Donna!*

Pareció que ella no lo oía y que ni siquiera se percataba de su presencia. Sus mejillas y su frente aparecían terriblemente quemadas por el sol. La pernera izquierda de los pantalones estaba hecha jirones y empapada de sangre. Y su vientre parecía… parecía haber sido *corneado* por un toro.

El bate de beisbol subía y bajaba, subía y bajaba. Ella estaba emitiendo unos ásperos graznidos. La sangre se escapaba del inmóvil cadáver del perro.

—*¡Donna!*

Vic agarró el bate de beisbol en el momento en que ella lo levantaba y se lo arrancó de las manos. Lo arrojó lejos y sujetó el hombro desnudo de Donna. Ella volteó a mirarlo con ojos inexpresivos y aturdidos y con el cabello enmarañado como el de una bruja. Lo miró fijamente… sacudió la cabeza… y retrocedió.

—Donna, mi vida, Dios mío —dijo él suavemente.

Era Vic, pero Vic no podía estar allí. Era un espejismo. Era la repugnante enfermedad del perro que estaba ejerciendo su efecto y que provocaba en ella alucinaciones. Se alejó… se frotó los ojos… y él seguía estando allí. Extendió una temblorosa mano y el espejismo se la apretó con sus fuertes y bronceadas manos. Eso estaba bien. Las manos le dolían terriblemente.

—¿Vi? —graznó en un susurro—. Vi… Vi… ¿Vic?

—Sí, mi vida. Soy yo. ¿Dónde está Tad?

El espejismo era verdadero. Era realmente él. Quería llorar, pero no le salían las lágrimas. Sus ojos se limitaban a moverse en las cuencas como engranajes sobrecalentados.

—¿Vic? ¿Vic?

—¿Dónde está *Tad*, Donna? —preguntó él, rodeándola con el brazo.

—Coche. Coche. Enfermo. Hospital.

Ahora a duras penas podía hablar en susurros y hasta eso le estaba fallando. Muy pronto ya no podría hacer otra cosa más que articular palabras en silencio. Pero no importaba, ¿verdad? Vic estaba ahí. Ella y Tad estaban a salvo.

Él se apartó y se dirigió al coche. Ella se quedó de pie donde él la había dejado, contemplando fijamente el apaleado cuerpo del perro. Al final, no había salido tan mal, ¿verdad? Cuando no quedaba nada más que la supervivencia, cuando ya estabas en las últimas, sobrevivías o morías y eso parecía perfectamente bien. La sangre no resultaba tan desagradable ahora y tampoco el cerebro que se estaba escapando de la cabeza apaleada de Cujo. Nada parecía tan desagradable ahora. Vic estaba ahí y ellos se habían salvado.

—Oh, *Dios mío* —dijo Vic, levantando levemente la voz en medio de aquel silencio.

Ella lo miró y le vio sacar algo de la parte de atrás del Pinto. Un saco de algo. ¿Papas? ¿Naranjas? ¿Qué? ¿Acaso había ido de compras antes de que ocurriera todo aquello? Sí, pero había llevado los comestibles a casa. Ella y Tad los habían introducido en la casa. Habían utilizado su carrito. Por consiguiente, ¿qué…?

¡Tad!, trató de decir, y corrió hacia él.

Vic trasladó a Tad hasta la escasa sombra del lado de la casa y lo posó en el suelo. El rostro de Tad estaba muy blanco. Su cabello parecía de paja sobre su frágil cráneo. Sus manos se apoyaban sobre la hierba, aparentemente con el suficiente peso como para aplastar los tallos de abajo de sus dorsos.

Vic apoyó la cabeza sobre el pecho de Tad. Después levantó los ojos para mirar a Donna. Su rostro estaba pálido, pero bastante sereno.

—¿Cuánto tiempo lleva muerto, Donna?

¿Muerto?, trató de gritarle ella. Su boca se movía como la boca de una figura de una televisión cuyo volumen se hubiera bajado al mínimo. *No está muerto, no lo estaba cuando lo coloqué en el compartimiento de atrás, ¿qué me estás diciendo, que está muerto? ¿Qué me estás diciendo, hijo de puta?*

Trató de decirle estas cosas con su voz sin voz. ¿Se había escapado la vida de Tad en el mismo momento en que se había escapado la vida del perro? Era imposible. Ningún Dios, ningún destino podía ser tan monstruosamente cruel.

Corrió hacia su marido y lo empujó. Vic, que lo esperaba todo menos eso, cayó sobre sus nalgas. Ella se agachó y se inclinó hacia Tad. Le levantó las manos por encima de la cabeza. Abrió su boca, le cerró las ventanas de la nariz, pellizcándolas con dos dedos, y exhaló su aliento sin voz hacia los pulmones de su hijo.

En el sendero para coches, las soñolientas moscas de verano habían localizado el cuerpo de Cujo y el del alguacil George Bannerman, esposo de Victoria y padre de Katrina. No mostraban ninguna preferencia entre el perro y el hombre. Eran unas moscas democráticas. El sol brillaba triunfalmente. Ahora era la una y diez y los campos resplandecían suavemente y danzaban con el silencioso verano. El cielo era de un azul descolorido como el de los jeans. La predicción de tía Evvie se había hecho realidad.

Ella respiraba por su hijo. Respiraba. Respiraba. Su hijo no estaba muerto; ella no había vivido todo aquel infierno para que su hijo muriera, y tal cosa no iba a ocurrir.

No iba a ocurrir.

Respiraba. Respiraba. Respiraba por su hijo.

Ella seguía haciéndolo cuando la ambulancia se adentró en el camino particular veinte minutos más tarde. Ella no permitía que Vic se acercara al niño. Cuando él se acercaba, Donna le mostraba los dientes y gruñía en silencio.

Aturdido por el dolor hasta casi volverse loco, profundamente seguro en el nivel más hondo de su conciencia de que nada de todo aquello podía estar ocurriendo, Vic penetró en la casa de Camber por la puerta del pórtico que Donna había estado contemplando con tanta intensidad durante tanto tiempo. La puerta interior no estaba cerrada con llave. Utilizó el teléfono.

Al salir de nuevo, Donna le estaba aplicando todavía la respiración boca a boca a su hijo muerto. Él hizo ademán de acercarse, pero después se apartó. Se dirigió en su lugar al

Pinto y abrió la puerta del compartimiento de atrás. El calor le rugió como un león invisible. ¿Habían vivido allí dentro el lunes por la tarde y todo el martes hasta el mediodía de hoy? Era imposible creer qué hubieran podido.

Abajo del pavimento de atrás, donde estaba la llanta de refacción, encontró una vieja cobija. La sacó y la extendió sobre el cuerpo mutilado de Bannerman. Después se sentó sobre la hierba y contempló Town Road número 3 y los polvorientos pinos de más allá. Sus pensamientos se alejaron, flotando serenamente.

El conductor de la ambulancia y los dos enfermeros introdujeron el cuerpo de Bannerman en la Unidad de Salvamento de Castle Rock. Después se acercaron a Donna. Donna les mostró los dientes. Sus agrietados labios trataron de pronunciar las palabras *¡Está vivo! ¡Vivo!* Al intentar uno de los enfermeros levantarla suavemente y apartarla, ella le dio un mordisco. Más tarde, aquel enfermero se vería obligado a acudir a su vez al hospital para ser sometido a tratamiento antirrábico. El otro enfermero acudió en su ayuda. Ella forcejeó con ellos.

Los enfermeros se apartaron cautelosamente. Vic seguía sentado en el césped, sosteniéndose la barbilla con las manos y mirando al otro lado de la carretera.

El conductor de la Unidad de Salvamento apareció con una jeringa. Hubo un forcejeo. La jeringa se rompió. Tad yacía sobre la hierba, muerto. La mancha de su sombra era ahora un poco más grande.

Llegaron otros dos coches de la policía. Uno de ellos lo ocupaba Roscoe Fisher. Al comunicarle al conductor de la ambulancia que George Bannerman estaba muerto, Roscoe se echó a llorar. Otros dos policías se acercaron a Donna. Hubo otro forcejeo, breve y furioso, y, por fin, cuatro agotados y sudorosos hombres consiguieron apartar a Donna Trenton de su hijo. Ésta consiguió casi volver a soltarse y Roscoe Fisher, todavía llorando, se unió a sus compañeros. Ella gritaba en silencio, agitando la cabeza de un lado para otro. Sacaron otra jeringa y esta vez consiguieron administrarle una inyección.

Sacaron una camilla de la ambulancia y los enfermeros la empujaron hasta el lugar en el que Tad yacía sobre la hierba. Tad, rígido, fue colocado en ella. Después lo cubrieron con una sábana, cabeza incluida. Al verlo, Donna redobló sus forcejeos. Consiguió liberar una mano y empezó a agitarla violentamente. Y después, de repente, se soltó.

—Donna —dijo Vic, levantándose—. Mi vida, todo ha terminado. Mi vida, por favor. Déjalo, déjalo.

Ella no se dirigió hacia la camilla sobre la que yacía su hijo. Se acercó al bate de beisbol. Lo recogió y empezó a apalear de nuevo al perro, Las moscas se elevaron, formando una reluciente nube negro verdosa. El ruido del bate de beisbol al golpear resultaba pesado y terrible, un ruido de carnicería. El cuerpo de Cujo se estremecía un poco cada vez que ella lo golpeaba.

Los policías empezaron a acercarse.

—No —dijo tranquilamente uno de los enfermeros y, momentos más tarde, Donna se desplomó al suelo. El bate de Brett Camber escapó rodando de su mano sin fuerza.

La ambulancia se puso en marcha unos cinco minutos más tarde, haciendo sonar la sirena. A Vic le habían ofrecido una inyección —«para calmarle los nervios, señor Trenton»— y, aunque ya se sentía absolutamente tranquilo, aceptó la inyección por cortesía. Recogió el papel de celofán que el enfermero había retirado de la jeringa y examinó cuidadosamente la palabra UPJOHN impresa en él.

—Una vez organizamos una campaña publicitaria para esta gente —le dijo al enfermero.

—Ah, ¿sí? —dijo el enfermero cautelosamente.

Era un hombre bastante joven y tenía la sensación de que muy pronto iba a vomitar. Jamás en su vida había visto un desastre semejante.

Uno de los vehículos de la policía estaba esperando para conducir a Vic al Northern Cumberland Hospital de Bridgton.

—¿Pueden esperar un minuto? —les preguntó él.

Los dos agentes asintieron. También estaban mirando a Vic Trenton con mucha cautela, como si padeciera alguna dolencia contagiosa.

Vic abrió las dos puertas del Pinto. Tuvo que jalar con mucha fuerza de la de Donna; el perro la había abollado de una forma que él no hubiera creído posible. Allí estaba la bolsa de Donna. Y su blusa, en la que se observaba un desgarrón irregular, como si el perro le hubiera arrancado un trozo de tela. Había algunas envolturas vacías de Slim Jims en el tablero y el termo de Tad, que olía a leche agria. La lonchera de Snoopy de Tad. El corazón le dio un pesado y horrendo vuelco al verlo y no quiso pensar en lo que ello significaría en relación con el futuro… en caso de que hubiera un futuro después de aquel terrible y caluroso día. Encontró uno de los tenis de Tad.

Tadder, pensó. *Oh, Tadder.*

La fuerza huyó de sus piernas y tuvo que sentarse pesadamente en el asiento del conductor, contemplando por entre sus piernas la franja cromada de la parte inferior del marco de la puerta. ¿Por qué? ¿Por qué había ocurrido algo así? ¿Cómo habían podido confabularse tantos acontecimientos juntos?

De repente, la cabeza empezó a pulsarle con violencia. Las lágrimas le obstruyeron la nariz y los senos nasales empezaron a latirle fuertemente. Sorbió las lágrimas y se pasó una mano por el rostro. Se le ocurrió pensar que, incluyendo a Tad, Cujo había sido responsable de la muerte de por lo menos tres personas y tal vez más en caso de que se descubriera que los Camber también se contaban entre las víctimas. ¿Tenía el policía al que había cubierto con la cobija una esposa y unos hijos? Probablemente.

Si hubiera llegado aquí una hora antes. Si no me hubiera ido a dormir…

Su mente gritó: *¡Estaba tan seguro de que era Kemp! ¡Tan seguro!*

Si hubiera llegado aquí tan sólo quince minutos antes, ¿hubiera sido suficiente? Si no hubiera pasado tanto rato hablando con Roger, ¿estaría vivo Tad en estos momentos?

¿Cuándo murió? ¿Ha ocurrido de veras? ¿Y cómo voy a poder soportarlo el resto de mi vida sin volverme loco? ¿Qué le ocurrirá a Donna?

Llegó otro coche de la policía. Uno de los agentes descendió y habló con uno de los policías que estaban esperando a Vic. Este último se adelantó y dijo amablemente:

—Creo que tendríamos que irnos, señor Trenton. Aquí Quentin dice que los periodistas están en camino. En estos momentos, no querrá usted hablar con ningún periodista.

—No —convino Vic, haciendo ademán de levantarse.

Mientras lo hacía vio algo de color amarillo justo al fondo de su campo visual. Un trozo de papel que asomaba por abajo del asiento de Tad. Lo tomó y vio que eran las Palabras del Monstruo que él había escrito para tranquilizar la mente de Tad a la hora de acostarse. La hoja de papel estaba arrugada y rasgada en dos puntos y muy manchada de sudor; a lo largo de los marcados dobleces resultaba casi transparente.

¡Monstruos, no se acerquen a esta habitación!
Nada tienen que hacer aquí.
¡Nada de monstruos abajo de la cama de Tad!
Ahí abajo ustedes no caben.
¡Que no se oculte ningún monstruo en el armario de Tad!
Allí adentro es demasiado estrecho.
¡Que no haya monstruos en el exterior de la ventana de Tad!
Allí afuera no se pueden sostener.
Que no haya vampiros, ni hombres lobo, ni cosas que muerdan.
Nada tocará a Tad ni le causará daño a Tad durante toda esta no…

Ya no pudo seguir leyendo. Arrugó la hoja de papel y la arrojó contra el cuerpo del perro muerto. El papel era una mentira sentimental, de sentimientos tan incoherentes como el color de aquellos estúpidos cereales que se desteñían. El mundo estaba lleno de monstruos y todos ellos estaban autorizados a morder a los inocentes y los incautos.

Se dejó acompañar al vehículo de la policía. Se lo llevaron de la misma manera que antes se habían llevado a George Bannerman y Tad Trenton y Donna Trenton. Al cabo de un rato, llegó una veterinaria en una camioneta. Contempló el perro muerto, se puso unos largos guantes de goma y sacó una sierra de huesos. Los policías, al darse cuenta de lo que iba a hacer, apartaron el rostro.

La veterinaria cortó la cabeza del San Bernardo y la introdujo en una gran bolsa de basura de plástico blanco. Más tarde se enviaría al Departamento Estatal de Animales, donde el cerebro sería analizado para comprobar la existencia de rabia.

Cujo también se había ido.

Eran cuarto para las cuatro de aquella tarde cuando Holly le avisó a Charity que le llamaban por teléfono. Holly mostraba una expresión levemente preocupada.

—Parece que es alguien de la policía —dijo.

Aproximadamente una hora antes, Brett había cedido a las incesantes súplicas de Jim, hijo, y había acompañado a su primito al campo de juegos del Centro Comunitario de Stratford.

Desde entonces, la casa había permanecido en silencio, exceptuando las voces de las mujeres que estaban hablando de los viejos tiempos… los *buenos* viejos tiempos, corrigió Charity en silencio. La vez que papá se había caído del carro del heno y había ido a parar encima de un enorme amasijo de excremento de vaca en el Campo de Atrás (pero ningún comentario acerca de las veces en que él las había golpeado hasta que no pudieran sentarse a causa de alguna transgresión real o imaginaria); la vez que se colaron en el viejo Met Theater de Lisbon Falls para ver a Elvis en *Love Me Tender* (pero ningún comentario acerca de la vez en que a mamá le retiraron el crédito en el Red & White y ella tuvo que abandonar la tienda de comestibles deshecha en llanto, dejando un cesto lleno de provisiones mientras todo el mundo la miraba); cómo Red Timmins, el vecino de su calle, siempre trataba de besar a Holly en el camino de regreso de la escuela (pero ningún comentario acerca de la forma en que Red había perdido un brazo cuando el tractor se le volcó encima en agosto de 1962). Ambas habían descubierto que estaba bien abrir los armarios... siempre y cuando no se hurgara demasiado en su interior, porque era posible que las cosas aún estuvieran acechando allí, dispuestas a morder.

Dos veces Charity había abierto la boca para decirle a Holly que ella y Brett regresarían a casa mañana y en ambas ocasiones la había vuelto a cerrar, tratando de pensar en la forma de decírselo sin que Holly pudiera creer que no les gustaba estar allí.

Ahora el problema quedó momentáneamente olvidado mientras ella se sentaba junto a la mesita del teléfono con una nueva taza de té a su lado. Estaba un poco inquieta... a nadie le gusta recibir una llamada telefónica de alguien que parece pertenecer a la policía, estando de vacaciones.

—¿Bueno? —contestó.

Holly observó que el rostro de su hermana palidecía y oyó que ésta decía:

—¿Cómo? *¿Cómo?* ¡No... no! Tiene que haber un error. Le digo que tiene que haber...

Guardó silencio, prestando atención al teléfono. Se estaba transmitiendo por teléfono alguna terrible noticia de Maine, pensó Holly. Lo podía ver en la máscara cada vez más tensa del rostro de su hermana, pese a que no podía oír nada de lo que se decía a través del teléfono como no fuera una serie de crujidos carentes de significado.

Alguna mala noticia de Maine. Era una historia conocida. Estaba muy bien sentarse con Charity en la soleada cocina por la mañana, bebiendo té y comiendo naranjas y hablando de la vez que se habían colado en el Met Theater. Eso estaba muy bien, pero no modificaba el hecho de que todos los días que ella podía recordar de su infancia habían traído consigo una pequeña mala noticia que era algo así como una pieza del rompecabezas de los primeros años de su vida, los cuales formaban en conjunto una escena tan terrible que no le hubiera importado no volver a ver jamás a su hermana mayor. Los calzones de algodón rotos de los que se burlaban las demás niñas de la escuela. Recolectar papas hasta que te dolía la espalda y, si te erguías de repente, la sangre se te escapaba del cerebro tan deprisa que te daba la sensación de que te ibas a desmayar. Red Timmins... con qué cuidado ella y Charity habían evitado mencionar el brazo de Red, tan terriblemente machacado que se lo habían tenido que amputar; sin embargo, al enterarse de ello, Holly se había alegrado, se había alegrado mucho. Porque recordaba que Red le había arrojado un día una manzana verde que le había dado en la cara, haciéndole sangrar la nariz, haciéndola llorar. Recordaba que Red le daba restregones como los indios y se reía. Recordaba alguna que otra nutritiva cena a base de crema de cacahuate Shedd's y Cheerios cuando las cosas iban especialmente mal. Recordaba cómo apestaba en pleno verano el escusado exterior, el olor era de *mierda* y, por si alguien quería saberlo, no era un olor muy bueno.

Alguna mala noticia de Maine. Y, en cierto modo, por alguna absurda razón que a ella le constaba que ambas jamás volverían a comentar aunque llegaran a vivir cien años y pasaran los últimos veinte años juntas, Charity había optado por seguir con aquella vida. Su belleza había desaparecido casi por completo. Tenía arrugas alrededor de los ojos. Tenía el busto caído; lo tenía caído incluso con brasier. Sólo se llevaban seis años, pero un observador hubiera podido suponer muy bien que se llevaban algo así como dieciséis. Y lo peor de todo era que no parecía que ella se preocupara lo más mínimo por el hecho de condenar a su encantador e inteligente hijo a semejante vida... a menos que él espabilara y se diera cuenta. Para los turistas, pensó Holly con una amargura que todos aquellos años de bienestar no habían conseguido modificar, era un país de vacaciones, pero, si eras del campo, las malas noticias se sucedían un día tras otro. Y después un día te mirabas al espejo y el rostro que te miraba desde ahí era el rostro de Charity Camber. Y ahora se estaba recibiendo otra terrible noticia desde Maine, el lugar de origen de todas las noticias terribles. Charity estaba colgando el teléfono. Se quedó sentada, contemplándolo mientras el té caliente humeaba a su lado.

—Joe ha muerto —anunció de repente.

Holly contuvo la respiración y sentía fríos sus dientes. *¿Por qué has venido?*, experimentó el deseo de gritar. *Ya sabía que ibas a traer todo eso, y, claro, lo has traído.*

—Oh, mi vida —le dijo—. ¿Estás segura?

—Era un hombre de Augusta apellidado Masen. De la oficina del fiscal general, Departamento Legal.

—¿Ha sido… ha sido un accidente de tráfico?

Charity la miró entonces directamente y Holly se escandalizó y se aterró al ver que el rostro de su hermana no era como el de alguien que acaba de recibir una terrible noticia; parecía el de alguien que acababa de recibir una *buena* noticia. Las arrugas de su rostro se habían atenuado. Sus ojos eran inexpresivos… pero ¿se ocultaba detrás de aquella ausencia de expresión un sentimiento de miedo o bien el soñador despertar de una posibilidad?

Si hubiera visto el rostro de Charity Camber al comprobar el número de su billete premiado de la lotería, tal vez lo hubiera sabido.

—¿Charity?

—Fue el perro —dijo Charity—. Fue Cujo.

—¿El perro?

Al principio, Holly se quedó perpleja, sin acertar a ver ninguna posible conexión entre la muerte del marido de Charity y el perro de la familia Camber. Entonces lo comprendió. Las deducciones las hizo según los términos del brazo izquierdo horriblemente mutilado de Red Timmins y entonces dijo en un tono de voz más alto y estridente:

—¿El *perro*?

Antes de que Charity pudiera contestar —si es que pensaba hacerlo—, se oyeron unas alegres voces en el patio de atrás: la cantarina y sonora de Jim hijo, y la más baja y divertida de Brett, contestando. Ahora el rostro de Charity cambió. Era un rostro afligido que Holly recordaba y odiaba mucho, una expresión que hacía que todos los rostros pareciera iguales... una expresión que a menudo había observado en su propio rostro en aquellos viejos tiempos.

—El niño —dijo Charity—. Brett. Holly... ¿cómo voy a decirle a Brett que su padre está muerto?

Holly no tenía ninguna respuesta que darle. Sólo pudo mirar a su hermana con impotencia, pensando que ojalá ninguno de los dos hubiera venido.

PERRO RABIOSO MATA A 4 PERSONAS EN UN REINADO DEL TERROR DE TRES DÍAS DE DURACIÓN, proclamaban los titulares de la edición de aquella noche del *Evening Express* de Portland. El subtitular decía: *La única superviviente se encuentra ingresada en el Northern Cumberland Hospital con pronóstico reservado.* El titular del *Press-Herald* del día siguiente rezaba: EL PADRE EXPLICA LA DESESPERADA LUCHA DE LA ESPOSA POR SALVAR AL HIJO. Aquella noche, la noticia ya había sido relegada al fondo de la primera plana: EL MÉDICO AFIRMA QUE LA SEÑORA TRENTON RESPONDE FAVORABLEMENTE AL TRATAMIENTO ANTIRRÁBICO. Y, en una columna lateral: EL PERRO NO HABÍA SIDO VACUNADO: VETE-RINARIO LOCAL. A los tres días, la noticia había pasado al interior, a la cuarta plana: EL DEPARTAMENTO DE SANIDAD DEL ESTADO ATRIBUYE LA SALVAJE CONDUCTA DEL PERRO DE CASTLE ROCK A UN ZORRO O UN MAPACHE RABIOSO. En un reportaje final de aquella semana se publicaba la noticia de que Victor Trenton no tenía intención de demandar en juicio a los miembros supervivientes de la familia Camber, de los que se decía que se hallaban sumidos en un estado de «profunda conmoción». La información era muy escueta, pero proporcionaba un pretexto para poder refundir de nuevo toda la historia. Una semana más tarde, la primera plana del periódico del domingo publicó un reportaje acerca de lo que había sucedido. Y, una semana después, un periódico sensacionalista de difusión nacional publicó una llamativa sinopsis de lo ocurrido bajo el titular TRÁGICA BATALLA EN MAINE MIENTRAS UNA MADRE LUCHA CONTRA UN SAN BERNARDO ASESINO. Y así terminó la cobertura informativa.

Aquel otoño, en la zona central de Maine cundió la alarma a causa de la rabia. Un experto la atribuyó a «unos rumores y a un horrible caso aislado ocurrido en Castle Rock».

Donna Trenton pasó en el hospital casi cuatro semanas. Terminó el tratamiento contra las mordeduras del perro rabioso con muchos dolores, pero sin serios problemas, pese a lo cual fue sometida a una cuidadosa vigilancia debido a la gravedad potencial de la enfermedad y a su profunda depresión mental.

A finales de agosto, Vic se la llevó a casa.

Pasaron en la casa un tranquilo día lluvioso. Aquella noche, sentados delante de la tele, sin prestarle realmente atención, Donna le preguntó a Vic acerca de la situación de Ad Worx.

—Todo está bien ahí —le dijo Vic—. Roger consiguió él solo poner en marcha el último anuncio del Profesor Cereales... con la ayuda de Rob Martin, claro. Ahora estamos trabajando en la organización de una nueva y gran campaña para la línea de productos Sharp —era una media mentira; el que estaba trabajando era Roger. Vic acudía allí tres o cuatro días a la semana y tomaba un poco el lápiz o bien se dedicaba a mirar su máquina de escribir—. Pero los de la Sharp se muestran muy cautelosos en un intento de que nada de lo que hagamos rebase el periodo de dos años para el que hemos firmado. Roger tenía razón. Van a prescindir de nosotros. Pero, para entonces, ya no importará que lo hagan.

—Muy bien —dijo ella.

Ahora tenía periodos de euforia, periodos en los que casi volvía a ser la de antes, aunque se mostrara generalmente apática. Había perdido diez kilos y estaba escuálida. El color de su piel no era muy saludable. Y tenía las uñas rotas.

Dejó pasar un rato mirando la televisión y, después, volteó hacia él. Estaba llorando.

—Donna —le dijo él—. Vamos, nena.

La rodeó con sus brazos y la atrajo hacia sí. Ella se dejó abrazar suavemente aunque sin entregarse. A través de la suavidad, él pudo percibir los ángulos de sus huesos en demasiados lugares.

—¿Podemos vivir aquí? —consiguió decir ella con voz quebrada—. Vic, ¿podemos vivir aquí?

—No lo sé —contestó él—. Creo que deberíamos darnos una oportunidad.

—Tal vez debiera preguntarte si puedes seguir viviendo conmigo. Si me dijeras que no, lo comprendería. Lo comprendería perfectamente.

—No quiero otra cosa que no sea vivir contigo. Creo que lo supe desde un principio. Tal vez hubo una hora, inmediatamente después de haber recibido la nota de Kemp, en que no lo supe. Pero fue la única vez. Donna, te amo. Siempre te he amado.

Ahora ella lo rodeó con sus brazos y lo estrechó con fuerza. La suave lluvia de verano golpeaba las ventanas y formaba unas sombras grises y negras en el suelo.

—No lo pude salvar —dijo ella—. Eso es lo que pienso constantemente. No puedo quitármelo de la cabeza. Lo pienso otra vez... y otra... y otra. Si me hubiera echado antes a correr hacia el pórtico... o si hubiera tomado el bate de beisbol... —tragó saliva—. Cuando por fin me atreví a salir, ya todo había... terminado. Él estaba muerto.

Vic hubiera podido recordarle que ella había estado anteponiendo constantemente el bienestar de Tad al suyo propio. Que la razón por la cual no se había dirigido hacia la puerta había sido el temor de lo que hubiera podido ocurrirle a Tad en caso de que el perro la hubiera atacado antes de conseguir ella entrar en la casa. Hubiera podido decirle que el asedio había debilitado probablemente al perro tanto como a la propia Donna y que, si hubiera intentado golpear antes a Cujo con el bate de beisbol, el resultado hubiera podido ser terriblemente distinto; de hecho, el perro había estado casi a punto de matarla al final. Pero él sabía que tanto él como otras personas le habían señalado una y otra vez estas cuestiones a Donna y que ni toda la lógica del mundo podía mitigar el dolor de contemplar aquel silencioso montón de cuadernos para colorear o de ver el columpio inmóvil y vacío, en el patio de atrás. La lógica no podía mitigar su terrible sensación de fracaso personal. Sólo el tiempo podría hacerlo y, aun así, la labor del tiempo sería imperfecta.

—Yo tampoco lo pude salvar —dijo él.

—Tú…

—Estaba tan seguro de que había sido Kemp. Si hubiera subido allí arriba antes, si no me hubiera dormido, incluso si no me hubiera entretenido hablando con Roger por teléfono.

—No —dijo ella suavemente—. No digas eso.

—Tengo que hacerlo. Y creo que tú también. Tendremos que seguir adelante. Es lo que hace la gente, ¿sabes? Simplemente seguir adelante. Y tratar de ayudarse mutuamente.

—No hago más que percibirlo… sentirlo… en todos los rincones.

—Sí. Yo también.

Hacía dos sábados que él y Roger habían llevado todos los juguetes de Tad al Ejército de Salvación. Al terminar, habían regresado aquí y se habían tomado unas cervezas, viendo un partido de beisbol por televisión sin hablar demasiado. Y, cuando Roger se fue a casa, Vic subió al piso de arriba y se sentó en la cama de la habitación de Tad y estuvo llorando hasta tener la sensación de que el llanto le estaba desgarrando todas las entrañas. Lloró y experimentó el deseo de morir, pero no se murió, y al día siguiente había regresado al trabajo.

—Prepara un poco de café —dijo él, dándole una suave palmada en el trasero—. Yo encenderé la chimenea. Hace frío aquí.

—Muy bien —dijo ella, levantándose—. ¿Vic?

—¿Qué?

—Yo también te amo —dijo ella, luchando contra el nudo de su garganta.

—Gracias —dijo él—. Creo que me hacía falta.

Donna sonrió levemente y se fue a preparar el café. Y consiguieron superar la velada, pese a que Tad todavía estaba muerto. Y superaron también el día siguiente. Y el siguiente. La situación no había mejorado demasiado a finales de agosto y tampoco en septiembre, pero, cuando las hojas empezaron a amarillear y a caer, mejoró un poco. Sólo un poco.

Ella estaba dominada por la emoción, pero trataba de no demostrarlo.

Cuando Brett regresó del establo y se sacudió la nieve de las botas, franqueando la puerta de la cocina, ella estaba sentada junto a la mesa de la cocina, bebiendo una taza de té. Por un momento, él se limitó simplemente a mirarla. Había perdido un poco de peso y había crecido en el transcurso de los últimos seis meses. El efecto general que producía era el de un niño larguirucho, siendo así que antes siempre había parecido compacto aunque flexible. Sus calificaciones del primer trimestre no habían sido muy buenas y había tenido problemas en dos ocasiones: las dos veces por peleas en el patio de la escuela, probablemente a propósito de lo que había ocurrido el último verano. Sin embargo, las notas del segundo trimestre habían sido mucho mejores.

—¿Mamá? ¿Mamá? ¿Es…?

—Lo trajo Alva —dijo ella. Posó cuidadosamente la taza en el platito sin hacer ruido—. No hay ninguna ley que diga que tengas que quedártelo.

—¿Está vacunado? —preguntó Brett, y a ella le partió el corazón que fuera ésta su primera pregunta.

—Pues la verdad es que sí —contestó ella—. Alva quería pasarlo por alto, pero yo le pedí que me enseñara la factura del veterinario. Nueve dólares le cobró. Moquillo y rabia. Además, hay un tubo de crema contra las garrapatas y los ácaros de las orejas. Si no lo quieres, Alva me devolverá los nueve dólares.

El dinero había adquirido importancia para ellos. Durante algún tiempo, ella no había estado muy segura de poder conservar la casa y ni siquiera de la conveniencia de intentarlo. Lo había discutido con Brett, hablándole con toda franqueza. Había una póliza de un pequeño seguro de vida. El señor Shouper, del Casco Bank de Bridgton, le había explicado que, si colocaba aquel dinero en un depósito especial y lo añadía al dinero ganado en la lotería, podría satisfacer casi todo el importe de la hipoteca en el transcurso de los próximos cinco años. Había conseguido encontrar un empleo bastante aceptable en la sección de embalaje y facturación de la Trace Optical, la única fábrica auténtica que había en Castle Rock. La venta del equipo de Joe —incluida la nueva cadena— le había reportado otros tres mil dólares. Les era posible conservar la casa, le había explicado a Brett, pero lo más probable era que tuvieran dificultades. La alternativa era un departamento en la ciudad. Brett lo había consultado con la almohada y resultó que lo que él quería era lo mismo que ella quería: conservar la casa. Y se habían quedado.

—¿Cómo se llama? —preguntó Brett.

—No tiene nombre. Lo acaban de destetar.

—¿Es de raza?

—Sí —contestó ella, echándose a reír—. Es raza perro callejero.

Él esbozó a su vez una sonrisa forzada. Pero Charity reconoció que más valía eso que nada.

—¿Puede entrar? Está nevando otra vez.

—Puede entrar si pones papeles. Y si se orina por ahí, lo limpiarás.

—Muy bien —dijo Brett, abriendo la puerta para salir.

—¿Qué nombre le vas a poner, Brett?

—No sé —contestó Brett. Se produjo una prolongada pausa—. No lo sé todavía. Tendré que pensarlo.

Charity tuvo la sensación de que estaba llorando, pero reprimió el impulso de acercarse a él. Además, él le daba la espalda y, en realidad, no estaba segura. Ya era casi un adolescente y, por mucho que le doliera saberlo, comprendía que a los adolescentes no les suele gustar que sus madres sepan que están llorando.

Brett salió y trajo al perro, acunándolo en sus brazos. Éste permaneció sin nombre hasta la primavera siguiente en que, sin ninguna razón concreta que ellos pudieran identificar, ambos empezaron a llamarle *Willie*. Era un pequeño y alegre perro de pelo corto, primordialmente de tipo terrier. En cierto modo, parecía un Willie. Y se le quedó el nombre.

Mucho más tarde, aquella primavera, a Charity le subieron un poco el sueldo. Y ella empezó a ahorrar diez dólares a la semana para pagarle los estudios universitarios a Brett.

Poco después de que tuvieran lugar aquellos mortales acontecimientos en el patio de los Camber, los restos de Cujo fueron incinerados. Las cenizas se arrojaron a la basura y se eliminaron en la planta de tratamiento de basura de Augusta. Tal vez no sea ocioso recordar que siempre había tratado de ser un buen perro. Había tratado de hacer todas las cosas que su HOMBRE, su MUJER y, sobre todo, su NIÑO le habían pedido o habían esperado de él. Hubiera muerto por ellos, en caso necesario. Jamás había querido matar a nadie. Había sido atacado por algo, posiblemente el destino o la fatalidad o simplemente una enfermedad nerviosa de carácter degenerativo llamada rabia. El libre albedrío no había intervenido en esto.

La pequeña cueva hasta la cual Cujo había perseguido al conejo no fue descubierta jamás. Al final, por alguna de las vagas razones que puedan tener las pequeñas criaturas, los murciélagos se fueron a otra parte. El conejo no pudo salir y murió de hambre en una lenta y silenciosa agonía. Sus huesos, que yo sepa, siguen estando en ese lugar, junto con los huesos de otros pequeños animales que tuvieron la desgracia de ir a parar ahí antes que él.

> *Lo digo para que lo sepas.*
> *lo digo para que lo sepas.*
> *lo digo para que lo sepas;*
> Old Blue *se fue adonde van los perros buenos.*

CANCIÓN POPULAR

Septiembre de 1977-marzo de 1981

LA MILLA VERDE

Octubre de 1932, penitenciaría de Cold Mountain. Los condenados a muerte aguardan el momento de ser conducidos a la silla eléctrica a través del pasillo conocido como la Milla Verde. Los crímenes abominables que han cometido les convierten en carnaza de un sistema legal que se alimenta de un círculo de locura, muerte y venganza. El guardia de la prisión, Paul Edgecombe, ha visto cosas raras en sus años trabajando en la Milla. Pero nunca ha visto a nadie como John Coffey, un hombre con el cuerpo de un gigante y la mente de un niño, condenado por un crimen aterrador en su violencia e impactante en su depravación. Y en este lugar donde reciben el máximo castigo, Edgecombe está a punto de descubrir la terrible y maravillosa verdad sobre Coffey, una verdad que desafiará sus más íntimas creencias... *La milla verde* representa un hito en la aclamada trayectoria del maestro indiscutible de la narrativa de terror contemporánea.

Ficción

CARRIE

Sus compañeros se burlan de ella, pero Carrie tiene un don: puede mover cosas con su mente. Este es su poder y su gran problema. Aunque un acto de bondad, tan espontáneo como las burlas maliciosas de sus compañeros, le ofrece a Carrie la oportunidad de ser normal, una crueldad inesperada transforma su don en un arma de horror y destrucción. Con un pulso mágico que mantiene la tensión a lo largo de todo el libro, Stephen King narra la atormentada adolescencia de Carrie, y nos envuelve en una atmósfera sobrecogedora hasta llegar a un terrible momento de venganza que nadie olvidará.

Ficción

Danny Torrance, aquel niño aterrorizado del Hotel Overlook, es ahora un adulto alcohólico atormentado por los fantasmas de su infancia. Tras décadas tratando de desprenderse del violento legado de su padre, decide asentarse en una ciudad de New Hampshire donde encuentra trabajo en una residencia de ancianos y emplea su "resplandor" para confortar a quienes van a morir. Allí le llega la visión de Abra Stone, una niña que necesita su ayuda. La persigue una tribu de seres paranormales que viven del resplandor de los niños especiales. Parecen personas mayores y completamente normales que viajan por el país en sus autocaravanas, pero su misión es capturar, torturar y consumir el vapor que emana de estos niños. Se alimentan de ellos para vivir y el resplandor de Abra tiene tanta fuerza que los podría mantener vivos durante mucho tiempo. El encuentro con Abra reaviva los demonios interiores de Dan y lo emplaza a una batalla por el alma y la supervivencia de la niña.

Ficción

IT (ESO)

Bienvenido a Derry, Maine. Es una ciudad pequeña, un lugar tan conmovedoramente familiar como tu propia ciudad natal. Solo que en Derry ocurren cosas muy extrañas. Eran siete adolescentes cuando conocieron el horror por primera vez. Ahora son hombres y mujeres adultos que han salido al mundo en búsqueda de éxito y felicidad. Pero la promesa que hicieran veintiocho años atrás los reúne en el mismo lugar donde enfrentaron, de adolescentes, a una criatura malvada que cazaba a los niños de la ciudad. Ahora hay niños asesinados nuevamente, y sus memorias reprimidas de aquel verano aterrador regresan mientras se preparan para enfrentar, una vez más, al monstruo escondido en las alcantarillas de Derry.

Ficción

Misery Chastain ha muerto. Paul Sheldon la ha matado. Con alivio y hasta con alegría. Misery lo ha hecho rico. Porque Misery es la protagonista de sus exitosos libros. Paul quiere volver a escribir. Algo diferente, algo auténtico. Pero entonces sufre un accidente y despierta inmóvil y atravesado por el dolor en una cama que no es la suya, tampoco la de un hospital. Annie Wilkes lo ha recogido y lo ha traído a su remota casa de la montaña. La buena noticia es que Annie había sido enfermera y tiene medicamentos analgésicos. La mala es que durante mucho tiempo ha sido la fan número uno de Paul. Y cuando descubre lo que le ha hecho a Misery Chastain, no le gusta. No le gusta en absoluto. Antes, Paul Sheldon escribía para ganarse la vida. Ahora, Paul Sheldon escribe para sobrevivir.

Ficción

TAMBIÉN DISPONIBLES

11/22/63
Cementerio de animales
La cúpula
Mr. Mercedes

VINTAGE ESPAÑOL
Disponibles en su librería favorita
www.vintageespanol.com